六道往還記
天神への道 菅原道真

松本 徹

鼎書房

『六道往還記・天神への道 菅原道真』正誤表

三二五頁　2行目　東《とさま》ザマニ行キ西《かうさま》ザマニ行キ→東《とさま》ニ行キ西《かうさま》ニ行キ

六道往還記・天神への道 菅原道真 目次

凡 例

『六道往還記《ろくどうわうくわんき》』

『天神への道　菅原道真《すがはらみちざね》』

凡例

一、『六道往還記』（平成十六年一月二十五日、おうふう刊）と、『天神の道 菅原道真』（平成二十六年四月二十日、試論社刊）を、参考文献、あとがきを含め、収めた。

一、漢詩、漢文の表記は、読み下しにした場合、仮名は片仮名とした。現在は平仮名を用ひるのが一般的だが、昭和三十年頃以前までは一貫して片仮名であつたことに拠る。

一、ともに誤記、誤植などは訂正し、ごく一部では、加筆をおこなつた。

一、『六道往還記』は、各章の順を多少変更した。

『六道往還記』

京都　六道辻

五條大橋より一つ川上の松原橋で鴨川を渡り、そのまま真直ぐ東へ松原通を行く。

かつてこの位置に五條大橋があり、長らく清水観音の第一の参詣道であつた。しかし、いまは乗用車がやつと行き違へるだけの道幅で、仕舞屋《しもたや》ふうの家々の間に、つつましやかな商店がぽつりぽつりとあるばかりである。警察署がある。かつてメインストリートであつた証しである。

ゆるやかな坂にかかる手前、右側に小ぶりな寺があり、その前でわたしは立ち止まつた。すぐ先の角に、わたしの背丈ほどの石柱の標識があり、かう刻まれてゐたのだ。

六道之辻。

六道とは、言ふまでもなく仏教で言ふ、われわれが生き死にして繰り返し輪廻《りんね》する六つの世界、地獄・餓鬼・畜生・修羅・人・天であり、その六つの世界が交錯してゐるのが、六道の辻である。この世に生を受けたものは、寿命が尽きれば、必ずこの辻に立ち、地獄か餓鬼か畜生か修羅か天か、はたまた再び人か、そのいづれかへの道を進まなくてはならないのである。

もしかうだとするなら、この世に実際に六道の辻があつてもよからう、そして、ここがさうだと、道標は告げてゐるのである。

通の左側には、喫茶店や不動産屋が軒を並べ、右に入る道を隔てた向うの東南の角には、小さいながら洒落た中華料理屋が建つてゐる。そして、坂の上からは、スーパーのものらしいビニール袋を提げた中年の女性が降りて来る。

この坂を登り詰めれば清水観音の坂下である。右へ折れれば、そこが六波羅密寺《ろくはらみつじ》である。

このあたりは、じつは鳥辺山《とりべやま》の葬地の入口だつたのである。不意に空しくなつたのが信じられぬまま、夕顔の遺骸を求めて光源氏が鴨川を渡り、蹌踉《よろ》めきながら踏み込んで行つたのは、このあたりでもあつたらうか。少将滋幹《しげもと》の父が死骸を見詰める不浄観に夜ごと通つたのも、ここであつたかもしれない。そして、美しい遊女熊野《ゆや》御前が、不吉な予感に脅へながら、権勢を誇る平宗盛《むねもり》と牛車に同車して、清水寺の花を目指して通つて行つたのは、ここである。


げに恐しやこの道は、冥途《めいど》に通ふなるものを

謡曲『熊野』のシテの熊野が行き過ぎながら、謡ふ。ここで人は、この世に別れを告げなくてはならなかつたのだ。

寺は瓦を置いた塀をめぐらし、建物の壁には、「弘法大師御作／六道の辻地蔵尊／桂光山西福寺」と出てゐる。

なるほど、かういふ場所なら、祀られるのは地蔵菩薩でなくてはなるまい。多分、この六道の辻には、六道で受ける苦が集約されてもゐるのだ。そして、その苦を受ける者へ救ひの手を差し伸べるのは、まづ地蔵菩薩なのである。

民家とさほど変はらない寺の門の両脇には、子育地蔵尊と書かれた提灯が下がり、その左下には石

の布袋像《ほてい》が据ゑられてゐる。いまや子宝と財宝への願ひにも応へようとしてゐるのだ。

門を潜ると、左手の、小屋根の下にはぎつしりと石の地蔵が何列も並んでゐる。大きいものの小さいもの、古いもの新しいものが、赤い涎掛《よだれか》けを胸にしたりしなかつたりして、立つてゐる。いづれも子育て地蔵であらう。手前の一角には、小さな水子地蔵が十数体、一塊にして置かれてゐる。

正面は、不動尊であつた。岩を背後にして座してゐるが、小ぶりなその石像はぐつしより濡れてゐる。水を掛けて行くひとが絶えないのだ。

右手に、意外に大きな本堂があり、不動尊の小屋めいた建物との間が正面で、障子紙を貼つた引戸が閉め切られてゐる。

その引戸を開けて、覗く。鈍く金色に光る仏具が並べられ、頭の円い黒ずんだ仏の立像が奥に据ゑられてゐる。弘法大師御作と伝へられる地蔵尊であらう。

ただし、この寺の創建は新しい。慶長八年（一六〇三）とも寛永年間（一六二四～四四）ともされ、それも一度荒廃したのを延宝六年（一六七八）に再興したと伝へられてゐる。

もつとも古く葬地の入口だつたから、遥か以前から地蔵像は安置されてゐたらう。

右手の部屋に老女たちの姿があつた。四、五人、いづれも普段着姿で、湯呑茶碗を前に話し込んでゐる。近所の老人たちの溜り場になつてゐるのだ。

軒には、説教する僧を描いた絵と、六道之辻と緑色で太く書かれた額が掲げられてゐる。よく見ると、その文字は、錆びた銅銭を並べたものであつた。三途《さんづ》の川を渡るのに、船頭に渡さなくてはならないとされてゐる六文銭で、何十人分もありさうである。

わたしは祖父母に父母を見送つて来てゐるが、いづれの棺にも、模造の六文銭を入れたのを思ひ出した。

泣く涙雨と降らなむ渡り川水まさりなば帰り来るがに

『古今和歌集』巻第十六哀傷歌の冒頭の一首が浮かぶ。小野篁《たかむら》の歌である。「妹のみまかりける時よみける」の詞書きがあるから、この「川」が三途の川であるのは明らかである。亡くなつた妹は三途の川を渡らうとしてゐるが、わたしの流す涙が雨となつて激しく降り、水量が増へれば、渡ることができず、戻つて来るかもしれない……。

甦りを念じてゐるのだ。三途の川を渡らなければ、この世へと再び戻つて来るかもしれないのである。が、愛《いと》しい妹は、渡つて行く。

ただし平安も初期のこの時代、六文銭など勿論なかつたし、舟頭の操る舟で三途の川を渡ると考へてゐたかどうか。『日本霊異記』では、徒歩で陸続きを行つたり、黄金に塗られた橋を渡つて行く。

門を出て、坂を上がつた。

右側に小規模な市場があり、大きな看板が出てゐて、赤く「ハッピー六道」とあつた。

「ハッピー六道」とは何事であらうと、わたしは、しばらく看板を見つめた。

買ひ物をしてゐるのは、老若の女たちである。先に道を降りて来た女も、ここで買ひ物をしたのだらう。

もつとも平安時代末には、平家一門がこの地に屋形を並べ、権勢を誇つたし、鎌倉時代になれば、六波羅探題が置かれ、鎌倉からやつて来た武士たちが、京都全体と西日本に睨みを利かしたから、葬地の入口といふ意識は急速に消えて行つたのだらう。

　その先に、真新しい三階建ての薬局があり、向ひの、少し引つ込んだ位置に、赤く塗られた山門があつた。先の西福寺よりは大きいものの、ごくささやかな街中の寺の様子である。両側に、ごく短い築地塀を模した白い塀があり、右隣は小型のスーパーで、店の軒下には人参や大根が並べられてゐる。

　墨書きの小さな札が山門の柱に下がつてゐて、六道珍皇寺《ちんくわうじ》とあつた。

　創建は延暦年間（七八二〜八〇六）とも承和三年（八三六）とも言はれる、歴史的には名高い寺である。国家鎮護のためといふ高い格式を持ち、愛宕寺《あたごでら》とも呼ばれ、壮大な境内を誇つてゐたが、鎌倉末に兵乱に巻き込まれて荒廃、貞治三年（一三六四）に再興されたものの、昔日の面影は失はれてゐる。が、山門左横には小野篁卿遺趾の標識があつた。

　いま、『古今和歌集』巻第十六哀傷歌の巻頭歌を思ひ出したが、小野篁には、この珍皇寺を建てたと言ふ伝承がある。ただし、承和三年には遣唐使副使として難波津から乗船、出港したものの、博多沖で嵐に遭ひ、はうはうの体で戻つて来てゐるから、この説はあやしい。

　山門をくぐると、石畳道が伸びてゐるが、両側は一面にコンクリートで固められ、幾台も駐車してゐる。いまでは駐車場になつてゐるのだ。

　その少し先、右側に、わづかに反りを見せた瓦屋根を乗せた、コンクリートの倉庫のやうな建物があつた。不審に思ひながら進むと、参道側に、薬師堂と額が挙つてゐて、鉄の扉が固く閉ざされてゐた。多分、重要文化財の指定を受け、保護対策のためであらうが、このやうに衆生と厳重に隔てるとは奇妙といはなくてはなるまい。

　石畳の参道の先には、「三界万霊十方至聖」と刻まれた石柱が高々と立つてゐた。その向う、砂利を敷き詰めた広がりを隔てて、御堂がある。古い時代のものではないやうだが、瓦の屋根はゆつたりとした佇まひを見せてゐる。しかし、前面は板戸で閉ざされ、石畳の参道も通じてゐないし、堂へ上がる石段もない。

右手、薬師堂の陰に、こじんまりした簡素な木造の建物があつた。前面は十字格子で、軒が深く、伸びた軒先を三本の柱が支へてゐる。

その真ん中の柱に二枚の板が並んで打ち付けてあり、右に小野篁卿、左に閻魔《えんま》大王と墨で書かれてゐる。なるほど、閻魔大王が祀られてゐるから、山門があんな赤で塗られてゐるのだと納得した。

まづ右側を覗いた。

軒が深いだけに暗く、ほとんどなにも見えない。が、格子に顔を押し付けて目を凝らしてゐると、徐々に見えて来た。壇が設けられてゐて、なにやら大きな像がそこに突立つてゐる。沓《くつ》を履き、両手で笏《しやく》を捧げ持つた、衣冠束帯姿である。

小野篁であつた。著名な学者小野岑守《みねもり》の長男として生まれ、学才に秀でるばかりか、弓馬も巧みで、身の丈六尺二寸（一八六センチ）の堂々たる体躯の男だつたと言ふ。像はそれよりもかなり大きい。

なるほど、かう言ふ人であつたかと、薄闇のなかを見つめる。

わたしが小野篁の名を知つたのは、百人一首の歌によつてであつた。

わたの原八十島かけて漕ぎ出でぬと人には告げよあまの釣り舟

かういふところで思ひ出すのにはいささかふさはしくない、スケールの大きい、叙事的な骨太の歌である。『古今和歌集』巻第九羇旅歌《きりよか》の巻頭は、安倍仲麻呂が唐土で詠んだ歌「あまの原ふりさけみれば……」で、次いで据ゑられてゐるのは、このやうな歌柄ゆゑであらう。詞書きには、「隠岐《おき》の国に流されける時に、舟に乗りて出でたつとて、京なる人のもとにつかはしける」とある。承和三年の遣唐使渡航失敗に引き続き、翌年も嵐にあつて挫折、承和五年の三度目の出発に際しては、渡航を拒否して下船、嵯峨上皇の怒りを買ひ、流刑に処せられ、流刑地への出発に際して詠んだのである。

それにしてもこの男がどうして出航を前に下船するなどと言ふ行動に出たのだらう。目鼻立ちはよく見えないものの、若々しくも晴れやかな偉丈夫といふ印象で、大海原の彼方、唐どころか天竺《てんぢく》へでも行きさうな様子である。

当時の航海は恐ろしく未熟で、危険極まるものだつた。篁が副使となつた最後の遣唐使は、まず四艘が船団を組んで博多港を出たものの、暴風雨に遭ひ、辛うじて引き返したが、第三船が難破、乗組員百四十人のうち、じつに百十二人が海の藻屑となつた。翌承和四年七月、今度は三艘で出航したが、五島列島に近づいたところで、またも暴風雨に遭ひ、壱岐《いき》などに漂着した。

さうして三度目、承和五年に出航することになつたものの、大使の藤原常嗣が、自分の乗る船の損傷が大きかつたので、副使篁の船と取り換へるやう命じた。篁は、これを不当として、病気と称し船を降りたのである。篁はこれまでの失敗に終はつた航海の経験を踏まへ、あれこれ工夫を加へ、乗組員を訓練するなどの対策をとつてゐたらしい。その船をいきなり大使に召し上げられれば、航海の安全も確信できない。下船したのはかうした事情からであつた。

現に彼が乗ることになつた船は、帰途、篁が恐れたとほり海に消えた。世の人々は、いやが上にも篁の優れた能力を思ひ知らされたのだ。さうして、一年少々で許され、官位も復し、順調に昇進して、参議（唐名が宰相）まで昇つた。

かういふことから、やがて篁は未来を予知し、来世の消息にも通じてゐると考へられるやうになつたらしい。

長い棒を持ち、右手を突き出した激しい姿勢の鬼の像が、篁像の右に立つてゐる。象眼されてゐるのだらう、目が光つてゐる。そして左には、筆を持つた書記宮らしい小さめの像が控へてゐる。

どうしてかういふ組合せで、ここに篁像が祀られてゐるのだらう？　薄闇の中を見回した。

平安も中期頃になると、この寺の広大だつた境内には、さまざまな階層の人たちが私堂を営んだらしい。天永三年（一一一二）の記録によれば、四十八を数へ、その堂の名は次のやうなものであつた。左衛門大夫堂、伴入道堂、先達堂、頼源聖人堂、命婦堂、大工堂……。これから推察するのに、純然たる個人の堂もあれば、職能団体風のもの、帰依する僧を中心にしたものなどであらう。篁堂も、初めはさうした私堂の一つだつたのかもしれない。それが今は、篁堂ばかりが残つてゐるのだ。

仕切りを隔てた左側には、閻魔《えんま》大王座像が据ゑられてゐた。「王」の金文字を光らせた冠をかぶり、赤い口をかつと開け、憤怒を示してゐる。この王は、人々が生涯において犯した悪を裁き、六道のいづれへ赴くべきかを決定するのだ。まさしく六道の辻に君臨する存在である。

その大王と、簡単な仕切りを置いて、同じ壇上に篁は並んでゐる。どうしてなのか？

これには、じつは証人がゐたのだ。

後に内大臣になつた藤原高藤が、若い時のこと、篁が百鬼夜行を見せて恐れさせたのを不快に思ひ、篁の牛車の簾を切り裂く行為に出た。そのことを篁が、高藤の祖父で、当時最高の実力者であつた冬嗣に告げると、傍らにゐた高藤は激怒するとともに、にはかに「頓滅《とんめつ》」した。その高藤の手を篁がとつて引き起すと、息を吹き返し、篁を認めると、庭に降りて篁を拝し、かう言つた。

「覚エズ俄《にはか》ニ閻魔ノ庁ニ至ル。コノ弁《べん》第二ノ冥官《めいくわん》ニ坐セラル。ヨリテ拝スルナリ」

大江匡房が語つた話を記録した『江談抄』からだが、当時、篁は左中弁の位にあつたので、高藤は「コノ弁」と呼んだのである。そして、篁が閻魔庁で閻魔大王の横に座つてゐた、と告げたのである。もつとも篁が左中弁になつた時、冬嗣はすでに亡くなつてゐたから、確かな話ではない。

これによく似た話が、『今昔物語集』巻第二十に、冬嗣の息子良相のこととして出てゐる。冥府の使ひに連れられて良相が閻魔王宮に行くと、大王と臣たちの協議する場に篁も加はつてゐて、良相を許すように具申、受け入れられた情景を目にした。さうして甦つた後、良相が篁に礼を述べると、「人に仰せらるべからず」と口止めをした、とあつて、かう締めくくられる。

篁は閻魔王宮の臣として通ふ人なりけりと、人みな知りて恐《お》ぢ怖れけりとなむ、語り伝へたるとや。

未来を予知し、来世の消息に通じてゐるだけでなく、閻魔王宮に正式の官として席を持つてゐたと言ふのである。篁没後二百数十年後のことである。

篁堂の隣が鐘楼だつた。石畳道はそちらの方へ通じてゐる。

四本の柱が末広に立ち、四方は白壁で、花頭窓《くわとうまど》がついてゐる。近世以前の珍しい様式である。

花頭窓から中を覗くと、小ぶりな鐘と撞木が下がつてゐた。

この鐘を篁が造らせたと言ふ話が、やはり『今昔物語集』に出てゐる。命を受けた鋳物師は、撞かずとも自動的に時を告げる工夫をしたが、仕上げのため三年間、土に埋めておかなくてはならなかつたのにかかはらず、寺の僧が早々に掘り出してしまつた。そのため、人が撞かなくては鳴らなくなつたが、その代はり、音は唐土ばかりか冥土まで聞えるやうになつた、といふのである。

今日もこの伝承は生きてゐて、お盆の精霊迎への日、大勢の参詣人が列をなして、「六道の迎へ鐘」と称してこの鐘を撞くのである。

撞木を引く綱はどこだらうと探すと、窓の下に小さな穴が開いてゐて、そこから赤い布を巻き付けた綱の端が頭を出してゐた。

その綱を引く。が、引けない。普段は鳴らないやうにしてあるらしい。冥土からみだりに霊を呼び寄せてはならないのだ。

板戸の閉ざされた御堂の方へ行つたが、人の気配がまつたくない。

取り付く島もない思ひで立つてゐると、横手の道から初老の女がやつて来た。

「お坊さんがゐはるのは、六道まいりのときだけどすえ」

立ち止まつて、丁寧に教へてくれた。いまでは建仁寺の末寺となつてゐて、住職は常駐してゐないのだ。

「お盆の入りの六道まいりの四日間は、それはそれは賑やかで。ひつきりなしに迎へ鐘が鳴り、高野《かうや》槙《まき》と塔婆《たふば》を持つた大勢のおひとが、つぎつぎ来やはります。そして、このお堂の縁先には、筆を持つたおひとが二十人も三十人も並んで、塔婆に戒名を書いてくれはりますのや。そら忙しさうでつせ」

お盆の精霊迎への日を六道参りと言ひ、門前から門の中まで露店が出て、高野槙の枝と経木塔婆が売られるのだ。人々はそれを買ひ求め、この堂の軒先で経木塔婆に戒名を書いてもらひ、迎へ鐘を撞く。さうして冥土から霊を呼び寄せるのだ。その高野槙を持ち帰り、お盆の間、魂棚に飾るなり井戸にぶら下げて置く。井戸は冥土への通ひ道といふ俗信があるのだ。

「わたしのやうな歳になりますと、塔婆も多うなつて、十枚を越えますわなあ」

老女はさう言つて、笑つた。

もう少し六道まいりの日のことを話してほしいと言ふと、ちよつと首を傾げて、いまは簡素化されて、高野槙や経木塔婆を持ち帰るひとが少なく、そのまま経木塔婆を線香で清め、篁堂の向ひにある千体地蔵の前で、槙を使つて水回向をして、収める場合が多いのですよといふ。そして、

「そこの篁堂の格子が上がつて、凛々しい篁さまのお姿がはつきりと拝見できて、よろしおすえ」

と笑ひ、つづけて、

「篁さまの井戸をご覧なはりました？」

と尋ねた。いいえ、と答へると、

「それ、そこの窓が開いてますわな。あそこからお庭が見えます。奥に井戸があるのが、それどす」

指さす御堂の右端に窓が開いてゐて、そこから覗けるやう、足場が作られてある。

「せめてあの井戸なりとご覧やす」

老女は、会釈すると歩き出した。

わたしは礼を言つて、その足場に上がる。

東に開いた縁先に、広くはないが庭があり、その奥に、確かに井桁が見えた。

篁は、夜ごと、そこから地底の閻魔庁へ通つたと伝へられるのだ。さうして、閻魔王の仕事を手伝つた……。

そのあたりは木陰で、いかにも涼しげである。井戸の中はどうであらう？　いまは使はれることもないから、底が浅くなつてゐるだらうが、依然として闇が澱んでゐるに違ひない。そして、その闇は、冥土に通じてゐる……。

篁は若くして闇に親しんだ者であることは、『篁物語』（作者不詳の歌物語）の語るところである。——まだ学生《がくしやう》の身であつた彼は、親に命じられるまま、異腹の美しい妹に漢籍を教へたが、そのうちに激しくこころ惹かれるやうになつた。そして、言ひ寄る男が他にゐると知ると、強引に寝所へ忍び入る挙に出た。この頃、異母姉妹との関係は近親姦のタブーに触れるとはされてゐなかつたらしい。しかし、彼女の母は、有力者に妻合はせるつもりでゐたから、怒り狂ひ、女が妊娠したと知ると、壁で囲はれた部屋（塗籠《ぬりごめ》であらう）に閉じ込め、鍵穴も土で塗り込めてしまつた。

かうして篁は、恋しい女の身をとほして、陽のまつたくささない闇を知ることになつたのだ。篁は、ひそかに壁に穴を開け、言葉をかはし、人を使つて食物を運ばせた。が、女は、一切食物を口にしなかつた。さうして、かう歌を詠んで寄越した。

消えはてて身こそは灰になりはてめ夢の魂君にあひそへ

この世から消えて、わが身は灰になつてしまふでせうが、わたしの魂ばかりは、あなたの夢のなかで、あなたに逢ひ、添ひ寝することを願つてをります……。さうして、そのまま絶え入る様子だつたので、慌てて人を呼び、やうやく部屋に入ることができたとき、女は、闇に溶け入るやうに息絶えてゐた。彼は、嘆き悲しみ、そのまま泣き臥したが、なにやら気配を感じて灯火を消すと、果たして女がやつて来て添ひ臥す様子であつた。

泣き流す涙の上にありしにも……。

あなたを恋ひ慕つて流す涙の上に、わたしは臥してゐるのですが、と男が言ひかけると、女はかうはつきりと歌を返した。

つねに寄るしばしばかりはあはなればつひに溶けなむことぞ悲しき

常々の逢瀬もほんの一時の泡のやうにはかないものでした。やはり泡は泡として溶けて消えるのは避けられぬこと、悲しいことです。

いや、決して二人の間はそのやうなものではないと、篁は探り求めたが、触れるものはなにもなかつた。「ふところにかき入れて……臥さまほし」と激しく願ひ、なほも腕を四方へと差し出し求めたが、闇を抱くばかりであつた。

物語は、なほもつづく。篁は、泣く泣く野辺送りを自らの手で執り行ひ、女の部屋を清め、花を供へ、香をたいて、籠つた。すると、夜な夜な女の霊魂がやつて来て、闇の中、目にも鮮やかに姿が現はれ出て、言葉を交はすことができた。

先の歌、「なく涙雨とふらなむ」は、いま見た物語には出て来ないが、そのやうに語りあつて初七日を迎へやうとする時、詠んだと言ふことになるのだらう。三途の川を渡るのは初七日とされてゐるのだ。

さうして、二十一日も過ぎると、女の姿は徐々に薄れて行つたが、四十九日の供養を比叡山の三昧堂で懇ろに行つた後も、なほもほのめくことは絶えなかつた……。

これは言ふまでもなく作り物語だが、篁といふ人がいかに死の闇と親しい存在であつたかを、よく示してゐよう。そして、それゆゑに、彼は、死からも自由だつた。なにしろ篁は、多くの者たちを呑み込んだ南の死の海から二度も戻り、避けられぬ三度目からは見事に身を躱した。そして、日本海の彼方の隠岐の島からも無事に帰つて来たのである。

そこの井桁を跨いで、地底の冥府との間を往還したところで不思議はないのではないか。

砂利を踏んで山門の方へ引き返しかけたが、いま一度、篁堂に寄り、格子の間から中を覗いた。

平安時代も年月を重ねるにつれ、華やかさを増すとともに、死の世界は、ますます闇に塗り込められて行つた。こちらが明るくなれば、向うが暗くなるの道理である。そして、人々は、その闇に閉ざされた世界を知りたいと激しく願ふやうになつて行つた。

だから、人々は、夢のなかでしばしば地獄を見たし、一度死んで蘇つた者から、地獄のさまを聞いた。『日本霊異記』が繰り返し記すところである。

しかし、時代は、さらに先へと進む。篁が生を受けたのは、さういふ時期で、夢や甦つた者の話ではなく、可能な限り冥府の事情に通じた、信頼のおける者の、ぢかの見聞を要求するやうになつたのだ。

小野篁が、冥府の大王に準ずる「第二の冥官」とされたのも、それゆゑであらう。篁のやうに才知すぐれ、胆力も据はつた「第二の冥官」たる者の報告ほど、信頼性の高いものはない。

もつとも時代の大勢は、冥府なり地獄の実相よりも、自分が赴きたいと念ずる極楽浄土の有様を、前もつて詳しく知りたいと望むやうに、さらに変はつて行く。しかし、さう変はつても、毎夜、冥府に通ふといふ小野篁の存在は、忘れられなかつた。そして、今日にまで及んでゐるのだ。

もしかしたら、この闇の濃い篁堂のなかでは、いまなほ彼の愛した妹の姿がほのめくことがあるかもしれないと、改めて目を凝らした。世の光をよそに痩せ衰へて消えた、限りなく美しい女の、白い顔が、である。

春日山　地獄谷

東大寺南大門の正面に通じる道を横切つて、春日《かすが》神社への参道を右手に逸《そ》れると、広々とした野となつた。

淡く緑を敷き詰めた柔らかな起伏が、そのまま空と接する、森林の中の空間である。歩み入つて行くと、自づから晴れやかな気持になる。

あちらこちらに鹿の姿が見える。足元の草は極端に短く、地面に貼り付いたやうになつてゐる。刈り込んだのではなく、鹿が、その柔らかい鼻を押し付けて、日々食んでゐるためだ。手前に水溜があり、切れ切れの白雲を浮かべてゐる。雪消《ゆきげ》の沢である。

野の真中へと進んで行くにつれて、全体にこころもち隆起して行くが、中程に至つて、急に向うへと傾き、ゆるゆかに波立ちながら下つて行く。

その下りきつた先を、小さな流れが横切つてゐる。率川《いさがは》である。向う岸は赤土の低い崖で、高畑の街になり、その屋根の連なりのまま視線を平野の方、西へやると、奈良市街が広々と見渡せる。その中心街のビル群の彼方には、生駒山脈が望まれた。

振り向くと、ちやうど東正面に、円錐型の緑の濃い小山がある。御蓋山《みかさやま》である。

背後には、やはり深く森林に覆はれた山がゆつたりと長く横たはつゐる。春日山である。そして、左には、柔らかな素肌を見せた若草山、右は、こんもりと高円山《たかまどやま》である。

この野の四方に開けた風景は、格別である。奈良を訪れるたびに、わたしはここへ来ずにはをられない。

もつともけふは、このあたりに小さな池と塚がありはしないかと、見にやつて来たのだ。『大和名所図会』の挿絵には、ごく小さな円が描かれ、「のもりの池」と、名も書き込まれてゐるのだ。

野守の池とは、もともとはこの野にゐた野守——野の管理人——が水鏡として親しんだ水溜を言ふ。雨が降れば現はれ、晴天がつづけば消えるところのものである。が、後になつて池として掘られた。それが挿絵の小さな円なのだが、どこにあるのか？

野守の池がひろく知られるやうになつたのは、雄略天皇とも天智天皇とも言はれるが、春日野で鷹狩が行はれた際、鷹が逸れて不明になつた。そこで野守に尋ねたところ、水溜の面に映つてゐる鷹の姿を指し示して、たちどころに所在を明らかにした。それ以来、不思議な力を持つものとして、野守の鏡が言はれるやうになつたのである。

しかし、いくら見回しても、池といふべきものは、先に傍らを通り過ぎて来た雪消の沢より外、どこにもない。

伝承は、それだけでとどまらず、その池のすぐ近くには塚があつて、野守が夜の住まひとしてゐた、と言ふのである。

率川へと下る斜面は、幾つも起伏を見せてゐるので、そのどれかが塚ではないかと疑つてみたが、いづれも違ふ。

春日野は広く、その一部であるこのあたりは、いまは浅茅《あさぢ》ケ原と呼ばれてをり、もしかしたら別のところかもしれない。しかし、鷹が飛ぶやうな大きく開けたところは、奈良公園内では現在、ここしかない。

飛翔する鷹を追ふやうな気持になつて、改めて見回す。もつとも千年も千五百年も前となれば、森の様相は大きく違つてゐただらう。さうであるとすれば、ことは違ふだらう。

それに塚とは、死者の葬られてゐるところではないか。そこに住んでゐるとなると、尋常の人間であるはずはない。

いつの頃とも分からないが、回国修行の僧がこの春日野へとやつて来て、老いた野守に出会ひ、野守の鏡のいはれを訊ねる。と、野守は、われわれが朝夕、自らの姿を映す水溜りをさう呼んで来てゐるが、じつは、鬼神の持つ不思議な力を持つ浄玻璃《じやうはり》の鏡こそ、本来の野守の鏡だ、と明かす。その鏡はお見せできないから、知りたければ野に現はれては消える水鏡を見よ、とばかり言ひ捨てて、塚の内に消える……。

謡曲『野守』の発端である。その際に水鏡はこの世の仮象、実体は浄玻璃の鏡だとも告げる。かう言はれれば、誰であれ、実体を見届けたいと思はずにをれまい。僧は塚の前に座り込んで、数珠を押し揉み、「われに奇特を現はし給へ」と激しく祈るのだ。すると、心動かされた老野守、じつは鬼神が、浄玻璃の鏡を持つて現はれる……。

以前、この野で見た芝能の一場面が浮かんだ。篝火《かがりび》の下、小癋見《こべしみ》の面を赤々と光らせて演者が登場して来た。さうして、大きな円盤と見える作り物を差し出した。それが、ほかならぬ浄玻璃の野守の鏡であつた。その面をまづ東へと向け、それから西へ、南へ、天へと向ける。と、この世の隅々までが隈無く写し出されるのだ。そして最後に、大地へと向ける。

と、シテと地謡がかう謡ふ。

まづは地獄の　有様を現はす。

この晴れやかな野に、どうして地獄が出現するのだらう？　あたりは少しも変はらず、鹿の群が草を食み、春日山はあくまで穏やかに横たはつてゐる。

地謡はつづく。

罪の軽重、罪人の呵責《かしやく》、打つや鉄杖の数かず、悉《ことごと》く見えたり

暗い夜空の下、この草の上に座り込んで、薪の明かりでわたしが見たのは確かである。舞台も、同じくこの草の上であつた。

その浄玻璃の鏡は、本来、一面八丈と言ふから、二十四メートルを越す巨大なもので、それを軽々と扱ふ鬼神は、どれだけの身丈であらうか。文字どほり雲を突く大男でなくてはなるまい。詞章が口から吐かれるとともに、演者の背丈が大きく伸びるのだ。

そして、

すはや地獄に　帰るぞ

さう告げると、

大地をかっぱと、踏み鳴らし、大地をかっぱと、踏み破つて、奈落の底にぞ、入りにける

巨大な鬼神の足の下に、この野が踏み破られるかと思はれた一瞬であつた。多分、その野守が引込んで行つた塚からは、地獄への道が広々と通じてゐるのであらう。

鹿が一匹寄つて来た。手を差し出すと、ぺろぺろと舌を出して嘗める。澄んだ瞳は、なんの表情も示さない。しかし、野と空を小さく圧縮して琥珀色のうちに宿してゐる。

ここから歩いて二、三十分のところに、地獄谷があるのを思ひ出した。率川は、春日山の西斜面から流れ出てゐるが、その奥から、南に位置する高円山との間を能登川が流れ下つて来る。その谷を地獄谷と呼んでゐるのだ。もしかしたら野守の翁が帰つて行つたのは、その谷ではなかつたかと考へた。

それればかりか、その谷は、かつて塚の役割を果たしたとも考へられさうなのだ。

ためらひを覚えならも、足は野の東へと向ふ。野守の跡をなほも追つてみようとするのだらうかと、自分ながら怪訝な思ひを覚えながら、森の中へ踏み入る。

杉の大木があちこちに聳え、下にはアセビなどが繁茂して、小道は途絶えがちである。

地獄がこの国土に出現したのは、言ふまでもなく仏教の伝来――『日本書紀』によれば欽明天皇十三年（五五二）十月――以後のことに属するが、その異国の教へそのものが広く受け入れられるのにも、かなり年月がかかつた。そして、春日野に遊ぶ人たちが多くみられるやうになつたのは、その仏教伝来から百五十八年も経過した後の和銅三年（七一〇）、平城京が営まれてからのことである。

傍らの杉の巨大さに、思はず立ち止まつて見上げた。六、七百年もの年輪を刻んでゐるのではないか。しかし、考へてみると、その年数よりも遥か以前の時代を、いまは窺ひ見ようとしてゐるのだ。

丸太橋で率川を渡り、自動車道に出た。春日野の南を画する道である。これを横断して真直ぐ南へ進めば、新薬師寺だが、その歩道を山の方へたどる。

やがて破石町《わりいし》のバス停留所になり、舗装道路は終はつた。このまま進めば、左が旧ドライブウエイ、右が柳生《やぎふ》街道になる。

この柳生街道が、地獄谷を通る。

生垣や白壁の塀を巡らした住宅が並んでゐる。そのうちの一軒には植木職人が入つて、梯子の上で仕事をしてゐる。穏やかな日々が、この集落にはある様子だ。

そこを抜けると、急に水音が大きくなつた。左下が谷川で、大きな岩石が幾つも転がつてゐる間を、水が走つてゐる。反対の側溝にも豊かな水流がある。

路面は石が多い。街路用の革靴では無理かもしれないと思つたが、仕方がない。足を痛めないよう気をつけながら、歩を運んだ。

短い橋があり、それを渡ると、両側に低い石垣が築かれ、その上に石の常夜灯があつた。左側は笠と火袋が落ちてゐるが、竿に往来安全、文久二年（一八六二）と刻まれてゐる。生麦事件や薩英戦争のあつた年である。

その先から、石畳道が始まつた。

不揃ひの自然石が、一メートルほどの幅で並べられてゐる。ひどく歩きにくい。滑りさうになつたり、足首を捻りさうになったりする。江戸時代に造られたから、草鞋《わらじ》で歩くのに適してゐるのだ。

両側から急な斜面が迫つて来る。

上の方に大木が林立し、蔭が深くなる。ところどころ石畳道が崩れ、消えて、泥濘《ぬかる》む。

しかし、並行する川の岩と岩の間を迸り落ちる水は透明で、傍らでも先の方でも盛んに飛沫を挙げてゐる。爽やかな空気が、絶えず動く。

木の間隠れに、野守の後姿が見えるのではないかと、前方を窺つた。昼間のいまは、あの猛々しい鬼神ではなく、多分、老いを背中に見せた、貧しげな男だらう。

春日山と一口に言つても、主峰は花山《はなやま》（四九八メートル）で、その南に香山《かうせん》があり、そのさらに南の麓の古道を、いまたどつてゐるのである。

この香山が、じつは古代の春日山信仰の中心であつたらしい。祀られたのは、雷神である。

雷神は、古代の多くの神々のなかでも、大きな力を持つ神であつた。なにしろ生命の源である水を統御する存在と考へられてゐた。そして、稲妻と雷鳴を発しつつ、天と地の間を往来するのである。

空を見上げた。狭い青空が見える。夏は、このあたりに雷雲がよく発生するのだ。

雄略天皇に命じられた臣下の者が、雷神を追ひかけ、捕まへる話が、わが国最初の仏教説話集『日本霊異記』の巻頭に出てゐる。なぜ巻頭なのだらう？ と考へる。もしかしたら、仏教がこの大和の地に入り込むのに、雷神が邪魔だつたからではないか？ なにしろ古代において最も力のあつた神であるから、まづこの神を貶《おとし》め、力を殺ぐ必要があつたらう。

ふた抱へほどの石が路上に転がつてゐた。その上に、小石が積み重ねられてゐる。

なんの標だらうと、山側の左へ回り込むと、粗く風化した面に、なにやら刻み込まれてゐる。仏像だつた。斜めに横たはるかたちになつてゐる。傍らに「寝仏」と標識が立つてゐる。南北朝に刻まれた大日如来で、上にあつたのが転げ落ちたのだと説明されてゐる。

そのすぐ先に、もう一本、標識があり、「夕日観音」とあつた。そして、指示に従ひ、雑木に覆はれた斜面を見上げると、十メートルほど先、枯れ枝越しに、前へ傾いた岩が見えた。確かにそこにも仏の立像が浮き彫りされてゐる。

夕日を浴びれば、一段とくつきり見えるに違ひない。鎌倉時代も中期のもので、正しくは弥勒菩薩とのことだが、後世の人たちは、観音と見たのだ。

そこから少し先には、「瀧坂地蔵」があつた。谷合ひのこのあたりは、雨が降れば瀧のやうになるところから、瀧坂と言はれるが、それにもとづく命名であらう。やはり斜面の上、雑草に遮られながら、丸い頭がはつきり見えた。そして、長い錫杖《しやくぢやう》を持つ。間違ひなく地蔵である。やはり鎌倉時代の作だといふ。

観音（じつは弥勒だが）がゐて、地蔵がゐるのだ。間違ひなくここは、地獄谷だ、と思つた。地獄で苛まれるわれわれを救つてくれるのは、この両菩薩に外ならないのだ。

それなら、このあたりに、血の池なり灼熱の銅柱が立つてゐるのではないか？　あるいは、あの浄玻璃の鏡が据ゑられてゐるのではあるまいか。浄玻璃の鏡が普段据ゑられてゐるのは、閻魔王の前のはずである。

坂の上に男女二人づれが現はれた。手をつなぎ、凸凹の激しい石畳道を、身軽に跳ねるやうにして降りて来る。二人とも若く、山歩きの真新しい色彩鮮やかな服装をしてゐる。横に避けたわたしの前を、あつと言ふ間に通り過ぎて行く。

再び、地蔵を見上げた。そして、見詰めつづけてゐると、声が聞えて来るやうに思はれた。

「我は閻魔王、汝が国に地蔵菩薩と称す」

間違ひなく『日本霊異記』には、かう書かれてゐるのだ。「汝が国」とは、言ふまでもなくわれわれが現に生きてゐる日本のこの世であり、ここでこそ地蔵菩薩の姿をとつて現はれてゐるが、冥府なり地獄では閻魔王なのだと、その素性を明かしてゐるのである。

地蔵菩薩と閻魔王のこの一体論は、わが国では後世までひどく好まれ、頼りにもされたが、意外に早く成立してゐる。薬師寺の沙門、景戒《けいくわい》が『日本霊異記』を完成したのは弘仁年間（八一〇〜二四）だから、それよりもかなり以前、奈良時代には、広く受け入れられるやうになつてゐたと考へられる。当然、それ以前に、地獄の観念も定着してゐたはずである。

再び歩き出しながら、平城京が営まれ、多くの壮麗な寺院が建てられるやうになつた頃のことを思つた。その頃、この谷へと入つて来たのはいかなる人たちであつたらう。

わが国では古来、山岳を聖地とする信仰が盛んで、現にこの地では香山を中心とする雷神信仰がおこなはれてゐたが、いつか山岳仏教の道場ともなつて行つたやうである。多分、古来の信仰と習合するかたちである。さうして、それが進むとともに、地獄の観念も形成され、それに従つてこの谷も意味合ひを変へて行つた……。

石畳道が途切れ、気づいたときは泥濘に踏み込んでゐた。黒々とした泥が靴にべつたりとついてゐる。傍らの草で泥を拭き取つたが、なかなかきれいにならない。『日本霊異記』には、この世と冥府との境に黒い河が流れてゐると言ふ記述があるが、三途の川も出現してゐたと考へてよいのであらう。

奈良時代、この谷を抜け、峠を越えた先の大和高原の一角、田原里（現在の奈良市田原春日野町、此瀬町など）が、東の葬地とされた。現に志貴皇子《しきのみこ》や太安万侶《おほのやすまろ》らが埋葬されたことが確認されてゐるが、それらの葬列はこの谷を通つたのだらう。都市が成立、維持されるのには葬地の確保が不可欠だが、さうであつたなら、この谷は間違ひなく冥府への入口といふことにならう。

爽やかなこの渓谷が、地獄谷とおぞましい名で呼ばれるのは、あるいはこのためかもしれない。

徐々に谷は浅くなり、板の小橋を渡ると、流れは左手になつた。

そして、左側から流れの上へ大きな岩が迫り出てゐる一角にかかつた。その岩の面に、等身よりかなり大きな仏像が三体、浮き彫りにされてゐる。傍らの標識に、「朝日観音」とある。

先の夕日観音に対して、東向きなので、かう呼ばれてゐるのだらう。しかし、ここまで朝日が差し込んで来るかどうか。両側には山が切り立つてゐる。

中央は威風を感じさせる立像である。彫りは浅いが、堂々とした体躯で、胸を張り、深く瞑想してゐる。じつは観音ではなく、弥勒菩薩らしい。奈良では長らく法相宗が盛んで、もつぱら弥勒信仰が説かれてゐたのだ。両側は地蔵で、右側は後世の補刻らしい。銘文があつて、文永二年（一二六五）、性勧と言ふ人物が施主となつて、亡母のため造られたと分かる。阿弥陀信仰の極楽浄土でなく、弥勒の住む兜率天の内院に生まれかはるのを願つたのである。

鎌倉時代初期、この奈良を舞台にして幾多の天才的な仏師が活躍したが、その余光がこの岩の上にも認められるやうに思ふ。

石畳道を、なほも登る。

汗が滲んで来た。これから先、どれだけ登ればよいのか、いささか心細くなる。

ふと、都が山城へと移つた前後のことを考へた。ここに都がある間はまだしも、さうでなくなると、当然、葬地の取り決めも緩んできただらう。新しく都となつた京にしても、鳥辺山などを葬地として定めたものの、やがてその辺りから清水寺の舞台の下の谷などに死者が盛んに遺棄されるやうなことが、早々に起つた。当然、ここでもさういふことが起つたと考へるべきではないか。いや、古来、遷都の大きな理由として、塵芥と死骸処理の問題が常にあつた。もしかしたら、平安京への遷都にあたつて、このことが差し迫つた問題となつてゐたかもしれない。

その遷都の前後の時期に、『日本霊異記』の筆者景戒は薬師寺にゐた。そして、遷都を前に荒廃して行く様子、遷都後はそれが加速する様子を見もすれば、この谷へもやつて来たらう。なにしろ彼は、「他国の伝録」ではなく、「自土の奇事」を集めようとしてゐたのだ。だから機会を捉へては、いろんなところへ足を運んだ。薬師寺からなら、ここは遠くない。東大寺や興福寺を訪れたついでに、少し足を伸ばせばよい。

その時、ここにはどのやうな情景が繰り広げられてゐただらうか?

やがて鴨長明が書き記したやうな、あるいは、京の絵師が『地獄草子』に描くやうな情景だつたかもしれない。

景戒が記す地獄は、あの世とは限らない。この世の、それもごくありふれたところに出現するのだ。村外れの、麦が二尺ばかり一面に生えてゐる畠へ、天平勝宝六年（七五四）春三月、見知らぬ兵士によつて一人の男が連れ込まれた、と景戒は書く。と、男は、「熱きかな、熱きかな」と泣き叫び、狂つたやうに走り回つた。驚いた村人が麦畠から連れ出すと、すでに男の足は焼け爛れ、骨だけになつてゐて、一日後には死んだ——。すなはち、灼熱地獄が出現して、鳥の卵を取つて煮て食ふのを常とした男を罰したのだつた。

伊弉諾尊《いざなぎのみこと》が黄泉坂《よみざか》を岩で塞ぐ以前のこともあつたのだらうか。

さうして、ふと気づくと、地獄のただ中にゐた、といふことにもなる……。現にわたしは、地獄谷深く入り込んでゐるのだ。

道がなだらかになり、狭いながら平坦な地が広がつた。

四阿屋風の休憩所がある。

ベンチに腰を下ろし、ぶら下げてゐたビニール袋からジュースの缶を取り出す。

喉を潤しながら、見回すと、休憩所の前で道は二つに分かれ、左は石畳道で、やや急な坂を上がつて行く。右はゆるやかな土の道で、そちらに面して、二メートルほどもありさうな石地蔵が、赤い前掛けをつけて立つてゐるが、首のところに切れ目が入つてゐる。首きり地蔵と呼ばれるものだと分かつた。鎌倉時代の製作だが、いつの間にか柳生へ急ぐ荒木又右衛門が試し切りをした、などと語られるやうになつてゐる。

地獄谷の真中である。

缶を手にしたまま、地蔵菩薩に近づいた。これまで仰ぎ見る位置にあつたのが、同じ平面に立つてゐる。もつとも台の上に乗つてゐて、丈が高く感じられる。手を伸ばし、袖に触れた。ざらざらしてゐて、指先に薄すらと苔の緑がつく。

地蔵の慈悲に与かるのか、それとも閻魔王の苛酷な裁きを受けるのか、その剣が峰に立たされた人たちのことを考へる。

左の石畳道を採つた
森は深く、石は湿つてゐて、滑りさうである。踏ん張り踏ん張りしながら、上がる。

身体が発熱したやうに熱くなつた。上着を脱ぎ、汗を拭ふが、汗は止まらない。

火を見ず、日の光に非ずして、甚だ熱き気、身に当り面を炙《あぶ》る。

『日本霊異記』の一節である。天平十六年（七四四）十一月と年月が明記されてゐるが、行基を嫉妬し、謗《そし》つた智光と言ふ僧が、いきなり閻魔王の使者に引き立てられて冥府へ連行されると、北へ進めと命ぜられるままに行くと、かうなるのだ。

その熱気を冒してなほも進むと、目の前に「極めて熱き鉄の柱」が立つてゐた。「その柱を抱け」と使者は命ずる。言はれるまま抱く。と、瞬時にして彼の身は燃え上がり、「肉皆銷《き》え爛《こが》れ、唯し骨鏁《ぐさり》のみ」となる。三日後、使者が箒で柱を撫で、「活《い》きよ活きよ」と唱へると、もとの身になつたが、さらに先へと追ひやられ、今度は灼熱の「銅柱」を抱かされるのだ。その三日後にまた蘇ると、「熱き火の気、雲の如くして覆ひ」、飛ぶ鳥も落ちて煎られる所へ投げ込まれる。

景戒の描く地獄では、ひたすら熱で責め苛まれるのだ。後の『往生要集』とは違ひ、素朴と言ふべきだらう。

汗が流れ出るまま、拭きもせず、喘ぎ喘ぎ、登りつづける。どれだけ暑くても、身が燃え上がる恐れはない。

「穴仏」の標識があり、左手の急な斜面の上を指してゐた。頼りなげな木の手摺がついてゐる。それを見て思案したが、その手摺に縋つて、強引に上がる。

四、五メートルほども攀じ登ると、わづかな平地があり、そこに石窟が、南に向け口を大きく開けてゐた。

　金網が全体に被せられ、巨大な鳥籠のやうだ。一体、いかなる生き物がここに囚はれてゐるのだらう。この世に解き放つことの出来ない危険な生き物か、あるいは、この世には生きて行けないものでもあらうか、と考へる。

　息が収まるのを待つて、覗き込んだ。石窟は二つに分かれてをり、まづ右側の東窟である。真中に半ば崩れた石塔があり、右の壁には高さ一メートルほどの、やや風化の進んだ菩薩の立像が三体並び、左の壁には、地蔵と分かる円い頭の立像が四体並んでゐる。ただし、右端の像は顔から肩にかけ欠け落ちてゐる。そして、手前の床には崩落した破片が散らばつてゐる。

　西窟は、奥行きがなく、中央に阿弥陀と顔の脱落した大日如来の座像が並んでゐる。そして、左端に、多門天の立像である。

　山中に造られたこの石の空間は、一体、どのやうな性格のものなのか。文字どほり山中別天地であつたのは間違ひない。仏や菩薩や天たちがゐるのである。東窟は胎蔵界、西窟は金剛界とされてゐたとも言ふから、密教的な世界が立体的に構想されたのであらう。もつともさうなると、「朝日観音」の弥勒信仰とは別になる。

　さうした詮索はともかく、野守はかういふところへ戻つて行つたのではなかつただらうかと考へた。出来ることなら、わたしもこの窟の中に身を潜めてみたいものだと思ふ。なにしろ仏や菩薩や天たちを身近に過ごすことが出来るのだ。地獄谷でも聖なる場所である。しかし、金網が出入りを阻んでゐる。

　顔の脱落した大日如来の横に、文字が刻まれてゐて、次のやうに読めた、「……日始之造作者今如房願意」。上が剥落してゐるが、かつては「久寿二年（一一五五）八月二十」と判読できたと言ふ。このあたりを根城とした山岳仏教の修行者の一人が、その作者、今如房と言ふ男であらう。彼は、営々と鑿を振るひ、仏や菩薩や天たちのゐる、自らの身を置く空間を造つたのだ。ここでは、「保元二年（一一五七）二月二十七日仏造始、開眼四月二十一日」と言ふ墨書も見つかつてゐるらしい。保元の乱が起り、騒乱の気が立ち込めるやうになつた、険しい時代のことである。

それから百年余後、性勘が「朝日観音」を刻ませたのは、この仕事を見たからかもしれない。

そこから旧ドライブウエイが近かつた。

そこを南へ十分ほど歩いて、東へと山中に入る小道を採つた。

なだらかに起伏する道である。もはや谷を行く暗さはない。自ずと足取りも軽くなる。

景戒の説話集の特徴のもう一つは、地獄を扱ふのに、ほとんどが死んだ者が蘇つて語る、と言ふ形式を採つてゐる点だらう。智光といふ僧にしても、じつはさうであつて、地獄の責め苦を受けたものの、許されてこの世に戻り、先に記したやうに地獄の様子を語つたのだ。その他も、こんな具合ひである。神護景雲二年（七六八）二月十七日のこと、藤原朝臣広足《ひろたり》といふ男がにはかに死に、三日後に甦つて語つた……。慶雲二年（七〇五）秋九月十五日、膳広国たちまち死んで三日目、甦つて語つた……。

年月日まではつきり書かれてゐるのは、事実であることを強調するためであるに違ひない。そして、その蘇生した者が語る形式は、地獄を可能な限りこの世へと引き寄せる働きをする。もしかしたら伊弉諾尊が黄泉の国へ伊弉冉尊《いざなみのみこと》を訪ねて行つたやうに、この時代、死者に逢ふことができたのかもしれない。

急に険しい登りになつた。そして、岩の上へ上がつたと思ふと、その先に、またも金網に囲はれた一角があつた。

「聖人窟」であつた。

岩が軒となつて突き出してゐる奥に、岩の滑らかな壁があり、そこに仏の座像が等身よりやや小さめに、しつかりした線で刻み込まれてをり、僅かながら色彩が残つてゐた。

阿弥陀か盧舎那仏か判然としないが、その左は薬師観音、右は十一面観音の、ともに立像である。右横の狭い壁にも、菩薩像がぼんやり浮かんでゐる。

かつて、ここに座して、壁の仏を眺めたり、穏やかな山上の佇まひを見やつたりして、時の移るまに過ごした人たちがゐたのであらう。彼らは、野に現はれる水鏡のなかに鷹や雲を見るやうに、地獄も極楽もありありと目にしてゐたのではないか。

窟の前には、狭いながらベンチが置かれ、明るい林のなかの気の利いた休息所と言つた気配である。地獄谷を抜けて来たんだな、と思つた。

しかし、奈良時代の高位の者たちの葬地は、まだ先である。

比叡山 横川

京都駅前からのバスを、比叡山東塔の延暦寺バスセンターで降りると、そのまま横川《よかは》行に乗り継いだ。比叡山上には、東塔、西塔、それに横川の三つの拠点があるが、なかでも横川は、最も北の、琵琶湖側に位置し、俗界をなほも遠く離れようとする者が赴いて来た場所である。

客は二十人ほどだつたが、次の西塔でほとんど降り、残つたのは母娘らしい物静かな二人づれとわたしだけだつた。

アスファルトの路面は滑らかで、傍らに楓が植ゑられ、ところどころ生垣が造られたりしてゐる。琵琶湖が大きく広がつたと思ふと、すぐ緑のなかへ紛れ込む。そして、十数分で、もう横川だつた。越えるべき幾つもの峰や谷は、いまや均されて、バスはスピードを落とさずに突走つてしまふのだ。

下車すると穏やかな初秋の陽の満ちた駐車場を横切り、杉林に口を開けてゐる道の方へ行く。元三《ぐわんさん》大師と刻まれた石灯籠がある。

横川を開いたのは、円仁《えんにん》（慈覚《じかく》大師）である。大同三年（八〇八）に叡山に登り、最澄の弟子となつて、一時、布教のため故郷の下野《しもつけ》へ赴いたものの、修行をつづけ、叡山に戻ると、さらに奥深い地を求めてここに至つたのだ。

杉林に入ると、道はなだらかな下りになる。足を運ぶにつれ、一時間半もバスを乗り継いで来た身体の硬直感が解けて行く。

　円仁は、老杉の洞を住まひとして三年に至つたと言ふ。そして、法華経の書写三昧行に入り、八巻六万八千余字の書写を完成させた。さうして、それを木造の小塔に収め、さらにその小塔を収めるための小堂を建て、首楞厳院《しゆりやうごんゐん》と呼んだ。これがいまの横川中堂の始まりらしい。

　もつとも円仁による横川の経営が本格化するのは、彼が唐に渡つて約十年を過ごし、承和十四年（八四七）に帰国してからである。

　坂が尽きるとともに、道は左に折れて、山の間へ入る。すると、小さな池があり、龍王社があつた。その前から、右手斜面の上に舞台造りの朱塗の建物が仰がれた。横川中堂、首楞厳院である。

　横川は六つの谷から成つてゐるが、ここが中心の般若谷である。首楞厳院と向ひあつた左斜面に、木の間隠れに二重の塔が見えた。円仁が写経を始めたと伝へられるところに建つ、根本如法塔である。

　首楞厳院の舞台の足許に沿つた道を上がつた。舞台を支へる四角い柱が幾本も立つてゐて、朱塗が生々しい。木に見えるが、鉄筋コンクリートである。信長の焼き打ちの後、豊臣秀頼とその母淀君が寄進、慶長年間に再建されたが、昭和十七年（一九四二）に落雷のため焼失、昭和四十六年になつて復元されたのである。

　入口は、谷と反対側であつた。靴を脱いで上がる。が、御堂の正面は、いま登つて来た道の上である。そちらへ回る。

　内陣の扉は開け放たれてゐたが、幅が狭く、中は暗い。目が慣れるまでしばらく待つて覗くと、根本中堂と同じく、こちら外陣より床が二・五メートルほど低く、祭壇ばかり暗闇の中に浮かんでゐる。奥に仏像が安置されてゐるのがぼんやり見える。

円仁が唐から帰つて安置した等身の、蓮の蕾を手にした聖観音立像のはずだ。

慈覚大師、入唐求法ノ後、纜《ともづな》ヲ解キテ船ヲ浮ベルノ間、タチマチ悪風ニアヒテ西海ニ没セントス。

『山門堂舎記』の一節である。唐へ渡るのは、想像を絶した苦難の連続であつた。円仁の乗つた遣唐使船は、出航して二度とも嵐に遇ひ、漂流、最初のときは四隻のうち一隻が遭難、多くの人命を失つたし、三度目の出港を控へては、副使の小野篁が無断で下船、咎めを受け、隠岐へ流される騒ぎが起つた。

そのつづき、

彼ノ観音力ヲ念ズルニ、毘沙門天現ハレ、風晴レ浪平《たひら》ギ、須臾《しゆゆ》ニシテ彼ノ岸ニ着ク。

行きは渡海に成功したと言ふよりも、辛うじて漂着したに等しかつたし、仏法禁令下の唐での求法は困難を極め、帰りもまた、幾多の艱難辛苦を辛うじて乗り越えた末であつた。それだけに、人力を越えた何者かの計ひによる、と円仁は、思はずにをれなかつたのであらう。さうしてここに、聖観音と、脇に毘沙門天を据ゑたのだ。後に不動明王が加へられ、いまは三尊となつてゐる。

かうした渡海の経緯は、『入唐求法巡礼行記』に詳しくつづられてゐるが、その有様を思ひやつてゐると、荒波の音が堂内に満ちて来るやうに思はれる。実際、風が激しく吹きすさぶ夜などは、木々が身を揉み、枝々を打ちつけ合ひ、荒波が狂ふかと思はれよう。ここに籠もる僧たちは、それを長年聞いて来てゐるのだ。

中堂を出たところの左に、玉垣に囲はれて、一抱へ半ほどのごつごつした尖つた岩があつた。「護法石」と立札にあり、脇に「鹿島明神と赤山明神《せきざんみやうじん》の影向《やうがう》の霊跡」と書かれてゐる。鹿島明神は旅の安全を司る神であり、赤山明神は、円仁が唐の帝の許しを得ないまま五台山へと求法巡礼に出発するに際して、力をかしてくれた現在の山東省登州、赤山の人たちが尊崇してゐた神である。円仁没後、比叡山西麓の一乗寺に社殿を営み、東麓の日吉山王とともに比叡の守護神としたのである。

その赤山明神の祠が、中堂前右の小高くなつたところにあつた。

正面は深い杉林だつたが、そのなかを一本の道が伸びてゐる。わずかに登りである。

高浜虚子の塔の道標が出てゐたので、そちらへ寄ると、句碑があり、五輪塔があつた。中堂前の政所《まんどころ》に泊り、小説『風流懺法』を書いた縁かららしい。

もとの道へ戻つて、進んで行くと、間近かで鐘が鳴つた。

登り詰め、左右に通じる道に出ると、鐘楼があつた。

橦木の綱を高校生らしい娘が握つてゐる。青いジーンズの上着にズボンの姿で、傍らには顔の白さを浮き立たせるやうにして、中年の女が立つてゐる。バスで一緒の母娘だつた。長く尾を引く残響に耳を傾けるやうにしてゐたが、ともに手を合せる
わたしは、とりあへず左手へと道を採つた。

少し登りになつたと思ふと、すぐに下りになり、念仏を唱へる声が聞えて来た。大勢の僧たちが和する厚みのある声である。

広いところへ出たが、大木の枝々が空を覆つてゐる。念仏は右手から流れて来る。左手には山門が

開き、元三大師《がんざんだいし》と金文字の額が挙がつてゐる。

元三大師とは、比叡山中興の祖と言はれる第十八世座主良源《りやうげん》（慈恵大師とも）のことで、その忌日が正月三日であることから、俗にかう呼ばれてゐるのだ。円仁の教へを尊び、貴族から一般庶民の間まで広く信仰を集め、一山の堂塔を復興整備し、経済的基盤を固め、教学を振興し、幾多の優れた弟子を育てた。それとともに、悪名高い僧兵を創始するなど、八面六臂の活躍をしたが、その活動の拠点がここだつたのである。

門を潜つて、掃き清められた小砂利の中の石畳の参道を進む。右は修行の道場で、左は社務所だつたが、その前に、「定心房跡」と小さな石柱が立つてゐた。良源の住居跡の謂である。

正面が元三大師堂であつた。入母屋造りの瓦葺きで、反りを見せてゐるものの、寺といふより一般の建物に近い造りである。良源が、春夏秋冬に大乗経典を講じたことから、四季講堂とも呼ばれてゐる。

大師堂の正面入口、敷居のところに香炉が置かれ、紐が下がつてゐたので、それを引くと、内陣のなかで、鈍く銅鑼《どら》が鳴つた。

柵で仕切られてゐるので、内陣は外陣から窺ふよりほかない。灯明があちこちに灯り、金色の仏具で飾られた祭壇の奥に、赤い錦布が垂れてゐる。多分、その向うに本尊が祀られてゐるのだ。

供物の横に、木版刷のお札が置いてあつた。角を生やし痩せこけ肋骨を露はにした男の略画とも見えるものと、ごく小さな袈裟姿の座像を三十三体並べて幡のやうにしたものである。前者を角《つの》大師、後者を豆大師と呼ぶが、ともに魔よけの護符である。法力がことのほか強かつたといふ元三大師の伝承に基づき、角大師は大師が疫病神を退治したときの姿、豆大師は観音菩薩の三十三相を現じた姿だと言はれてゐる。いまでも京都や滋賀を中心に、全国各地で玄関などに貼られてゐるのが見られる。

右手に大きな絵が掛かつてゐた。結跏趺座《けっかふざ》する老僧の影が壁に大きく写り、その前で僧が絵筆を執つてゐる。説明が出てゐて、かうあつた、――この内陣で元三大師が座禅、立ち去つた後も、灯明で映し出された影は消えないばかりか、袈裟の皺から色目まで絵に描いたやうにくつきりと残つてゐた。皆々が驚いてゐると、弟子の尋禅阿闍梨（良源に継いで天台座主となつた）が紙に写し取り始めると、筆が進むにつれ、影は消えて行つた。さうして出来上がつた絵姿が、いまの本尊だといふ。奥の赤い錦織の向うに掛けられてゐるのだ。

振り返ると、バスで一緒だつた母娘がゐた。お札を買ひ求めてゐる。二人は角大師や豆大師の貼つてある家からやつて来たのだらう。

山門を出ると、広場にはまだ念仏の声が響いてゐた。

張り出した山裾を回り込むと、急に声が大きくなつた。まだ新しい御堂があり、その前に「修行中につき、立入禁止」の立札が出てゐた。行堂だつたのである。

大勢の男たちの声が溶け合ひ、大きな流れとなつて、波のやうに押し寄せて来る。と、叱正の声が飛んだ。が、それも一瞬のうちに呑み込み、うねつて来る。

円仁が五台山の念仏三昧の法を持ち帰つたといふが、いま耳にしてゐるのがそれなのだらうか。

しばし佇んでから、来た道を戻る。

鐘楼から先へ真直ぐ進むと、左側は谷になつた。しかし、杉木立が高く聳え、視界は閉ざされたままである。木々の向うには、琵琶湖が広がつてゐるはずだ。反対の右側には低く盛土され、やはり杉の大木が並んでゐる。

その盛土の途切れた間から中を覗くと、雑草の茂つた空地が広がり、奥に鉄筋コンクリートの建物があつた。入口には錆びたシャッターが降りてゐる。旧秘宝館であつた。東塔に国宝館が平成四年に出来たのに伴ひ閉鎖されたのだ。

ここには、かつて恵心堂があつた。創建当初の規模そのままの堂々たる建物だつたらしいが、昭和四十一年（一九六六）に焼失、跡地に秘宝館が建てられたが、それも短い期間で生命を終へたのである。

その恵心堂だが、いまから約千年前の永観元年（九八三）十一月、当時、右大臣であつた藤原兼家が寄進、建てられたもので、元三大師良源の弟子の源信が居住した。それゆゑに源信は、恵心僧都とも呼ばれた。

その時、源信は、すでに『往生要集』の構想を立て、膨大な抜き書きを作りつつあつた。そして、翌永観二年（九八四）十一月に稿を起し、同三年正月三日の師良源の死を挟んで、四月には完成させてゐる。これだけの短期間に、よくも書き上げたものだと思ふが、この時代の仏教書の例に漏れず、ほとんどが引用で埋められてゐる。

旧秘宝館のコンクリートの低い階段を上がつて、シャッターの前に立つ。一面に赤錆が浮いてゐて、透き間から見えるのは、人気のない埃つぽい闇だ。

入つて来た方を振り返ると、低いながら盛土と杉並木が、谷から吹き上げて来る荒い風を防いでゐるのが分かつた。やはり、長年、人が住んで来たところだな、と思つた。穏やかな居住空間を確保するための工夫がほどこされてゐるのである。

しかし、さうしたここで、源信は、凄惨極まる地獄を初めとする六道の有様を描いた幾多の経典の文章を、つぎつぎと書き写して行つたのだ。人間の考へ得る限りの苦痛と残虐な所業が、集大成されてゐると言つてよからう。が、それとともに、極楽浄土の様子も、恐るべき饒舌でもつてつづられてゐる……。

ページを繰るやうにして『往生要集』に思ひ回らして行くと、極楽浄土へ往生する術についても、詳しく書かれてゐることに思ひ至つた。書物としては、じつはこちらに重点があるのだ。現に、この書物の完成間もなく、『日本往生極楽記』を著はしたばかりの慶滋保胤《よししげやすたね》らと、二十五三昧衆を結成してゐる。すなはち、そこに書いたことを、有志とともに実践しようとしたのである。『往生要集』は、単なる思想書ではなく、実践的指針を示すためのものであつたのだ。

そして、その二十五三昧《ざんまい》衆が執り行つた法要だが、極楽を、この場にありありと出現させるものであつた。

少し後になるが、長保三年（一〇〇一）、源信は、首楞厳院の東南、恵心堂のほど近くに、丈六の金色の阿弥陀仏三尊を安置した華台院を建立して、迎講《むかへかう》を始めた。これが奈良・当麻寺《たいまでら》を初め久米寺、東京の九品仏浄真寺などで、いまも催されてゐる練供養《ねりくやう》の始まりだつたと思はれる。観音や文殊など二十五菩薩が西方から死者の許へと迎へにやつてくるさまを、人々が仮面を付けて演じて見せるのだ。鉦《かね》が鳴り、簫《せう》が吹かれ、念仏の声が起こるとともに、五色の衣をなびかせて、菩薩たちが現はれ、西方浄土への往生を確信させる。

この迎講の元となる法要が、恵心堂でおこなはれたと考へられるのだ。

かうした迎講を演劇的展開とすれば、絵画的展開が、聖衆来迎図《しやうじゆうらいがうづ》であらう。聖衆来迎図には、源信筆と伝へられるものが少なくないが、必ずしも源信が自ら絵筆を執つたのではなく、『往生要集』や「首楞厳院二十五三昧起請」の記述に基づいて描かれてゐるからであらう。

この旧秘宝館でも、さうした聖衆来迎図が展示されたかもしれないなと、錆びたシヤッターの隙間から改めて中を覗く。その時、源信が思ひ描いた世界がこの場に出現したのだ……。

いづれにしろこの地には、極楽浄土に思ひを凝らす人々が集まり、現世の域を越えた彼方の、この目で見ることのかなはぬところを、肉眼で見ようと希求して、さまざまな工夫を凝らして来てゐるのである。そして、実際に見た、と言つてよいのかもしれない。

旧秘宝館の敷地を出た。

盛土はつづいてゐて、裾に石仏が並び、花が供へられてゐた。死を意識し始めた人類が、まづ初めに行つたのが、このやうに花を供へることだつたのを思ひ出す。

しかし死は、長らく生の終はりでもなければ、地獄と極楽に二分された異界でもなかつた。わが国でも平安の時代、生あるものは、たとへ死を迎へたとしても、繰り返し繰り返し六道と呼ばれるさまざまな世界——地獄、餓鬼、畜生、修羅、人間、天上を経巡らなくてはならない、とされてゐたのだ。人の世にあるのも、地獄に堕ちるのも、その六道のなかの一つに過ぎない。だから、死ぬことは、六つに分類された世界の前に、改めて立ち戻ることであつた。死ぬ不安とは、現在の生が尽きることにとどまらず、なによりもさういふ多種多様の未知な世界と向き合ふことであつた。「迷ふ」ことに対する恐怖が、大きくなる。うかうかと死の門を潜れば、とんでもないところで目覚め、再び生き始めなくてはならない。

死んでから赴く先を、前以て知りたい、見届けておきたい、さう望むのは当然だらう。そして出来ることなら、安楽な境界に身を置きたい、と……。

盛り土が狭く切れたところに、わたしの背丈を越す石柱が立つてゐた。南無阿弥陀仏と彫られ、側面には、寛仁元年（一〇一七）六月十日と記されてゐる。

なんの年月年だらう？　と思ひつつ、傍らから奥へとつづく敷石を辿ると、わづかに曲がつた先から真つすぐ、芝草のなかに伸びてゐる。その左側、退いた位置に、瓦葺きの住みやすさうな住居があり、玄関の傍らの犬小屋には中型の柴犬が繋がれ、のんびり寝そべつてゐる。人慣れしてゐるのか、わたしの方をちらつと見たきりで、目をつむつてしまつた。

突き当りに寄棟の、小ぢんまりした堂がある。現在の恵心堂であつた。焼失した後、麓の坂本にあつた小堂をこちらへ移したのだが、どことなく雅やかな趣がある。

堂の正面扉の取手部分の穴から中を覗く。よくは見えないが、小さな黄金色の仏像が置かれてゐる。もしかしたら、かつての恵心堂よりも、華台院の傍らに源信が建てたといふ霊山院に近いのではあるまいか、と考へる。

霊山院は、桧皮葺で一間四方だつたと言ふから、この恵心堂よりも小さい。しかし、そこには、いま目にしてゐるよりはるかに大きい、五尺（約一メートル五七センチ）もある釈迦像が安置され、四方の壁には、釈迦の十大弟子の姿が描かれてゐた。さうして釈迦がいまなほ霊鷲山《りやうしゆせん》に住し、弟子たちに取り巻かれてゐる有様を現出させたのである。毎月月末には、有志がこの堂内に集まり、法華経を講じ、議論をしたが、釈迦と弟子たちの集まりに加はる思ひを、参加者が味合はふためであつたらしい。

このやうに仮想を現実とするためのさまざまな工夫が、迎講にとどまらず、行はれてゐたのだ。しかし、迎講を催した翌長保四年（一〇〇二）の十月、源信が親しくしてゐた保胤――出家して寂心――が亡くなつた。そして、翌年には、保胤の手引きで弟子になつた寂照《じやくせう》が、宋へと旅立つた。

この二人が相次いで去つたことが、源信に寂しい思ひをさせたらう。

寂照は、俗名を大江定基《さだもと》と言ひ、保胤と同じく文人貴族の出で、三河の国司の地位にまで進んだ。

そして、妻と別の愛する女をともなひ任地に下つたところ、女は病んで死んだ。彼は、その女の死を受け入れることができず、共寝をつづけたが、日が重なるにつれ姿は変はり、口を吸ふと、言ひやうのない悪臭のする水が出た。そこでやむなく野辺送りをすると、髪を切り、寂照と名を変へ、東山の如意輪寺に住み、寂心を知ると、横川へ源信を訪ねたのである。

女にこころを傾けるまま、かういふふうに死と向き合つてしまつた男は、この国の世間を捨て去るだけでは足らぬものがあつたのであらう。さうして、大陸の五台山を志した。ただし、円仁とは違ひ、帰ることのない旅であつた。

石畳を踏んで、女二人が入つて来た。木陰から強い日差しのなかへと出て来たのは、紺のブラウスに白いスカートの女と、日焼けした肌に眉が黒々として、ジーンズのよく似合ふ少女だつた。光線の加減かひどくくつきりと美しく見えたので、一瞬、違ふひとかと思つたが、例の母娘づれであつた。

御堂の正面の石段にわたしは座り込んでゐたので、芝草のなかに設けられた簡素な腰掛に移動して、寂照が死んでも放すことができなかつた女とは、どんな女だつたのだらうかと考へた。

女は、三河赤坂の遊女の長《をさ》の許にゐた力寿といふ者で、その「かはゆさが骨身に徹してゐた」と、幸田露伴は『連環記』で書いてゐる。その女が病み、「美しい花の日に瓶中に萎《しを》れゆくが如く、清らな瓜の筐裏《きやうり》に護られながら漸く玉の艶を失つて行くやうに、次第々々に衰へ弱」り、ときに「透徹《すきとほ》るやうな窶《やつ》れた顔に薄紅の色がさして、それは実に驚くほどの美しさが現れることも有つたが、それは却つて病気の進むのであつた」、とつづけてゐる。

母親は、わたしが場所を譲つたのに気づいたのか、軽く会釈して、御堂の方へ進む。そして、娘と並んで手を合はせた。

「気持のいいお堂でございますね」

御堂の回りを一巡して戻つて来た母親が、声をかけて来た。そして、娘を振り返り、

「少し休ませていただきませう」

さう言ひ、わたしの斜め前の腰掛にハンカチーフを敷き、腰を降ろした。

「かういふところが、恵心僧都といふ方は、お好きだつたんですね」

あたりを見回して、言ふ。

ここは旧秘宝館と地つづきだが、木立で一応区切られ、三分の一ほどの広さしかないうへに、やはり盛土によつて谷から隔てられてゐるので、いかにも囲ひ込まれた穏やかなところと言ふ印象が強い。

わたしは頷きながら、源信が保胤や寂照といつた人たちと親しいばかりか、霊山院の過去帳には、藤原道長夫人源倫子《りんし》や藤原公季《きんすゑ》、内親王らの名も見られることを思ひ出してゐた。源信は、決して孤独のひとではなかつた。身辺には常になごやかな社交的場を持つてゐた。『往生要集』の地獄などの記述からは想像もつかぬことだが、往生の実践的方法を述べたところや「首楞厳院二十五三昧起請」からは、間違ひなくさうした在り様が浮かんで来る。朝廷高位の者を初めさまざまな男女と手を携へて、不安なく死と向き合はうとしたのだ。

だから、保胤、寂照がゐなくなつたことは、寂寥の思ひを深くしたに違ひなく、さうなればなるほど多くの人たちとともに、仮想仮構の世界に生きようとしたのではなからうか。

「恵心さまは、どのやうに最期をお迎へなさつたのでせう？」

この女の言葉に驚かされ、わたしは女の顔をまじまじと見ずにをれなかつた。

「こんなことを、いきなり申し上げて失礼しました」

さう詫びながら、女は言葉を継いだ。

「余命がいくばくもない病人を抱へてゐますと、どのやうに最期を迎へさせてあげればよいのかと、考へてしまふのです」

答へるべき言葉を失ひ、わたしは恵心堂の屋根を眺めた。

女は黙つて、身じろぎもしない。娘も同じだ。この二人が抱へてゐる重荷が、わたしの上にそのまのしかかつて来るやうに思はれ、息苦しくなつて来た。

ふと、ポケットに「首楞厳院二十五三昧起請」のコピーを入れてゐたのを思ひ出して、取り出し、広げた。

「恵心僧都がこんなことを書いてゐます」

さう断つて、声を出してところどころ拾ひ読みして行つた。

「重い病人が出た場合、仲間全員で看護しよう」

「殊に夕刻になると心弱くなるのが人の常だから、病人の許へそろつて行き、念仏を唱へ、病人に聞かせよう」

このやうなことが二人にとつてどのやうな意味を持つか、わたしには分からない。しかし、漢字ばかりが並んだ文章を今日の言葉にして口にすることによつて、いくらか息苦しさから抜け出せるやうに思はれた。

「二日を一番として、二人が組になり、看護しよう。二人が組になるのは、一人は必ず病人の傍らにゐるためである」

「看護するには、父母に仕へる気持でなくてはならない。そして、病状に絶えず気を配り、念仏を唱へ、往生の業《わざ》を勧めなければならない」

「看護の番に当つてゐる間、その者は、横になつてはならない」

二人はじつと耳を傾けてゐて、時々、頷くふうである。

「いよいよ最期が近くなれば、粗末でよいから、往生院を建て、日時の吉兆を問はず、病人を移さう」

「往生院には、この世への愛着を呼び起すやうなものは一切おかず、ただ阿弥陀如来像を西に向け安置する」

「阿弥陀如来像の後に、病人を置き、阿弥陀像の右手から病人の左手へと五色の幡で結び、阿弥陀に従つて往生する思ひを覚えさせるやうにしよう」

「死ねば、三日を過ぎぬうちに、日のよしあしを言はず、墓所に葬らなくてはならない」

最後は読み上げるべきでなかつたなと思ひながら、コピーを畳み、ポケットに収めた。しかし、遠い昔、寂照は、このところを痛切な思ひで読んだはずだ。なにしろ彼は、そこを大きく踏み外してゐたから。

「ありがたうございます」

ややあつて、女が言つた。さうして娘と一緒に、丁寧に頭を下げた。

しかし、言ふべき言葉は、依然としてわたしの喉から出てこない。出てこなくていいんだと、わたしはそのまま黙つて座つてゐた。

それからしばらく、三人ともそのまま座つてゐたか、ふと、女が立ち上がつた。そして、

「夕刻にならないうちに戻らうと思ひます」

さう言つて、娘を促すと、もう一度、わたしに向つて頭を下げると、静かに出て行つた。犬が頭を

もたげ、見送る。

彼女たちは、元三大師の護符を持ち、どのやうな暮らしへと帰つて行くのだらう、と考へた。

寛仁元年（一〇一七）、七十六歳になつた源信は、死の床についた。

傍らに僧が侍つてゐると、「金色ナル僧空ヨリ下《くだり》テ、僧都ニ向テ懇《ねんごろ》ニ語《かたら》フ」のを、夢に見た。別の者は、僧都の回りに百千万の蓮花が咲き乱れてゐると見て、驚くと、天から声がして、「妙音菩薩ノ現ジ給フ蓮花也。西ニ可行《ゆくべ》キ也」と聞いた（『今昔物語集』巻第十二）。

傍らに侍る僧二人も本人自身も、極楽往生する確証を得たのだ。

さらに臨終の前日、源信が頭をもたげると、傍らの弟子にかう囁《ささや》いた。
「容顔端正ノ少年ノ僧侶、衣服ヲ整ヘ理《おさ》メ、或時ハ三人、或時ハ五人、臥セル内（部屋）ニ出入リシテ、左右ニ端坐セリ」と（『続本朝往生伝』）。

源信はさらにかうも語つた。

二人の天童がやつて来て、「我等ハ此レ都率天《とそつてん》ノ弥勒ノ御使也。聖人篇《ひとへ》ニ法花《ほつけ》ヲ持シテ、深ク一乗ノ理《ことはり》ヲ悟レリ。此ノ功徳ヲ以テ都率天ニ可生《うまるべ》シ。然レバ、我等聖人ヲ迎ヘムガ為ニ来レル也」と。それに対して僧都が、深く感謝の意を表するとともに、「我レ年来願フ所ハ、極楽世界ニ生レテ阿弥陀仏ヲ礼シ奉ラムト思フ。然レバ、慈氏尊《ぢぢそん》（弥勒のこと）、願ハクハ力ヲ加ヘ給テ、我レヲ極楽世界ニ送リ給ヘ」と、遠慮することなく願つた。さうして天童が帰つた後、観音菩薩が姿を見せたので、この願ひは聞き届けられたと思はれる、と（『今昔物語集』巻第十二）。

さうして、六月十日になると、源信は、朝早く起き、普段のとほり食事をとり、身を清め、阿弥陀仏像の手にかけた糸を採つて自らの手に掛け、龍樹の「願往生礼讃偈《らいさんげ》」のうちの一つを、前日と少しも変はらぬ調子で誦した。

面善円浄如満月　　面《かも》善円浄ナルコト満月ノ如シ
威光猶如千日月　　威光ハナホ千ノ日月ノ如シ
声如天鼓倶翅羅　　声ハ天鼓・倶翅羅《くしら》ノ如シ
故我頂礼弥陀仏　　ユヱニ我ハ弥陀仏ヲ頂礼《ちやうらい》ス

そして、頭を北に、右を下にして、西に向つて横になり、眠るがごとくに息絶えた。三び『今昔物語集』から。

其ノ時ニ、空ニ紫雲聳《そび》エテ音楽ノ音有リ。香《かう》バシキ香、室ノ内ニ満タリ。

このことのあつた年月日を刻んだ石柱の横を抜けて、わたしは道へ出た。と、杉木立をとほして、念仏の声がかすかに聞えて来た。

書写山　円教寺

姫路駅で下車したのは、二十数年ぶりであつた。

会社を辞め、この街の大学へ赴任したのだが、三年後には大阪の大学へ転じた。その折りの送別会にやつて来たのが、最後だつたはずである。もう四月になつてゐた。

駅前から北へ大通が真直ぐ伸び、正面彼方に、純白の壁を輝かせて天守閣が聳えてゐるのは、二十数年前と少しも変はりない。そのあたりの角を曲がり、細い道へ入つて行けば、あの頃の日常に出会へさうだ。

駅前正面のバスターミナルで、ちやうど停車してゐた書写山ロープウェイ行に乗つた。大通を城へと近づいて行く。

そして、大手門手前の堀端に至つて、天守閣を仰ぎながら、西へと折れ、堀添ひを行く。わたしにとつては馴染みの道である。

視界から天守閣が消え、家々の間をしばらく縫ふやうに進んで、川岸に出た。夢前川《ゆめさきかは》だ。

やがて向う岸の川上に、散在する小山のなか、ずんぐりと大きめの盛り上がりが見えて来た。書写山《しよしやさん》である。どう見ても疎らに雑木で覆はれた平凡な小山にしか見えない。それに高い位置から伸びた高架の高速道路が、こちら側から川を越え、その小山の中腹に突き刺さつてゐる。わたしの知らない光景だつた。今日ではありふれた風景だが、なんとも無惨な、と思はずにはをれない。これが西の比叡山と呼ばれて来た今の姿だらうか。

高速道路の下をくぐつた先に、ロープウェイ乗場があつた。

高低差二百十メートルを、三分五十秒で一気に上がる。

山上に立つと、平凡な小山といふ印象は、拭はれたやうに消えた。思ひの外多くの小山が、播州平野一帯に幾つとなく散在し、連なつてゐる。姫路城が見えるだらうと思つてゐたが、山陰になつて、見えない。

駅前は公園になつてゐた。

よく整備されてゐて、左側に伸びるまだ裸のままの桜並木道を採ると、道沿ひに絵看板が点々と立つてゐる。

簡単な説明が添へられ、和泉式部《いづみしきぶ》の一代記になつてゐる。比叡山では、同じ形式で、最澄、円仁、法然、親鸞、道元などの一代記が掲げられてゐたが、ここでは奔放な男性遍歴で知られた和泉式部である。

その生ひ立ちから、弾正宮為尊親王《だんじやうのみやためたかしんわう》とその弟の帥宮敦道親王《そちのみやあつみちしんわう》との恋の経緯がつづられ、そして、紫式部らとともに女房として中宮彰子《しやうし》に仕へ、才能を発揮したこと、最後には寛弘元年（一〇〇四）頃、彰子の供をして、この山へ性空《しやうくう》上人の教へを受けに来たところ、貴い身分の女性ゆゑ、会ふことを固辞された。そこで和泉式部が歌を詠み送ると、上人はこころを動かされ、彰子ら一行と対面、懇ろに教へを垂れた……。

その歌。

冥《くら》きより冥き道にぞ入りぬべきはるかに照らせ山の端の月

よく知られた歌だが、和泉式部が彰子の許に出仕したのは、彰子に従つてここへ来たとされるよりも後、寛弘五年（一〇〇八）か六年である。それに性空上人自身、四年三月に没してゐるから、この話は成立しない。ただし、この歌を性空の最晩年に贈つたのは確かで、いつからかいま見たやうな物語が語られるやうになつたのである。この物語と事実との食ひ違ひは、なんであらう？

絵看板を見終へた先に、鐘楼があつた。平成になつて造られたものだが、老女が鐘を撞かうとしてゐる。頼りなげな腕の振り方で、撞木を動かす。音は弱々しい。が、それでも残響は長くつづき、その間、連れの二人も一緒に手を合はせる。そして、やつと音が静まると、次の老女が撞木の綱を握る。

鐘楼の向ひに、この書写山円教寺の本尊、如意輪《によいりん》観音像の銅製の模造が据ゑられてゐた。秘仏で、年に一度、厨子の暗い奥に拝することができるだけなので、太陽の下、恣《ほしい》まま見ることができるのは、なにか不思議な気持がする。六臂で、その手を頰に当てたり、玉や蓮華を持つたりしてゐる。そして、冠を被つた顔は丸々と豊かだ。模造でも端正な彫りである。

この像から先には、間を置いて高さ三十センチほどのさまざまな観音像が点々と置かれてゐた。西国三十三観音霊場もここは第二十七番だが、同じ霊場の他の寺々の本尊を縮小したもので、礎石には、寺の名と霊場番号が彫り込まれてゐる。

一つ一つに足を止めて見て行くと、それぞれ異なつた観音の姿が興味深く、巡礼してゐるやうな気持になる。

さうして道は、意外に上り下りする。下から見たのと違い、この山は奥が深い。

山門があつた。八脚門で、「志ょしや寺」と扁額を掲げてゐる。かつてはここから先は女人禁制であつたが、このかな書きの扁額と和泉式部の物語が示すやうに、女人往生を説くことに力点を置いた寺であつた。

門をくぐると、両側に寄進者の名を刻んだ石標が隙間なくびつしりと並び立ち、塀のやうである。それが道なりに左右にうねつて行く。

老杉が密生して遥か頭上で枝を交はし、薄暗い。

右手に石段があり、上に閉ざされた門が見えた。塔頭のひとつ、寿量院である。中世の寝殿造による建物がいまもあり、重要文化財に指定されてゐると、横の説明板にある。古くは無量寿院と称し、承安四年（一一七四）、後白河院が参詣した折、ここに七日間籠もつたと言ふ。

その先、少し下つたと思ふと、杉林が切れ、左手に円教会館があり、斜め向ひには高い石垣の上に白塗土塀があつた。塔頭十妙院である。

ここから下りの急坂になる。

蓑笠に白衣の巡礼姿の老人夫婦が、手摺につかまりながら、下つてゐる。わたしはその二人を追ひ抜いたが、向ひの山の斜面に、木々の枝越しに舞台を高く組んだ大きな御堂が見え、思はず立ち止まつた。

本尊の如意輪観音を祀る摩尼殿《まにでん》である。じつに堂々としてゐて、清水寺に引けを取らない。京を離れた山中、崖を背に負つてゐるだけに、強く迫つて来る。

坂が終はらうとする右脇に、笠塔婆が立つてゐた。延慶四年（一三一一）建立のものである。その横に、玉垣に囲まれて自然石があり、護法石と標識がある。比叡山横川《よかは》中堂・首楞厳院《しゆりやうごんゐん》の正面にも護法石があつたが、ここでは、この石の上に天から童子が降りて来て、寺を守つたと伝へられてゐるのだ。

坂を降り切ると、短い石橋である。姫路城主本多美濃守忠政が元和三年（一六一七）に寄進したものである。歩みを進めるごとに、さまざまな時代が次々とたち現はれて来るやうな具合ひだ。それを何事でもないやうに、わたしは次々と跨ぎ越して行く。

石橋を渡つた先からは、急な石段である。頭上に舞台を仰ぎ見ながら、登る。息を切らして中年の女が立ち止まつてゐる。

幾度か火災にあつてゐて、現在の建物は、昭和八年（一九三三）に再建されたものである。しかし、軒下から舞台下の木組まで外側断面ばかり白く塗つた、木造のこの建物は、どこか密教寺院的な気配を感じさせながら、伸びやかな力強さと雅びやかさがある。

横の入口から入ると、一瞬、薄闇が降りて来た。が、さらに踏み込むと、南に向け開け放たれた扉々を通して木々の梢の緑と空が見え、光が風のやうに一斉に吹き込んで来る。振り返ると、真ん中の柱列の奥、内陣が暗く静まり、並べられた仏具ばかりが外光を撥ね返して光つてゐる。厨子の扉は閉ざされてゐる。その内の濃い闇のなかに、如意輪観音がおはすのだ。

性空上人が山へ入つて四年目の天禄元年（九七〇）春、この崖地の桜木の傍らへ天人が舞ひ降りて来て、しきりに礼拝するのを見た。そこで上人は鑿を手にして、生えてゐるままの桜木に、如意輪観音の姿を刻んだのが、この本尊だと伝へられてゐる。

この伝承は、仏像が礼拝の対象になつてゆく過程で聖木信仰が深く係つてゐたことを、よく語つてゐるやうだが、その時、桜は満開だつたに違ひない。そして、像そのものは、見てきた銅製模造とは違つて、柔らかな印象を与へるのではなからうか。

性空上人については、『大日本国法華経験記』や『今昔物語集』『古今著聞集』『発心集』『徒然草』、また『元亨釈書』などに事跡が記されてゐる、有名な僧だが、京の中流貴族橘善根の子として生まれ、幼くして出家を志したが、父が許さず年を経て二十六歳になつてようやく志を遂げ、比叡山横川の良源に師事した。良源は、比叡山再興の偉業を果たし、源信ら優れた弟子を育て、広く元三大師と呼ばれて親しまれた存在だが、性空はやがてその許を去り、遠く九州へ赴いてゐる。そして、霧島山に籠もり、さらに筑前の背振山に移つて、法華経を休みなく読誦しつづけて修行を積むうちに、不思議な力を持つ童子を使ふやうになつたと言ふ。安倍清明が式神を使つたのとどこやら似た話（二人はほぼ同時代）だが、さうして二十年、さらに山岳修行の末に、書写山へやつて来たのである。

天人が桜木へ舞ひ降りるのを認めたのも、立木のまま観音像を刻んだのも、以上のやうな修行を積んだ末だつたからかもしれない。

舞台へ出た。

舞台と言ふより回廊だつた。そこからの眺めは快い。目の前に木々の梢があり、緑の波がうねり広がつて、こちらを包んで来る。

　　はるばると登れば書写の山おろし松の響きも法《のり》なるらん

西国霊場書写山の御詠歌である。御堂のなかに掲げられてゐるが、改めて松籟のなかに身を置く思ひになる。

摩尼殿を出て、背後の山への小道を採つた。

杉の大木の太い根が左右から次々と伸びて来て、段々をなし、急坂を上へ上へと導く。息が切れる。頂も繁つた枝々の下で、薄暗い。まだ新しい御影石の鳥居があり、上屋がかけられた祠があつた。白山権現である。

性空がこの山へ登つて来る途中、一人の老人に出会つたが、じつは文殊菩薩の化身で、山内を案内し、三つの吉所を教示した。一つ目は摩尼殿の建つころ、二つ目は、これから行く講堂・食堂などの建ち並ぶところで、三つ目がこの頂であつた。そして、この場所で修行した結果、六根清浄を得た、と伝へる。

六根とは、眼、耳、鼻、舌、身、意で、人間の五感覚器官すべてと思惟であり、それらを清浄になし、この宇宙の真理を見極めることができるやうになつた、と言ふのである。桜の立木に如意輪観音を刻んでから八年後、入山して十二年の天元元年（九七八）、性空六十九歳の時のことだといふ。

祠の前に立つと、左横に龍が巻き付いた剣が立てられてゐた。アルミ製らしい。

出家してから四十三年の歳月が経過してゐたが、かうして性空は、ようやく宇宙の真理を見極めたのだ。それまで見えなかつた天空が彼の上に大きく広がるのを覚えたらう。思惟だけでなく、五感すべてが係はり、かつ、それらを清浄にすることによつてであつた点が、この国土の根生ひの信仰の在り方と真直に繋がつてゐるやうに思はれるが、どうであらうか？

ただし、いま、頭上は枝々で閉ざされ、立ち籠めてゐるのは、清浄とはいささか違ふ密教的な空気である。くねる龍が、その印象を強める。

道を先へたどると、なだらかな下りになり、やがて巨大な甍《いらか》の屋根が見えて来た。

その横へ下りて行くと、講堂だつた。

二層の屋根を持ち、堂々としてゐる。かつてきらびやかに彩色されてゐたらしいが、いまは剥落、鈍色になり、ところどころ下地が白く残つてゐる。それが却つて重々しさを加へるとともに、雅びさを窺はせる。創建は寛和二年（九八六）だが、現在の建物は室町初期である。

講堂の横から歩み出ると、そこに広がる空間の規矩正しい典雅さに、こころを奪はれた。細かな白砂の放つ微光に一帯は満ちてをり、それを隔てて、講堂の正面向ひは、常行堂《じやうぎやうだう》の側面だが、舞台が設けられてゐる。唐破風の桧皮葺の屋根を持つ張出しを中央にして、左右に長々と、講堂と同じ幅に伸びてゐる。

この向き合つた建物の奥には、軒を接する近さに総二階の背高な食堂《じきだう》が建つ。わが国では類例のない壮大な規模で、白銀色の瓦を乗せた建物全体の量感は、なんとも言ひやうがない。約四十メートルあると言ふが、深い軒と、二階部分の腰縁の欄干と、その床の断面に塗られた白が横に並び、前面を簡潔に引き締めてゐる。加へて、上下階とも細かな格子の蔀《しとみ》が一面に嵌め込まれ、整然としながら、繊細で雅びな趣を見せてゐる。承安四年（一一七四）の創建だが、やはり室町期のものらしい。

これら南北と西の三つの建物によつて、光に満ちた空間は、立体的に画然と劃されてゐるのだ。

わたしが二十数年前に勤務してゐた大学は、この書写山を西に下つた麓にあり、空き時間などにしばしばここへやつて来た。摩尼殿にも魅了されたが、この空間の規模の大きい規矩正しい典雅さは、比類がなく、言ひやうのない喜びで満たされたものだ。そして、いままた、この空間の一角に身を置いてゐると、確実に満ちて来るものがある。

あれから二十数年、いろんなところを訪ねたが、これほど陶然とした思ひを味はつたことがない。

講堂には釈迦三尊が祀られてゐるが、外陣にも立ち入れないので、窺ふすべがない。しかし、それを背にして正面の舞台を見てゐると、そこで演じられて来たさまざまな演目が浮かんでくるやうだ。「風流《ふりゆう》」の典型的な舞台とのことだが、美しい女や鬼や仏の仮面をつけた者たち、また、滑稽な身振りを見せる者もゐたらう。それを、この白砂の空間にひしめいてゐる人たちが、また、講堂内陣からは釈迦三尊がご覧になる。さうして背景の常行堂では、僧たちが阿弥陀像の周囲を果てしなく巡り、汗を流してゐる……。

かうした沸き返るやうな人の群を思はせながら、真昼のいま、清浄さのうちにしんと静まり返つてゐるのだ。この対比が、なほさらこころを惹き付ける。

それになによりも、この空間を劃してゐる三棟の建物が、それぞれの美しさを見せ、交響し合つてゐる。

そして、これらの建物が揃つたのは没後もはるか後のことに属するが、性空といふ例のない人物が、この空間にはいまもゐるのではないかと思はれるのだ。

食堂は宝物館になつてゐて、入ることができた。

階下には、古い柱や梁、それに巨大な瓦が並べられてゐる。鬼瓦の魁偉な造形が面白い。平安や鎌倉時代のものがある。

急な階段を上がると、階上にはガラスケースの中に、仏像や絵画、古文書などが展示されてゐた。色彩のよく残つた大日如来像、金剛薩埵《こんがふさつた》像、絵地図などが目を引く。そのなかに弁慶が愛用したと言ふ机があつた。いかにも乱暴な造りのものである。『義経記《ぎけいき》』巻三「書写山炎上の事」を初め、浄瑠璃『鬼一法眼三略巻《きいちほふげんさんりやくのまき》』などでは、ここで弁慶《べんけい》が勉学に励んだことになつてゐるのである。

中央に一体だけ等身の文殊菩薩の座像がぽつんと据ゑられてゐた。引き締まつた体躯に厳しい目付きで、学問の道場らしい雰囲気を発散してゐる。

その像の視線の先、東側の蔀が一斉に上げられ、左に講堂、右に舞台の甍が間近かであつた。そして、正面眼下には、白い光の空間である。

腰縁に出て、欄干にもたれ、眺めた。

講堂の大きさが一段とよく分かるし、舞台の背後が常行堂と一体になつてゐる様も、目にできる。そして、広場の向う正面、やや退いた位置に、小さな寄棟の御堂が五つ、白塗土塀に囲はれて建つてゐる。姫路城主本多家の廟で、丸い珠を先端に掲げて曲線を見せる寄棟が、可愛らしい。こちらの規模雄大な方形の空間と見事な対照をなしてゐる。

そのすぐ手前に、かつては宝蔵《ほうざう》があつた。室町期かと思はれる「播磨国書写山伽藍《がらん》之図」にも、江戸中期の「書写山参詣図」にも、白壁の蔵らしい建物が描かれてゐる。明治三十一年（一八九八）に焼失したが、そこに性空の肖像画が収められてゐたのである。

間違いなく百年余前まで、この空間の一角に、性空はゐたのだ。

性空に深く帰依してゐた花山院が、絵師巨勢《こせ》広貴を伴つて来て、対面する間にその姿を密かに描かせた。ところが山が鳴り、地が震へた。院が驚くと、上人は、わたしの姿を写してゐる者があるので、地震が起きたのですと申し上げたが、その地震で絵師が筆を取り落とした。と、筆先が、絵師の見落としてゐた痣を正確に書き加へた。『古今著聞集』巻第十一からである。かうして出来上がつた緻密な似せ絵が、その宝蔵に収められてゐたのだ。

性空の姿を見れば、「真ノ仏ニ遇《あ》ヘル想《おもひ》ヲ作《な》シ」（『大日本国法華経験記』）たから、「僧俗市ヲ作シテ、貴賤雲ノゴトク集」まり、対面を願つた。それを受けて花山院は、緻密な似せ絵を描かせたのである。

その絵は、惜しくも明治になつてから宝蔵とともに焼失してしまつたが、模本が残つてゐて、入山の際に渡されたパンフレットにも小さく出てゐる。そのことを思ひ出して、パンフレットを取り出し、食堂の欄干に寄りかかつて眺めた。

体格のよい老僧が粗末な墨染の衣の背を丸め、前屈みになつて、まだ黒い眉を険しく寄せてゐる。その右眉の横に、ぽつんと痣《あざ》と言ふよりも黒子《ほくろ》がある。これを見て、「真ノ仏ニ遇ヘル想」ひをするかどうか。いまのわたしには、老年に至つてまだ悩みを抱へた孤独な男の姿に見える。

これが現世においての仏の姿なのだらうか？

豆の殻を焚いて豆を煮たところ、「ぶつぶつと鳴」つたのを、豆とその殻が互ひに身の上をかこち合つてゐる言葉だと、性空が聞いた、といふ逸話を、兼好法師が『徒然草』六十九段に記してゐるのを思ひ出した。

このひとは、山川草木の言葉を聞き取り、そのこころを知ることができたのである。『性空上人伝』には、紙を衣とし、胸に阿弥陀仏像を彫り込んだ姿で、回りには山禽野獣が恐れることなく群れ集つたとある。小鳥に説教した聖フランチェスコを思はせる。さうして、桜木に天人が舞ひ降りて来るのを見て、立木のままに本尊を刻みもしたのだ。

さういふ人だから、却つてかういふ姿なのかもしれないと、清々しく明るい空間を見下ろしながら、思つた。

食堂の北、狭いところに水溜りがあり、弁慶鏡井戸と標識が出てゐた。昼寝してゐる間に、朋輩が墨で顔に悪戯書きをしたのを、この水鏡で知つた弁慶が怒つて暴れだし、堂塔が炎上する騒ぎになつたといふ。馬鹿馬鹿しくも愚かな話だが、いまは小さな金魚が元気に泳いでゐる。

そこから食堂裏へ抜け、だらだら坂を降りると、もう奥の院であつた。

正面奥に開山堂があり、右に護法《ごほふ》堂が二棟並んでをり、その向ひには護法堂の拝殿、またの名弁慶の学問所がある。ここでも建物がコの字型に配置されて、小さいながら劃された空間を作つてゐる。

護法堂は桧皮葺で、丹塗の華やかな趣の、室町末期の春日造である。手前が不動尊の化身乙天、奥が毘沙門天の化身若天を祀つてゐる。霧島山で修行した時から使つてゐた童子で、生涯にわたり上人を守つたと伝へられるが、護法岩の上に現はれたのもこの童子であらう。

開山堂は、寄棟の、比較的大きな建物であつた。性空上人が九十八歳で亡くなつた寛弘四年（一〇〇七）の創建だが、現在の建物は江戸期のもので、軒下の四隅には、屋根を支へる形で小さな力士像が刻まれてゐる。左甚五郎の作と言はれてゐるが、腕のある職人の手になるのは確かなやうである。

内陣は、外陣と目の細かな格子で隔てられ、よく見えない。が、床が低く落ち込んでゐて、切石が敷かれ、そこに背高な須弥壇《しゆみだん》が据ゑられてゐる。この様式は、比叡山の根本中堂を初め横川の首楞厳院とも同じである。西の比叡山たることを目指したと言ふから、それに即した様式になつてゐるのであらう。そして、上人の木像が安置されてゐるはずだが、その胎内には、遺骨が収められ、燈明を絶やすことなく、朝夕勤行が行はれて来てゐるのだ。

性空は、都にその存在を知られ、高貴な人々からはしきりに招かれたらしい。しかし、如何なる人に呼ばれようと、都へ上ることがなかつた。『今昔物語集』によれば、円融院が病を得られた際、無理にでも上人を都へお連れするよう武士にお命じになつた。ところが上人は、それなら仏にお暇をもらふからと武士に断ると、仏前で鉦を叩き、「われ大魔障にあひたり。助けたまへ、十羅刹《じふらせつ》」と叫び、数珠を砕くばかりに押し揉み、額を破らんばかりに七八度も床に突き当て、伏しまろび、泣いて果てしがなかつた。これを見た武士は、このまま帰れば咎めを受けようが、無理に連れて行けば、現世、来世とも厳しい報ひを受けるに違ひないと恐れ、そのまま帰途についた。すると途中で院からの使ひと行き会つた。夢で無理に連れて来てはいけないと院がお知りになり、その命を奉じて急いでやつて来たのだと告げたといふ。

開山堂の右側、急な斜面に、宝篋印塔があつた。古い時代の格式のある立派なもので、和泉式部の歌塚とされてゐる。

その歌、「冥きより冥き道にぞ……」は、ケーブル駅前の絵看板にも記されてゐたが、『法華経化城喩品』の「冥キヨリ冥キニ入リテ、永ク仏名ヲ聞カズ」を踏まへ、煩悩に深く迷ひ、仏の御名さへ縁遠くなつてゐるわたしを、はるか彼方の高みから真如の光で照らし、お導きくださいませ、と言つてゐるのである。

そして、『拾遺和歌集』の詞書には、「性空上人のもとに詠みてつかはしける」とあるから、ここへ訪ねて来て詠んだのではなく、都から使ひの者に届けさせたと考へられる。それも彰子に仕へる前、帥宮を亡くした直後、恋に生きた和泉式部が最も苦悩した最中であらう。

急斜面で、滑りさうになりながら、歌塚のところまで上がつて行つた。さうして塔身に触れる。と、陽に暖められてゐて、石が柔らかく感じられた。

寺伝によれば、この歌に対して性空上人はかう歌を返したと言ふ。

日は入りて月のまだ出ぬたそがれに掲げて照らす法《のり》の灯《ともしび》

日は沈み、月はまだ出ず、出会つた人が誰ともよく分からない夕暮れのやうないまの時代、法の灯を掲げてお教へしませう、と言ふのである。日没は釈迦の教へが見失はれた末世の世を言ひ、月の出は弥勒菩薩が下生《げしやう》する時を言ひ、たそがれは、その弥勒の教へにも与かることができない現在を言つてゐる。勿論、性空そのひとが実際に詠んだかどうか、分からない。後世の誰かが作つたのかもしれない。

護法堂拝殿の横から奥の院を出て、一旦窪地へ降りてから、南側の小高いところへ上がつて行つた。そちらまでやつて来る人はないらしく、人影がない。しかし、この山中の三ヶ所の「吉所」――すでに訪れた――の他に、もう二ヶ所、性空にも書写山にとつても大事なところがあるのだ。

意外にひろびろとした平地で、展望が西南に向け開け、山また山が連なつた彼方に、遠く海が霞んでゐる気配だ。

その平地の真ん中に、ぽつんと三間四方の小さな御堂があつた。金剛堂である。天正十三年（一五八五）の建物だが、先の御堂が失はれたため、江戸時代になつて他から移築されたらしい。

ここで性空は、金剛薩垂にぢかに会ひ、天台の秘法を受けたと伝へられてゐるのだ。

金剛薩垂とは、密教の教主大日如来から法門の伝授付託を受けた八人の菩薩のなか、第二の位置を占め、右手に金剛杵《こんがうしよ》、左手に五鈷鈴《ごこれい》を持ち、金剛界曼陀羅の理趣会《りしゆえ》の中尊である。食堂の二階にも、その像が展示されてゐた。そして、普賢菩薩の同体異名とされてゐるのである。

その普賢菩薩、それも「生身の普賢」に性空が会つた話が、『古事談』に載つてゐる。多分、いま言つた金剛薩垂とぢかに会つた話と重なるのではないかと思はれるが、性空が激しく「生身の普賢」を拝したいと願つたところ、室津《むろつ》の遊女の長者を拝め、と夢のお告げがあつた。室津は、ここからほぼ真南へ下つた海岸に位置する、かつて殷賑を極めた古い港町である。

そこで室津へ遊女の長者《おさ》を尋ねて行くと、遊宴乱舞の最中で、美しく臈たけた長者が鼓を打つてゐた。奇異に思ひながらも性空が、目を閉じて合掌すると、その女の顔は普賢と変じ、白象に乗り、眉間から光を放ち、「実相無漏《じつさうむろ》之大海ニ五塵《ごぢん》六欲之風ハ不吹《ふかず》トモ、隋縁真如《ずいえんしんによ》之波タタヌトキナシ」と、「微妙之音声」で説くのだ。性空が目を開けると雅びな遊女、目を閉じると普賢となる。願ひを果たした思ひで帰途につくと、長者が追つて来て、他言を禁じた。その夜のうちに長者は往生を遂げた。

金剛薩垂と普賢菩薩にぢかに会つた話が一つに重なるとすれば、普賢が即遊女で、遊女が即普賢といふのも、金剛薩垂のこととともしなければなるまい。さうなると、金剛薩垂が理趣会の中尊であることが意味を持つて来る。なにしろ理趣会は、理趣経に基づくのだが、そこで述べられてゐるのは、男女の愛欲を肯定しながら昇華させようとする考へである。

もしかしたら、性空が金剛薩垂に会つたのが先で、理趣会の中尊であることを軸にして、普賢菩薩が遊女と現じたと展開したのかもしれない。この話は人々にひどく好まれ、『撰集抄』や『十訓抄』では、性空を西行、場所を摂津神崎などに変へ、さらに江口に変へて、謡曲『江口』となり、歌舞伎『時雨西行』となつてゐる。

和泉式部との係りが深くなつたのも、ごく自然なことであつたかもしれない。なにしろ和泉式部は遊女たちが自分たちの祖と考へるやうになつたひとなのである。

台地の東端に鐘楼があり、塔頭の十地院があつた。その傍らを南へ降り、折り返すやうにすると、鐘楼のちやうど下の位置に、ちよつとした広場があり、金剛堂よりもさらに小さな薬師堂があつた。

解体修理が終はつたばかりで、前面の張出しには新しい木材が多く使はれてゐて、一見由緒ある建物と見えないが、元応元年（一三一九）のものであつた。そして、別名を根本中堂とする。すなはち、性空の大伽藍書写山円教寺の造営はここから始まつたのだ。九州の背振山からやつて来た彼は、まづここを一山の中心と定めたのである。

もつとも解体修理の際、この建物の下から奈良時代の建物の遺構が出たと言ふから、性空の来る前、すでに粗末ながら御堂があつたのだ。南に面した窪地で、山中に身を置くのにはふさはしいところである。

平安もこの頃には、全国いたるところに山岳修行の行場が出来たが、それとともに顧みられなくなつた所も出て来てゐた。性空が足を留めた霧島山では、噴火のため霧島神宮の別当寺院が失はれてゐたし、背振山でも行場が荒廃してゐたやうである。それらを復興、整備し、この書写山では、より壮大で完備した仏教の修行地を構想したのだ。

比叡山で良源に学ぶとともに、山岳信仰を大きく踏まへてのことであらう。

十地院の横に戻り、その先の舞台の裏手まで来ると、常行堂の正面であつた。

格子越しに中を覗く。と、淡い光に照らされて、金色の阿弥陀如来の座像が見えた。回りは、修行僧が巡り歩くため、なにもなく、その像ばかりが高く据ゑられてゐて、こちらを半眼で静かに見下ろしてゐる。平安仏らしい。

この阿弥陀如来像がここに安置されたのは享徳二年（一四五三）らしいが、仰ぎつづけてゐると、性空が、慶滋保胤と交友があつたことが思ひ起される。『池亭記』『日本往生極楽記』の著書で知られ、『往生要集』の源信の弟子と言ふよりも仲間と言ふべき人物で、ともに往生のための儀礼を案出し、実践した。それがどのやうなものであつたか、前章で源信の臨終の様子として記したが、その死は、性空に遅れること十年の寛仁元年（一〇一七）であつた。もしかしたら源信は、性空の死を貴重な先例と考へたかもしれない。

性空は、自らの死期を悟ると、比叡山にゐた若い友人源心（後に第三十代天台座主）に、万事を捨てて来てほしいと手紙を書き、呼び寄せると、近隣の者たちを集めて供養し、布施をした。世話になつた人達への別れの心尽くしである。源心にも数々の品を渡したが、そのなかに一本の針があつた。不審に思つた源心が尋ねると、自分が誕生した際、左手に握つてゐたもので、大事にして来たが、このまま捨ててしまふのもどうかと思ひ、あなたに差し上げるのですと語つた。さうして源心は帰途についたが、摂津あたりまで来たところ、追つて来る者があり、上人は自室で静かに法華経を誦しつつ、三月十日に亡くなつた、と告げた。針は、釈迦が僧たちに唯一私有を認めたものだと言ふから、僧たるべく生まれて来た身であることを示すとともに、源心こそ僧たるべきひとと性空が認めたことを意味してもゐよう。

阿弥陀像をひとしきり眺めてから、再び表へ回り、かつて宝蔵のあつたあたりに立つた。そして、三棟の御堂に劃された空間を、改めて眺めた。

この場に針一本ばかりを自らのものとして、かう立つてをれば、必ずや六根清浄となり、宇宙を渡つていく真理の車のひそやかな音が、爽やかな微風となつて、聞えてくるのではないか、と思つた。

箱根山

富士山は裾野を長く引いてゐるが、その東南の一角に、箱根山が位置する。富士火山帯に属する複式火山で、外側は古期外輪山がほぼ完全な環状をなし、内側には新期外輪山があつて、中央に最高峰一四三八・二メートルの神山を初め、小塚山、台ケ岳、駒ケ岳、二子山などが群れ聳え、新期外輪山との間を半ば埋めてゐる。そして、その群山の西麓、古期外輪山との間に、カルデラ湖の芦ノ湖が横たはり、神山の北の大涌谷を中心に、いまなほ噴煙を上げてゐる。

これら多くの山々から構成された箱根山は、海へと迫り出して、東西の行き来を阻み、人々は、ここを越えるのに苦労を重ねて来た。

古くは、西からだと三島あたりから御殿場、竹下と、古期外輪山の外側をたどつて足柄峠に至る、足柄路がとられた。しかし、延暦二十一年（八〇二）、富士山が噴火、塞がれると、新たに箱根路が開かれた。もつとも足柄路が復旧すると、多くは元に戻つたやうだが、戦国時代も末期頃からは、箱根路を採るひとが増へた。険阻でも、距離が短かつたためである。

箱根路は、古期外輪山を箱根峠で越え、眼下の芦ノ湖の南岸へと降り、元箱根の町に入る。そして、箱根権現の社を拝し、社殿のある駒ケ岳と二子山の間を抜け、芦ノ湯に出る。それから蜂の巣山、浅間山、湯坂山と新期外輪山の峰々をたどり、湯元へ下つて、早川沿ひに小田原へ至るのである。

古今集の歌人寂蓮は、外輪山を越えると、芦ノ湖を舟で渡つたらしい。その折の嘱目の風景を、歌よりも詞書で簡潔にかう述べてゐる、「はるかに峯にのぼりては湖をわたり、谷をくだりては雲をふむ」と。さうして、蜂の巣山から湯坂道を下つたやうである。

阿仏尼などもこの道を通つて鎌倉へ下つたが、江戸時代になると、駒ケ岳より南の二子山の南麓を回り、須雲川沿ひにその左岸を下つて、湯元へ至るやうになつた。いはゆる箱根八里が、これである。

ここまで西から東への道順で述べたが、これから東から西へで語ることになる。なにしろわたしは、初夏のある日だが、小田原から箱根登山電車に乗つたのだ。

湯元から山にかかり、スイッチバックを繰り返して、のろのろと上つて行く。この路線ではスピードアップを図ることが出来ず、明治に敷設された当時とほとんど変はらない様子である。

終点の強羅からは、ケーブルカー、ロープウェイと乗り継いで芦ノ湖北岸の桃源台へ行き、そこから船で元箱根へ行くことが今日の一般的ルートだが、タクシーに乗つた。

その道は、湯元から早川沿ひに上がつて来た国道一号線と、小涌谷で合流する。そして、芦ノ湯からは鎌倉古道の湯坂道となる。

その芦ノ湯で、温泉宿の横の小路を入つてもらい、突き当りの狭い石段を上がつた。

山が左手に迫つてゐるものの、上は、まばらな杉木立に覆はれた平地で、背高な宝篋印塔が一基、脇には石柱を背に載せた牛が苔むして臥せつてゐる。

杉落葉の積もつた奥には、盛り土で少し高くなつた一劃がある。建物の跡である。ここにかつては薬師堂があつたのだ。箱根権現の末社だが、明治維新の廃仏毀釈で撤去され、跡がそのままいまだに残つてゐるのである。

見回すと、周囲には様々な碑が幾つとなく建つてゐる。賀茂真淵の長歌に反歌、太田蜀山人の狂歌などに、芭蕉の句碑もある。

箱根のなかでも温泉として最も標高が高く、涼しいため、江戸時代、文人たちが好んでここへ避暑にやつて来たのだ。そして、薬師堂を東光庵と呼んで親んだ。

東光庵裏暑サヲ知ラズ
雲脚ハ庭ニ鋪《し》キ涼ハ秋ニ似タリ
……

文化八年（一八一一）刊行の案内書『箱根七湯集』に紹介されてゐる、画家英《はなぶさ》一蝶《いつてふ》がしたため奉納した漢詩の一節である。文人たちが作り上げた別世界が、ここにはあつたのだ。

車に戻り、鎌倉古道に入り、急坂を上り切ると、海抜八七四メートルの峠になる。そのすぐ先、右手に精進池が見えて来たが、反対側の二子山の麓に、堂々とした五輪塔が三基並んでゐた。

かつては草がほしいまま繁つてゐたらしいが、いまは整然と整へられ、気持よく眺めることが出来る。向つて左端が、曾我兄弟の兄十郎、隣が弟五郎、そして、やや離れて、少し低いのが、十郎の愛人虎御前のものと言はれてゐる。

ただし、その虎御前の塔の地輪に文字が刻まれてゐて、地蔵講の結縁衆により、永仁三年（一二九五）十二月に建てられたことが分かる。曾我兄弟とは関係がないのだ。曾我物語が流布し、親しまれることによつて、いつとはなしにかう言ふ伝承が生じたのだ。

五輪塔はわたしの背丈を越え、およそ二メートル五十あり、安山岩による簡潔で力強い造形である。それでゐて、火輪の部分の真ん中には地蔵の立像が小さくかつちりと浮き彫りされてゐて、繊細さもあはせ持つてゐる。

それから精進池を右に見て進む。池の向ふは駒ヶ岳である。樹木に覆はれた柔らかな傾斜がゆるやかに隆起して、頂を見せてゐる。池の西の外れが、駐車場だつた。

岸沿ひの小高い道を戻つたが、鈍色の水面が低く、周囲には黒い砂地が露はれてゐて、繁つた潅木の梢が、道のすぐ横まで来てゐる。

「以前は生死と書いて、せうじの池と言つたさうですよ」

後から付いて来た運転手が言ふ。

「そして、あちら」

と、池の東の山を指さして、

「死出の山と言つたさうです」

長身の、洒落男ふうの感じだが、意外に人懐つこく、丁寧に教へてくれる。

「いや、観光案内の講習を受けたばかりなんですよ」と言ひ、「それ、それがハコネサンショバラです。葉がサンショそつくりでしよ。箱根だけにしかないらしいんです」

道の横の梢に、薄紅色の花が点々とついてゐた。野薔薇よりは大きいが、可憐である。

道幅がわづかに広がつたところに、宝篋印塔の基壇の上に宝塔の笠ばかりが伏せて置かれてゐた。八百比丘尼《びくに》の墓と伝へられるものだつた。若狭国の漁師の娘で、人魚を食したばかりに不死となり、八百歳になるまでさ迷ひ歩いたが、この地に至つて地蔵菩薩に出会ひ、ようやく成仏できた、と言ふのである。

基壇の部分にある銘文で、観応元年（一三五〇）の造立と知られるが、勿論、八百比丘尼の墓であるわけはない。これまた、いつからか、かういふふうに語られるやうになつてゐるのだ。

本来は関係のないかうしたものを核として、ひろく流布した幾つかの物語が、思ひがけず土地に根を下ろしてゐるやうである。

その先には、完全な形の見事な宝篋印塔があつた。高さ三・六メートルもあり、相輪、隅飾突起も簡潔で、力強さと格調がある。清和源氏の祖、多田満仲の墓とされゐる。なるほどと思ふとともに、摂津のひとである満仲の墓がどうしてここに、と考へざるを得ない。やはり武士が力をもつた東国だからであらう。

塔身の下の格狭間に刻まれた文字によつて、鎌倉幕府の御家人一族が作善のため、永仁四年（一二九六）に建てたものであることが分かる。先に見た曽我兄弟らの五輪塔ができた翌年である。供養導師は鎌倉極楽寺の開山忍性《にんしやう》で、工事を指揮したのが、金沢八景の称名寺にある三重塔を建造した人物と、当時、鎌倉で一流の人たちが係はつてゐることが判つてゐる。

腰を屈め、銘文を拾ひ読みをすると、次の文字があつた。

精進池之霊泉是当六道之地

この頃から、ここはすでに精進池と呼ばれ、死者がさ迷ふ六道の地とされてゐたのだ。そして、「精進」はそのまま「生死」でもあつた……。

改めて、池を眺める。鱗のやうな小波に覆はれた池の面は、駒ヶ岳を映すことなく、どんよりと沈んでゐる。そして、手前の緑の葉叢に薄紅のハコネサンショバラばかりが明るく点々と咲いてゐる。

この石塔が、建造より三百年も前に亡くなつた多田満仲の墓とされたのは、曽我兄弟や八百比丘尼の墓と同様、物語によるのであらう。幸若舞や能に『満仲《まんちゆう》』といふ曲がある。

それによると、満仲は、美女丸といふ息子を出家させた。ところが武芸好きで、経を読まうともしない。怒つた満仲が斬り捨てようとすると、育て役の家臣が必死にとめた。そこで満仲は、当の家臣に対して美女丸の斬首を命じた。家臣としては主人の息子を斬ることが出来ない。悩んだ末、身代りに同年の自らの息子の首を差し出した……。

浄瑠璃『菅原伝授手習鑑《すがはらでんじゆてならひかがみ》』寺子屋の段や『一谷嫩軍記《いちたにふたばぐんき》』熊谷陣屋の段などでお馴染みの設定である。多分、その元になつたと思はれるが、これら浄瑠璃や歌舞伎では、主君への忠義と親子の情愛の板挟みになつて苦悩し悲嘆するところが眼目だが、『満仲』ではやや異る。まづ、自己犠牲による主君への徹底した忠義が押し出されるものの、それを切掛けに美女丸が仏道に精進、甲斐あつて、満仲夫妻と家臣の夫妻も、仏の慈悲に与かる。喜んだ満仲はその家臣に自らの領地の半分を与える。この展開によつて、当時の武士たちの間で大変な人気を呼んだらしい。

この物語に心を搏たれた人たちが、刻まれた銘文とは係はりなく、類のない見事な宝篋印塔と満仲を結び付けたのである。

時代が重なるにつれてこんなふうに、曽我兄弟や満仲、また八百比丘尼の物語が、この地を覆ひ包むやうになり、ここにある石の建造物を意味付けたのだ。

池の東端で、西面する崖に突き当つた。その凸凹する岩崖に、幾つも仏像が刻まれてゐた。

「このあたりは草が繁つてゐる上に、泥濘んで、なかなか踏み込めないところだつたんですよ」

運転手が説明してくれる。

「国道がつくまでは、賽《さい》の河原と呼ばれてゐたと聞いてゐます。芦ノ湖の元箱根の岸に賽の河原がありますが、江戸時代に東海道が開かれてから、新たに造られたものです。だから、こちらは元賽の河原とも呼ばれるやうです」


この辺前後二十丁ばかり人跡絶えたる原野にして、昼さへもの凄き所……。


『箱根七湯集』にはかう書かれてゐる。そして、あちこちには石が積まれ、「砂原に、時として小児の足跡」が見られるが、大かた「猿の足跡」だらうと書き加へてゐる。ただし、それを成仏できない童のものと、思ふ者も少なくなかつたらう。

岩崖には、簡単に攀じ登ることが出来た。

さうして間近に像を見たが、ほとんどが六、七十センチほどの地蔵立像であつた。ただし、中央付近に阿弥陀如来立像、他に供養菩薩像があるところから、阿弥陀来迎になぞらへて二十五菩薩とも呼ばれて来た。が、それぞれ別個に父母の菩提や結衆たちの祈願が記され、永仁元年（一二九三）、永仁三年などの刻入もあるので、一体のものでないのは明らかである。

その傍からは正面に精進池全体が見えた。そちらが真西だから、夕には、夕陽が水面に反射して、菩薩たちを赤々と照らして来たはずである。

八百比丘尼の墓まで戻ると、その横、国道下のトンネルを潜つて、反対側へ出た。小高いところに寄棟の御堂があつた。

近づいて中を覗くと、見上げる大きさの磨崖の地蔵菩薩であつた。蓮台に座し、身をやや前に傾けて右肩に錫丈《しやくぢやう》を立て掛け、見下ろしてゐる。御堂と見えたのは、庇堂《おほひだう》であつた。

高さは三・一五メートルもある。銘文によつて正安二年（一三〇〇）の建造と分かる。そして、一般には六道地蔵と呼ばれてゐるが、正しくは六地蔵である。六道で苦しむ衆生を救ふ六種の地蔵、延命・宝処・宝手・持地・宝印手・堅固意の地蔵を統合して、これだけの大きな像になつてゐるのだ。

庇堂の横から、国道の向うに精進池が広々と見渡せた。

先ほどの宝篋印塔や地蔵像の群は、国道の陰になつて見えないが、かつてはここからの視界に収まつてゐたらう。さうして、これら多くの石の建造物、造形物が寄り集まつて、ひとつの世界を造り上げてゐたのだ。なによりもまづ、六道の辻であり、賽の河原であり、生死の境に広がる世界だつたのである。

ひとは死んでも生きても六道に迷ひ、罪のない子もまた、賽の河原で苦を受けなくてはならない。逃れる道はほとんどない。だから塔を建て、地蔵の像を刻み、諸々の仏や菩薩にすがる。そして、街道が運んで来た幾多の物語を、手向けた……。

さうして人々は、ここを振り出しにして、権現を拝するとともに、駒ケ岳から神山の麓に広がる、噴煙をあげ、熱湯を吹き出す地獄を巡るやうになつた……。

八百比丘尼を成仏させ、源氏の祖の満仲を遥々と摂津から呼び寄せ、後世のため息子を斬らうとまでする劇を演じさせたのも、このためだらう。殊に鎌倉武士たちは、忠義と犠牲を称揚しながら、戦と殺戮をことゝし、修羅道を出ることのない自分たちの在り方に、苦悩を深くしてゐたのだ。

弓矢執《と》る……我等ごときの衆生等は、何として後生を助かり、極楽に往生すべく候や。

幸若舞『満仲』の、満仲が徳高い上人に向ひ問ひかける。

車で坂を下ると、正面に芦ノ湖が見えた。

……弓矢を取り給ふ事も私《わたくし》ならず。王法、仏法の外護、国家の守り、民を育《はぐく》み給はん故なり。一殺多生の功徳有べし。

「法華経」の功徳を説く上人は、一応かう言ふが、その上で、一段と帰依、習得すれば、成仏間違ひないと述べる。そこで満仲は息子に「法華経」の習得を委ねたのだが、彼はなほも武芸に夢中で、すでに見たとほり父の怒りを買ふ展開になるのだ。

湖岸に出て、右折、老杉の林のなかへ入つて行く。すると、もう箱根神社であつた。駐車場は広々としてゐる。このあたりに東福寺と呼ばれる広壮な寺が建つてゐて、その別当が箱根権現全体を差配してゐたのだ。ところが明治初年の廃仏毀釈によつて廃寺とされ、箱根権現も箱根神社と改称させられ、当の別当は箱根太郎と改名、箱根神社の神主になつた。それとともに山下の豪壮な建物は破壊されたのだ。芦ノ湯の薬師堂（東光庵）が撤去されたのも、この時のことである。

タクシーはここで降り、四の鳥居の前から、石段を見上げた。

老杉の直立する間を、一直線に遥か上までつづいてゐて、朱の鳥居がわずかに覗いて見える。多分、この風景ばかりはあまり変はつてゐないはずだ。

まづ鳥居横の宝物殿へ行く。

赤い絨毯を敷いた玄関を入ると、まず正面の展示室をざつと見て、右の部屋に入り、衝立を回り込むと、ガラスケースのなかに、等身の僧の座像が安置されてゐた。塗りはすつかり剥げ、褐色の一木造で、ところどころひび割れてゐる。そして、顔も頭もひどく長い。異形と言つてよからう。箱根権現の中興の祖、と言ふよりも開祖と言つてもよい万巻《まんかん》上人だつた。万巻よりも満願の名で知られる、奈良から平安初期にかけて活躍した、民間の遊行僧である。

像は平安初期の作で、廃仏毀釈の嵐を潜り抜けて、いまでは重要文化財とされてゐる。左手を宙に捧げるやうにしてゐるのは、独鈷《とっこ》を持つてゐたからであらう。右手は掌を上にして膝に置いてゐるが、数珠を持つてゐたのかもしれない。さうして眉を険しく寄せ、目を瞑つてゐる。一心不乱に加持をしてゐる様子である。

行基の後を継いだと見ることもできるこの民間の遊行僧が果たした役割は、日本の宗教史において意外に大きいのではなからうか。養老四年（七二〇）に奈良の都で沙弥を父として生まれ、満二十歳で剃髪、諸国を巡り、天平宝字元年（七五七）、箱根山に足を留め、修行すること三年におよんだ。そして、ある日の夕方、霊夢を受けた。その夢中に現はれた「三容」を、万巻は三所権現と呼び、祀つた。これが早く霊場とされてゐた箱根に、神と仏が祀られた初めだと言ふ。

このことの重要さを知るには、その前後に万巻の行つたことを見る必要があるだらう。箱根へやつて来る前、天平勝宝年中（七四九〜五七）、常陸国の鹿島の社を訪ね、大般若経六百巻を写し、仏画を描くとともに、神のために寺を建て、八年間を過ごし、鹿島を神宮寺にした。それから箱根にやつて来て権現を祀り、この後、天平宝字七年（七六三）には、伊勢国桑名へ赴き、多度《たど》神社の近くの道場に留まつて、阿弥陀像を造つた。折から多度神の託宣があつたが、それが「垂迹《すいじやく》思想」の根幹をなす。すなはち、神自らかう言つたのだ。

イマ翼《ねがは》クハ永ク神身ヲ離レンガタメニ三宝ニ帰依《きえ》セント欲ス。

この託宣を受けて、万巻は、さつそく多度山の南に小堂を建て、菩薩姿の神像を多度大菩薩と名づけて安置した。菩薩とは、言ふまでもなく、仏になるべく修行する者で、神自らがさういふ存在と規定したのである。このことがあつて後、多度山にも御堂や塔が建てられ、神宮寺となつた。

かうした働きをしたのは、勿論、万巻一人ではなかつた。九州の宇佐では、早く宇佐八幡神が八幡大菩薩と呼ばれるやうになつたし、奈良東大寺の建立に際して、天平勝宝元年（七四九）に、その八幡神が勧請されてゐる。時代は神仏習合へと大きく動いてゐたのである。その最中に、万巻は、有力な社を神宮寺とする推進役として東西で活躍したのであり、箱根では権現を祀つた。

この神仏習合が、明治の廃仏毀釈まで、じつに千年を越えてつづいたのである。

そして、このやうな神仏習合の社寺が、廃仏毀釈の標的とされたやうである。西欧の見方によれば、正体の定まらない、淫祀邪教とも見られかねないとともに、ある面では処理しやすいとも見たのかもしれない。実際に神宮寺なり神宮寺的性格を持つ、僧が支配してゐたところは、比較的速やかに神社へと移行した。東福寺が箱根神社となつたのがさうである。

ただし、この千年越えて続いたわが国の宗教の在り方は、今日も基本的に変らないのではないか。神道だとか仏教だとか言つても、実際は、神仏習合であらう。

その在り方は、明治以降、もつぱら克服すべきものとされたが、本当にさうなのか？　もしもその方向へ進めば、今日、世界各地で起つてゐる宗教対立を、わが国へ持ち込むことになるのではないか。一宗教を選び取り、純粋化を図れば、他の宗教を排除するに至るのは必然であらう。いかに愛を、慈悲を説かうとも、異教徒には苛酷極まる排除の姿勢を取るのが、使命とさへなるのだ。その恐ろしさを、知らなくてはなるまい。

万巻らがそのことを察知してゐたかどうか、わからないが、対立・排除ではなく、習合の途を採つた。そのことの意味は改めて考えなくてはなるまい。

四の鳥居をくぐり、石段を登つた。

石段は苔むして、時折滑りさうになる。

頭上に朱の色がちらちらするが、あちらこちらに朱塗の社殿や御堂が建つてゐるのだ。

朱楼紫殿の雲に重なれるよそほひ、唐家の驪山宮《りざんぐう》かとおどろかされ

『東関紀行』仁治三年（一二四二）八月の項だが、当時からすでにかう言ふ佇まひであつたのであらう。

これより六十年ほど前には、源頼朝がこの石段を登つてゐる。早くから源氏はこの社と繫がりを持つてをり、伊豆に配流されると、早々に参拝、治承四年（一一八〇）八月、石橋山の戦で敗れ、敗走するさなかには、箱根権現別当から食事の差し入れを受け、山中の案内を受けてゐる。さうして鎌倉

幕府を開くと、多くの寄進を行ひ、関東総鎮守としたのである。

仏教において武士は、先にも触れたやうに修羅道に置かれ、救はれる途はほとんど閉ざされてゐたのだ。そのため神仏習合へ、権現信仰へと向つた、と言つてもよからう。鎌倉時代には新仏教がつぎつぎと出現、武士のこころを捉へたが、中心は、変らなかつたやうである。徳川家康も権現とされた。石段の途中で立ち止まり、振り返つた。石段の上の老杉林の切れ目に、僅かに芦ノ湖の湖面が青く光つて見えた。

その湖上から、捉へようとしても捉へられない、霊的ななにものかが、この切れ目を通つて社殿へと昇つて行くのではないか、と考へた。

万巻上人は、その聖なるものを一つの形に限定せず、三様の姿形をもつて受け止めた。多分、このことが大事な意味を持つのだ。

古く建久二年（一一九一）に著された「筥根山縁起并序」には、この「三容」を比丘形、婦女形、宰官形であつたしてゐる。しかし、後の略縁起になると、文殊菩薩、観音菩薩、弥勒菩薩。現在は祭神は瓊瓊杵尊《ににぎのみこと》、その妻の木花咲耶姫命《このはなさくやひめのみこと》、その子彦火火出見尊《ひこほほでみのみこと》としてゐる。

『神道集』の「二所権現ノ事」には、かういふ物語がみられる。――天竺の大国、斯羅奈《しらな》国の大臣中将入道とその娘、それに彼女の婿の波羅奈《はらな》国の王子が、日本に渡来、箱根山に入つて、長い年月を空しく過ごしたが、万巻上人が功を積んだので、その前に姿を現はした。さうして明かしたところによると、法体（比丘形）の本地は文殊で、仏の位につく以前は、天竺の斯羅奈国の中将入道であつた。女体（婦女形）の本地は観音で、以前は源中将入道の娘で、波羅奈国の王子の妻常在御前であつた。俗体（宰官形）の本地は弥勒で、以前は波羅奈国の太郎王子で、入道の婿であつた、と。

この物語は、ここに至るまでの天竺での長い話を含め、『箱根権現縁起絵巻』とか『いづはこねの御本地』として流布、箱根権現信仰を広める役割を果たした。それだけに留意しなくてはならないが、天竺を舞台にしながら、仏典に依拠してゐるわけではなく、申し子説話に継子いぢめ説話など、わが国の説話のパターンを組み合はせて作られてゐる。そして、天竺からやつて来たのは、仏法でなくて、人であり、その人が「神」となつたとする。まれ人が来訪し「神」となつたとする、わが国の古来の考へ方そのままである。

そして、その「神」が、法体、女体、俗体の「三容」を採つた点に、この物語は重点を置く。

ようやく階段の上に達した。朱塗の鳥居である。

鳥居を潜ると、境内が広がり、石畳の参道が真直ぐ伸びる。その正面、両側に狛犬を控へて、数段の石段の上に、朱塗の唐門があつた。飾金具が随所に光り、唐破風の軒の奥の蟇股ひとつが青や緑で鮮やかに彩色されてゐる。

この「三容」は、いづれも平安時代あたりに人々が実際に採つてゐた姿である。言ひ換へれば、絶対的な実体といつたやうな観念的抽象的なものではなく、あくまでもこの世において人々が示してゐる具体的な在り方である。

唐門のところに柵があり、すぐ奥が社殿であつた。

やや変則的だが権現造で、手前の拝殿から奥の本殿へ弊殿で繋がつてゐる。

この社の始源は、駒ケ岳と神山の山頂で行はれた祭祀らしい。いまも駒ケ岳山頂に馬降石と呼ばれる巨石があり、その昔、神が馬に乗つて降臨したと伝へられてゐるが、これは明らかに磐座である。

そして、昭和三十九年（一九六四）になつて山頂に社殿が建てられたものの、これはあくまで拝殿であり、本殿に当るのは神山である。すなはち、駒ヶ岳は祭事を執り行ふところであり、神籬《ひもろぎ》は神山なのである。かういふ駒ヶ岳の山腹に、万巻上人が、天平宝字元年、いはゆる里宮としてこの箱根権現の社殿を造営した。これによつて、従来は修行者が特別な時に行つてゐた祭事が、世俗の男女の目に常時見え、かつ、与かることのできるものとなつたのである。

神が「三容」をもつて現はれたとは、その消息を語つてゐるのではないか。捉へようとしても捉へられぬ、超越的で霊的な存在に、恐ろしく具体的な人間の三つの姿形と社殿と言ふ場所を、絶対化を退けながら付与したのだ。

そして、この「三容」は、こんなふうにも考へられるやうになつた。法体が僧（万巻自身）であり、俗体は俗人（万巻に信を寄せる在地の有力者）で、女体は山の神だと。かうした考へも含むことによつて、いよいよ固定化されることなく、聖なるものの顕現し、生成変化するものとした。

万巻上人とは、なによりもこの機微をしつかり捉へた人だつたのであらう。さうして、やや長すぎる異様な面体ながら、長大な時代にわたつて広範な人々を惹き付けて来たのだ。

石段を降りる。

そして、ぶらぶら歩き、賽の河原に到り、湖岸に立つた。右手湖上に赤い大鳥居が見える。

湖水ノ上ニ五色ノ細波《さざなみ》顕ル。又波ノ中ニ宝蓮花生ジ、十方ノ菩薩雲ノゴトクニ集ル。上界ノ天人雨ノゴトク降リテ、歓喜遊化シ給フ事三日三夜、諸天手ヅカラカノ蓮糸ヲ取テ羽衣ヲ織給フ。

『箱根山略縁起』の一節である。履中天皇（三一九～四〇九？）の時代のことと言ふが、ここには菩薩と天人、それに引用部分には見られないが、仙人も登場する。なんとも賑やかな世界である。天竺からやつて来る人があつたとしても不思議はない。

こんなふうに大きく異国へ開かれてゐながら、この地に根差した澄んだ霊性に満たされてゐる。

この縁起には、万巻上人が九頭の毒龍を調伏した事績も出てくる。雲を起し、波を立て、しばしば人民を害したので、仏に祈願すると、毒龍が姿を改め、宝珠、錫杖、水瓶を捧げて現はれた。そこで鉄鎖でもつて大木に繋ぎ、鎮めた……。現在、八月一日の例大祭の前日、七月三十一日に行はれる湖水祭が、この伝承にもとづいてゐる。当日夕、神主が小舟に乗つて湖水の真ん中へ漕ぎ出し、龍神への供物を捧げると、灯籠流しが行はれ、花火が打ち上げられるのだ。

固定化し、絶対化することなく、さまざまに顕現し、変化生成するところで受け止めつづけるのが、多分、習合思想の肝要なところである。それを明治の近代化が叩き潰し、いまやなにを叩き潰したか、分からなくなつてゐる……。

と、正面彼方、湖上のむらむらとした銀色の雲のなか、影絵のやうにぼんやり浮かんでゐる白いものがあつた。何だらうとしばらく眺めたが、それは富士の頂だつた。

富士山の人穴

富士山は、天を焦がす大噴火を幾度となく繰り返し、その度に膨大な熔岩を噴出して、成長した。その灼熱した熔岩が、巨岩を転がし、樹木を薙ぎ倒し、深く穿《うが》たれた谷々を埋めた。さうして、徐々に冷却するとともに、含んでゐたガスや空気が集まり、僅かな隙間を拡大させ、内に空洞を形成した。その空洞を水流がさらに削り広げた。

かうして出来た洞窟が、富士の裾野一帯には、数多くあるらしい。現在のところ確認されてゐるだけでも、六十二ヶ所にのぼる。

そのなかでも西麓にある一つが、早くから知られた。修験者らが入り込み、修行の場としたからだが、それ以前は遺体の安置場所として使はれてゐたやうである。そして、その奥は、別の世界へ通じてゐると信じられて来た。

東海道線の富士駅から身延線に乗り換へると、十数分で富士宮駅である。豊富な湧水で知られる湧玉池を近くに控へて富士山本宮浅間大社《せんげんたいしゃ》があり、古くから参拝客で賑はつて来た。しかし、登山の季節もとつくに過ぎた晩秋の駅前は、閑散としてゐた。

バスの乗場で運行路線図を見上げると、滝の白糸の先、朝霧高原の手前に、目指す人穴の文字があつた。富士山の真西に位置する。窓口で尋ねると、その路線はかなり以前から運休してゐるとの答だつた。乗客が減つてしまつたためです、と説明を付け加へる。

さて、どうしたものかと思案した。白糸の瀧まではバスが行つてゐるので、取り敢へずそこまで行つてみようかと思つたが、それから先が六キロほどある。それを徒歩で往復するとなると大変だ。

結局、タクシーに乗つた。

中年の実直な運転手であつた。人穴の洞窟が見たいのだと言ふと、それなら、途中に万野風穴がありますから、寄りませうと言ふ。

富士宮の町を外れ、しばらく走ると、富士宮道路の傍らの公園へ車を入れた。林があり、僅かに隆起した一角に、金網が張り巡らされてゐる。

覗くと、大きく陥没して穴が開いてゐた。中へ降りる手摺付きの階段がある。しかし、金網の扉には鍵が掛かつてゐた。

「不良少年たちが入り込んで、シンナーを吸つたりしたことがあるんですよ。それで閉めたんでせう。わたしは何回か入りましたよ」

運転手は、金網越しに枯れ草を投げ込みながら、話す。

もとの道に戻り、北上を続けると、左手に遠く、大きな寺の屋根が見えて来た。日蓮正宗総本山の大石寺《だいせきじ》である。正応三年（一二九〇）、日蓮の高弟日興の創建にかかる。

その大石寺のさらに北あたりが、富士野の狩場の中心であつた。建久四年（一一九三）五月、頼朝によつてここで催された狩が有名である。

「右手の奥、そこに曽我兄弟の墓があります」

運転手が説明する。その狩を絶好の機会として、曽我兄弟が父の仇工藤祐経《くどうすけつね》を討ち果たしたのだ。

川を渡り、信号で停まると、

「この左に、工藤祐経の墓に、曽我の隠れ岩があります」

とつづける。曽我兄弟も、先の万野風穴に集まつた不良少年たちのやうに、穴なり岩陰に集まつて、密かに計画を巡らしたのだ。

「真直ぐ行けば人穴ですが、左へ行けば、すぐ白糸の瀧です」

まだ見たことがなかつたので、寄つてもらふことにする。

橋を二つ、たてつづけに渡ると、左手に駐車場があり、観光バスがずらりと並んでゐた。駐車場の端から、谷を隔てた向ふに、ほぼ同じ高さから幅広く水が落ちてゐるのが、木隠れに見渡せた。冷気がこちらまで押し寄せて来る。

谷へ降り、粗末な木橋の上に立つと、川上の正面奥の左端で水が塊になつて激しく落ち、その横からぐるりと半円を描くやうにして、橋を渡つた先まで幕を張り巡らしたやうに薄く白々と水が落ちてゐる。確かに艶のある白絹の糸を掛け渡した、とも見える。これまた熔岩が作り出した奇景である。

木橋を渡つたところに、音止めの瀧への道標があつた。運転手が言つてゐた隠れ岩で曽我兄弟が討ち入りの密談をしてゐると、瀧の音が煩さかつたので、「こころなしの瀧よ」と嘆いたところ、音が止んだと言ふ伝承がある。

この曽我兄弟が宿願を果たした直後、兄の十郎を斬り伏せたのが新田（仁田とも）四郎忠常だが、その彼がいま一度活躍する舞台が、じつはこれから訪ねる人穴なのである。

音止めの瀧へは行かず、駐車場へ戻る。そして、先の交差点まで引き返し、北へと進む。

右側の窓の正面、思はぬ高さに、富士の頂が見えた。八合目あたりから下は靄つて、数日前の雪でわづかに白くなつたところばかりが、宙空に浮かんでゐた。

　夫《それ》当山は天地開闢《かいびやく》国土の柱也。又万物の根元也。

江戸時代に盛んだつた富士講の祖、長谷川（藤原）角行《かくぎやう》が記した『角行藤仏佝記《とうぶつくうき》』の一節が思ひ出された。人穴に籠つて修行に修行を重ねた角行の前に、仙元《せんげん》大日神が出現、かう告げた、と言ふのである。仙元大日神とは、富士山の神とされる浅間大明神と、垂迹思想によるその本地仏の大日如来とが合体した存在らしい。その神は、重ねてかうも語つた。

　我六拾余州の元《もと》也。相《さう》（滄）海《かい》に三千大世界我山の流《ながれ》なり。……世界皆我体内より分る也。

天地開闢云々と抽象的に言はれただけでは納得しにくいが、海も山も陸地も、全世界は、この巨大で秀麗な山を元にして、分かれ出たものだと言はれると、山頂を現に目にしてゐるだけに、さうかとも思はれてくる。

「ここにオウム真理教の建物があつたんですよ」

運転手が指し示したのは、道の傍らの広々とした空地だつた。

「いまでも見物に来る人が、結構ゐますねえ」

と言ふ。先鋭的な宗教運動が、この西富士のあたりでは今日でも起るらしい。

曽我兄弟の仇討ちがあつてから六年後、正治元年（一一九九）に源頼朝が亡くなると、天下の権勢をめぐつて有力御家人たちが睨み合ひ、潰し合ふ事態になつた。さうして、昨日まで力を誇つた一族が、呆気なく血の海に消えるやうなことが次々と起つた。言ひやうのない不安と緊張が高まつたのは言ふまでもない。さうして鎌倉では、鳩が死んでゐたと言つては脅え、わざわざ陰陽師に占はせるやうなことが頻りにおこなはれたが、その中心に、二代目将軍頼家《よりいへ》がゐたのだ。健康が優れず、なにかと心屈することの多い彼は、なほさら神経を尖らせたやうである。

その頼家が、建仁三年（一二〇三）六月三日、狩のためここへとやつて来たのだ。

道は林のなかに入る。朝霧高原へつながる深い林である。

頼家一行は、ここへ来る直前、じつは伊豆の狩場にゐて、その一角、伊東崎の山中に大きな洞穴が見つかると、頼家は、その中の探索を命じた。その命を受けたのが和田義盛《よしもり》の甥の和田平太胤長《たねなが》で、朝の十時ごろ洞窟に入り、夕刻になつてやつと出て来ると、かう報告した。奥は数十里もあり、日の光をまつたく見ず、進んで行くと、大蛇が出て来て呑まうと襲つて来た。そこで斬り殺し、戻つて参りました、と。『吾妻鏡』第十七、建仁三年六月一日の項の記録である。

それを聞いた頼家は、なぜか急ぎ伊東を離れ、富士の裾野へと狩場を移したのである。

林が切れると、右手に石の鳥居があつた。

車は、それをくぐる。と、畑が広がつた。すぐ左へ折れ、山腹から伸び下つて来た山稜の先端に突き当るやうにして、停まつた。

低い石段を上がるとなだらかな坂道がつづいて、木々に覆はれた台地の上へと導かれる。

林がわづかに開けると、見上げる高さの宝塔があつた。石垣の上に据ゑられてゐるので、宝珠の頂まで四メートル近くもある。そして、回りにも、これほど高くはないが立派な碑が幾基も立ち、右手奥に赤く塗つた粗末な社殿があつた。

その社殿へ近づいて行くと、手前横に、石灯籠を両側に据ゑ、玉垣で囲はれた一角があつた。社殿よりもこちらの方が中心のやうで、草の茂つた中央に小さな宝塔が据ゑられてゐる。

傍まで行くと、玉垣の入口から急な石段が下へ降りてをり、宝塔の下で岩が口を開けてゐた。

頼家は、ここでまた、洞窟を見つけてしまつたのだ。その口から暗闇が覗き見える。

頼家は、恐れてゐた。殊に地中の闇を恐れてゐたやうである。井戸が冥府に通じてゐるといふ俗説を信じてゐたかどうかは分からないが、その闇こそ、伺ひ得ない自らの生死の彼方へ、過去にも未来へも通じてゐる、との思ひを畏怖感をもつて抱いてゐたらしい。

そこへもつて来て、この年の正月二日、息子の一幡が、鶴岡八幡宮に参拝したところ、神楽の最中に八幡大菩薩が巫女に憑き、恐ろしい託宣を下した。『吾妻鏡』第十七に従へば、まづ、「今年中に関東に事あるべし」と言ひ、つづけて、

岸上の樹、その根すでに枯る。人これを知らずして梢の緑を恃《たの》む。

託宣の肝要なところは、比喩で語られるのが常で、いろんな解釈が成立するが、頼家は、いま自分が将軍の位にあつて、人々に仰ぎ見られてゐるものの、すでに命運は尽きてゐる――そのことが、樹が根を伸ばしてゐる地中に穿たれた洞窟の中では明々白々となつてゐる、そんなふうに受け取つた様子なのである。

だから、伊豆で洞窟が見つかると、さつそく腹心の和田平太胤長に探索させ、報告を聞くと、急い

でここへやつて来たのだ。ところがまたしも、その地中の闇が、そこに覗いてゐた。

灯籠の横に掲示があり、「人穴浅間神社」とあつて、祭神は木花咲耶姫命《このはなさくやひめのみこと》と藤原角行とあつた。

浅間神社は、富士宮の本宮を初めとしていづれも木花咲耶姫命を祭神としてゐる。高天原から地上へと降つた瓊瓊杵尊《ににぎのみこと》が最初に出会つたのが、この美しい姫であつたといふ神話に基づいてのことであらう。その姫神が、浅間大明神でもあり、ここ人穴は、浅間神社に属してゐるのである。ただし、かうなつたのは明治からで、それ以前は富士講の聖地として、独立して枢要な位置を占めてゐた。

掲示の説明はつづいてゐて、昭和十四年（一九三九）、陸軍の練習場となるとともに、集落もろとも強制移住をさせられ、社殿も取り払はれたが、昭和二十九年に返却され、現在の社殿が建立された、とある。やや粗末なのも、このためであらう。江戸時代は幕府からしばしば弾圧を受けたし、明治には廃仏毀釈と神社統合の憂き目にあふなど、時代の波に大きく翻弄されつづけて来てゐるのだ。

石段の上から岩の裂け目の奥を見てゐると、黒々とした闇のなか、ポツンと一つ、灯火が見えて来た。しかし、いくら見つめつづけても、小さい点にとどまつて、回りの様子はまつたく分からない。

鞄から懐中電灯を取り出すと、石段を降りた。頭を屈め、身体を横にするやうにして潜り入る。入口は意外に狭い。触れる岩肌はひどくごつごつしてゐる。

『富士の人穴草子』によれば、ここで頼家が呼び寄せたのは、やはり和田平太胤長であつた。

この物語の現存する写本は、年代が分かるもののなかで最も古いのが慶長八年（一六〇三）だが、物語そのものの成立は大永七年（一五二七）以前に溯るらしい。角行がやつて来るよりも前に、この人穴を拠点とする行者たちがすでにゐて、その者たちが語り出したのかもしれない。

穴へ入つて生きて出て来た者はゐない、と地元の者たちが話すのを耳にして、平太は決死の覚悟を固め、伯父の義盛に別れを告げると、朝比奈三郎義秀の励ましを受け、美々しく装束を整へ、烏帽子を被り、一尺七寸の刀を帯びる。さうして従者に松明十六丁を持たせ、七日のうちに必ず帰ると言ひ置いて、入つて行つた。

わたしは頭をぶつけないやう屈んだまま五六歩、進む。それから恐る恐る頭を上げる。外からの光で足元は明るいが、胸から上は闇である。

やつと体を伸ばし、見回すことが出来た。先へは点々と灯火が続いてゐるものの、辺りを照らし出すだけの明るさがない。落ちる水滴の音、どこかで微かに生き物の鳴くやうな声がするやうに思はれた。「蝙蝠顔に遮り飛ぶこと幾千万といふことを知らず」とある『吾妻鏡』の一節が浮かぶが、その姿はなく、耳を澄ましても、羽音らしいものは聞えない。

懐中電灯を灯す。しかし、たよりない光の小さい輪が足元にぼんやり出来るだけである。上へ、横へと電灯を向けたが、なにも照らし出さない。意外に広いのだ。下は、砂利混じりの泥と水溜まりである。「水流足を浸し」と、これは『吾妻鏡』にあるとほりだ。板が幾枚となく渡されてゐて、濡れてぼんやり光つて奥へつづいてゐる。

滑るのを恐れながらその板の上をそろそろと進む。そして、外光の届かないところへと入り込んで行くと、一メートル四方に板が張られ、足場が作られてゐた。

その足場の正面には、小ぶりな碑が立ち、花が供へられてゐる。闇のなか、頼りなげな光で見る赤や黄や青色の花々は、なにか不思議なものに見えた。黒の輪郭ばかりが鮮やかで、現実感を欠くのだ。

平太が一丁ばかり進むと、朱色の口を開けた蛇が何匹となく横たはつてゐた、と草子は語る。松明の揺れ動く強い光に照らされると、なにがなんだか見定められなくなつただらう。平太は恐れながら、それを跳び越え跳び越え進む。

しかし、わたしの方はどのやうに進んだものか、さつぱり見当がつかない。足場から降りて、右手へ伸びる板をすり足で、恐る恐る伝つて行く。

と、生臭い風が吹いてきた、と草子は語り進める。思ひ切つてそこを突き抜けると、織機《はた》を動かしてゐる女人がゐた。十七、八歳ばかりの十二単衣に紅の袴の美しいひとで、白い手で黄金の梭《ひ》を右へ左へと走らせてゐる。

と、その美女が手をとめ、迦陵頻伽《かりようびんが》のごときすずやかな声で、平太を咎めたのだ。慌てて平太は、鎌倉殿の使ひでやつて来た者に候と名乗つたが、女人は、厳しく言つた。何者の使ひであれ、ここを通ることはならぬ。もし、無理に通らうとするなら、命をとるばかり、と。

この女人は何者であらう？　もしかしたら、木花開耶姫そのひとではあるまいか？　それともかぐや姫でもあらうか？　富士山の神として、早くからかうした女神たちが考へられて来てゐたのである。

平太は、その姫の威に打たれ、そのまま戻つた。

わたしもまた、戻らうかと考へた。板の通路に沿つて、点々と灯火が点けられてゐるが、ほとんどは消え、残つたものも辛うじて自らの存在を示すばかりで、辺りを照らす力を持たないし、手中の懐中電灯も、ほとんど役にたたない。女人はいざ知らず、毒蛇がとぐろを巻き、奈落の淵が口を開けてゐるやも知れない……。

入口近くまで引返して来たところ、階段を降りて来る人があつた。大型の懐中電灯を持つた、身体の大きな老人であつた。後からは、中年の男女に若い娘が付いて来る。

「奥まで行つて来なすつたか」

老人が気安く声を掛けてきた。

いや、こんな懐中電灯ではさつぱり見えなくて、と応へると、

「朝なら灯火が明るくて、懐中電灯もいらないんですがね。信者の人が、毎朝、灯火を点けるんです」

板に沿つて細い棒が立ち、その上に、丸い小さな皿が取り付けられてゐるのを指し示す。そして、

「よろしければ、後に付いて来なされや」と言つてくれた。

頼家は、平太の報告に満足しなかつた。そこで新田四郎忠常、草子に従へば、につたの四郎たゞつな（忠綱であらう）が登場するのである。先に触れたやうに曽我十郎を斬つた男だが、彼は、子孫のため領地を少しでも多く残さうと考へ、恩賞に四百町を受ける約束を取り付けると、平太同様、「いつにもすぐれて、花やかな」装束に身を固め、従者に松明を持たせ、入つて行つた。『吾妻鏡』では、領地に替はり重宝の御剣を賜はり、従者五人を従へた。

老人は、足場から左へと道を採る。時計回りに回るのだ。

石仏があつた。地蔵でもあらうか、赤い毛糸の帽子を被せられ、やはり花が供へられてゐる。そして、文字の書かれた板が置かれてゐた。父親に促されて、娘が声を出して、それを読む。

「人間として生まれたなら……」

女子大生らしい生真面目だが、張りのある伸びやかな声は、闇の中にことのほか美しく響く。迦陵頻伽の声、と草子の筆者なら書くところだらう。内容は、ごく通俗的な実践道徳の教へであつた。今でも富士講の聖地のはずだが、宗教的色彩がない。

石仏が置かれてゐる場所や、変はつた形を黒々と見せてゐる岩には、名が付けられたり、話が伝へられてゐるのではないかと思ひ、老人に尋ねた。

「いやあ、私は近くの百姓で、よく知りませんなあ」

申し訳なささうに答へる。闇が深いほど、人は物語を紡ぎ出さずにをれないはずなのだがと、鼻の先から始まる闇を覗き込むやうにする。しかし、石仏や岩々は沈黙を守つて蹲つてゐる。

再び歩き出したが、頼りの老人の懐中電灯は、人の列の先の方でひらめくばかりで、わたしの足元を照らすのは、やはりわたし自身の心細い懐中電灯だ。そのぼんやりした光の輪のなか、前を行く娘の靴が、活発な生き物のやうに動く。

両側に空間が広がつてゐるやうだが、確かなのは現にわたしが足を置いてゐる板の上ばかりである。これでは『吾妻鏡』にあるとほり、「洞狭くして踵を廻らす能はず」だな、と思ふ。

かくて一丁ばかり行けども、何もなし、機織《はたお》り給ふ女房もましまさず、はきたる太刀を抜き持つて、四方をうち振りて行く……。

四郎の前には、蛇も機織る女神も姿を現はさない。

板から岩へと上がる。その凹凸が、懐中電灯の光の下、コントラストのきつい陰影となつて、足の置き場を迷はせる。半ば這ふやうにして進む。と、右に岩が黒々とそそり立ち、左は岩壁が間近かになる。

その岩壁を撫ぜるやうにしながら、進む。

「万物の根元」で、女神である富士山は、しばしば女体に見立てられて来たが、さうだとすると、わたしたちは、いま、どこにゐるのだらう。角行の跡を継いだ食行《しよくぎやう》身禄《みろく》は、『三十一日の御巻』(享保十八年・

一七三三に執筆）で、河口湖畔勝山村の浅間山宮にある穴についてだが、「女の開門のかたちすごもる」と記してゐる。このやうに裾野のあちらこちらに口を開けてゐる洞窟を、行者たちは「女の開門」と捉へてゐるのだ。その奥深くを、いまわたしたちは生まれ変はるため辿つてゐる……。

下りになつた。空足を踏まないやうに、用心しながら降りる。

砂地を踏み、ほつとした。

五色の松原へぞ、出でたりける。

草子にはさうあるが、先には蝋燭が明るく燃えてゐて、白い砂地がひろがり、その表面を澄んだ水が薄く流れてゐるのが見渡せた。

こ（小）川流れたり。足跡を見れば、ただ今、人の渡りたると見えたり。

先を行く人たちの足跡が、かすかながら確かに印されてゐる。が、『吾妻鏡』は、かうある。

先途は大河なり。逆波漲《さかなみみなぎ》り流れ、渡らんと欲するに拠を失ひ、ただ迷惑のほか他なし。

歴史的出来事の記録であるはずの文書の方が、途方もないことを書いてゐるのだ。そして、向う岸に光を見たと思つた瞬間、郎党四人は倒れ伏し、そのまま息絶えたが、四郎は、咄嗟に将軍から賜つた御剣を川へ投げ入れた。そのため彼と郎党一人は辛うじて「命を全う」した。

つづけて、記されてゐる、

古老云はく、これ浅間大菩薩の御座所、往昔より以降敢へてその所を見ることを得ずと云々。

表面を清流で絶えず清められてゐる砂地は、奥へと伸びるとともに、洞窟全体がすぼまり、腰を屈めなくてはならなくなる。そして、水深が四、五センチばかりになつたあたりに小岩があり、三本の蝋燭が明々として、その奥、這ふやうにしてようやく達することのできるところに、板碑が立ち、朱の入つた文字が刻まれてゐた。

「浅間大神」

そこがまさしく「浅間大菩薩の御座所」なのであらう。清い流れと、清々しい砂地と、晴れやかな灯火によつて、まことに清浄な空間となつてゐる。

草子では、五色の松原の先を流れる川の向うに檜皮葺の御殿を見る。その川を四郎は渡り、御殿へと入つて行くのだ。そして、あまりの豪華さに驚き、極楽浄土へ踏み入つたかと思つてゐると、声がして、「何者なれば、わが住むところへ来たりたるぞ」と問はれる。

その声とともに姿を現はしたのは、恐るべき大蛇であつた、といふ。「口は朱をさしたるごとく、まなこは日月のごとく、その丈、はた（二十）尋《ひろ》ばかり、十六の角を振り立て」てゐた。一尋が五尺または六尺だから三百メートルを越す巨大さだ。さうして、名乗りを上げた。

「いかに新田、承れ、みづからをば如何なる者と思ふぞや。富士浅間大菩薩とは、わがことなり」

角行も、ここで仙元大日神に会つたはずである。人穴の限りない闇の中、十七日間、眠ることなく座禅をしてゐると、不意に洞窟のなかが日中のごとく明るくなり、天童が現はれ、さらなる修行法を伝へた。それに従ひ、なほも座禅千日に及ぶと、初めに引いた仙元大日神の声が聞えた、と言ふのである。永禄三庚申年（一五六〇）四月初申の日のことであつたと、年月日も明記されてゐる。

草子のなかの大蛇姿の大菩薩は、四郎に向ひ、このわたしの姿を見たのは、「頼家が運の究めなり」と厳しく言ふのだ。やはり大木の「根」が伸び拡がる地中を窺ふべきではなかつたのである。次いで調子を変へ、恥ずかしいことだが、自分の六根（眼、耳、鼻、舌、身、意の六つの器官）は、夜昼三度づつ苦を受けてゐる。それを逃れ鎮めるために、太刀を呉れ、と言ふ。仏と違ひ、神は苦を受けなければならないとするのが、垂迦神道の考へ方だが、それを受け継いでゐるのだ。そこで四郎が太刀を差し出す。『吾妻鏡』のやうに川へ投げ入れるのではない。すると、大菩薩は大いに喜ぶとともに、十七、八の童子姿にと変身する。

小岩の上の蝋燭が、三本とも瞬いて、一瞬、一段と明るくなつた。

角行は正保三年（一六四六）、百五歳で、この人穴で入滅してゐるが、多分、このあたりであつたらう。その時、仙元大日神が再び出現したかどうか。

右手の壁には壇のやうになつたところがあり、そこに幾体もの石仏が並んでゐた。その中央に、穴が刳り抜かれてゐる。老人の言ふところによると、最近、掘り広げて、人ひとり潜れるやうになつたらしい。別の洞窟へと通じてゐるのだ。

その穴を覗き込み、一段と濃い闇を見ながら、草子のその先の展開を思ひ出す。

壮健な若者で童形となつた大菩薩は、お礼に六道の様子を見せてやらうと言ふ。そして、四郎を小腋に挟むと、六道巡りに出発するのだ。もしかしたら、この穴の向ふへであつたかもしれない。

その地獄を初めとする六道巡りが、草子の後半の大部分を占める。まづは賽の河原であり、次いで三途の川である。傍らには奪衣婆がゐる。罪の数だけ衣を脱がすのだが、足りなければ身の皮を剥ぎ、木の枝に掛ける。六道の辻には地蔵菩薩が立つてゐるが、娑婆で地蔵に祈ることをしなかつた者たちがいくら懇願しても、振り向いてくれない。そして、獄卒に無間地獄へ突き落とされる……。

それから、死出の山、剣の山、そして、火の波、水の波が押し寄せる……。そこにはそれぞれ、犯した罪に応じて苛《さいな》まれる者たちの姿がある。舌が抜かれ、目を刳《えぐ》り取られ、鉄の犬や烏に襲はれてゐる。多淫な女は股を鋸で引かれ、容色に囚はれた者は顔の皮を剥がれる。

大菩薩に導かれて経巡つて行く四郎は、ウェルギリウスに導びかれるダンテに似通ふが、かうして次から次ぎと血みどろの惨憺たる情景が、とめどなく繰り広げられるのだ。『往生要集』とは違ひ、馬を酷使し、百姓を苦しめた地頭とか、欲を貪つた神主、法師など、憎むべき悪行の者たちが、生々しく出てくる。

娘の後に従ひ、戻りにかかつた。岩壁沿ひの板の上をたどる。

あつと思つた時、滑つて、左足は泥に落ちてゐた。どれだけのめり入り込むかと、一瞬恐れたが、五、六センチほどで、止まつた。が、靴に水が入つて来る。

この底の赤土が、かつては「おあか」と称し、万病に効験があるとて貴ばれたと言ふ話を、脈絡もなく思ひ出す。

向ふにやうやく外光が見えた。

四角く作られた足場に上がる。靴には赤くなく、薄黒い泥がついてゐるだけだつた。

四郎は、六道を経巡り、極楽も見て、七日後に、地上に出た。ただし、『吾妻鏡』によれば、翌日の巳《み》の刻、今の午前十時頃である。大河の向ふに浅間大菩薩の御座所を拝して、往還に一日一夜を要したとある。

浅間大菩薩は、別れに際して、人穴でのことは口外するな、口外すれば生命を失ふぞと、言つた。しかし、四郎の立場としては、頼家に報告しないわけにはいかなかつた。さうして語り終はるやいなや、息絶えた。それと同時に、天空に声があつて、かう呼ばはつた。


「みづからが有り様、語らせたる頼家も助かるべからず」


実際に新田四郎忠常が死んだのは、このことがあつてから三ヶ月後の九月六日、北條氏方に誅されてであつた。その翌日、頼家は出家、将軍職を実朝に譲るとともに、修善寺に幽閉された。地中の闇を奥深く窺つた報ひは、やはりすみやかに下つたのである。

階段を上がり見回すと、回りの杉林の緑が目に染みた。幻でない現実の色だ、と思ふ。腕時計を見ると、入つてから三十分ほどしか経つてゐなかつた。

社殿の裏の方へ当てもなく行くと、墓碑が並んでゐた。そのなかで一際大きいものには、「食行身禄」と刻まれてゐた。

その左、少し離れて、笠付きの墓石が数十基、整然と並んでゐる前に、石造りの宮があり、そこに嵌め込まれた御影石に、「明藤開山元祖藤原角行霊神」と彫られてゐた。富士講の開祖を初めとする導師たちの墓所だつたのである。

角行は、この洞窟で仙元大日神に会ひ、かつ、その同じ場所で死んだだけに、もつとも相応しいところに葬られてゐると言つてよからう。

そして、食行身禄だが、富士山頂での入滅を企てた。享保十八年（一七三三）七月、六十三歳の時だが、登頂したものの、役人らの強い反対に会ひ、やむなく北斜面を七合目五酌の烏帽子岩まで下り、そこで断食、意志を貫いたのだ。

開祖は山裾の地中で、後継者は山頂近くで、ともに入滅したのである。その彼らは、富士山を世界の中心として捉へ、「天」「地」「人」の和合を図るのを要とする、自然宗教と救済宗教と生活倫理とを結び付けた、平易なだけに却つていまのわたしたちには分りにくい教へを説いた。ただし、その「天」「地」「人」和合の教説は、単なる観念でも言葉でもなかつた。己が身を賭けて端的に実現を図るべき事柄だつた。

この角行なり身禄は、入滅の際、なにを感じとり、なにを見たださうか。

聳え立つ富士山を巨大な軸として、「天」「地」「人」が、一体となる在り様であつたらう。その場合の「人」は、まずはこの自分自身、人々の苦に代り、幸を願ふ思ひを凝縮して負つた存在としての自身であらう。そこには、当然、大菩薩と四郎が経巡つてつぶさに見た六道と極楽世界も、しつかりと繰り込まれてゐる……。

筑波山

円錐型の美しいかたちの山を、大和の耳成山《みみなしやま》、三輪山から駿河の富士山まで、特別の思ひで人々は仰ぎ見て来た。

そのなかには、峰が二つありながら、見る角度によつて円錐型の山容を見せるものがある。比叡山がさうだし、関東平野の筑波山もまたさうである。

土浦からバスに乗つて、小田を過ぎる頃、弓形に凹んだ長い稜線で結ばれた二つの峰が見えた。筑波山である。左が男躰山《なんたいさん》、右が女躰山《にょたいさん》だ。

ほぼ真南の麓からわづか西へ進んで、バスは、北條の家並の間へ入つて行く。瓦屋根も重々しい造りの家々が並ぶ。筑波山へ登る道は幾つもあるが、江戸時代は、ここが中心であつた。

そのまま町中を通り過ぎて、出て来ると、二つの峰はかなり近づいてゐた。

古老が語るのに、昔、神祖《みおや》の尊《みこと》が諸々の神々の許を巡り歩いた折のこと、富士山に至り、夕暮れになつたので、宿を富士の神に乞ふたところ、ちやうど新嘗《にひなめ》の夜で、家中物忌みをしてゐたので、断はられた。神祖の尊は恨み泣き、呪ひ、かう言つた、「汝《いまし》が居《す》める山は、生涯《いき》の極《きはみ》、冬も夏も雪霜ふり、寒冷重襲《さむさかさな》り、人民《ひと》登らず、飲食《をしもの》も奠《まつ》るものなけむ」。そして筑波山へ回ると、同じく宿を乞ふた。筑波の神は、新嘗の夜であつたものの、神祖の尊を迎へ入れ、懇ろにもてなした。神祖の尊は喜び、歌を詠んでほめた。そのことがあつてから、富士山には一年中雪が降り、人が登ることができず、筑波山には人々が登り集つて、歌ひ踊り、飲み食ひして、今に至るまで絶えることがない……。『常陸国風土記』の記述である。

富士山と筑波山とは、標高からして大違ひである。一方は日本最高峰で三千七百七十六メートルもあるのに対して、その四分の一にも足りない八百七十メートルである。同列に扱ふことなど出来ないのだが、それがここでは比べられ、筑波山の優越性が語られてゐる。身贔屓もはなはだしいが、こちらの山麓から、富士山が小さく雪を頂いて遠望されるのだ。そのため、地元の人たちにとつてはなんの不思議もない話だつたかもしれない。それに筑波山は、初めに言つたやうに二つの峰を持ちながら、富士型の姿も見せる。そのことがもう一つの理由だらう。峰が一つとも二つともなるとは、それだけ変化の力を持つてゐることだらうし、隠れたり現はれたりする領域を内に秘めてゐることになる。そして、多分、その領域へ神や人々を迎へ入れる。富士山は、それに対し神も人々も厳しく退ける、と。

参道口まで来ると、富士型の峰の右側背後に、もう一つ、富士型の峰が控へるかたちになつてゐた。男躰山に女躰山が背後から寄り添ふとも見えるのだ。もう少し西へ回れば、一つに重なる。

バスは筑波バスセンター、かつての筑波鉄道の筑波駅に着いた。筑波山神社へ行くのには、ここで乗り換へなくてはならない。そこから曲折した道が十分足らずだつた。土産物店の並ぶ一画へ入つて行つた。

手近な店を覗くと、土間の真中に大きな角火鉢を囲炉裏風に据ゑ、食事が出来るやうになつてゐた。正午も近かつたので、入る。

注文を済まし、ヤカンから渋茶を入れ、啜りながら傍らを見ると、本箱があり、この地方に関する出版物が並んでゐた。

筑波山の歴史を書いた本がありませんか、と店番をしてゐた主人に声を掛けた。出来れば、明治以前の様子を知りたいのですが、と付け加へる。

年配の物静かな主人は、気軽に腰を屈めると、横の机の下から紙箱を出し、中から大判の紙を取り出した。

「コピーなんですが、こんなものがありますよ」

さう言いながら広げたのは、古い絵地図のコピーだつた。茨城県立図書館の印が押されてゐる。

峨々と聳える男躰山と女躰山が上に描かれ、中央には御堂が並んでゐる。知足院中禅寺、または筑波寺と呼ばれた大伽藍である。一際大きいのが大御堂で、その左に三重塔、右には春日、日枝神社がある。その正面石段の下に、大きな二層の楼門があり、それよりさらに下つた石段の下には、屋根のついた神橋が架かつてゐる。徳川家三代将軍家光が寄進したと言はれるものだ。

家光は、この神橋を寄進しただけでなく、筑波寺を全面的に改修し、さらに参道の整備をおこなつた。それが北條からの道で、沿道には宿屋や遊女屋までが出現する賑はひになつた。

原図自体の刷りがあまりよくない上に、かなり痛んでゐて、ところどころ虫食ひや手擦れがある。板行の年月も分からない。しかし、寺院であつた頃の様子は、おほよそ察することが出来た。

「いま、塔はなく、大御堂は、こちらに」

と絵図の神橋の左側を指さし、

「こちらに移され、大御堂の跡には、新たに社殿が建てられました。確か明治八年のことです」

主人が説明してくれる。

「大御堂は、そつくり移築されたのですか」
「いや、そうじやありません。取り壊されて後、しばらくしてから、規模を縮小して建てられました。ご本尊は、観音さまです。銅製の大仏もあつたのですが、そちらの方は東京の護国寺に移されて、いまもあるとのことです」

どうして遥々と東京まで持ち去られたのだらう。廃仏毀釈の嵐のなか、徳川家と密接な関係を持つ寺院として生き残つた数少ない寺の一つが護国寺だつたからであらうが、徳川家としては、関東一円を睨む位置にあつたこの寺の形見となるべきものを、手のうちに保持して置きたい思ひがあつたのかもしれない。

絵地図のあちこちには同じ歌が幾つも書き込まれてゐる。

筑波ねの峰より落つるみなの川恋ぞ積もりて淵となりぬる

百人一首で知られてゐるが、作者は、乳母子を撲殺《ぼくさつ》したり、宮中を馬で乗り回したり乱行を重ね、十七歳で天皇の位を降ろされた、歌とはあまり縁のない陽成院である。しかし、一度読めば、忘れられない歌である。みなの川、男女川とも書くが、これが男躰山と女躰山の間から発して南流する、現在の水無川の古名である。下の方に水流が描かれ、「男女川末流」の文字がある。

食事を済ますと、主人が店先まで出てきて、店の前の坂道を上がつたところが、いまの大御堂ですよ、と教へてくれた。

その短い坂道を上がると、あたりは駐車場になつてゐて、左手奥に、塀もなく、御堂が建つてゐた。

「坂東第二十五番札所筑波山大御堂」と刻まれた真新しい石標が立ち、軒下に五色の幕が巡らされ、コンクリートの階段の両横には、赤地に白く、「千手観音菩薩」と染め出した幡が幾流も出てゐる。

ガラス戸を開け、靴を脱いで上がると、なかは密教の寺らしく、黄金色で賑やかに飾られ、赤い提灯がぶら下がつてゐる。

この筑波山知足院、旧中禅寺の創設は古い。いまから千二百年ほど前の延暦年間（七八二〜八〇六）に溯り、開基は、奈良法相宗の傑出した学僧徳一《とくいつ》と伝へられる。

徳一の名は、最澄と激しい論争をおこなつたことで、わが国の仏教思想史上、大きな位置を占めてゐるし、空海に対しても論難の矢を射るなど、活躍した。ただし、著作のほとんどは失はれ、論争相手であつた最澄や後継者たちが著作に引用した文章によつて知られるに留まる。しかし、最澄、空海と肩を並べる傑僧であつたのは確からしい。

右手の間では、太つた老尼が、中年女性を相手に、なにか秘めやかに話してゐる。身の上相談にでも与かつてゐるのだらう。いまではごく庶民的な尼寺として、信者を集めてゐる気配である。

一旦、坂を下りて、もとの道を進むと、石段があり、鳥居であつた。その先に、朱塗で、黄金色の金具も眩しい神橋がある。

神橋は渡ることが出来ず、横を通る。

「蝦蟇《がま》を見て行つてくださいよ」

中年の女が呼びかけて来た。蝦蟇の油を商ふ店の前であつた。こどもの頃、街角や公園で蝦蟇の油売りが口上を述べ、刀を振り回してゐたのを覚えてゐるが、本拠はここだつたのだ。それがいまも売られてゐて、何軒も店が並んでゐる。この山麓が全国でも有数の蝦蟇の生息地なのである。

幅の広い急な石段を上がつて行くと、隋身門であつた。

じつに堂々と聳えてゐる。複雑な斗栱《ときょう》を重ねた上に、軒がゆつたりと出てゐる。そして、両脇には、上代の鎧を着け、槍を持つた像が屹立してゐる。明治になつて、仁王に代つて置かれたのだ。

その先で、また、石段を上がらなくてはならなかつたが、登口の横に、筑波神社の由来を刻んだ昭和五十九年（一九八四）建立の大きな板碑があつた。

本地は伊弉諾尊《いざなぎのみこと》、伊弉冉尊《いざなみのみこと》の二神が御下臨の霊山でありと、書き出されてゐる。男神の伊弉諾尊は男躰山へ、女神の伊弉冉尊は女躰山へである。この後、嵯峨天皇の弘仁十四年（八二三）正月、官社となり、延喜式内名神大社となつたと記し、それから一気に八百年も後の慶長年間へ飛ぶ。徳川家康が江戸城鎮護将軍家第一等の祈願所と定め、寛永十年（一六三三）、三代将軍家光が山内の諸社堂伽藍をことごとく寄進造営した。しかし、明治元年（一八六八）三月、神仏分離の令により、神体山の古制に復し、明治八年に拝殿を造営した、と。

諸社堂伽藍とか神仏分離の言葉はあるものの、寺院となつたことについては一言も触れられてゐない。歴史の長大な流れから考へれば、ここで触れられてゐない時期の方が、われわれ日本人本来の宗教意識を考へる上では遥かに大事である。

石段を上がり切ると、社殿であつた。

鰹木が棟に上がつてゐるものの、屋根は反りを見せ、正面は唐破風で、両翼が長々と伸び、中央の軒下には大きな鈴が下がり、その上に千鳥破風が乗つてゐる。神社と言ふより、寺院建築に近い。奈良・三輪の大神神社もこれに似てゐるやうに思ふが、これで古制に復したと言へるかどうか。ちやうど結婚式が行はれてゐた。

階段を上がると、正面すぐのところに、花嫁と花婿の背中があつた。そして、左右に礼装の縁者たちがずらりと並んでゐる。神主の祝詞を読み上げる声が聞えて来る。

間近かに立つのを憚かつて、すぐに階段を降りた。

そして、社殿の前をめぐり歩いたが、大きな礎石が点々と残つてゐる。旧大御堂のものらしい。現在の社殿より大きかつたのではないかと思はせる規模だ。

開基の徳一は、奈良から遥々と北関東へとやつて来ると、まづ会津に留まつて布教に励んだらしい。最澄と激しい論戦を繰り広げたのも、その頃のことであつた。この時期、最澄も、天台宗を朝廷に公認させようと努める一方、東国で弟子たちと布教に力を注いだ。そのため、南都仏教を代表する徳一とぶつかり合ふ事態になつたのだ。

その時期に、徳一は、関東の地全体を見渡すこの筑波山へと、進み出たのである。

右手へ足をのばすと、朱塗で、軒下の蛙股などは緑色に彩られた、華やかな面影を残す建物があつた。奥の二棟が春日と日枝の社で、手前のやや横長の一棟は拝殿らしい。

説明が出てゐて、やはり家光が寄進した権現造の建物で、創建は古く、徳一が筑波山知足院を開くに当り、鎮守社として勧請したとあつた。東大寺建立の際には、宇佐から八幡宮を勧請したが、徳一も同じやうなことをしたのだ。

多分、古来の信仰の拠点の一つであつた筑波の地に寺院を営むのは、困難であつたらう。大和においてより何倍も融和に意をもちひる必要があつたはずだが、その点で徳一は、伝統的な南都の法相宗の立場になほも立つてゐたものの、布教の経験を積んでゐたから、新帰朝の最澄より有利な立場にあつたらう。

さうして、男躰と女躰の峰の間の中腹に寺院を営む、大胆な行動に出たのだ。この徳一のこの選択は、的確であつた。だからこそ、今に至るまで、この地に社寺が営まれつづけてゐるのだ。

左手へと進むと、隋身門の西に巌島神社があるのに気づいた。大きくはないが、これまた権現造の華麗なものである。

そして、その先の坂道をわずか上がると、ケーブルカーの乗場であつた。

このまま真直に上がつて行くのが、頂に至る登山道、すなわち参道である。いま寄つて来たのは拝殿で、男躰と女躰の山頂それぞれに本殿がある。

ケーブルカーの中から見下ろしてゐると、木立紛れに登つてゐる人たちの姿が見えた。かなり急だが、あちらにもこちらにもゐる。観光案内図には徒歩で登り五十分とある。しかし、先日会つた知人は、若いとき、直登して三十分足らずで上がつたよ、と話してゐた。

頂の駅舎を出ると、思ひのほか広い広場で、横に展望台付の丸い小型ビルがあり、あちこちに土産店が軒を並べ、家族連れや若い男女が歩いたり、ベンチに腰を下ろしたりしてゐる。

広場の真ん中へ進み出て見回すと、正面彼方に遠く山が見え、左手にも右手にも地続きに低い丘がある。男躰山と女躰山の頂であつた。いづれも優しげな丘である。

この二つの峰の間の広場が、古く歌垣が行はれたと言はれる行幸ヶ原のはずである。足元に道標元標があり、海抜八〇〇米とある。

『常陸国風土記』によれば、春と秋の二度、この行幸ヶ原に若い男女が集まり、ともに飲食し、歌舞に興じ、一夜を共にしたのだ。わたしがケーブルで上がつて来たところを、一気に駆け登つて来て、この場所なら、天に近く、かつ、男躰と女躰によつて東西からしつかり抱かれたかたちで、春と秋の夜を安らかに過ごすことが出来たに違ひない。

……未通女壮士《をとめをとこ》の　行き集《つど》ひ　かがふ嬥歌《かがひ》に　人妻に　吾《あ》も交はらむ　あが妻に　他《ひと》も言問へ
この山を　領《うしは》く神の　昔より　禁《いさ》めぬ行事《わざ》ぞ　今日のみは　めぐしもな見そ　言《こと》も咎むな

『万葉集』巻九の高橋虫麿「筑波嶺に登りて歌会をする日に作る歌」である。乙女や若者が集ふこの行事に、わたしも加はり、人妻と一夜の愛を語らう。わたしの妻に他の男が語りかけてもよい。昔からさうしたことを神がお許しになつてをられる。愛しい妻よ、さうした行為に出るわたしを見咎めないでほしい、と詠んでゐるのだ。かう言ふ以上は、性的乱交があつたと考へてよいのであらう。しかし、実際にこのやうな行事が公然と行はれたかどうか？　行はれたとして、どういふ意味合ひがあつたのだらう？

さまざまな見解が行はれてゐて、筆者など口を挟む余地はないが、基本的には、豊饒を祈願する行事であつたらしい。来訪する神を迎へて、神と人とがともに飲食し、歌舞し、性行為に及ぶのだが、その性行為は、生産力を奮ひ起させようとする呪術的意味を持つてゐたと思はれ、そのやうな行事を執り行ふのには、いまも言つたやうに天に近く、男躰山と女躰山の間のこの場所ほどふさわしいところはない。ここで交はるのは、人間の男と女であるとともに、天と地であり、神と人なのだ。

そして、この地から流れ出した水が、やがて川となり、水嵩を増して恋となる、と歌つたのは平安時代の奇行の主の院だつたが、その歌には、この場所の持つ意味が確実に働いてゐる。

まづ男躰山へ向ふ。

徐々に急になり、狭い路は折れ曲がる。

十数分で、巨岩の下に出た。その上に小さな社殿がある。男躰社の本殿であつた。

ぐるりと回つて正面に出ると、低い山並みの向うに、関東平野が広がつてゐた。遠くは霞んでゐる。

風が汗ばんだ肌に冷たい。ここが海抜八百七十メートルの頂である。そして、岩が切り立つてゐるだけに、空中に差し出されてゐるやうな感じがする。

　夫《そ》れ筑波の岳《やま》は、高く雲に秀で、最頂《いただき》は西の峰崢《けは》しく、これを雄の神と謂ひて、登臨《のぼ》らしめず。

『常陸風土記』からだが、ここは聖なるところとして長らく禁足地になつてゐたのだ。行幸ケ原に集つた男女にしても、ここへは入り込むことはなかつたのである。

登つて来た道を戻る途中、自然研究路との分岐点があつた。そちらへ降りると、立身石といふ奇岩と御海の水と呼ばれる泉がある。徳一が発見したと伝へられてゐるので、徳一の面影が伺ひ得るかもしれないと思つたが、そのまま行き過ぎる。

行幸ケ原の向うに女躰山がよく見える。男躰山より海抜は六メートル（最近の測量で、さらに一メートル加はつた）高いが、こちらから向うへなだらかにつづいてゐて、高さの差は感じさせない。

行幸ケ原を横切つて行きながら、ほぼ全面的に舗装されてゐるのに気づいた。広さは、土産屋を撤去すれば、サッカーが出来るほどで、近辺から大勢の男女が集まつても、大丈夫だ。

舗装を外れて、林の中へ入つて行くと、わづかに登りになる。

やがて火山性の黒い大きな岩が横たはり、傍らに花柄のクロスを掛けたテーブルが並べられ、気の利いた店になつてゐた。若い二人連れが幾組もコーヒーカップや小皿を前に座つてゐる。岩に「セキレイ石」の表示が出てゐる。セキレイは雌雄仲がよいとされるところから付いた名だらうか。

その先に、「蝦蟇石」があつた。蝦蟇蛙が蹲つて口を開けたかたちで、四、五メートルほどある上に、人々は小石を投げ上げて通る。わたしも石を拾つて投げたが、乗らず、落ちる。

つつじヶ丘へ下るロープウエー乗場があり、その少し先に、巨岩が幾つも折り重なつて高くなつた一画があつた。女躰山で、上に社殿が仰がれた。

　東の峰は、四方磐石《よもいはほ》にして、昇り降りは坱圠《なだらか》ならず

同じく『常陸国風土記』から。狭い石段を昇る。こども連れの後から、ゆつくり上がる。頂きの手前、少し低くなつたところに、小さいながら銅葺の、扉や軒などに飾り金具を光らせた社殿があつた。女躰社の本殿である。男躰社より立派だ。祭神は、延喜式神名帳では筑波神だが、いまは伊弉冉尊である。背後の大岩と大岩の間に橋が架けられ、「天の橋」と表示されてゐる。

明らかに磐座《いはくら》である。古くからここで神を迎へて祭祀が行はれて来たのだ。

社殿の横から大岩の上へ上がると、あたり一帯が見渡せた。

遥か東下のつつじヶ丘から、周囲に向け波立つやうに山々が広がる。晴れてゐれば、霞ヶ浦が見えるだらうが、遠景は漠々と白く霞んでゐる。その視野の端を、ロープウェイのロープが下へと伸びて

ゐる。

筑波嶺に会《あ》はむと云ひし子は誰が言聞けばかみ寝会《ねあ》はずけむ

筑波嶺に庵りして妻無しに我が寝む夜ろは早も明けぬかも

『常陸国風土記』の、男女が春と夏に相携へて登り「遊楽《あそ》び栖遅《いこ》へり」とあつた後に、掲げられてゐる歌である。——約束してゐたあの娘は、誰か他の男の言ふことを聞き入れたのか、わたしと共寝をせずにしまつたよ。——筑波の峰で独り寝る羽目になつた夜は、ことさら早く明けてほしいものだ。

いづれも相手を得られずに終はつた者の歌が選ばれてゐる。なぜなのか？　もしかしたら、このやうにして孤独な自分を意識することが、歌の始まりだつたからではないかと、微風に吹かれながら考へた。さうだとすれば、恋の悩みそのものも、ここに始まることになりさうだ。

社殿の裏から、下り道は始まる。筑波神社へと決め、岩から岩へと伝ひ降りる。

やや緩やかになつたところで一息つき、右側の切り立つた崖を見上げると、下から上まで巨大な岩の裂目であつた。注連縄が張られ、上の方の隙間に丸みを帯びた石が挟まつてゐる。間違ひなく女陰のかたちであつた。女躰山が、男躰山より高いのにもかかはらず、こちらがさうでなくてはならない理由が、これだつたのだ。下には、石の祠がちよこんと置いてある。

その岩の先を回り込むと、「大仏石」の表示が出てゐた。仰ぐと、たしかに合掌する大仏の姿に見える。仏教は女色を厳しく退けるが、ここでは背中合はせになつてゐる。

そこから路はなだらかになつたが、次々と奇岩が現はれた。

「北斗岩」は、北斗七星を透かし見るのだらうか、大きな穴が円く開いてゐて、背も屈めず潜り抜けることができた。「出船入り船」は、横長の岩が行き違ふかたちで合はさつてゐる。

このあたりは、修験者の修行地であつたと聞くが、山に入つた修行者は、好んで岩に寄り付き、名を付けた。磐座で神を迎へる習ひからであらう。土産屋で見た絵地図には御堂が幾つとなく散在してゐたが、いまはまつたく見当たらない。多分、修験者のもので、明治になると彼らは去り、朽ち果てたのだらう。

巨岩の下が大きく抉れたところを、腰を屈めて潜り抜ける。「母の胎内くぐり」と表示が出てゐる。ここでは、少なからぬ岩が、性的イメージで捉へられてゐるのだ。

山中で修行するのは、自然のおほいなる生命力を身につけるところに眼目があるやうだが、さうであれば、性的色彩を強くするのは必然であらう。自らのうちに、生命力が充溢する時、端的に性的力として意識することにならう。そして、自然に直結するとも感じることによつて、自分一個の枠を越え、大いなる生命力に与かると感受する……。

かうした在り方と、『風土記』などに窺へる信仰が、響きあふのは確かだらう。

すぐ先に角張つた巨岩があり、その上、三メートル近くある高みから女の子が顔を出してゐた。「高天ケ原」の標示がある。神々が集ふ場所でもあるのだらうか。

岩と岩の狭いところを上つて行くと、狭いながら平らになつてゐて、細工のしつかりした小さな社殿があつた。そして、「夫婦和合、縁結びの神」と書いた板が立つてゐる。多分、伊弉諾尊と伊弉冉尊が祀られてゐるのだらう。

前に女がうづくまつて手を合はしてをり、傍らに顔を出してゐた女の子が退屈した様子でわたしの顔を見る。

ひとの気配を察したのか、女も顔をあげた。女の子の母親かと思つてゐたが、前髪の白髪が目立つ、五十代と思はれるひとで、口紅だけが濃い。

わたしを認めると、慌てたふうに立ち上がり、社殿の前の場所を譲ると、

「わたしはもう十分お祈りしましたので、どうぞ」

と言ふ。

お参りするつもりはなかつたが、さう言はれると、仕方なく、社殿の前に立つて、形ばかり手をあはせた。

すると、呟くやうな女の声が聞えた。

「わたしは子が欲しいのです。自分のお腹を痛めた子が欲しいのです」

十分に祈つたと言つたものの、祈り足らず、つづけてゐる様子だ。それにしても、もう子を産める年ではないのではないか。

「この子は、貰ひ子です。わたしは自分のお腹を痛めた子が欲しいのです」

その言葉にぎよつとして、思はず振り返ると、女の子は、無表情な顔だ、しかし、手は女のスカートをしつかり掴んでゐた。女は女で、宙に目をやりながら、女の子を抱くやうにして、肩に手を置いてゐる。

この二人は何者であらう？　ひどく複雑な事情がありさうだ。狭いこの岩の上にゐつづけるのが憚かられて、ありがたうございました、とばかり声を掛けて、わたしは降りた。

精神に変調をきたしてゐると思はれないでもなかつたが、強く真剣に念じてゐたところを中断させ

られたから、ああいふ言葉を思はず口にしたのだらうと考へた。しかし、さうなら、女が口にしたのは、事実といふことになるのではないか。貰ひ子をし、あの年になつても、なほも産むことを念じつづけてゐる……。ここが女躰山の一角だけに、かういふ願ひを抱かせるのかもしれない。

「弁慶七戻り」に行きかかつた。

壁のやうに岩が左右に立ち、その上に、ずり落ちさうに巨岩が乗つてゐて、その下を抜けなければならないのだ。剛勇の弁慶さへ恐れて七度後戻りをしたと言ふ。しかし、なにか追ひ立てられるやうな気持になつてゐて、躊躇することなく、通り抜けた。

出た先が分岐点だつた。このまま尾根伝ひに進んでつつじケ丘へ至るか、筑波神社へ降りるか。木々で薄暗い谷へ降りる道を採つた。

なだらかだが、それだけ道は長い。あの女と女の子が後からやつて来るのではないかと、何回か振り向いたが、姿はない。老人グループを追ひ抜く。しかし、若いグループに追ひ抜かれる。

ようやく鳥居が見えて来て、それをくぐると、集落であつた。さらに坂を下ると、筑波神社の東横、谷川を隔てたところへ出た。

朱塗の春日・日枝神社の側面が見える。

この社を勧請した徳一のことを思つた。彼は弟子に恵まれず、その著作もほとんど失はれ、断片的言辞しか残つてゐない。そして、法相宗の立場を貫かうと努めたのに、没後間もなくこの寺は真言宗に属することになつた。また、さうなる以前に、天台宗になつたとする説もある。いづれにしても最澄、空海を批判しつづけた徳一の立場は、早々に崩され、彼らの前に敗れたかたちになつたのである。

しかし、徳一は、もともと宗派に囚はれてゐたわけではなく、神仏習合への道を早々と踏み出してゐたのではないか。だから、いつのことか分からないが、男女二神は観音菩薩を本地仏とする権現だとする考へが生まれ、修験道とも結び付き、密教と係はりを深め、権現信仰を整備して、やがて徳川家の庇護を受け、華麗な大伽藍を出現させたのだ。さうして、関東一円から広く信徒を集めた……。

この流れは、明治になつて抹消されてしまつた。が、歴史の表舞台でのこと、「筑波ねの峰より落つる」流れは、依然として「積もりて淵となり」つづけてゐるのではないか。

再び境内へ入つて、社殿を仰いだ。

この社殿の彼方には、いま降りて来た男躰山と女躰山の峰が聳えてゐる。さうして、われわれが生きてゐる限り抱かずにをれぬ根源的な願ひに、十全ではないものの、なんらかのかたちで応へつづけて来てゐる……。

先ほど婚礼が行はれてゐたのを思ひ出したが、それらしい人たちは、もうゐなかつた。今は披露宴もたけなはの頃だらう。

出羽三山

鶴岡の市街を抜け出ると、青い稲穂の彼方に、二重三重と連なる山並が見渡せた。

やがて遠景の山並が半ば手前の山々の背後に隠れると、車は、その左端、わづかに高くなつたあたりへと向ふ。そこが羽黒山《はぐろさん》であつた。なほも見える遠景の、なだらかな高みが月山で、海抜千九百八十四メートルあるが、羽黒山は四百十九メートル、千五百メートルを越す標高差がある。出羽三山のもう一つ、湯殿山《ゆどのさん》は、月山《がつさん》の右手の山塊の谷合ひである。

これら三山が霊山とされたのは、古い。推古天皇元年（五九三）、崇峻《すしゆん》天皇の第三皇子蜂子皇子《はちのこのみこ》が開いたと伝へられる。この皇子の名は、『日本書紀』にも出てゐるが、蘇我馬子が天皇を弑《しい》した際に逃れて出家し、諸国を遍歴した末に、ここへ至つたらしい。

川を渡り、大きな朱の鳥居をくぐる。そして、直進した道から脇の旧道へと入る。ゆるやかに蛇行する道の両側に、長々と宿坊が軒を並べてゐた。茅葺きの宿もある。瓦葺きより遥かに堂々としてゐる。

羽黒山麓の集落手向《てうげ》で、家並はなほも続いた。ここには宿坊がいまも三十数軒ある。記録によれば、いまから六百六十数年も前の延文六年（一三六一）には、すでに市がたち、商人ばかりか芸能者もやつて来て、賑はつてゐたと言ふ。昼過ぎのいまは、路上に人影がないが、歴史的旧跡として残つてゐるのではなく、いまも営業してゐるのだ。立山との違ひを思はずにをれない。

白木の大きな鳥居の前で、同行のNさんと車を降りた。会社勤めをしてゐた頃の先輩で、その頃からよく一緒に山へ行つてゐる。

随身門を潜る。

随身門と言つても、仁王門そのままで、仁王像が据ゑられるべきところが空つぽである。

そこから石段が始まるが、まづは、下りである。継子坂と呼ばれてゐるが、自然石を使つた、歩きやすい石段である。山頂まで二千四百四十六段あるとのことだが、これも数に入つてゐるらしい。
七、八十メートルほども行き、下りきつたところに、立派な摂社が六社かたまつて並んでゐた。磐裂神社、根裂神社と言つた扁額が挙つてゐる。その間を抜けると、朱塗の橋である。右手に細い瀧が見えた。
その橋を渡つたところから、いよいよ登りが始まるが、まづ短い石段で、それを上がると、老杉の生ひ茂つた台地である。なかでも一際目立つて聳えてゐるのが、樹齢千年といふ爺杉《ぢぢすぎ》で、その下を通り過ぎた奥に五重塔が建つてゐた。

いまでこそ出羽三山神社とされてゐるが、ここは権現社で、明治維新の神仏分離までは伽藍や寺坊が数多く建ち並び、羽黒山寂光寺と称してゐたのである。なにしろ、山中三千五百坊――実数ではなからうが――と称してゐたのだ。しかし、いまは五重塔ばかりが水煙を掲げて、老杉と高さを競つてゐる。

柿葺《こけらぶき》の塔の屋根の勾配は緩やかで、複雑な斗拱《ときよう》で長い軒を突き出してゐる。色が剥げて下地が白く残つてゐるのが、却つて雅びな趣である。承平年間（九三一～三八）、平将門《まさかど》によつて創建されたと言はれるが、現在のものは応安五年（一三七二）に再建されたものである。市がたち、芸能者が集まる賑ひが、かうした塔を建てるのを可能にしたのだらう。

その先から、一の坂の石段が始まつた。

巨大な老杉の間を、うねうねと縫ふやうにして、登つて行くのだ。空気は澄んでゐるものの動かず、やや湿気を含み、汗が噴き出て来る。

Nさんを見ると、もうシャツには汗が透り、帽子の庇から滴となつてしたたつてゐる。

苔に覆はれたわづかな平地で、一息ついて、二の坂の石段にかかる。

いよいよ険しく、数段上がつては立ち止まり、息を整へなくてはならない。日ごろの運動不足と年齢を改めて痛感しないわけにいかない。この石段は、寛永十一年（一六三四）別当職に就いた中興の祖と言はれる天宥《てんいう》が整備したものである。彼は、学識に優れ、書画も巧みであるばかりか、江戸寛永寺の天海と結び、一山を天台宗に改め、幕府との結び付きを強めるとともに、湯殿山などの行場への統制を強め、修験の山として発展させた。もつとも、かうして政治的領域へも踏み込んだため、後に伊豆新島へ流されて終はつた。

茶店があつた。

なにをおいても喉の渇きをと、流水に漬けられてゐたラムネの瓶を取り出し、飲む。

庄内平野が見下ろせた。床几に腰を下ろし、落ち着いたところで、抹茶を所望する。小さな落雁の甘さに、熱い抹茶が、なんともおいしい。Nさんは掻き氷をゆつくりゆつくり口に運ぶ。

この茶店は、六十代の女性を頭に、中学生らしい少女まで、三世代の家族によつて営まれてゐて、皆がきびきびと動いてゐる。その姿を目にしてゐるのは気持がいい。

茶店から急な石段を少し登ると、やや広い平地になり、右手の森のなかに、芭蕉の句碑があつた。

涼しさやほの三日月の羽黒山

芭蕉は、元禄二年（一六八九）、最上川を下り、六月三日、この坂を登つて来たのだ。

このあたりに、かつて寂光寺の本坊があつたのである。そこを過ぎると、道が分かれる。右手へ細い道が杉の生ひ茂つたなかへ入つて行く。この道を辿れば南谷で、そこにはかつて別院紫苑寺があり、芭蕉はその別当代の会覚阿闍梨を訪ねたのだ。

その別院滞在中、芭蕉は、翌四日に俳諧を興行、「ありがたや雪をかほらす南谷」と詠み、五日には、月山へ登つた。

これら本坊も別院も、明治の神仏分離で取り払はれてしまつたが、いまも触れた天宥が建てだけに、立派なものであつたらう。その天宥への讃文と一句を、芭蕉は会覚に請はれるまましたためてをり、いまも宝物館に収められてゐるはずである。

三の坂が始まつた。

少し登ると、摂社の埴山姫社で、さらに進むと、八幡社と尾崎社が向き合つてゐる。摂社と言へばミニチアのやうな社殿が多いが、ここではいずれも本格的な建物である。かつては住職がゐたのかもしれない。

そこから急になつた石段を登り切ると、だらだら坂となり、その彼方に赤い鳥居が見えた。出羽三山神社のものである。

その鳥居の手前に、羽黒山斎館があつた。今夜のわれわれの宿である。

斎館の門を入ると、緑の庭が広がり、突き当りに銅葺屋根の大振りな建物が、L字型にゆつたりと建つてゐる。桃山風の書院造で、かつては華蔵院と呼ばれ、一山を代表する先達の一院であつた。

無骨な造りの広い玄関で声を掛けると、しばらくして制服姿のひとのよささうな丸顔の中年女性が顔を出した。かつては女人禁制だつただけに、思ひがけない出迎へだつた。

玄関を上がると、襖を開け放つた二十畳ほどの広間が、縦にも横にも三間、四間と並ぶ、まことに広壮な空間であつた。修験者たちがここにずらりと居並んだのだらう。中央奥に祭壇があり、欄間には卍《まんじ》が刻まれ、寺院風である。

祭壇手前の座敷の長押《なげし》に、「羽黒山三所権現」と書かれた額が上がつてゐた。元禄二年と揮毫年が記されてゐる。芭蕉がやつて来た年だ。ここはいまも変はらず「権現」のやうである。

祭壇の左横の廊下を奥へ入ると、勅使の間である。朝廷とも係はりを持つてゐたのだ。

祭壇の前へ戻り、反対の右側の廊下を入つた奥へと、案内された。

「ここが一番いい部屋なんですよ」制服の丸顔の女性が言ふ。

勅使の間の裏に位置する、茶室とその控への座敷であつた。茶室の縁からは、正面に遠く鳥海山が見え、左には庄内平野が広がり、彼方に日本海の水平線がくつきりとしてゐる。
二、三百年前と現在の時間が、不思議に振り合はされてゐるところへ、いきなり導き入れられた思ひであつた。
顔を洗ひ、汗を入れてから、再び靴を履き、鳥居を潜つた。

すぐに厳島神社があり、蜂子命社がある。正面からではなく、横手からわれわれは入つたのだ。いづれも立派な社殿、と言ふより御堂であつた。銅葺きの寄棟で、蜂子命社は、明らかにかつての開山堂である。蜂子皇子は、いまでこそ神道風に蜂子命と呼ばれてゐるが、かつては能除《のうじょ》聖者、さらには照見大菩薩と呼ばれてゐた。

それにしても蜂子とは、奇妙な名だな、と思はずにをれない。

木立を挟んで、本殿の三神合祭殿があつた。茅葺きの大きな建物で、その屋根の分厚いボリュームには圧倒される。正面は唐破風に千鳥破風が乗つたかたちになつてゐるが、その茅葺きの端を切り揃へた曲線が、不思議に迫力のある造形になつてゐる。もしかしたら縄文時代からそのまま伝へられたものでないかと思はせる。

その軒の中央に、月山神社の扁額が挙がり、右に出羽神社、左に湯殿山神社とある。冬になると、月山、湯殿山各社への参詣が難しくなるため、営まれたとされてゐるが、明治になつてからのことで、かつては寂光寺の本堂であつた。正面の幅の広い階段は急だが、内部は広々として、朱と黒の漆塗である。文政元年（一八一八）の建造である。柵を隔てた内陣奥の祭壇は、すでに閉ざされてゐた。

出て来ると、前は池であつた。

山頂にもかかはらず、比較的大きく、東西三十八メートル、南北二十八メートルもあり、半ば水草で覆はれ、周囲には草木が繁つてゐる。鏡池と呼ばれてゐるが、底からは、平安時代から江戸時代に至る入念な造りの銅鏡が、六百面近くも出てゐる。

どうしてこれほどの数の鏡がここへ投げ入れられたのだらう？　理由はよくは分からないが、この山中の池そのものが、神意を映し出す鏡と信じられてゐたらしい。いや、神そのものが姿を現はすところ、とも考へられてゐたやうである。

出羽神社の祭神は伊氐波神《いではのかみ》と倉稲魂命《うかのみたまのみこと》である。月山神社は月読神《つくよみ》、湯殿山神社は大山祇命《おほやまつみのみこと》と大己貴命《おほなむちのみこと》に少彦名命《すくなひこなのみこと》である。だから、この池なり、そこに投げ入れられた鏡の面に出現するのは、これらの神々であらう。もつとも出羽山と月山は式内社で、歴史は古いものの、祭神名はあまり意味がないらしい。出羽山は出羽地方の神、月山は天空に遍在する神、湯殿山は地中から湧出《ゆうしゆつ》する神、そんなふう考へておけばよいやうである。それに平安中期あたりから明治維新まで、出羽山は観音、月山は阿弥陀、湯殿山は薬師あるいは大日如来の垂迹とされて来てゐるのである。

池の東側に鐘楼があつた。太い丸太を高々と組み上げ、やはり茅で葺かれてゐる。どこやら青森の三内遺跡に復元された縄文時代の楼に似てゐる。大振りの鐘が下がつてゐるが、蒙古襲来に際して撃退を祈願、役の後、鎌倉幕府が建治元年(一二七五)に鋳造し、寄進したものである。

そのさらに東には、小規模ながら東照宮があつた。将門以来、時の権力者となんらかの形で関係を持ちつづけて来てゐるのだ。

正面の赤鳥居を外へ出る。

左手は、立派な建築の摂社がずらりと並んだ広場である。数へると七棟もある。多分、ここには多くの僧堂が建ち並んでゐたのだらう。右手にまだ新しい社殿があり、天宥社とあつた。天宥別当を祀つてゐるのだ。僧が神となつてゐるのだが、明治の廃仏毀釈《きしやく》の破壊を免れたかどうか。もしかしたら近年の再興かもしれない。

その間を抜けると、左側に、出羽三山歴史博物館があつた。

さほど広くない展示室に、仏像がぎつしりと置かれてゐるのに、まづ驚かされた。いづれも明治の廃仏毀釈の折り、破棄されたもので、当時、大工の棟梁だつた人物が収集、大正になつてその曽孫が寄進したのだが、藤原仏を初め二百五十点ほどになるといふ。この夥しさが、そのまま廃仏毀釈の嵐の烈しさを語つてゐる。

二階へ上がつて行くと、すぐに目についたのは、開山尊像であつた。

頭巾を被り、華麗な法衣をまとつてゐるが、その容貌の怪異さはすさまじい。肌は鼠色で、目がぎよろりと大きく、鼻も大きく、顎が張り、口は上下に裂け、虎のやうである。天宥別当の筆である。しかし、彼一人の想像によるものではなく、なんらかの確かな資料に基づくに違ひない。

この絵を見てゐて、嵯峨天皇の皇子蝉丸が盲目ゆゑに逢坂山に捨てられた話を思ひ出した。蜂子皇子も、父崇峻天皇が弑されたからではなく、この容貌ゆゑに大和にゐられなくなつたのではないか。高貴な生まれでありながら、呪はれたと言つてよい刻印を無残に押されたと見る人々がゐたとしてもをかしくない。さうして、都を追はれた……。

芭蕉が書いた天宥への讃文が展示されてゐた。かなりの長文で、かういふ一節があつた、「伊豆の国八重の汐風に身をただよひて、波の寄るはかなきたよりを告げ侍るとかや……」。流刑地で没した天宥を悼んでゐるのだ。天宥にしても、かういふ数奇な運命を辿らなくてはならなかつたのである。

正面鳥居の近くへ戻り、天宥社の角を左に折れて行くと、蜂子皇子の墓があつた。宮内庁の表示が出てゐるから、宮内庁が公に認めてゐるのである。ただし、塚らしい土の隆起は見当たらず、杉の巨木の回りに、玉垣が巡らされてゐるだけである。

縁起によると、蜂子皇子は従兄弟の聖徳太子の勧めに従つて出家、丹波の国から船出し、日本海を北上、八人の乙女が舞ひ招くままに、鶴岡の由良海岸に上陸、三本脚の烏に導びかれ、羽黒山へ入つたとある。

神武天皇が熊野をへて大和へ入つた伝承の変奏のやうなところがある。新たな拠点に、異郷から貴人が入り込むのには、かうした形式を採る必要があつたのかもしれない。烏と牛宝をデザインした熊野誓紙に似たものがここでも木版で印刷されてゐるから、実際に古くから熊野と関係があつたのかもしれない。

皇子は、羽黒山に入ると、石の上に座して幾日となく念じつづけた。すると観音菩薩が現じた。それからなほも三年、苦行をつづけると、猟師尊閣《そんかく》が犬を連れてやつて来て――高野山の開山伝承と同じである――、礼拝した。その尊閣に向ひ、皇子は「能除一切苦」の言葉を口にした。

これが皇子が能除聖者と呼ばれるやうになつた経緯だが、それがそのまま羽黒山信仰の核心となつたやうである。すなはち、人間が負はなくてはならぬ苦の一切を能く除かうと発願して、行者たるもの、苦行するのである。かうして皇子は、自らの容貌、そして、都を追はれた苦を、人々のために受けると転じた、と捉へてよいのかもしれない。

その夜は、西空がすつかり暮れ切つてから、なほもしばらくNさんと庄内平野の灯火を眺めて過したが、闇が濃くなるにつれ彼方の日本海では、漁火《いさりび》が増へて行つた。

＊

翌朝、近くのバス停まで宿の車で送つてもらひ、月山の八合目行のバスに乗つた。

羽黒山から月山へは峰つづきではなく、一旦、麓まで降りて、それから稜線を伝ふやうにして上がつて行く。

ブナの林がだんだん深くなつたが、五十分ほどで抜けたと思ふと、八合目であつた。

駐車場からは、庄内平野が大きく見渡せた。そして、その上に、小屋がある。

小屋から少し上がると、弥陀ヶ原である。丈の短い草が覆ひ、ところどころ水溜りがあり、高山植物が点々と小さな花をつけてゐる。そこに板が渡されてゐて、その上を行くのだ。振り返ると、北に鳥海山がくつきりと見えた。

弥陀ヶ原を抜けると、岩だらけの山道になつた。木々は、風に靡いて低く、腰の高さだ。陽が烈しく照りつける。

高く聳へた岩の傍らを抜けた先に、小さな池があつた。仏生池であつる。石積みがあり、龕《がん》があつて、仏像が顔ばかりを覗かせてゐる。草の間には古い墓石が見える。これらの多くは、非業の死を遂げ、里の墓所に埋葬できない人たちのものだといふ。

やがて残雪が見られるやうになつた。風が強く、冷たい。

雲霧山気の中に氷雪を踏んで、

旧暦六月五日に登つた芭蕉は、『奥の細道』にかう書いてゐる。

下山して来る講のタスキを掛けた一団とすれ違ふ。意外に年とつた男女が多い。

ようやく頂が見えて来た。そこばかり石が積み上げられ、厚く塀が築かれてゐる。

南側へ回ると、門があつたが、祓ひを受けてから入る。まづ五百円払ひ、紙の人型を受け取り、それで体の悪いところに触れると、小屋のなかから烏帽子に薄紫の直衣の神主が、幣を振る。

奥にもう一つ石積みの塀があり、そこを入ると、社殿があつた。屋根には丸い鏡が左右に取り付けられてゐて、きらきら輝いてゐる。日と月を示してゐるのであらうか。

社殿の裏に回り、足場を見つけて石積みの塀越しに外を覗くと、北に鳥海山の頂が見えるばかりで、周囲は光の満ち満ちた空だつた。

しばらく顔を突き出してゐると、自分が日か月にでもなつて空を渡つてゐるやうな気持になる。

日月行道の雲関に入るかとあやしまれ、

芭蕉はかう書いた。もつとも「息絶え身こごえ」と書き継いでゐて、状況はまるで違ふものの、天空高くに身を置いてゐる感覚は同じであらう。そして、「日没して月顕《あらは》る」のを見たのだ。まだ五日であつたが、雲海の上に浮かんだ月は格別だつたに違ひない。

守り札などを並べた一画を奥へ抜けると、石刻の男根が仏像と並べて置かれてゐた。そして、傍らの龕《がん》の中には、とぐろを巻いた蛇の彫刻が収められ、その前に、胸をはだけ赤児に乳を与へてゐる女の彩色像が置かれてゐた。月読命を祭神とするが、山麓の人たちが五穀豊穣を祈念する場にもなつてゐるのだ。

門を出て、そのまま下ると、山小屋があつた。

「笹を敷き、篠を枕として」、芭蕉はこのあたりで一夜を明かしたやうだが、われわれは、その山小屋で昼食を採つた。風からも陽からも隔てられ、休まる思ひをしたのが不思議だつた。不断に風と陽に晒されてゐると、わたしなどはそれだけで疲れるらしい。芭蕉の真似など到底できさうもない。

畳の上に、Nさんと並んで、しばらく横になつた。

午後一時に出発して、湯殿山を目指したが、その道が大変であつた。下りは厳しく、太陽は一段と強く、汗が限りなく出てくる。木陰はほとんどない。

施薬小屋（装束場とも）の手前に、清流があり、顔を洗ひ、手拭を濡らして、汗を拭ひ、一息入れた。

道は木立へ入つたが、それから先が急斜面に次ぐ急斜面であつた。三山第一の難所月光坂で、鎖場になり、鉄梯子となる。そこを過ぎても、奈落へ降りて行くやうな有様に変はりはない。滑らぬやう降ろした足に体重をかけ、かけ終はると、今度はその足を深く屈めて、他方の足を降ろすのだが、なかなか届かず、身体を横向きにしたり捻つたりしなければならない。その一足々々がひどく応へる。

ようやく谷川の岸へと下つて、それに沿つて行くと、湯殿山の霊場であつた。

小屋で靴を脱ぎ、裸足になつて、入口でお祓ひを受ける。

「ここも五百円か」Ｎさんがぼやく。

門を入り、細い石畳道を抜けると、焦げ茶色ながら、円みを帯び、その頭から湧き出る温泉で全体が絶えず洗はれてゐる大岩が、目の前にあつた。これが神体であつた。前に鏡が据ゑられ、下には幔幕が張られてゐる。横へ寄ると、岩の真ん中の下が割れ、その穴から温泉が湧き出してゐるのが見えた。多言するなと昔から言はれてゐるのが、これであつた。巨大な女陰そのものと言つてよいかたちをしてゐる。

その左横の、やはり温泉で絶えず洗はれてゐる岩に登ることができた。かなり熱い。ところによつては、じつと立つてゐるのが難しい。

温泉の噴き出し口に柄杓が置いてあつたので、掬ひ、口に含む。塩辛く、苦みがある。神体の反対側は瀧になつてゐて、その音が不断に轟く。山岳信仰は、おほむね豊饒の祈願を中心としてゐて、生殖にかかはるシンボルが大きな位置を占めてゐるが、ここもまたさうである。

三山の中でも湯殿山は、奥の院的な色彩が強いのは、多分、かうしたことと係はるに違ひない。ここにあるのは地母神の秘所であり、生命の源の水を湧出しつづけてゐるところなのだ。そして、そのところをはつきりと目にし、直接触れることが出来る。

語られぬ湯殿にぬらす袂かな

芭蕉は、文章に記すことは遠慮したが、かう詠んでゐる。

＊

羽黒山と月山に遅れて、湯殿山信仰が盛んになつたが、それにともなひ、参道の入口に五つの寺が建造された。そのうちの二ケ寺を訪ねるべく、翌日は、宿の湯殿山ホテルの前からバスに乗つた。十数分で大網に到着したが、そこから歩く。ほとんど蔭のない自動車道である。

やうやく日照りから逃れて、石段を上がつて行くと、深い林のなかに注連寺はあつた。森敦『月山』で知られるやうになつた寺である。

千鳥破風の前に、唐破風の庇がついた建物で、いささか古び、傷みが見える。冬ごと雪が重くのしかかる気配である。

本堂の中央祭壇前の天井は吹き抜けの構造になつてゐる。ゴマを盛大に焚くためだが、その炎のなかに神仏が現はれるのですよと、五十歳代初めらしい住職が説明してくれる。炎が依代になるらしい。

左横の壁にガラスケースがあり、その中では、金の被りものと鮮やかな緋の衣の間から、黒褐色の髑髏と見えるものが覗いてゐた。野菜や果物、酒瓶が供へられてゐる。

即身仏鉄門海上人であつた。

徳川十代将軍家治の世、武士ふたりを殺してこの寺に逃げ込んで来た男がゐましたが、と住職は、篤実さを感じさせる話し振りで語つた。彼はやがて仏道に入り、諸国を順歴、眼病が流行してゐた江戸では、人々の眼病平癒を祈り、自分の左の眼球を抉り出して、龍神に献上しました。さらに人々の諸々の苦を引き受けるべく、即身仏にならうと発願、文政十二年（一八二九）に、まづ五穀を絶ち、それから十穀を絶ち、最後には漆を呑んで、内蔵が腐敗しないやうにして、入定しました。それがこの鉄門海上人です。能除聖者の「能ク一切ノ苦ヲ除ク」との願ひを、実践したのです……。

人の苦を、替はりに身に受けるべく苦行するのは、古くから行はれて来てゐることで、江戸時代になると、修験者が金銭で請け負ふやうなことも行はれたと、知識としては知つてゐたが、ここまで突き詰めた男が目の前に存在してゐるとなると、身に応へてくるものがある。

住職は、即身仏とミイラが同じではないことを強調した。ミイラの場合は、死んで後、遺体から内蔵を抜き出し、腐敗しないやう細工を施すが、即身仏は、自らすすんで体を徐々に変へ、最後には腐敗しないやうにする。さうして、息を引き取ることは死ぬことではなく、仏となつて永生を獲得することで、それはそのまま、いまも高野山の奥の院に入定して生きてゐると信じられてゐる弘法大師に倣ふことになる、とも言つた。

僅か二百年足らず前に、かういふことがこの地で、実際に行はれてゐたのだ。役人に捕まれば、無事ではすまない身の上だつたといふ事情もあつただらうが、それはたいした理由であるまい。宗教的といふよりほかないなにかが、彼を強く突きやつたのだ。

そのなにかとは、なにか？　多分、かういふ問ひを発すること自体、われわれ自身の浅薄さ鈍感さを、臆面もなく晒すことになりさうだ。現に苦しんでゐるひとがゐて、それを心底から痛ましいと思つたなら、少しでも自分が代はつてやらうとする。ただそれだけに尽きると、彼らは答へるだらう。単純明快な論理を、己が身で端的に生きたのだ。

「道が暑くて大変でせう」と寺の女性が言つて、車を出し、大日坊まで送つてくれた。

こちらの山門は茅葺きで、畑のなか六、七十メートルほど参道が伸びてゐるが、まだ新しい銅葺きの、立派な本堂であつた。前庭には弘法大師足跡石がある。大同二年（八〇七）、弘法大師を開基として創建されたと伝へられてゐる。ただしここが人々の信仰を集めるやうになつたのは、湯殿山が女人禁制であつたのに対し、湯殿山大権現を招請、女の湯殿山とした江戸時代初期かららしい。春日局ら貴顕の奥方の信仰を集め、隆盛を迎へた。しかし、明治には廃仏毀釈の嵐が襲ひ、湯殿山の祭祀権も奪はれた上、火災など災害が相次ぎ、今日に至つてゐるらしい。

祭壇の前へと言はれ、進み出て跪くと、黒衣の若い僧が内陣に入り、鉦を鳴らし、経を読む。そして、先に紙垂のついた五メートルほどの竿を差し出し、お祓ひをしてくれる。

祭壇には、等身よりやや小さめの、見事な大日如来像が安置されてゐた。寛永十八年（一六四一）に春日局が寄進したのだと言ふ。確かに春日局あたりの権勢を手にした者でなくては、これだけの仏像を造らせることはできまい。

次いで、青年僧の父親らしい、でつぷりした年配の僧に導かれて隣室へ行くと、低い壇上に即身仏が据ゑられてゐた。やはり金の被りものに緋の衣をつけて、背をかがめ、骨だけになつた手を前に差し出してゐる。

明治維新の際、羽黒山と違ひ、神社となるのを拒んだため、破壊され、火事になり、二体の即身仏は焼失、別の御堂に安置してあつた一体ばかりが残つたのがこの真如海上人だと言ふ。

真如海上人は越中中山の生まれで、二十代で即身仏となることを志し、木食の行に入り、ようやく天明三年（一七八三）に至つて、九十六歳で生身のまま土中に入り、入定した。そして、三年三ヶ月後に、弟子や信者が掘り出し、洗ひ清め、乾燥させて即身仏としたと、年配の住職は話して、かう言つた。

「即身仏になられてもう二百年を越えますが、この春、お召し替へをこの部屋でした際、お抱き上げ申したところ、お尻のあたりにはしつかり肉がついてゐました。決して遺体ではなく、生身の仏さまなのだと思ひました」。

その住職の口ぶりから、明治維新の際に、羽黒山がやすやすと神社になつたことに対し、いまだに腹に据ゑかねる思ひを抱いてゐるのが感じられた。多分、彼から三代か四代前のことであらうが、その怒りはまだ鎮まつてゐない様子だ。そして、この怒りは、先程祓ひをしてくれた、若い僧が受け継でゐるに違ひない。

ただし、羽黒山と湯殿山の五寺の対立は、もつと古く、元禄の天宥の頃からであつたらしい。天宥が羽黒山を天台宗に転じさせたのに対し、五寺ばかりは高野山真言宗を守りつづけたのである。だからこそ、弘法大師に従つて即身仏が生まれ、その即身仏を奉じてゐる以上は、神社に変はることがなかつた。さうして、以後も即身仏を保持しながら、時代の波をくぐり抜け続けて来てゐるのだ。それが如何にしんどい毎日か、想像に絶するものがある。

順路に従ひ、本堂の内陣の外側を回ると、さまざまな像が所狭しと並べられてゐた。梵天、帝釈天、不動明王に、弁財天、大黒天といつた具合ひで、彩色あざやかなものもある。ほとんどが江戸のもので、やはり廃仏毀釈によつて近隣の寺々から出たものもあるやうである。

出羽三山と一まとめに言ふものの、決して一つではなく、長い対立の歴史を刻んで来てゐるのだ。そのことが、じつは手向の宿坊をいまに存続させ、講の人たちを山頂へと導き、即身仏の世話を根気よくつづけるなど、山の活力を失はずにゐる理由かもしれない。

鶴岡市行きのバスに揺られてゐると、Nさんがいきなり言つた。

「十字架に進んでかかつたキリストと、同じぢやないかなあ」

即身仏から強い衝撃を受けてゐるのだと知つた。その言葉から、ローマのジス教会で見たキリスト像が浮かんだ。痩せこけ、深く皺に覆はれた全身が、十字架上での烈しい苦悶を剥き出しにしてゐるのだ。薄闇のなかで目にしたとき、不気味さにぎよつとした。そして、肉体の苦痛の露骨な表現に不快を覚えたが、そのキリストは、間違ひなく人々に代はつて苦を身に受けてゐるのだつた。

さうだとすれば、即身仏と同じ、と言ふことにならう。ミイラ状になつた姿の不気味さに囚はれて、見るべきものを見逃してはなるまい。ただし、キリストは、その苦を人間存在全体のものへと普遍化した。即身仏となつた行者は、さうはしなかつた。現に縋り頼んでゐる個々の人たちの苦を、苦としてぢかに受け止めた。

「宗教者は、ああでなくちや、いけないんだね」

Nさんはつづけた。

「有名な坊さんたちは、たしかに有難いことを説いて下さつたけれど、所詮、口先だけだつたんじやないか。宗教者たる者、言葉でなく、身をもつて実践しなくちやいけないんだよ」

いつも政局を論ずる時と同じ手厳しさが出てきたな、と思ひながら、聞く。

「漆を呑むなんて、こりや、苦しいよね。だけど、その苦しみは、自分だけのものじやないんだ。誰よりも人々のもの、なんだな。だから、自分ひとりが、苦しめば苦しむほど、いいんだよ、きつと。他人の苦しみを代はつて苦しむことはできない。だけど、他人が現に味はつてゐる以上の苦しみを、自分が苦しむことはできる。断食に断食を重ねて、漆を呑むのは、多分、さういふことなんだね。それでいい。それで十二分に有難い。お説教はいらない。教義もいらない」

Nさんは、それつきり黙つてしまつた。

Nさんは過激な考へ方をするひとではない。しかし、教義はいらないとは、過激すぎよう。いはゆる世界宗教を全面的に否定することにならう。しかし、教義を整備し、普遍化を進め、言語や民族、文化の違ひを越えて、布教を押し進めると、どうなるか。Nさんの言ふお喋りが、観念化と論理化が必ず入り込んで来る。そればかりか、愛や慈悲を説きながら、異教徒を排除し、糾弾することになる。少なくともこれまでの宗教の歴史は、そのことの不可避性を如実に示してゐる。

多分、宗教の核心には、この人間世界において普遍化し、原理化しようとすれば、必ず裏切る結果にならざるを得ないのだ。現代は、普遍化の病に囚はれてゐるやうなところがあるから、そのことが剥き出しに明らかになつてゐるのではないか。

だから、Nさんのやうにお説教もいらなければ、教義もいらない、と言ひ切つてみせる必要があるのかもしれない。真に必要なのは、自らを犠牲に供して即身仏になるやうな宗教者の行動である。また、その行為の希有な有難さと、平凡な者にとつての及び難さをよくよく承知して、即身仏を大事にしつづける在りやうであらう。

この地には、さういふひとたちが間違ひなくゐるのだ。

バスの窓の外には、青い稲穂が果てしなく続いてゐる。熟する時間が確実に流れてゐる、と思つた。

立山の媼堂《うばだう》

青々とした田圃のなかを、二輌編成の電車がとことこと行く。

停車する駅名一つ一つを気にしてゐたが、三十分ほどで、約束の五百石《ごひやくこく》駅だつた。かつて常願寺川流域に広がる米の産地の中心地であつた町である。

降りたのは、わたし一人で、軌道を渡り、改札口の方へ行くと、痩せた老人が立つてゐた。それが藤川さんだとは、とつさには納得しかねた。

藤川さんと言へば、なによりもでつぷりした体つきで、ひどく威勢のよいひと、と言ふ印象が強いのだ。もつとも痩せた藤川さんとは、すでに去年会つてゐる。それにもかかはらず、会つてゐない間にわたしの記憶は、三十年ほども前の、ある新聞社の地方支局で一緒に働いてゐた時の印象に戻つてゐたのだ。

「おう」

変はらぬ気さくな挨拶に、様子は変はつても間違ひなく藤川さんだと知れた。

駅前に止まつてゐた車へ押し込まれた。運転するのは藤川さんの友人Bさんだつた。農業を営む、わたしと同じ年輩のひとである。

「よろしく」

さう挨拶するだけで、藤川さんとBさんの間でお喋りが始まり、こちらも巻き込まれた。Bさんは、抜けた前歯を見せて、話す。

最初に降ろされたのは、岩峅《いはくら》にある神社の駐車場だつた。大きな石の鳥居があり、幅広い参道が伸びてゐる。

岩峅雄山《いはくらをやま》神社だつた。

雄山神社前立社壇《まへだてしやだん》とも呼ばれてゐる。雄山神社の本殿は、立山連峰の主峰雄山の頂にあり、その遥か麓にこの社があるのだ。

門をくぐると、広々とした境内だつた。手入れが行き届いてゐて、水音が聞える。木々に遮られて見えないが、左側が崖になつてゐて、その下を常願寺川が瀬になつて流れてゐるのだ。

拝殿は、桧皮葺の堂々とした造りである。正面に立つと、奥高くに本殿の正面の一部が見えた。横に回ると、かなりの規模で、桧の大木を背にして、流造《ながれづくり》の桧皮葺の屋根がなだらかに下つて来てゐる。創建は、大宝元年（七〇二）と伝へ、現在の社殿は建久二年（一一九一）に源頼朝が再建、それ以来、修理が重ねられて来てをり、重要文化財である。

もつとも明治の廃仏毀釈までは、岩峅寺とも立山寺とも呼ばれ、社殿の他に幾棟もの御堂が建ち並んでゐたらしい。しかし、いま、その面影は、拭ひ去られたやうに消えて、神さびた気配である。

拝礼の後、先の門を出て、だらだらと坂を降りる。じつは、こちらが本来の正面で、参道は鉤の手に右に折れ、下る石段になるが、そこから常願寺川の広々とした流れが見渡せた。

三千メートル前後の峻厳な立山連峰から流れ出て、富山平野を潤す大河で、しばしば氾濫する暴れ川である。が、いまは緑の山々を背にして、荒々しい河原のなか、空の青を湛へてゐる。

車に戻ると、しばらく常願寺川沿ひの道を逆上つた。そして、川岸から離れ、坂をあがると、両側が家並になつた。芦峅《あしくら》である。岩峅からおよそ十二キロである。

その家並のなか、左手山側に、これまた立派な石の鳥居が現はれた。石柱にはここも雄山神社と刻まれてゐる。

杉並木の間、切石を敷き詰めた参道を進むと、赤く塗られた鳥居である。それを潜つてさらに進んだが、社殿は現はれない。代はりに大きく円を描いた植込があり、中央には礎石ばかりの空地があつた。立山開山堂跡であつた。

「明治の廃仏毀釈《きしやく》で撤去されたままなんです」

Bさんが説明してくれる。

「立山は、明治政府に狙ひ撃ちされたやうですね」

驚いて見回してゐると、

「ここでは、寺側の人たちが進んで破壊に協力したんですよ。奈良の興福寺の五重塔は、五円で叩き売られ、薪にされるところを救はれた、と言ふ話を聞きますが、ここでは、無料で、片端から薪にされてしまつたんです」

穏やかな顔で、Bさんは言ふ。

右に離れて墓碑があつたが、それが開山廟所であつた。開山は慈興《じこう》上人といひ、文武天皇とも醍醐天皇とも言はれる時代（二百年も隔つてゐる）、越中の国守となつた佐伯有若《ありわか》の息子有頼《ありより》、別伝によれば有若自身が出家して名乗つたと伝へられてゐる。

跡地を左手に回り込むやうにして、さらに奥へ行くと、斜め横向きに、瓦葺の社殿といふよりも御堂に近い建物があつた。

雄山神社祈願殿である。かつての芦峅寺、あるいは立山仲宮寺の講堂である。岩峅寺が前立で、立山山頂が本殿で、その間に位置するから、ここは仲宮寺と呼ばれたらしい。創建は岩峅寺と同じだが、建物はずつと新しいもののやうである。

社殿に上がると、明らかに寺のやうに外陣と内陣に区切られ、その区切りの上に、天皇および皇族の弊帛料の額が掲げられてゐる。そして、左には、白鷹と黒い熊とを描いた大きな絵馬があつた。

絵馬は、大正二年（一九一三）に奉納されたものだつたが、立山の開山縁起にかかはる説話を簡潔に描いてゐる。佐伯有頼が白鷹を使つて狩をしてゐると、雪の高山へ消え失せた。その白鷹を求めて登つて行くと、熊が現はれたので、矢を射ると、胸に当つた。しかし、熊は血を流しながらも山へと登つて行く。その跡を追つて行くと、洞窟へ逃げ込み、つづいて白鷹も飛び込んだ。有頼が踏み込むと、中は馥郁《ふくいく》としたよい香が立ちこめ、黄金色の阿弥陀如来が立つてをられたが、その胸に矢が突き立つてゐた。傍らには不動明王が控ゑてゐる。驚いて有頼が平伏すると、阿弥陀如来は、衆生を救はうとして、お前を待つてゐたのだ。熊はわたしで、鷹は不動明王である、と告げた。有頼は、感泣して、弓を折り、髪を下ろし、慈興と号し、山麓に寺院を開いた……。

この説話は、なにを語つてゐるのだらう？　阿弥陀如来が身を犠牲にして、教へを説かうとしたのは分かるとして、その阿弥陀が熊となつて現はれたとは、どういふことなのか？

このことがあつたのは大宝元年（七〇一）の春だと縁起はしてゐるが、越中守佐伯有若なる人物の実在が確認できるのは、それより二百年もあとの延喜五年（九〇五）である。そして、この伝承が文書として認められるのは、さらに下つて十三世紀後半である。

だから、この縁起譚も、どれだけ史実に基づくかは不明だが、熊と白鷹が大きな役割を果たすところから、仏教による猟師の救済が、ひとつのモチーフになつてゐるのであらう。仏教では、猟師はひどく苛酷な扱ひを受けてゐる。それが端的に示されてゐるのが、やはり立山を舞台とする謡曲『善知鳥《うとう》』で、善知鳥を殺したがゆゑに、立山にある地獄に堕ち、日夜、責め苛まれるのだ。鉄の嘴、銅の爪を持つ鳥に、目を抉られ、肉を引き裂かれつづける……。

奥正面は、神明造の神殿で、注連縄が飾られ、雪洞《ぼんぼり》が灯つてゐる。かつては阿弥陀如来座像を中央にして、左右に観音、勢至菩薩像が据ゑられてゐたらしい。廃仏毀釈の破壊は、この芦峅寺において徹底して行はれたのだ。

もしかしたら、廃仏毀釈が荒れ狂つたのには、長年にわたつて仏教に押さへつけられて来た猟師を初めとする人たちの思ひが、あつたのかもしれないな、とも考へる。ただし、それは考へ過ぎで、猟師を初め、立山の見える広い地域で暮らす、山の神を奉ずる人たちが、いまから七、八百年以上遡つた頃、すなはち阿弥陀如来像や観音、勢至菩薩像がこの山中に据ゑられるよりも以前の、仏教を受容し始めるあたりの消息を、語つてゐると見ればよいのかもしれない。

祈願殿からさらに奥へ進むと、小さな瓦葺きの社殿があつた。大宮である。その右手、岩の上に祠と言つてもよい建物が、若宮であつた。岩の宮とも呼ばれてゐるらしいが、この岩が、古代、神事の営まれた場所であるのは疑ひなからう。

隣地に、ひどくモダンな建物があつた。県立立山博物館である。

中へ入り、弧を描く階段を上がつて行くと、照明を落とした一室があり、三方に、異形の老女の座像がずらりと並んでゐた。

顔中に皺を深く刻み、垂れ下がつた乳房を見せ、老醜を剥き出しにしながら、立て膝をし、白衣を纏つてゐる。三途の川の奪衣婆《だつえば》か九十九歳の卒塔婆小町《そとばこまち》だ。それでゐながら、目ばかりは猫のやうに丸々と大きく光つてゐる。象眼《ぞうがん》されてゐるのだ。それが不気味である。

立山信仰の中心の「媼《うば》」であつた。三十センチほどの高さの像を中心にして、やや小ぶりの像が二、三十体も並んでゐる。

「媼」とは、何者か？

かつて恐れられた存在として、山姥《やまうば》なるものがゐたが、それに繋がるのだらうか。

それに、この「媼」の文字が、異様である。この地で発明された、特有の文字だと聞くが、如何なる意味合ひを持つのだらう。像のなかで最も古く年代の知られるのが、永和元年（一三七五）だと言ふが、それ以来、幕末まで作られつづけたらしい。

三人とも言葉すくなになつて、展示館を出た。地元の藤川さんやBさんにしても、見るたびになんらかの衝撃を受けるやうだ。

前の通を山手へと行く。この両側には、かつて宿坊が三十軒も四十軒も並び、人々で賑はつてゐたのだ。

少し先を右に折れ、坂を下り、左手の階段を上がると、閻魔堂《えんまだう》だつた。

瓦葺だが、広い板の間に茣蓙《ござ》を敷いただけの集落の集会所といつた建物である。奥の祭壇に、大きな閻魔王の座像が据ゑられてゐる。

靴を脱いで、祭壇に寄つて行くと、閻魔王の左右には、媼像が二体づつ置かれてゐた。閻魔王を補佐する存在なのだらうか？　それなら奪衣婆だらう。

「明治以前は、ここにこの像はなかつたんですよ。あつたのは、これからわれわれが渡る橋の向うの堂でした」

Bさんが説明してくれる。これは廃仏毀釈以後の置き方なのだ。

それにしても醜怪な女神とも妖怪とも言ふよりほかないこの像は、なんであらう？　この存在のために、女偏に田が三つの、「嫐」なる文字が作られたが、どのやうな意味が込められてゐるのだらう？　過剰なまでに豊饒をもたらす存在とでも言ふ意味だらうか。なにしろ田が三つもあるのだ。ただし、その豊饒は、必ずしも稲作に限るまい。ここは山の中なのだから、山の恵み——水を初め、木の実や鳥獣も含む、恵みであらうか。そんなふうに考へを追つてゐると、乳房を幾つとなく持つ女神アルテミスの像が浮かんだ。確かこの女神も、豊饒神だつたのだ。幾多の乳房の代はりに、田を幾つとなく持つてゐるのだ。

「一切《いつさい》衆生《しゆじやう》百穀《ひやつこく》万物《ばんぶつ》之母也《のははなり》」

この文言を、立山信仰の文献のなかに見たことを思ひ出した。確か嫐を中心にして催される祭事を記した『布橋《ぬのばし》大灌頂《だいくわんぢやう》勧進記《くわんじんき》』である。われわれ衆生の母であり、よろずの穀物、その他もろもろのものの母だと、はつきり書かれてゐた。アルテミスと同様、地母神なのである。

さうだとすれば、この地の恵みを受ける猟師の祖としての男、佐伯有頼に対して、恵みを与へてくれる存在が嫐なのである。そして、有頼のやうに出家することなく、奪衣婆めいた姿になることによつて、仏教の枠組みに半ば入り込むものの、すつかり入り込むことはしないまま、人々の尊崇を集めて来たのではないか。

閻魔堂を出ると、左手に下る坂道がある。石地蔵が苔蒸しながら、真赤な前垂れを掛けて、両側にずらりと並んでゐる。

その間を降りきり、さらに一段下つた先に、朱塗りの大きな橋が架かつてゐた。先程Bさんが言つてゐた橋、天ノ浮橋、またの名を布橋とも言ふが、ゆつたりと弧を描いて、深い谷を越えてゐる。

近年、復元されたもので、幅は四メートルほど、厚い板が横にぴたりと並べられてゐる。

藤川さんがそれを指差して、尋ねた。

「この板が何枚、使はれてゐると思ふ?」

分からないと首を振ると、

「百八枚さ。お前さんが一年間に重ねる罪の数と一緒さ」

例の辛辣な口調で言ふ。

「いや、われわれ男が重ねる罪じやなくて、女が重ねる罪ですよ。安心してください」

横からBさんが笑ひながら言ふ。そして、布橋潅頂会について説明してくれた。年に一回、秋の彼岸の中日、諸国からやつて来た女たちが閻魔堂に集まり、閻魔王を初めとする十王の裁きを受け、罪を懺悔し、汚れを払ふと、白経帷子《きやうかたびら》姿になる。そして、白布を捧げ持つと、盛装した僧たちに先導されて、媼堂へと向ふ。先頭は、江戸時代、もつぱら領主前田家の夫人が勤めた。その道には、白布三百六十反が敷き渡され、その上を歩んで行く。両側には竹が立てられ、灯籠が吊るされて、橋の上には幡が翻へつた。

「ところで、この橋の下の川の名は?」

橋の中ほどまで来たところで、また藤川さんが、にやにやしながら尋ねた。

「三途の川」

それと察して、すかさず答へると、

「元気者のお前さんでも、そのぐらいのことは分かると見えるな」

と応じる。先年、大病して、いまなほ病巣を抱へてゐる藤川さんの心の内を覗き見た思ひがした。

かうして橋を渡り終へると、対岸右手に、丸い屋根の、これまたモダンな建物があつた。

「そろそろ始まりますから、お急ぎください」

建物の前に立つてゐた若い男が、さう言つて、われわれを呼ぶ。

「映画が始まるんですよ。見ませう」

Bさんと藤川さんに急《せ》き立てられた。

厚い扉を開けて入ると、正面にはスクリーンが三つ横に繋げられ、部屋の中央には広い台が据ゑられ、畳が敷かれてゐる。勧められるまま、わたしは靴を脱いで上がり、座つた。端に腰を掛けたり、立つたままの人もゐる。

すぐ暗くなり、映写が始まつた。三つのスクリーンを一つに、時には別々に使ひ分け、アニメを交へながら、立山の歴史や自然を紹介する。なかなか迫力がある。白鷹と熊の縁起譚も出て来た。

この譚は、鳥獣の命を奪ふ狩人《かりうど》の罪深さを説くものであるのは確かだが、もともとは、やはり山の神を祀る人々が仏を祀るやうになつた経緯に触れてゐるのだと、改めて確認した思ひであつた。熊も鷹も、多分、「媼」と同じやうに豊饒を約束してくれる存在だつたのだ。現にアイヌ民族にとつて熊は、神の使ひであり、かつまた、神そのもので、豊饒を約束してくれる存在である。さうした信仰が、立山の麓一帯にもともとあつて、それが仏教の進出にともなひ、混淆し、修験道とも絡み合つて、生きつづけて来たのだ。そして、男の社会なり公の領域では、主に仏教の色合ひに染まつたが、女の世界は、より濃厚に仏教受容以前の信仰を保つて来た。それが「媼」に違ひなからう。

スクリーンから映像が消えると、そのスクリーンがゆつくりと動いて三つに割れ、外光が差し込んで来た。やがてすつかり開くと、陽を浴びた緑の野外だつた。

目の前には、盛土された四角い一劃があり、彼方には、山々が望まれた。

初老の男が立つて説明したが、目の前の一劃は媼堂の基壇であつた。媼堂は、入母屋造り、正面に唐破風の庇がついた建物で、その内の中央に、弥陀、釈迦、大日とされる三つの媼像、左右に三十三づつ、計六十六、全体で六十九体の媼像が並べられてゐたと、話す。そして、彼岸の中日には、白経帷子の女たちが白布を捧げ持ち、われわれがやつて来たやうに布橋を渡り、堂内へ入る。すると、扉が閉め切られ、中は真暗闇になる。その闇のなかで、媼像と向き合ひ、長々と勤行《ごんぎやう》を行なふのだ。

この折の媼は、「一切衆生百穀万物之母」であるだけでなく、「諸仏菩薩之母一切仏法之本主」であり、かつまた、「一切有情延命守護の大姥」（『大姥御本尊縁起』）ともなるらしい。人々の願ひを大元で受け止めてくれる存在である。

男の説明はつづいてゐて、かう言ふ。

「暗闇のなかでの勤行が夕刻に及んで、ようやく終はりますと、正面の板戸が押し開かれます。スクリーンが割れたのは、それを再現してみたのです。さうして、開かれた板戸の彼方には……」

その男の言葉に従つて、正面彼方に視線をやると、遠く山と山の間に、さらに遠く高山の峰が青く霞んでゐた。

「生憎、けふは見えませんが」と断つて、

「夕陽を浴びて、赤く染まつた立山が望まれるのです」

この場所ならではの、効果的な演出であつたが、この瞬間が、じつは決定的な時であつた。立山は阿弥陀如来、垂迹思想によれば伊弉諾尊など神々のおはすところであり、参列した女たちは、その浄土なり天上世界を目にして、結縁《けちえん》、往生を確実にするのだ。

会場を出る際に手帳ほどの大きさの紙片を渡された。木版で「血脈」と印されてゐる。この行事に加はつた女たちが必ず渡されたもので、死ねば、棺へ入れてもらつた。さうすれば、極楽往生できる、と信じられてゐたのである。

その「血脈」の大きな文字の下に、「変女転男」とあつた。女のままでは往生できないので、男に転じて往生の資格を得る、と言ふ法華経の説くところによるのだ。

この媼堂より先が女人禁制であつたが、その替はり、男たちが汗水垂らし、危険を冒して山頂に至り、やうやく達成出来ることを、この堂において瞬時に成就したのである。まことに簡便至極な、女たちにとつては好都合な仕組みである。「変女転男」などといふ厄介なインドの教へを受け入れる一方で、かういふ道筋も、ちやんと用意したのである。

媼堂の基壇の回りを巡る。さうして、彼方の山波を眺めた。

春の彼岸なら、山々は雪を頂いて真白であらう。そこを夕陽が染めてゐるのだ。その夕陽は、ほかでもない、いままさに西方浄土へ入つて行かうとしてゐるところの太陽が放つものである。仏教の浄土思想で言ふ日想観に従へば、彼岸の中日、真西に沈む太陽は、真西に位置する極楽浄土へと真直に入つて行く。だから、その入り日を拝めば、極楽往生が約束されると考へたが、この地ではその光を浴びて赤く染まつた山が、約束するのだ。立山の信仰と彼岸の中日の信仰とが、重ね合はされるのである。

基壇を離れて、先へぶらぶらと行く。

この重ね合せは、偶然に起つたことではなく、起るべくして起つたことだらう。

門があり、「まんだら遊苑」とあつた。立山曼陀羅《まんだら》を、一種の遊園地に仕立てたものであつた。

入ると、すぐ鋭い円錐型の鉄棒が林立してゐた。剣の山である。

赤錆が浮いたその林の間を縫つて回り、正面の四角なコンクリートの箱の中へ入ると、赤い光が忙しく閃き、燃え盛る炎のやうな音がする。紅蓮《ぐれん》地獄だと言ふ。

丸い小石が並べられ、水が流れてゐる。賽《さい》の河原と三途の川だつた。大きめの石伝ひに渡らうとすると、傍らに立つてゐた若い女性が手を添へてくれる。

礼を言ひながら、怪訝さうに顔を見ると、

「博物館のボランティアなんです」

さう言つて、近郊から交替で詰めてゐるのだと説明してくれた。

「あなたのやうな奪衣婆がゐたら、いいなあ」

藤川さんは、ふざける。

高く組まれた木橋のやうなところを進むと、常願寺川へ突き出てゐて、先は断ち切れてをり、ゆらゆら揺れる。精霊橋《しやうりやうばし》だと言ふ。

なるほど、太陽の下の遊園地に、地獄を仕組むと、かういふことになるのかと思つた。

花壇があちらこちらに設けられてゐる道の中ほど、水飲場があつたので、しばらく休む。飲料水が用意されてゐるものの、ジュースなどの自動販売機は置いてない。やはりここは浮世とは違ふ場所らしい。

その先に、円形の大きな壇があり、その上に、方形の段が重ねられ、ピラミッドのやうなものが載つてゐた。そして、「天界」と表示が出てゐるのが目に入つた。と、横の案内ボックスから若い女性が顔を出した。

「天女だあ」

藤川さんが、またふざける。

まづ地下へ降りて行くが、小さな部屋には、さまざまなモダンアートが展示されてゐた。モダンアートの奇抜な世界が天界となると、鼻白む思ひになる。

展示館の手前まで戻つて来ると、隣にかつての宿坊教算坊があつた。

芦峅寺には衆人三十三坊、社人五宇の宿坊が軒を並べ、全国各地から信徒たちが集まつて来たが、彼らが泊まる宿坊は、居住地によつて決まつてゐた。それといふのも、各宿坊の衆徒、社人がそれぞれに割り当てられた国、地域を札などを持つて回り、喜捨《きしや》を受け、その見返りに、信徒がやつて来ると、各自の宿坊に泊め、山を案内、雄山の本宮への参拝を世話をする定めになつてゐたのだ。このやうな全国組織が、きちんと出来上がつてゐたのである。

一時は住宅になつてゐたためか、門のあたりは大邸宅の趣で、日本庭園のなかを蛇行する道を辿つて行くと、奥に建物があつた。

切妻で横に長く、一般の住宅より丈が高い。窓や戸口の上から軒下まで白壁の空間がたつぷりと取つてあり、そこを横に幾本も柱が走り、簡明な力強さを感じさせる構造である。そして、中央部が両開きの引戸になつてゐて、その上が雲形の飾りが刻まれた虹梁《こうりやう》である。江戸時代も後半のものらしい。いまは横に玄関がついてゐて、そこから入ると、中は、幾つもの座敷に区切られてゐる。しかし、本来は、中央部の引戸を入つたところが広間で、突き当りに祭壇があり、左右が大部屋になつてゐて、大勢の人たちを収容できるやうになつてゐたのだ。江戸時代には、十数人ほどが一団となつて、幾組となくやつて来たのである。

かういふ組織は、じつはここだけでなく、伊勢神宮を初め有力な社寺がそれぞれ作つてゐた。そして、江戸末期にはかなり力を持つに至つてゐたから、明治政府は恐れ、厳しい禁令で臨んだ。廃仏毀釈および修験道の禁止には、神道を国教として掲げるといふ美名の下、この組織潰しの狙ひがあつたのだ。そして、この立山に対して特に厳しかつた。

その結果、組織が揺らぐと、山中の宿坊群は、他愛なく瓦解した。整備された全国組織ゆゑの脆さであつた。

奥の床の間、そして、壁などに、立山曼陀羅が幾点も掛けられてゐた。色彩も華やかで、大和絵風ながら様式化された画面が面白い。立山連峰の山々が、峨々と聳え、右に日、左に月が輝き、その間には、雲に乗つた阿弥陀に、観音、帝釈天などが描かれてゐる。

左下に岩峅寺と芦峅寺の建物、そして、中央は布橋潅頂会の様子である。白布を敷いた橋の上を白経帷子の女たちが、僧に先導されて列をつくり、媼堂へと渡つて行く。それから上には、美女平から弥陀ケ原、室堂を経て、山上に至る道が描かれ、雄山の下、洞窟の玉殿のなかには胸に矢の突き立てた阿弥陀像が立ち、その前に狩人姿の男がひれ伏してゐる。佐伯有頼である。

その左が地獄であつた。実際にそのあたりには、いまなほ噴煙を上げる地獄谷があるが、釜が煮えたぎつてゐたり、罪人が火に炙《あぶ》られたり、臼で突かれたりしてゐる。そのなかに、赤く血の池が大きく描かれ、裸の女たちが叫び声を挙げてゐる。その上方、立山連山の稜線の左向うに、剣の山がある。

青く白々と聳えてゐて、そこへと鬼が亡者を追ひ上げてゐる。

この剣の山は、言ふまでもなく剣岳に相当する。現実の山が、そのまま地獄の山となつてゐるのだ。学生時代に立山連峰を縦走、その北の端の別山頂から間近に眺めた、剣岳の山容を思ひ浮かべた。その鋭さは異様で、いまだに忘れることが出来ない。

その手前下、武者が切り結んでゐるのは修羅道、人顔の馬や牛がゐるのは畜生道、痩せこけた者が群れてゐるのは餓鬼道だ。

衆徒たちは、この曼陀羅を持つて、諸国を絵解《ゑとき》して回つたのである。さうして人々を立山詣へと誘ひ、信者網を広げて行つた。

これら立山曼陀羅が描かれるやうになつたのは、中世も後期からと言はれてゐるが、確かなのは、十七世紀になつてからで、現存する多くは、江戸時代後期のものである。多分、庶民も旅が出来るやうになつたことと係はるのであらう。人々は、この絵図によつて、険しい山々の聳える珍しい土地を、同時に、地獄を初め修羅道、畜生道、餓鬼道と天および浄土といふ異界を、半ば現実に見せてくれる特別の場所として、この地を知つたのだ。さうして多くの人たちが足を運び、宿坊に泊まり、「仲語」と呼ばれる先達に導かれて、山上を目指した。女たちは、秋の彼岸に布橋を渡つた。

かうして財力を蓄へた宿坊が、競つて腕のある画家に描かせ、江戸も後期になつると絢爛とした立山曼陀羅が出現したのだ。

しかし、いま、この曼陀羅絵から窺へる熱気は、どこにもない。藤川さんの後から駐車場へと歩きながら、ここへ集まつて来た男や女は、どこへ行つたのだらうと、考へずにをれなかつた。この人間世界から、六道が消えるはずはないのだが……。

三輪山

奈良盆地を南へと下つて行くと、東の山並みのなか、一際、秀麗な円錐型の山が見えて来る。三輪山《みわやま》である。

国道二十四号線だと、行く手右に畝傍山《うねびやま》が、左近くに耳成山《みみなしやま》が見え、その耳成山の姿そのまま、向うに聳えてゐる。

円錐型の山となると、富士山、筑波山のやうに信仰の山とされることが多いが、この三輪山は、そのなかでも最も古いものである。

藤原京の都人は、北に隣接した耳成山に、南の畝傍山、いまは見えないが真東に位置する低い香《か》久山《ぐやま》を、大和三山として親しみながら、少し離れた三輪山を日々目にしてゐた。持統、文武、元明天皇の時代（六九〇年から七一五年まで）である。

しかし、三輪山の歴史は、さらに遠く溯る。『古事記』では、初代の天皇・神武天皇とのかかはりで出てくる。神武天皇が日向を出て東征、大きく南へ迂回し、熊野をへて大和に入り、畝傍山麓の橿原《かしはら》で即位するが、やがて香久山近くの野で野遊びをする女たちに出会ふ。そのなかで一際美しかつたのが、富登多多良伊須須岐比売《ほとたたらいすすきひめ》、またの名が比売多多良伊須気余理比売《ひめたたらいすけよりひめ》で、さつそく歌を詠み交はし、狭井河《さゐかは》の上流、三輪山の麓に姫の家を訪ね、共寝をした。

かうして妃としたのだが、その姫の母は、勢夜陀多良比売《せやだたらひめ》といひ、これまた大変な美女で、三輪山に居ます大物主神《おほものぬしのかみ》が通ひ、娘を生ませたと伝へられてゐるのである。

この神人通婚の伝承は、今日のわれわれにとつてはいささか奇異に思はれる点が少なくない。大物主神は、美しい勢夜陀多良比売に心ひかれ、姫が溝に跨がり、用を足してゐるところへ、丹塗りの矢となつて溝を流れ下り、その富登《ほと》を突いたのだ。驚いた姫は、矢をもつて家へ走り込み、自分の部屋の床に置いたところ、麗しい男となつた。さうして生まれたのが富登多多良伊須須岐比売、その富登と剥き出しに言ふのを避けて、比売多多良伊須気余比売と呼ぶやうになつたと言ふのである。

いま、用とばかり書いたが、原文には「為大便之時」とある。

これをめぐつてさまざまな議論が行はれてゐて、筆者など十分理解したとは言ひ難いが、大物主神は、大和をしろしめす神であり、なによりも麓の地に豊饒を約束する存在であつたらしい。それだけに相手の姫は、口や尻から御馳走を取り出した大気都比売《おほげつひめ》に通じる性格を持ち、例へば性器を誇張した土偶に見られるやうな、地母神的性格を持つてゐたと考へられるのだ。だから、両者の交合が大事な意味を持つとして伝承され、『古事記』に書き込まれたのであらう。そして、このやうにして誕生した娘を妃とすることによつて、神武天皇は、大和中心部の支配権を手に入れたのだ。二代目の綏靖《すいせい》天皇は、勿論、比売多多良伊須気余比売との子である。

三輪山に近づいて行くと、なんとも大きな鳥居が聳え、傍らに巨大な白い角柱が立ち、そこに「三輪明神」とある。

いまでは大神神社《おほみわじんじや》とされてゐるが、明治までは、三輪明神と呼ばれて親しまれ、その風は、いまも残つてゐるのだ。

参道は、幅広く砂利が敷き詰められ、両側には年月をへた木々が高々と立ち並んでゐる。その間の彼方、向うに緑に覆はれた形のよい峰が青々と仰がれる。

標高は四六七メートル、火山を思はせるが、浸蝕残丘である。奈良平野の東を限る笠置山脈の南端に位置し、露出した堅い岩を頂にして、降雨による浸蝕が進み、円錐形に残つたところを木々が覆つたのだ。

そして、この一際麗しく際立つて見えることから、神の住まひとされ、いまも山自体を神体としてゐる。

砂利道を進む。

時折、蛇が横切ることがあると聞くが、けふはそれらしい姿は見えない。

低い石段にかかる手前、右手に、大きな木の切株が小屋掛けの下にあつた。「衣掛杉」と表示が出てゐる。

能『三輪』の舞台では、この杉が作り物として出される。石段の上にはいまも何本も杉の大木が聳えてゐるが、それらより大きかつたらう。そこに衣が掛けられてゐるのを見つけて、誰のものだらうと人々が詮議、三輪山の北の麓に庵を結ぶ僧、玄賓《げんぴん》僧都のものに違ひないと言ふ者があり、呼びに行かうとするところへ、当の玄賓がやつて来た。そして、前夜、訪ねて来た女人に玄賓が与へたものだと分かる。

玄賓は、天平年間の生まれで、弘仁九年（八一八）に八十余歳で亡くなつてゐるから、奈良時代から平安のごく初期の出来事といふことにならう。学識高く、大勢の人々の帰依を集めたが、名利を厭ふこころが激しく、三輪山の麓に隠れ、後には行方をくらまし、北陸で渡し守になつたとか、伊勢のある郡司に仕へたとか伝へられてゐる。

そのやうな玄賓が、どうして女人に、と不審に思ふのだが、深更に柴の編戸を開けてやつて来て、「罪を助けたび給へ」と訴へたのだ。そして、秋も夜寒になつたゆゑ衣を一重賜りたいと願つたので、与へると、喜んで身につけて帰つて行つた。

その衣が、どうしてここにと、玄賓が訝る。と、杉の木陰から声が聞えて来る。

恥ずかしながらわが姿　上人にまみえ申すべし　罪を助けたまへ

玄賓が前夜に聞いたと同じ声であつた。さうして現はれる。憂ひを含んだ深井の女面をつけ、烏帽子に狩衣と、男の装ひをしてゐる。不思議な華やぎがただよふ。

石段を上がり、進むと、一際大きい杉の巨木が、注連縄を巻かれて聳えてゐた。幹はあくまで直線的に、垂らした枝には、幾つにも連なつた杉葉の塊を纏はりつかせて、神寂びた趣である。柵が巡らされ、「巳《み》の神杉」との表示があり、近づいて見ると、根元に生卵が幾つも供へられ、丸くとぐろを巻いた蛇を象つた陶器が置かれてゐた。生卵は蛇の好物とされてゐるのだ。（今はかうした供物は禁じられてゐる。）

かういふふうに「衣掛杉」も聳えてゐたのだらう。そして、そこに三輪の神が現はれたのだ。

能では多くの場合、神は翁なり童で現はされるが、この神は、どうして女体で、男装してゐるのだらう。この姿で三輪山の伝承を語り、神代の昔、岩戸の前で神々が舞ひ踊り、天照大神を引き出した様子を物語る。

世阿弥の作とする説もあるが、それはともかく寛正六年（一四六五）に足利義政の前で上演された記録があるとのことだから、随分古くに成立した曲である。その頃、すでに本地垂迹説が盛んで、それにもとづいて神もまた罪を犯し、仏に救ひを求めるといふ思想が語られるやうになつてゐたのだ。多度の神もさうだし、三輪の神も例外ではなかつた。

そして、男装ながら女躰なのは、仏教で女は罪深い存在で、『法華経』で男に生まれ変はつて救はれるとしてゐることと係はりがあるのだらう。すなはち、神もまた女に等しい罪深い存在だが、衣服ばかりはすでに男のものに変はつてゐる……。

ここには、聖僧の衣を受けることが救済を意味する習俗も係はつてゐよう。だから、単に秋の夜寒ゆゑ衣を所望したのではなかつた。和泉式部も臨終に際して書写山の性空上人に願つて袈裟を与へられ、成仏したことが『無名草子』に記されてゐる。

向うに拝殿があつた。桧皮葺きの千鳥唐破風の軒が、伸びやかに左右へ迫り出てゐる。そして、高欄が前面まで巡らされ、正面階段が切れ込んだかたちでついてゐる。

寛文年間（一六六一〜七三）の建立である。古くは拝殿もなかつたが、神仏習合がすすみ、三輪明神として信仰を集め、かなり時代をへてかうなつたのである。

ここへ来る途中、立ち寄らずに通り過ぎたが、左へ入ると、若宮（大直禰子《おほたたねこ》神社）がある。かつての大御輪寺《おほみわじ》である。創建は古く、『三輪明神縁起』（文保二年・一三一八）によれば、垂仁天皇九十九年のことで、神宮寺として営まれ、十一面観音を本尊とした。その見事な立像は、今日、同じ桜井の多武峰中腹の聖林寺で見ることができるが、明治の廃仏毀釈によつて廃され、いまは大物主神の孫で最初の神主大田田根子を祭神としてゐる。

それだけでなく、鎌倉時代には、中央拝殿の右、南側に平等寺が営まれた。室町時代の絵図を見ると、現在以上の規模の広壮さで、そちらを中心にして一段と神仏習合が進められ、三輪流神道が成立してゐたのである。本尊は、天金輪王光明遍照大日尊で、地上では皇太神（天照大神）と大物主神になると説かれた。

拝殿周辺は、同じ絵図によると、いまわたしが上がつて来た石段の上に朱塗りの三門があり、右手に護摩所、左手奥には大日堂、大般若経蔵がある。その経蔵に収められてゐた元永三年（一一二〇）の奥書がある大般若経が現存してゐる。

社務所で手続きをとると、神主に導かれ、拝殿へ渡つた。壁のない、風通しのよい構造である。さうして、板敷きの床中央に置かれた円座に座つた。

正面は、白木の鳥居であつた。三輪鳥居と呼ばれるもので、扉が取り付けられ、御簾がかかり、両側には脇鳥居がついてゐる。その脇鳥居の中から左右両横へ瑞垣が長く伸びてゐるが、それを透かして、日を浴びた木々の緑が見える。神体山の禁足地大宮谷である。

太鼓が打たれ、祝詞が奏上された。そして、下げたわたしの頭の上で神主が幣を大きく振る。榊を奉つて、再び頭を下げると、巫女が鈴を振る。かうしてわれわれの生命を揺り覚ましてくれるのだ。

この祭神大物主神は、神武天皇の妃の父親といふだけの存在ではなく、スケールの大きい存在である。『日本書紀』神代記によれば、少彦名命《すくなひこなのみこと》と力を合はせて天地を造つたと言ふ。それも少彦名命が民と家畜の病の治療法、鳥獣や虫の類の災ひを除く呪法を定めて、常世へ去ると、余すところをひとりで造り成したのである。

その大物主神（大己貴神とも大国主神とも言ふ）が、出雲の地で、この国を自分ひとりが治めてゐると言挙げすると、沖に光るものがあり、傍らへ寄つて来ると、わたしはお前に幸ひをもたらす不思議な魂、幸魂《さきみたま》・奇魂《くしみたま》だと名乗り、わたしゆゑにお前は大きな国を造ることが出来たのだと言ひ、三輪山に住むのを望んだ。そこで、三輪山に宮を造つた、といふのである。

大物主神については、『古事記』『日本書紀』にいろんな伝承が記されてゐて、どのやうに整理すればよいのか、分からないが、出雲大社と深い係りがあり、蛇が重い意味を持つことは確かである。そして、この拝殿から拝するのは、大物主神の幸魂と奇魂なのであらう。

社殿の左手、北側へ少し入つたところに、摂社の狭井神社がある。桧皮葺きの簡素な社で、こちらは大物主神の荒魂が祀られてゐる。幸魂・奇魂と荒魂を分けるのは伊勢神宮と同じである。

その社務所の窓口で、「三輪山参拝証」と書いた襷を貰ひ、肩に掛けて、丸太の高い柱の間に注連縄を渡したところから山へ入る。

すぐに丸太を横に置き並べた急な階段である。それをジグザグに登つて行くと、正面に注連縄が張られたところに出た。その向うが、拝殿の正面、鳥居の奥の大宮谷であつた。

注連縄に沿ふやうにして上がつて行くと、右側の草木の茂み越しに、大宮谷がちらちらと見える。

　柵の中の禁足地が窺はれたが、下草の茂るにまかせた禁足地の赤松の幹は、午後の日を受けて瑪瑙のやうにかがやいてゐた。（中略）樹々も、羊歯や笹叢も、これらに万遍なく織り込まれた日光も、すべてが心なしか尊く浄らかに見えた。

三島由紀夫『豊饒の海』第二巻『奔馬』からである。全四巻の副主人公本多繁邦が、昭和七年（一九三二）六月十六日と年月日もはつきりしてゐるが、大神神社でおこなはれる剣道の試合を大阪の裁判所判事として見るべく出掛け、案内されるまま、三輪山へ登るのである。

大宮谷と言ふものの、ごく浅く、窪地に近い。

円錐形の整つた山容を見せてゐるが、中へ踏み込むと、この大宮谷を初めとして多くの谷々を持つてゐる。そして道は、その縁をたどるが、すぐに外れて、斜面にかかる。

つづき、

道はいよいよ凝《こご》しくなつた。榊の多い山で、町で見るよりもはるかに葉の闊い若木が、そこかしこで黒ずんだ緑のかげに夥《おびただ》しい白い花をつけてゐた。


いま、その花は見当たらない。濃い緑ばかりが繁茂してゐる。

やがて細い渓流が現はれ、その先に白木の小屋があつた。

注連飾りがされ、脇に三光瀧休舎と書いた札がかかつてゐる。中を覗くと、両側に脱衣場が並んでゐる。そこを通り抜けると、下がコンクリートで固められてゐるところに出たが、正面は赤黒い濡れた岩で、その上の銅製かと思はれる龍の口から、水が落ちて来る。高さは三メートルほどあるだらう。

絵図にも、この瀧は小さいながら描き込まれてゐる。そして、その上には、これまた小さく、日輪と月輪であらう、赤い丸と白い丸が、なかば松の枝に引掛かつたやうに描かれてゐる。

この瀧の下で、本多は、主人公飯沼勲に会ふのである。山頂まで登り、汗みづくになつて降りてくると、案内人に勧められ、衣服を脱いで瀧下へ行く。と、剣道の試合に出た若者三人が瀧を受けてゐたが、場所を譲つてくれる。その一人が、勲である。

その彼の左の乳首より外側、普段は上膊に隠されてゐるところに、三つのホクロが集まつてゐるのが見えた。第一巻『春の雪』の主人公松枝清顕と同じで、満二十歳を前に死ぬ間際、「又、会ふぜ。きつと会ふ。瀧の下で」と言つてゐたのだ。それが現実となつた瞬間である。

　本多は戦慄して、笑つてゐる水の中の少年の凜々しい顔を眺めた。水にしかめた眉の下に、頻繁にしばたたく目がこちらを見てゐた。

第二巻の、要になる場面である。ただし、この辺りは巨木が背後に退き、空がやや広く見上げられ、神厳の気は薄い。そして、無人のいまは、乾いたサンダルが三十足ほど並び、飛沫が広がらないよう配慮してか、青いプラスチックのバケツで落水を受けてゐる。

本多は、この後、勲から唯一の愛読書として『神風連史話』を手渡され、彼を突き動かす思念を知るのだ。そして、その発露として無垢で過激な行動に勲が出ようとするのを見守り、事件になると、弁護士となつて弁護に当たる。

三島自身も、昭和四十一年八月二十二日から三日間、ここに山籠し、取材してゐる。

この時の取材旅行は、この三輪山に始まり、広島に学習院時代の恩師清水文雄を訪ね、江田島の参考館で特攻隊員の遺書を見、熊本では神風連の由縁の地を訪ね、蓮田善明の未亡人と会ふ。

その一つ一つが、晩年の三島を考へるとき、見過ごすことの出来ない意味を持つが、わが国の古代の神の山、三輪山へと踏み込むことによつて、この巻が実質的に始まるのである。そして、その主人公は、古代の神ながらの道を尊び、その顕現のために自らの生命を犠牲に供する途をまつしぐらに進む。その勲の裸を打つたと同じ水が、遠い昔、朱塗りの矢と化した男神を浮かべて流れ下り、子を成さしめたのであり、いまはポリバケツで受けられてゐる……。

さらに登つて行くと、上から老人夫婦が降りて来た。

「おまいり！」

さう声を掛けて擦れ違ふ。

注連縄を巻いた樫の巨木が在り、根のところに米が小さく盛られてゐた。その傍らに、とぐろを巻いた蛇をかたどつた陶器が、やはり置かれてゐた。

大物主神については、『日本書紀』崇神記にかういふ記述がある。この地の美しい倭《やまと》迹《と》迹《と》日《び》百襲姫《ももそひめ》命《みこと》の許に、大物主神は夜にやつて来て明けないうちに去るのを常とした。そこで姫命は恨んで、「これではお顔を見ることができません。どうか朝まで留まつて、麗しいお顔を拝させて下さい」と願つた。すると、「あすの朝、わたしは櫛函に入つていよう。その姿に驚かぬやうに」と答へた。そして、夜が明けるのを待つて櫛函を開けると、麗しい子蛇が入つてゐた。長さは衣紐ほどであつた。驚いた姫命が声をあげると、たちまち人の姿となつて、「お前はわたしに恥じをかかせた。こんどはわたしがお前に辱めをあたへよう」と言ふと、大空を踏んで三輪山へと登つて行つた。

大物主神は蛇であつた、あるいはそれを自らの本来の姿とした、と言ふのである。この話にはつづきがあつて、神が去るのを見送つた姫命は嘆き悔ひ、勢ひよく座り込んだところ、箸が陰部を貫き、そのため死んだ。その墓が箸墓である、と語られる。

その箸墓は、巨大墳として名高く、麓近くにある。じつはこの箸と言ひ、朱塗りの矢と言ひ、いづれも蛇と考へられると説くひとがゐる。あるいはさうかもしれない。

雄略記には、猛々しい大蛇として出てくる。雄略天皇が腕力すぐれた少子部連《ちいさこべのむらじ》スガルに命じて、三輪山の神の姿を見たいから、捕まへて来い、と言つたので、スガルは三輪山に登り、大蛇を捕らへて、天皇にお見せした。大蛇は、雷のやうな音を立て、目を輝かせた。斎戒してをられなかつた天皇は恐れ、目を覆ひ、殿中に隠れ、大蛇を山に戻させた。

蛇も雷も、ともに水を司ると考へられてゐた存在で、稲作と深い係りがあるし、タタラ製鉄とも係りがあつたらしい。

また、稲作の進展の一段階として、酒が出てくるが、酒も大物主神と少彦名命が醸み造つたことになつてゐる。『万葉集』の、都が近江に移されて奈良を懐かしんで詠んだ歌の一節に、かうある。

味酒《うまざけ》　三輪の山　青丹《あをに》よし　奈良の山の　山の際に……

枕詞となつてゐて、その頃は、ここは酒の醸造地として広く知られてゐたのだ。

やがて急坂を上り詰めて頂に出ると、木々が繁つてゐて、却つて薄暗い。その木々がわずかに開けるとともに、岩が幾つも群れ臥せつてゐた。奥津磐座である。

ここで、遥か太古から幾多の祭祀が行はれて来てゐるのだ。かつては大きく展望が開け、西正面すぐ下には箸墓、耳成山があり、その向うに遠く二上山が見えたらう。その二つの峰の間に、彼岸には夕日が沈むのである。

彼岸に入り日を拝む習俗が各地にあり、なかでもよく知られてゐるのは二上山麓の当麻寺で、はやばやと浄土信仰に彩られたが、それに対してこの山頂では、仏教以前の習俗なり信仰が、その影響の下に身を屈しながらも、根強く保持されたのだ。

この山中には、他に幾つも磐座がある。中腹には中津磐座、麓には辺津磐座と呼ばれる岩群である。そこで、どのやうな祭祀が行はれてゐたのだらうか。奥津は大物主神、中津は大己貴神、辺津は少彦名命を祀るとも言はれてゐるが、祭祀の目的、執り行ふ日時、人などによつて、場所を変へてゐたのだらう。そして、山頂のここでは、やはり天に係はる事柄、国原全体に係はる事柄であつたらう。なにしろ天地を造つた神であつたから。

＊

山を降り、北側の道を奥へと入り込んで行くと、突き当たつたのが玄賓庵であつた。

庵の名のとおり、あまり大きくはない建物である。しかし、南側が広い庭になつてをり、そのまま三輪の山裾に繋がつてゐて、端には岩々が折り重なつてゐる。

その上の三輪山の山肌は、上の方まで抉れて、ところどころ岩が露出してゐる。オーカミ谷あるいは玄賓谷と呼ばれてゐる。

そこを眺めてゐると、この岩の群もまた特別の聖なる場所、磐座だと納得させられた。それとともに、玄賓が庵を結んだ頃、当初はもつと三輪山に近い場所であつたらしいが、古来の神々だけでなく、霊力あらたかな異国の神ホトケも招き寄せようとしたのだらう。その仲立ち役を振られたのが、じつは玄賓その人であつたのだらう。あれほど力を持つた大物主神も、時代が下るに従ひ、その霊力を弱め、大陸渡りのホトケの霊力を必要とするやうになつたのだ。その証拠に、大物主神は雄略天皇を畏れさせたものの、スガルに捕はれ、御所へ連れて来られた……。

雄略天皇については、『日本霊異記』の巻頭にも、家来に命じて雷神を捕へる話が出てゐる。どうもこの帝は、古代の信仰世界に大きな変革をもたらした存在のやうである。

その変革が、やがて新たな霊力を備へた神を求めさせ、『日本霊異記』全篇が語るやうに、仏教の受容へと緩やかに向つた。その流れのなかに、目の前の磐座はあり、玄賓がゐたのではないか。

さうして神仏習合が進み、大御輪寺や平等寺が営まれ、三輪流神道が成立、明神として大いに栄え、能『三輪』が演じられ、現実に「衣掛杉」が出現するに至つた。

江戸時代になると、三輪山頂に、不動明王、薬師如来、地蔵菩薩の石像が据ゑられ、谷の一つには弥勒菩薩像が置かれたことが、『大和名所図絵』に見ることができる。

ところが明治になつて、廃仏毀釈が行はれ、大御輪寺も平等寺も廃され、大御輪寺の十一面観音立像は聖林寺に移され、社殿からも寺院風なところは極力排除されたのだ。

三島がこころを傾けた熊本の神風連は、この廃仏毀釈と連動した、過激な原理主義の顕れといつてよいものであつたらう。廃仏毀釈は、西欧化へのアンチテーゼであることによつて、却つて近代化の流れのうちにあり、唯一神のキリスト教に倣ひ、一元化し、合理化しようとする側面があつたのではないかと思はれる。神仏習合が、じつはわが国において最も長い歴史を持つ伝統なのである。

玄賓庵からは北へと、いはゆる山の辺の道を行くと、すぐに桧原神社であつた。

もともと天照大神は、天皇の大殿に祀られていたが、崇神天皇の時代、ここ笠縫邑へ移されたが、垂仁天皇（または雄略天皇）の時、さらに伊勢へと移したと言はれてゐる。

松の多い林のなか、木の柵の奥、白木の、脇のついたいはゆる三輪鳥居があつた。

この奥は三輪山に繋がり、やはり濃い密度で磐座が散在して、三輪信仰と一体であつたと考へられてゐる。能『三輪』でも大物主神と天照大神は一体の扱ひになつてゐる。ところがその天照大神が伊勢へ移されるとともに、大物主神は天皇が祀る神から、専従の神主大田田根子が祀る神となつた。その結果として、大物主神も三輪氏もともに力を弱めることになつた。

ホトケがここでも迎へられるやうになつたのは、多分、この歴史的変動が絡んでゐるに違ひあるまい。政治権力と信仰の攻めぎ合ひがあつて、そこへ海外からの有力な文明の侵入があり、古来の信仰は、結局、退かなくてはならなくなつた。それが避けられない歴史の動きだつた。世界のいたるところで起つた出来事である。

しかし、この列島では、そのことが古来の信仰が消えることには繋がらなかつた。逆に、いかに高度な文明であらうと、結局のところ、その懐のうちに納まるかたちになつたのだ。仏僧に対して「罪を助けたび給へ」と身を屈して願ひながら、さうなつた。

神仏習合にはさまざまな揺れがあつたものの、古代からの信仰が基盤でありつづけることに変りはなく、それがわが国での信仰なり文化の最も安定した在り方なのであらう。もし、そのいづれかを純粋化しようとする時、均衡を失し、危険性を帯びる。

ただし、その純粋化の企てがまつたく行はれなければ、「習合」といふ在り方は物分かりのよさ曖昧さのうちに埋没してしまふ恐れがあるのも、確かである。だから間歇的に、誰かが一身を犠牲にして、その企てを行はなくてはならない。幸魂・奇魂に替はつて、一時、荒魂が働くのである。

桧原神社の正面から真直ぐ、参道が下つてゐて、向うに二上山が見えた。陽は西へ傾いて、白つぽい空に青く切り抜かれたやうにくつきりとしてゐる。それを眺めながら、わたしはだらだら坂の参道を下つた。

多分、恵まれた自然風土に根差してゐるから、われわれの古代からの信仰は、恵まれて在ることの意味を探り当ててゐるのだ。そして、それゆゑに、時代を越えた強靭さを持ちつづけながら、穏やかに目立つことなく、外来の文物を寛容に文字通り摂取しつづける。が、時折、その核心ばかりが裸形となつて顕現する瞬間があるのだ。神風連がさうだつたし、三島由紀夫が起した事件もさうだつた……。

振り返ると、西陽を受けて、三輪山が思ひがけず大きく、鋭く尖つて見えた。

『六道往還記』引用・主要参考文献

『古事記』西宮一民校注　新潮日本古典集成　新潮社
『日本書紀』坂本太郎他校注　日本古典文学大系　岩波書店
『常陸国風土記』秋本吉徳訳注　講談社学術文庫
『万葉集』高木市之助他校注　日本古典文学大系　岩波書店
『古今和歌集』窪田章一郎校注　角川文庫
『和泉式部集　和泉式部続集』清水文雄校注　岩波文庫
『篁物語』遠藤嘉基校注　日本古典文学大系　岩波書店
『江談證注』川口久雄、奈良正一　勉誠社
『今昔物語集』山田孝雄他校注　日本古典文学大系　岩波書店
『古今著聞集』中島悦次校注　角川文庫
『古事談』小林保治校注　現代思潮社
『東関紀行』大曾根章介、久保田淳校訂「中世日記紀行集」新日本古典文学大系　岩波書店
『野守』横道万里雄、面章校注「謡曲集」日本古典文学大系　岩波書店
『熊野』小山弘志他校注・訳「謡曲集」日本古典文学全集　小学館
『満仲』麻原美子、北原保雄校注「舞の本」新日本古典文学大系　岩波書店
『冨士の人穴草子』横山重、松本隆信編「室町時代物語大成」角川書店
『大日本法華経験記』『続本朝往生伝』井上光貞、大曾根章介編「往生伝　法華験記」日本思想体系　岩波書店
『山門堂舎記』群書類従
『性空上人伝』群書類従
『全訳吾妻鏡』貴志正造訳注　新人物往来社
『筥根山畧縁起』箱根神社大系　箱根神社社務所
『神道集』近藤喜博校注　角川書店
『神道集』貴志正造訳　東洋文庫
『箱根七湯集』鈴木棠三編「日本名所風俗図会」関東の巻　角川書店
『布橋大灌頂勧進記』『大姥御本尊縁起』「富山県史」富山県
『角川藤仏俲記』『食行身禄三十一日の御巻』村上重良、安丸良夫編「民衆運動の思想」日本思想大系　岩波書店
『奥の細道』潁原退蔵、能勢朝次訳注　日本古典全書　朝日新聞社
幸田露伴『連環記』「露伴全集」第六巻　岩波書店
三島由紀夫『奔馬』新潮社

『六道往還記』あとがき

われわれの生きてゐるのは、現に身を置いてゐる、この世界だけなのか？

このやうな問ひかけは、馬鹿げてゐると、今日では、簡単に退けられさうである。しかし、つい百年ほど前までは、さうでなかつた。じつにさまざまな次元が考へられ、信じられてもゐたのである。生といふものを、人間としてわたしたちが現に身を置いてゐる次元だけに限定して、捉へてはゐなかつたのだ。

ただし、この多様な次元の生が、われわれの前に出現するのは、現在のわたしの生が終はる時である。その時を、死とするが、じつは一休止にすぎず、新たな始まりを迎へるのであつて、その際に、いま言つた多様な次元の生が出現する。仏教は、それを六道として語つて来た。地獄、餓鬼、畜生、修羅、人間、天である。この六つの次元が、改めてわたしの生の可能態となる。すなはち、六道の辻に立つのである。

この六道の辻に立つときこそ、最も迷ひを深くするのだと、仏教は説く。いづれの道を進むかで、苦の質も量も変はるものの、苦であることに変はりなく、神もまた、それを免れない……。

このやうに苦で塗りつぶす点はともかくとして、恐ろしく多元的な生の捉へ方、考へ方自体は、貴重でなからうか。

人間の現在の生ばかりを一元的、一極集中的に考へるのも、悪いことではない。が、多元的、さらには多層的，多軸的、多角的、多時間的に捉へるなら、どうであらう？　いかに貧しい生であらうと、思ひがけない豊かな様相を呈するのではないか。さうなれば、独善的占有的排他的でなく、融和的受容的な態度を採ることも自ずから可能になるのではないか。近代から現代へと世俗化が進むとともに、ますます一元化的思考が支配力を振るうやうになつてゐると思ふが、さうした今日において、生そのものを、思ひ切つて多元的に考へ直すことが、じつはなににもまして必要かもしれない。現に一神教の支配する地域では、惨憺たる衝突が繰り返されてゐるし、一覇権国家が自らを正しいとする合理主義、経済主義を推し進め、世界中を巻き込んで行く様子を見聞きするにつけ、このことを強く思はずにをれない。

さうした状況のなか、わたしたちが現に生きてゐる風土を見回すと、異次元の多様な生とこの世が露はに交差してゐると考へられる場所が、あちらにもこちらにもあるのに気づくのだ。例へば六道の辻である。京都の街中にも、箱根の山中にもある。地獄と呼ばれるところとなると、春日山から立山、箱根など、温泉が噴出する大抵のところにある……。

ただし、かうした場所の少なからぬところが、いまや忘れられやうとしてゐる。それが進歩だと考へる人も多くゐるやうだが、さう考へるのは、自らの現在ばかりを押し立て、豊かさを一元的独善的に考え、他を切り棄てることしかしない人たちであらう。

あまり頑健でもないわたしの足で、とりあへず訪ねることができたのが、ここに採り上げた十の場所である。そして、われわれがついこの間まで生きてゐた多元的、多層的、多軸的、多時間的な世界を、多少は窺ひ見ることができたと思ふ。

その中のかなりの場所には、神仏習合の痕跡が濃厚に残つてゐる。この神仏習合こそ、多元的、多層的、多軸的、多時間的な在り方以外のなにものでもあるまい。わが国の信仰形態として、最も長い歴史を持ちながら、明治以降、近代化の波のなかで、最も粗末、無残に扱われて来た。が、多元性、多層性、多軸性、多時間性を問題にするなら、これほど相応しいものはなからう。

そして、この信仰形態が、多様な文化、信仰がぶつかり合ふ現代にあつて、大きな意味を持つてくると、わたしなどには思はれてくる。

かうした視点もどこかに潜ませた、今日の社寺、霊場の実地見聞の報告なり、その場所にかかはる物語、伝承などを自由に織り込んだ、文字どほりの織物＝テキストとして、ここに収めた文章を読んで頂ければと思ふ。

訊ねた先々で多くの方々に、また、多くの関連文献の恩恵に与かつた。ただし、ここでは直接引用した文献を挙げるのに留めたのをお許しいただきたい。

本稿は、雑誌「日本乃日本人」の平成十年盛夏号（七月）から十三年新春号（一月）まで、断続的に十回にわたつて連載したものに、大幅に加筆、修正したものである。編集担当の安東正夫さんの熱心な依頼によるもので、資料収集でもお世話になつたが、出来上がりは不満足なもので、連載終了後も放置したままであつた。ところがこの春、安東さんの訃報に接して、怠惰を反省、加筆、修正に努めた。

その最中、おうふうの及川篤二さんから出版へのお誘ひを受けた。そして、大学での教へ子吉澤有紀さんの手で、刊行の運びになつたのは思ひがけない成り行きであつた。深く感謝する。

平成十五年　紅葉の鮮やかな晩秋

著者

『天神への道　菅原道真』

はじめに

菅原道真《すがはらみちざね》（承和十二年～延喜三年・八四五～九〇三）は平安朝前期の官僚で、漢詩文に優れ、宇多《うだ》天皇の信任を得て破格の昇進を重ね、醍醐《だいご》天皇の下、右大臣となつて左大臣藤原時平《ときひら》と並んだが、讒言《ざんげん》によつて、大宰権帥《だざいごんのそつ》に左遷され、その地で没した。それからさまざまな凶事、天変地異が続き、道真の怨霊《をんりやう》の祟りとされ、やがて神として祀られた。

簡単に要約すれば、かうなるだらう。

ただし、その漢詩の幾篇かは、いまだに愛唱され、歌も「百人一首」に採られ親しまれてゐる。それとともに、神として祀る社は全国に広がり、一万二千社を数へ、毎年受験期となると参詣者で賑はひ、梅の季節ともなれば、これまた訪れる人が多い。

千百数十年も昔に生きたひとでありながら、驚嘆すべきことである。

さうしてわが国の歴史と文化について考へようとすると、豊かな手掛りを与へてくれる存在である。なにしろ当時は、先進大国の唐が衰亡期に入つた時期に当り、祖父の代からその文物の摂取に努め、その頂点に立つた身でありながら、新たな道筋を探り、やがて『古今集』に実を結ぶ和歌の興隆への道筋を付ける働きもしたのである。ただし、時平との権力闘争に、呆気なく潰され、悲運に沈んだ。

その無念の思ひは如何ばかりであつたらう。その無念の思ひは当人だけではなく、多くの人々、それも以降の長い歴史のなかに生き死にして来た無数の人々のものでもあるのではないか。天神信仰が大きな展開を見せたのも、もつぱらそれゆゑであらう。

筆者は、その無数のひとびとの末端に辛うじて繋る一人として、今日、なほも窺ひ得る道真の足跡と天神信仰なるもののおほよそを捉へてみようと思ひ立つた。さうして各地を訪ね歩き、見聞したことを軸に、現在と過去を往還するとともに、道真の心情、真意に即するため、その詩と歌の多くを引き、注釈を加へる一方、各地の伝承、各社の縁起にも及ぶよう努めた。さうすることによって、従来とやや異なつた天神像が立体的に浮かんで来ればと思つたのである。

この気ままな探索の旅は、京の雑踏から始まる。

一、錦天神《にしきてんじん》と吉祥天女社《きちじやうてんによしや》

新京極通は、けふも賑はつてゐる。修学旅行の学生たちの姿が多い。

年少者向きのけばけばしい安手な商品を店先にぎつしり積み上げたり吊り下げたりしてゐる店が目立つ。京都といひながら、ここばかりは日々露店風の熱気が立ち籠めてゐる。

そのなか、灯の入つた提灯を三段に吊り連ね、その下、両脇に梅鉢紋の提灯が出てゐる一郭がある。繁華さを一際演出してゐる気配だ。

錦天満宮《にしきてんまぐう》であつた。錦天神の名で親しまれてゐる。

西から伸びて来た錦小路が、ここへ突き当る。その鳥居は、境内の手前、新京極通と平行する寺町通との間の狭いところに立ち、笠木の両端を両側の店の建物に食ひ込ませてゐる。

『都名所図会』（安永九年・一七八〇刊）を見ると、当時は広々とした境内を持つてゐたことが分かる。新京極通はなくて、寺町通から脇の溝を小橋で渡り、木戸門を潜ると、境内が広がり、鳥居となる。そして、松や梅が植ゑられ、石灯籠が据ゑられた先に、社殿がゆつたりと桧肌葺《ひはだぶき》の軒を伸ばしてゐるのだ。

しかし、いまは提灯の下を潜ると、鼻の先がさうで、唐破風《からはふ》の要所に飾金具がついた華やかな軒が頭上に覆ひかぶさつてゐる。その窮屈なところに、右に銅製の伏牛、御手洗鉢があり、梅の小木も忘れずに植ゑられてゐる。

御手洗鉢の竹筒から出てゐる水を柄杓で受け、手を洗ひ、口に含む。錦の水と呼ばれてゐるが、京都の街中では意外に良質な水が出るのだ。

傍らから少女の手が伸びてきて、柄杓を取つた。両親らしい男女が後ろにゐる。

社殿の前面全体に金網が張られ、その向う、手が届きさうなところに唐獅子が左右に、少し退いた位置に束帯姿の随身が弓矢を手にして控へてゐる。本来なら楼門に据ゑられるべきものである。

中央正面の白木の段には、酒瓶や菓子箱など供物がずらりと置かれ、奥に御簾の下から、本殿の階段《きざはし》が覗いてゐる。

なんとも狭苦しいが、床はよく拭き込まれ、つやつやしてゐる。

この社がかうなつたのには、紆余曲折がある。菅原道真《すがはらみちざね》が太宰府で没してから九十年ほど後の長保年間（九九九〜一〇〇四）、道真の父是善《これよし》邸にあつた建物を源融《とほる》の六條河原院跡に移し、歓喜寺としたが、その際に道真の霊を祀つた鎮守社を営んだ。それから三百年ほど後の正安元年（一二九九）、歓喜寺が時宗となり、歓喜光寺と改称するとともに、九條忠教が堂塔と鎮守社の社殿を寄進、後伏見天皇が「天満宮」の神号を下した。しかし、天正年間（一五七三〜九二）、豊臣秀吉が都市整備のため社寺を京極に集めたのに従ひ、歓喜光寺もここへ移つて来た。その際に、天満宮の社殿は錦小路の突き当り、現在の地に置かれた。それ以降、錦天神とも錦天満宮とも呼ばれるやうになつたのである。

社寺は創建当初からその場所に、と思ひがちだが、さうではなく、転々と移動する例があるのだ。それとともに宗派を変へ、神と仏の境を越える場合もないではないらしい。長大な歴史を持つてゐると、それだけ輻輳《ふくそう》する。

さらに明治五年（一八七二）には、神仏分離令によつて歓喜光寺は東山五條に移り、天満宮はここに残され、初めて独立した神社となつた。ただし、並んでゐた社寺は軒並み境内を接収され、新京極通が作られた。このあたりはすでに芝居小屋が並ぶ歓楽街の様相を呈してゐたから、それを正式の町並とすべく、京都府が強引に行つたため、社寺は境内のほとんどを奪はれ、建物が建つ敷地や墓地だけといふ有様になつた。

錦天満宮も打つて変はつて、拝殿と本殿の他は、その軒下の僅かばかりの空間となつたのだ。現に右側に細長く社務所、左側には、摂社が並ぶだけである。

明治初期の京の地における宗教政策は、まことに苛酷だつた。それに近隣の住民たちも便乗、奪へるだけの土地を奪つたやうである。天満宮の北には蛸薬師だとか誠心院などがあるが、いづれも恐ろしく窮屈である。殊に歴史のある大寺院の誓願寺がさうで、巨大な本堂の軒下まで小規模な店や住居が迫つてゐる。

しかし、このぎつしり詰まつた状態が、この地をどこよりも熱気のある街にしてゐるのだ。

左側のビルとの間のわづかな空間に、まづは塩竈《しほがま》社があつた。約八十センチ四方の石垣の上に、ミニチュアめいた木造の社殿が据ゑられてゐて、塩竈社と墨書きされた提灯ばかりが通常の大きさで、軒の左右にぶら下がつてゐる。

かつて六條河原院跡にあつた縁から、邸宅の主の源融を祀つてゐるのだ。融は広大な庭園を営み、陸奥の塩竈の風光を移し、実際に難波から海水を運んで池を満たし、塩焼きの煙を上げさせた。そのため、融を祀る社を塩竈神社と称するのだが、かうして錦天満宮の来歴を語つてゐるのである。

その伝説的な人物源融は、道真が頭角を現はした頃、二十三歳年上の左大臣であつた。詩の代作をしたこともある。

その隣が、日之出稲荷神社であつた。塩竃社より一回り大きい朱塗の社殿で、小振りな赤い提灯が前から左右にかけてびつしりと下がつてゐる。この派手さは、人目を驚かすのに十分だ。

それにしてもどうして稲荷社なのだらう。天満宮とどのやうな係りがあるのだらうか。

手を合はせてゐる中年の女性の背をすり抜けて、奥へ行くと、白太夫社《しらだいふ》だつた。白太夫とは太宰府へ流された道真に、影のやうに付き従つた無類に忠実な老人のはずである。それが伝説化され、やがて神格化され、謡曲『道明寺』や浄瑠璃『菅原伝授手習鑑』の「賀の祝」の主人公となつて登場して来る。

その白太夫社は、天満宮の如何なる来歴を語つてゐるのだらう。

突当りの奥には、西向きに銅葺屋根の細長い一棟があり、七社の祠が祀られてゐた。これらがどうしてここに集められてゐるのか、わたしには分からない。取り敢へず、その名をノートに写しとる。

左から、八幡神社、床浦神社、市杵神社……。馴染みの名もあれば、知らないもの、文字を変へただけと思はれるものなどが並んでゐる。

＊

三段重ねの提灯の下を出ると、そのまま真つすぐ進み、笠木を両側の建物の壁に食ひ込ませた鳥居を抜け、寺町通を横ぎると、先は錦小路だつた。

食料品を扱ふさまざまな店が両側につづく。京の台所とも言はれるが、京ならではの野菜を初め、漬物、麩、湯葉、干物など加工食品があるかと思ふと、日本海の鮮魚、めづらしい輸入食材もある。

道が狭く、店先で立ち止まるひとがあると、肩を触れ合はせ、擦り抜けなくてはならない。

かういふ道は、いまやほとんど消えてしまつた。防火だとか安全などを理由に、無機的な街にと変へ、人と人の間を遠ざけてゐるが、この街筋の人たちは、さうしたことには耳を貸さずにゐるのだ。新京極が若者のものなら、こちらは中高年のものである。

その賑ひがいつとはなしに薄れ、やがて消えると、烏丸通《からすまとほり》に出てゐた。

さて、これからどこへ行かうかと、車の流れを見ながらわたしは考へた。

まづは菅原道真の誕生地を訪ねたいと思つてゐるのだが、それがよく分からないのだ。分からない上に、幾つもある。

小野小町も安倍晴明も源義経も、誕生地が幾つもある。歴史上華やかな存在であればあるほど、さういふことになるらしい。その挙句、当の人物がこの現実の地平を軽々と踏み越えるやうなことも起る。桁違ひの才と美貌を兼ね備へたり、蝦夷地ひいては地獄にまで攻め入つたり、神となつたり……。

さうなればなるほど、われわれは彼らをこの地上へと引き据ゑてみたくなるのも自然だらう。わたしがいま、道真の誕生地を踏んでみたいと願ふのも、人としてこの世に生まれながら神となり、今なほ広く信仰を集めてゐるからである。出来ることなら人として生まれたところからの道筋を検証してみたい、と思ふ。この神こそ、仏でもキリスト教やイスラム教の神でもなく、わが国の歴史のなかから生まれた神なのである。

しかし、わたしはどこへ行けばよいのか？　烏丸通をつぎつぎと走り過ぎる自動車を眺めながら、思ひ惑ふ。

が、如何に思ひ惑つてみたところで、結論が出るわけはない。錦天満宮を訪ねたことによつて、すでに伝説化、神格化の領域へ、歴史の迷路へなにほどか踏み込んでしまつてゐるらしいのだ。だからこそ、このわが身を運んで、この地上の一地点を訪ねることが肝要なのだが、その地上の一地点が、幾つもある。

指を折つてみる。五ヶ所ある。

まづは現在の大阪府藤井寺市道明寺土師《はじ》の里あたりである。陵墓の造営、埴輪など土器の製作に携はつた土師氏の拠点だが、菅原氏はもともと土師氏であつた。

次いで奈良市西ノ京旧菅原町である。都が平城京に移ると、仏教が普及して葬送儀礼も大きく変化、一族は陵墓の造営から離れ、大陸からの文物の摂取と学問を職務とするやうになつたので、道真の曾祖父古人《ふるひと》が、改姓を願ひ出て、居住地名を姓とし、菅原と名乗つた。いまも菅原神社があり、道真が生まれたといふ伝承がある。

そして、長岡遷都が計画されると、桂川対岸の地を桓武天皇から古人が賜はつた。現在の京都市南区吉祥院政所《まんどころ》町一帯である。長岡遷都は中止、平安遷都となると、平安京域をわづか南西に外れたところとなつたから、そのまま菅原家の本拠とし、祖父の清公《きよきみ》が氏寺の吉祥院建立、父是善が生まれ育つた。子の道真もさうであつたと主張されてゐる。

後二つは、平安京内の、是善が成人してから住んだとされる所である。上京区烏丸通下立売り（菅原院天満宮がある）と下京区仏光寺通新町（菅大臣神社がある）である。

これらのうちの、どこへであらう？

＊

あれこれと考へあぐねて、地下鉄への階段を降りた。

京都駅で降りると、東海道線大阪行の普通電車に乗り換へる。取り敢へず祖父清公が本拠と定めた土地を訪ねることにしたのである。

左手に、東寺の五重塔が見え、それが過ぎると、工場らしい建物が見え始める。すると、もう西大路駅である。下車する。

西大路通はトラックが多い。その歩道を南へ歩く。

すぐ九條通に出た。かつて平安京の南端を区切つてゐた大路である。ただし、いまは少し南へずれてゐるらしい。

交差点を越えようと陸橋の階段を上がる。そしてあたりを見ていきなり別の世界へ迷ひ込んだ思ひになつた。九條通が西南へ大きく曲がり、西大路通（西堀川小路にほぼ重なる）は南東へ向つてゐる。平安京は東西南北に整然と道が真直ぐに伸び、直角に交叉し、今日もほぼそのとほりのはずではないか。ところが四十度近くも斜めに歪んでゐるのだ。

鞄から地図を取り出して、見た。確かに現に目にしてゐるとほりであつた。このあたりばかり大きな力で強引に捩《よじ》られたやうになつてゐるのだ。そして、西大路通の右側の家並の背後の西高瀬川も、同様である。

その川の流路は古く北野天満宮の西脇から南へと真直ぐに流れ下る天神川（紙屋川・西高瀬川）とひとつながりで、下流は桂川と鴨川の合流点に至つてゐたはずなのだ。

ところがいまは天神川と結ばれてゐない。天神川は二條あたりで西へ逸れ、京域の外へ出てから南流、桂川に流入してゐる。そして、四、五條あたりからの細い流れを集めて現はれた西高瀬川が東南方向へ向ひ、ここより少し先で南へ転じ、合流点に至つてゐる。

もともと天神川は、左京（東京）の堀川に対して、右京（西京）を南北に貫く水路として設けられ、西堀川と呼ばれてゐた。そして、それぞれ七條の北に西市と東市がそれぞれ設けられてゐた。言つてみれば、平安京の都市機能を担ふ幹線水路だつたのである。ところが堀川が、いまも御池通のあたりまで残つてゐるのに対して、こちらは大きく外れ、途切れてしまつたのだ。氾濫を繰り返し、流路を変へた末のことである。

陸橋を渡り、西大路通を歩きだしたが、方角が大きく変はつてゐると知つたためか、足取りがふらつくやうな感覚を覚える。

＊

十條通（平安京の南端）と結ばれる手前で、右へ入る。すぐ西高瀬川で、人一人通ることができるだけの細い橋が架かつてゐた。名は御幸《みゆき》橋とある。天仁二年（一一〇九）、道真公二百年御忌に際して鳥羽天皇が行幸したことに拠るのであらう。

川幅は十数メートルほどだが、川床はコンクリートで固められ、中央に作られた溝をわづかな水が流れてゐる。水防工事を繰り返した末、行き着いたのがこの状態なのであらう。川ごとあらぬ方を向いてゐて、北野あたりの水は届いてゐないのだ。さうして対岸の堤防の向う側だが、ひどく低くて、川底よりも明らかに下である。

右京が早々に衰微、農地化したのも、このためだらう。

堤防の上からは展望が利いた。手前は松林で、その向うは広々とした平地で、社殿らしいものは見当たらない。西の彼方には桂川が南流してゐるのだらう。

石段を降りると、石の鳥居があつた。しかし、神社名を示すものも、参道らしいものもない。

寛元元年（一二四三）七月、天神川（西高瀬川）が氾濫すると、一夜にして一帯に小松が群生、社殿の流失を防いだといふ伝承を、思ひ出した。このあたりは、間違ひなく繰り返し水を被つて来てゐるのだ。

　しかし、水運には恵まれた要衝の地であつたのも確かである。桂川、鴨川に近く、巨椋《おぐら》池を介して宇治川、木津川により大和、そして、淀川によつて難波から瀬戸海にも繋がり、全国各地と繋がつてゐた。だから長岡遷都に際しては造営基地となつただらうし、平安京に変はると、そのまま平安京造営の基地となつたはずだ。

　曾祖父古人が長岡遷都に際してこの地を与へられたのは、その造営においての役割を期待されてのことであつたらう。もつとも現在分かつてゐるところでは、学業に秀で、侍読を勤めた清廉のひとで、大規模工事の一端を担つたとは考へにくい。しかし、場所が場所であるし、土師氏は、陵墓の建設など大規模な土木工事に携はつて来た家柄であつた。

　その跡を継いだのが清公で、文章生としてスタート、延暦二十三年（八〇四）には遣唐使に選ばれ、最澄《さいちよう》、空海、橘　逸勢《たちばなのはやなり》らとともに海を渡り、唐の政治の在り様、都長安の都市構造、風俗まで見て来て、嵯峨《さが》天皇の下、各宮殿などの名称から、儀式、衣服まで唐風に改める上で、大きな役割を果したと言ふ。平安時代を作り上げる総合プロデューサー的な人物だつたのだ。

　松林を抜けると、空地が開けた。ひどく広い。

向うに楠の大木があり、その陰に唐破風の軒を持つ建物が見えた。吉祥院天満宮であつた。境内の広さに較べると、ささやかである。左手遠く離れて、石の鳥居がある。そちらが正式の参道らしい。

　社殿の方へ行きかけて、右手に、古色を帯びた寄棟の御堂があるのに気づいた。頂に宝珠が乗り、床縁に欄干を巡らした、立派な寺院建築である。正面軒下には丸型の大きな提灯が下がつてゐて、

「吉祥天女《きちじやうてんによ》」と墨書きされてゐる。

　清公が建てた氏寺であつた。

　社伝によると、遣唐使として唐へ向ふ途中、にはかに暴風雨となり、転覆沈没の危機に見舞はれた。そこで同船の最澄とともに吉祥天女に祈願したところ、たちまち吉祥天女が空中に現はれ、風雨が静まつた。さうして無事に渡航、任務を果たすことが出来たので、帰国すると、清公は自ら吉祥天女の像を刻み、大同三年（八〇八）、ここにあつた自邸の庭に一堂を建立、像を安置、最澄にはかつて開眼供養を行ひ、吉祥院とし、国家鎮護、菅家守護の本尊としたといふ。

　多分、吉祥天女のための単独の御堂として、わが国で最初のものであらう。その像の作者は最澄（伝教大師）とするのが多いが、伝承上のこと、拘る必要はあるまい。

　それ以降、清公は毎年十月、ここで吉祥悔過《けくわ》（吉祥天女を祀り、罪過を懺悔し、国家の安穏、五穀豊饒を祈願する法会）を修し、清公の没後は子の是善が、清公の命日にこの法会を行ひ、その跡を道真が継いで、是善の一周忌には大勢の僧を招いて法華八講（法華経八巻を朝夕に一巻づつ四日間、八人の講師が読誦、供養する法会）をおこなひ、自らの五十歳の賀もここで催した。

　このやうにここは菅原家にとつて要の場所だつたのである。だからこの御堂は再三、流出・焼失しても、その度に再建され、現在は江戸時代中期のものとのことである。

　しかし、周囲には楠木のほか木々も石もなく、ぽつねんと建つてゐる。度重なる洪水が、押し流したのだらう。

　近づいて行くと、「吉祥天女」の下に「社」の字があるのが見えて来た。膨らんだ提灯の底になつて、目に入らなかつたのだ。しかし、なぜ「吉祥天女社」なのだらう。多分、吉祥院天満宮のなかの一社殿といふかたちを採る必要があつたからであらう。

正面の階を上がり、振り返る。と、抜けて来た松林がややまばらになつた左寄りのところに、板塀に小さく囲まれた一角があつて、そこに「菅公胞衣塚」と書かれた標識が立つてゐた。

社伝によれば、道真もここで生まれ育ち、十八歳で文章生に合格するまで住んでゐたことになつてゐるのだ。

その傍らまで行き、板塀の隙間から中を覗く。

砂利が敷かれ、中央に自然石が半分頭を出してゐる。その下に、道真の胞衣が埋められてゐるといふのであらう。誕生地であるなによりの証拠といふわけである。社伝によれば、道真はここで生まれ育ち、十八歳で文章生に合格するまで住んでゐたと言ふ。

本殿の前には、石灯籠と狛犬が据ゑられ、短いながら石畳の参道もあつた。右手には「硯之水」と刻まれた硯型の石が立ち、背後に自然石を刳り抜いた御手洗鉢がある。いづれも真新しく、天満宮としての道具立てを揃へようとしてゐるのが見てとれる。本殿も新しい。

この天満宮は、水害の被害ばかりか、近世初頭、豊臣秀吉に領地を没収されるなど、苦難を強いられて来てゐるのだ。それでも入学も間近からしい男の子がポーズを取り、母親が写真を撮つてゐる。もう一組、赤ん坊を抱いた若い夫婦が佇んでゐる。

社務所でパンフレットを貰ふと、初宮詣には本殿に参つた後、菅公胞衣塚へ寄り、赤ん坊の鼻をつまんで泣かせ、成長を祈る風習があると書かれてゐる。この親子もさうするのだらうか。

パンフレットには、道真没後、三十一年目の承平四年（九三四）、朱雀天皇の勅命により創建された最初の天満宮であるとあつた。

最初の創建を主張する天満宮が幾つもあり、簡単には信じられないが、ここは菅原家の本拠であつたから、早々に位牌を安置するやうなことはあつたらう。そして治暦二年（一〇六六）三月二十八日、天神堂が造営され、道真の廟が営まれたのは、確かなやうである。さうして鳥羽天皇を迎へるまでになつたのだが、しかし、その名残は、いまでは御幸橋の名だけらしい。

社殿の右手に摂社がひとまとめにされてゐた。一棟が五つに仕切られ、白太夫社、松梅社などと扁額が出てゐる。天満宮では松と梅の奇瑞《きずい》がよく語られるが、ここではそれを一纏めにして、松梅社にしてあるらしい。

反対側に回ると、やはり稲荷社があつた。赤い幡が賑やかである。

東山の連なりへ目をやると、ほぼ真東に、伏見の稲荷山が望まれた。

大鳥居を出て、西高瀬川の方へ戻ると、途中にもう一基、立派な石の鳥居があり、傍らに「産湯の井跡」の石標があつた。このやうにして生誕地であることを主張してゐるのだらうが、なぜ「跡」なのであらう。

その道の反対側には、苔蒸した石の四角な古井戸があり、鑑《かがみ》の井と表示されてゐた。業平だとか小町の井戸があちこちにあるが、それらは麗しい容色に係はる。道真の場合は朝廷に仕へる者として威儀を正し、立ち居振る舞ひも他の人々の手本となるべく務めたことを言つてゐるのかもしれない。

隣接して、木造の洋館があつた。白塗のささやかな一棟である。

立ち止まつて眺めてゐると、平安初期と明治初期とが、重なつて来るやうに思はれた。

なにしろ清公、是善と二代にわたつて政府から唐へ留学生として派遣され、帰国後は第一線で活躍したが、清公は、儀礼や衣服などの唐風推進に大きな役割を果たしたのである。多分、明治の鹿鳴館時代にも比すべき時代だつたのである。その後を受け継いだ父を経て、道真が登場したのだ。さうした在りやうが、道真の歩む道にどのやうな影を落としただらう。

ドアを排して典雅な洋装のひとが出てくるかもしれないなと、わたしはしばらく立つてゐたが、人影のさすことはなかつた。

二、権者《ごんじゃ》の化現《けげん》……

けふは京都駅から地下鉄に乗ると、北へ向つた。

丸太町で下車して地上に出たのは、烏丸通も御所の向ひ側、北西の角であつた。塀を巡らしたタイル貼りの古風な洋館がある。老舗の百貨店が戦前に建てたものだ。京都には、かういふ建物が意外に残つてゐる。

烏丸通の歩道を北へ歩く。右側には御所の鬱蒼とした繁みがつづく。

先方に煉瓦の建物が見えて来た。イギリス国教会が明治に建てた教会である。いはゆる煉瓦色ではなく濃い褐色で、継ぎ目の白漆喰が目立つ。

その手前、玉垣で囲はれた一劃があり、鳥居があつた。

石柱に、御誕生旧跡と角書きして「菅原院天満宮神社」とある。道真の祖父清公と父是善《これよし》の邸宅だつたとされるところである。

鳥居を入ると、境内は意外に狭い。すぐに石段が三段あり、それを上がると、右手が社殿である。格子型に組まれた素通しの板垣に囲はれて、小振りだが、規矩形正しい気配を漂はせてゐる。

父是善と道真の霊が祀られてゐるのだ。

その社殿左側に、やはり小さいながら稲荷があつた。反対側の板垣に添つて石段を下りると、社務所があり、軒下に「菅公御初湯の井」とが刻まれた石標が立ち、自然石の石組みの井戸があつた。胞衣塚もあるのかなと見回したが、それは見当たらない。

道真が誕生したのは承和《じようわ》十二年（八四五）、不確かだが六月二十五日、現在の暦に換算して八月三日であつたとされてゐる。父の是善が三十四歳、三年前に没した祖父の清公の後を襲つて、文章博士になつたばかりであつた。三男であつたが、成人したのは道真ひとりで、この時点で既に兄たちは亡くなつてゐたかもしれない。

この場所で間違ひなく誕生したのだらうか。道明寺や奈良菅原町、そして吉祥院よりも可能性は高いやうだが、これから訪ねる予定の菅大臣社の方がより確かかもしれない。ただし当時は、母親が親許で出産するのが一般的であつた。

また、伝記資料としても信頼できるらしい『北野天神縁起』（幾種もあり最も古いのが建久本、建久五年・一一九四成立か）には、不思議なことが書かれてゐるのだ。以下、断らない限り、建久本を定本とし欠落部を建保本で補つた本文（『社寺縁起』日本思想大系20）から引用する。

菅原是善邸の、掃き清められ余人の立ち入ることがない寝殿の南庭でのこと、

五六歳許りなるおさなき小児のあそびありき給ける

不思議に思つた是善がよくよく見ると、「容顔体皃《たいぼう》たゞ人にはあらず」と思はれた。

「君はいづれの家の子男ぞ。何によりてか来り遊び給ふ」

かう問ひかけると、

「させるさだめたる居所もなく、又父もなく母もなし」

さう答へたのだ。その上で、

「相公《しやうこう》を父とせんとぞ思ひ侍る」

子が自らの父母として是善夫妻を選ぶなどと言ふことがあり得るだらうか？　ところが道真はさうだつた、と言ふのである。

絵巻としては最古の承久本（承久元年・一二一九成立か。『北野天神縁起』続日本の絵巻15）を見ると、人や牛が賑やかに行き来してゐる大路に面して、弓を手にした随身たちが控へ、束帯姿の人々も見える邸宅の、渡廊を隔てた奥の寝殿で、烏帽子姿の男が、広い簀子に座つた振り分け髪の童と向き合つてゐる。折から庭の桜は満開である。先に誕生は六月らしいと記したが、それとは違つてゐる。

夫婦は大喜びして、その子を「かきいだきかきなで」、わが子として育てた。

かなり早い時点から、道真の出生はかういふふうに捉へられ、語られ、描かれて来てゐるのである。確かに清公、是善と二代続いて文章博士を出した菅原家にとつて、殊に二児を続けて失つた後であつたから、この上ない授かりものであつた。

絵の方では、時代が少し下がると、寝殿ではなく庭の桜の木の許に、烏帽子姿の男と童が向き合つて立つてゐて、次の画面では、男が幼童を抱いて立つてゐる。

この時点を承和十二年とすると、道真の実際の年齢は二、三歳上といふことにならう。しかし、誰もさうは考へず、その時点をあくまで一歳として数へてゐる。不審と言へば不審だが、いまの引用の前に、じつはかういふ一節がある。


あはれ目出たかりける権者《ごんじや》の化現《けげん》かな。


「権者」とは、如来または深位の菩薩が、この世の衆生を救ふため、仮の姿をとつて出現した在り方を言ひ、「化現」もまた、神仏などが姿を変へてこの世に現はれることを言ふ語である。この二つの語を重ねて、尋常ならざる存在であることを強調してゐるのだ。

それでもつて誕生と言へるかどうか疑問が出さうだが、釈迦は生まれるやいなや天上天下を指さし、イエス・キリストは馬小屋で生まれたのにかかはらず東方から博士たちがやつて来て礼拝した。また、道真より後の安倍晴明は狐の子であり、お伽噺の主人公たちとなると、桃のなかからとか、竹のなかから生まれた、と言ふことになつてゐる。

時代が下つて慶安元年（一六四八）の刊本『天神本地』となると、「すがた、かたち、うつくしくして、たゞ人にはあらず、天人、聖衆の、化現かとぞ、見えたまひける」（適当に仮名を漢字とした）と、念を入れてゐる。

この「権者」とか「化現」と言ふ語は、古代から中世に至つて一段と発達した垂迹思想に拠るものだが、古来からわが国では神霊が幼童の姿をとつて出現するといふ信仰が根強くある。天神信仰の生成を考へる上で見逃せないことの一つである。

ただし、そうなると、産湯の井とか胞衣塚はどうなるのか。在るはずがなく、誕生地を尋ねること自体、無意味になる。

しかし、いかなる人間であれ、人間である以上、一個の生身をもつて、一回限り、特定の一時点、特定の一場所、特定の親の許に、生を受ける。そして、それがその者の生涯の始まりでなくてはならないのだ。

じつはかういふ思想――当たり前過ぎる思想を、産湯の井や胞衣塚を設けた人たちが、縁起やお伽話の作者に対して、突き付けるのだ。もつとも真正面から「化現」を否定するわけではなく、形あるモノでもつて、無言のうちにである。

わたしは産湯の井に近寄り、その石組を撫でた。少なからぬ努力をもつてこれを作つた人たちの営為に、なにかしら共感を覚えるのだ。

＊

社殿の前に戻ると、右端に胸ほどの高さの石柱が立つてゐるのに気づいた。「菅公聖蹟廿五拝／第壹番」と角書きして「菅原院天満宮宝前」とある。側面には願主として、松浦武四郎の名が刻まれてゐた。

松浦武四郎とは、蝦夷地《えぞち》探検で知られる人である。その名がどうしてここに、と思つたが、菅原道真を尊崇、明治十七年（一八八四）から二十年にかけて、多数あつた天満宮のなかから、道真が足跡を刻んだと信じられるところを二十五ケ所選び、一社々々訪ね、石標を建て、銅鏡を奉納して巡り歩いた。その際にここを第壹番としたのは、誕生地と信じたからであるのは言ふまでもあるまい。

道真を祭神とする社は、江戸時代に入ると、徳川幕府の文治政策もあつて、一段と増加、それを巡り歩いて参拝することが行はれたらしい。元禄十二年（一六九九）には、「洛陽七天神詣」と称して、京の北野、水火天神、北野奥院、綱敷天神、吉祥院、東寺、菅大臣の各天満宮を巡拝したのが知られてゐる。そこに菅原院は入つてゐないが、文政六年（一八二三）正月の「洛陽天満宮廿五社順拝」には、第九番として入つてゐる。それを受けて、新たに北九州の太宰府まで広げたのが、この廿五拝であつた。かなりの資金と労力、時間のかかる、容易でない事業であつたらう。蝦夷地の探検家でなくてはできないことである。

この事業に着手するとともに松浦は、「菅公聖蹟二十五霊社順拝雙六」なるものを作り、配布してゐる。人気を呼んだらしくわたしの手許にも、新聞社が正月付録として配布した変形版があるが、確かに順拝には雙六がよく似合ふ。ここが振り出しで、第二番は錦天満宮、第三番菅大臣神社、第四番吉祥院天満宮である。錦と吉祥院はすでに訪ねた。菅大臣社はこれから行くつもりである。

竹箒を手にした白衣に白袴のひとがやつて来たので、石標について尋ねると、石標の側面をなぞりながら読み上げ、

「この松浦武四郎先生が奉納した鏡もありますよ」

と言ふ。そして、口調を改め、

「ここは道真の父是善の邸宅、菅原院があつたところで、道真の誕生地と考へられてゐます」

と社について説明してくれる。誕生地と言ひ切らず、考へられてゐます、と控へめな言ひ方をするのに誘はれて、不躾かなと思ひながら、ここを生誕地とするのは「俗説」と退ける研究者がゐますがと、問ふと、

「ええ、さうお考への方もをられます」

　穏やかに応じて、

「ただし、道真公がお亡くなりになつてから間もなく、ここにあつた邸宅を歓喜寺といふお寺にして、道真公をお祀りしてゐたのは確かですし、北野天満宮が出来てからは、しばらくの間、御旅所とされ、神輿が据ゑられました。鎌倉時代も文永六年（一二六九）の記録にあるさうです」

　生誕地であるかどうかは不確かであるとしても、道真と深い係りがあつたのは疑ひないのだ。少なくとも七百五十余年以前から、世の人々はさう認めて来てゐるのである。

　ご神体は何ですか、とまた無遠慮に尋ねた。天満宮の場合、道真の彫像だつたり絵姿であつたりすることがあり得るからである。

「いやあ、それは知らないんですよ。先々代からわたしまで、三代にわたつて、拝見したことがないんです」

　驚いて問ひ返すと、

「必要のない限り、本殿は開けませんから」

　さう答へて、

「二、三年先には改修をしますので、その時には開けますから、分かるはずですが」

　さう穏やかに答へる神主の顔を、わたしはまじまじと見ずにをれなかつた。ご神体が具体的にどのやうなモノであるか、代々知らずにゐながら、営々と祭祀を執り行ひつづけて来てゐるのである。

　多分、ご神体がどのやうなモノであるか、本質的な問題ではないのだ。それでゐて、ご神体を尊重しないわけでは決してない。改修に際しては、定められたさまざまな儀式を荘重に執り行つた上で、取り出すはずである。さうしながらも、そのモノ自体に拘ることがない。そのやうなところに身を置きつづけて、踏み外すことのないのは至難の業であらう。少なくともキリスト教やイスラム教では偶像崇拝をめぐつて、激しい争ひが繰り広げられて来た歴史がある。天神信仰は、神道にあつて比較的図像と係りを持つ方だが、それでも囚はれることはないらしい。かうした在り方は、珍しくも貴いもののやうに思はれて、頭を下げた。

＊

丸太町の交差点へ引き返すと、また地下鉄への階段を降りた。そして、南へ二駅行つた四條で降り、南端の階段を上つた。

さうして烏丸通を西へ、仏光寺通へ折れた。

左側に瓦屋根の大きな家があり、その脇に、「与謝蕪村《よさぶそん》終焉の地」と出てゐた。町家を復元したらしいその家の中では、呉服の展示会が開かれてゐて、華やかな色彩が溢れてゐる。およそ蕪村終焉の地とは似つかはしくないやうだが、晩年に描いた雪の下に静まる夜の京の家々の中は、かういふ色彩が隠されてゐたかもしれないなと思ふ。

それとともに、蕪村もまた出生がよく分からぬひとであつたのを思ひ出した。ただし、低い身分だつたからで、何者かの「化現」といふわけではなかつた。だから、同じやうに考へることはできないが、七百年余を隔ててこの二人の詩人を繋ぐ糸が、どこかにあるのではないか、と漠然と考へる。

道真の場合は、れつきとした学者の三代目で、自ら編纂した漢詩文集『菅家文草』と『菅家後集』によつて、その生涯のおほよそを知ることができる。かうした例は、他にはない。

その『菅家文草』の巻頭に、十一歳の時に作つた漢詩が掲げられてゐる。「月夜ニ梅花ヲ見ル」と題された五言絶句で、これをもつて詩人としてスタートしたと、自ら捉へてゐたのであらう。「時ニ十一歳。厳君（父）、田進士（島田忠臣《ただおみ》）ヲシテ之ヲ試ミシム。予、始メテ詩ヲ言フ。故ニ篇首ニ載ス」と、自ら注記してゐる。

『北野天神縁起』にはかうある。

生年十一歳になり給ひては、相公（父）、「試《こころみ》に詩やつくり給つべき」と仰られければ、こと葉もおはらぬに、

たちどころに詠んだ、と。当の漢詩も掲げられてゐる。川口久雄校注『菅家文草　菅家後集』（日本古典文学大系72）から引用する。以下多くは同書による。

月耀如晴雪　　月ノ耀《ひかり》ハ晴レタル雪ノ如シ
梅花似照星　　梅花ハ照レル星ニ似タリ
可憐金鏡転　　憐ムベシ　金鏡《きんきやう》ノ転《めぐ》リテ
庭上玉房馨　　庭上ニ玉房《ぎよくぼう》ノ馨《かほ》レルコトヲ

川口久雄の解説によれば、平仄も完璧に整ひ、月光を晴れた空の下の雪、梅花を満天の星、月輪を黄金の鏡と比喩を連ね、実際の情景を写すのではなく、別次元の美的世界を出現させようとする唯美的耽美的な志向が強い、と言ふ。これがそのまま道真の漢詩全体の特色と言つてよいやうである。

それとともに、この時から、梅がこの人物にとつて特別な花となつた。この花木は、大陸から輸入され、大陸文化の象徴となつてをり、その受容の代表者として道真は人生を歩み出したのである。

なほ、島田忠臣は父の門人で、すでに漢詩人として名高かく、是善の意向によつて道真の教育・指導に当つただけでなく、元服後は娘宣来子《のぶきこ》を嫁がせ、岳父として、なにかと相談に乗つた。

蕪村終焉の地から先へ二、三百メートルほども行くと、右側に小路が口を開けてゐて、その角の低い石柱に「紅梅殿社」とあつた。

覗くと、家々が窮屈さうに両側に並んだ奥正面に、鳥居と反りのある屋根の建物が見えた。

まづはこちらからと思ひ、その小路へ踏み入る。道幅の与へる印象は意外に強く、狭いだけ街区の内側へと入り込んで行くやうな感じがする。

小ぶりな石の鳥居には、「北菅大臣社」と書かれた扁額が挙がつてをり、両側に石灯籠が据ゑられ、半歩踏み込んだところに木戸がある。その先、手の届きさうな距離に、隣接する民家の半ばに足りない、大きめの祠と言つた程度の社殿がある。

是善を祀つてをり、菅家の学問所であつた菅家廊下がこのあたりにあつたと伝へられてゐる。道真は十五歳で元服すると、いまも記したやうに五歳下の島田忠臣の娘宣来子を妻とし、ここで父の門人たちと一緒に、本格的に勉学に励んだのだ。

小路は社殿の正面で左へ折れるが、隣は個人の学習塾であつた。こどもたちの声が聞こえないのは、まだ学校が終つてゐないからだらう。その先で緩やかな下り坂になり、四、五十メートルほども行くと、公園に出た。

公園の広場から振り返ると、社殿裏のあたりに小高な繁みがある。菅家廊下は「山陰亭」とも呼ばれたが、その小山かもしれない。元服し、妻を迎へたといつてもまだ少年と言つてよく、勉学の合間には、詩なり作文を案じて、このあたりを逍遙したらう。

後年、近所になつた蕪村もやつて来たに違ひない。

道真は父から毎月、七言十韻詩を課され、島田忠臣の指導を受け、作詩に勉学に励んだ。その甲斐あつて、貞観四年（八六二）、十八歳といふ異例の若さで試験に及第、文章生《もんじやうしやう》となつた。

その年九月には、初めて殿上の重陽《ちようやう》の詩宴に侍して、詩を奉つた。

また、仏典の理解においても抜きん出て、四年後の貞観八年（八六六）のこととして『北野天神縁起』が次のやうな逸話を伝へてゐる。

最澄が叡山に大乗戒壇院の開設を企て、「顕戒論」を著して各方面に働きかけたが、南都諸宗の認めるところとならず、没後になつてやうやく実現した。その説く論を整備すべく円仁が「顕揚大戒論」の撰進に努めたが、半ばで亡くなつた。そこで当時の座主安慧が遺志を継いで完成させた上、序文を是善に求めた。その著作を読んだ是善は、「此の文は朝家の枢鍵《すうけん》なり。衆生の依拠なり」と価値の大きさを認めると、自分ではなく、「我子なりとも、この君にこそかゝせ奉らめ」と、まだ二十二歳の文章生に過ぎない道真に書かせた……。

父をもすでに凌駕するに至つてゐたのだ。『北野天神縁起』はかう記す。

あはれ目出かりける権者の内外の利益かな。

その翌年には、文章得業生に選ばれ、正六位下に叙せられ、任地に赴くのを免除された遙授《えうじゆ》の地方官、下野権少掾《しもつけのごんしようじよう》に任じられた。これにより官吏登用の国家試験で最高の方略試《はうりやくし》を受ける資格を得て、準備に入つた。

＊

小路を戻つて、仏光寺通を先へ行くと、すぐ左側に鳥居があり、傍らに、菅大臣神社の石柱が立つてゐた。ただし、参道の右片側にはごく普通の住宅が門を構へずに並んでゐて、ちよつと見慣れない風景である。

立ち止まつたものの、行き過ぎる。境内は広く、正面は西側の西洞院通のはずだからである。

先の角を南へ折れると、通にはビルが建ち並んでゐて、その間に、先程よりも立派な石の鳥居が、両脇に短いながら玉垣を備へて立つてゐた。

石畳の参道を採ると、両側のビルが頭上から覆ひかぶさつて来て、正面向うの二ノ鳥居と社殿が奇妙に遠く感じられる。

その狭間を抜けると、白木の本格的だが小振りな稲荷社が左側にあり、次いで、瓦葺の上屋を持つ御手洗となる。右側は社務所である。

立ち止まり、あたりを見回してゐると、歌声が聞こえて来た。

この子の七つのお祝ひに

さうして正面左側から、乳母車を押して若い女が姿を現はした。先刻わたしが通り過ぎた北側の鳥居から入つて来たのだ。

近所の氏子の一家のひとりかな、と見たが、社殿に頭を下げることもなく、のびやかな足取りで鳥居前を横切る。わたしの方へちらつと視線を投げると、一瞬、照れたやうな表情を浮かべたが、歌はやめない。

お札を納めに……

南側の高辻通へ抜けて行く。その後姿を見送りながら、どうしてこの後の歌詞は、かう締めくくれるのだらうと考へた。「……行きはよいよい　帰りは怖い／怖いながらも　通りやんせ」

怖いは、こはい、強い、固い、厳しいなどの意もあるのだらうが、やはり恐怖すべきといふ意が中心だらう。思はずわたしは自分が入つて来た参道を振り返つた。そちらからも乳母車を押して若い女が歌ひながらやつて来るやうに思はれたのだ。

二ノ鳥居を潜る。

左右に、伏牛の像が据ゑられ、梅が植ゑられてゐる。花が残つてゐて、白梅だと知れた。こちらは紅梅社に対して、白梅社とも呼ばれてゐるのだ。

次いで福部社と白太夫社が右、老松社と火御子社が左にあつて、正面に唐風破の軒を持つ拝殿があつた。下鴨神社の旧殿（文久三年・一八六三建造）を、明治に移築したものとのことで、どことなく雅びさを漂はせてゐる。

鰐口を鳴らす。

もともと天満天神は学問の神などではなく、恐るべき崇り神であつた。そのことを忘れるな、と童歌は告げてゐるのだらうか。道真が栄誉の末に如何に苛酷な運命を課せられ、如何に激しい怒りの炎を燃ゑ上がらせたか、よくよく思ひ知れ、と告げてゐるのだらうか。

貞観《ぢやうぐわん》十二年（八七〇）、陸奥の国を大地震と大津波が襲つた翌年だが、その春の、文章博士都良香《みやこのよしか》邸の庭が浮かぶ。築山の陰に的を置いただけの、掃き清められた庭で、門下生たちが弓に興じてゐるところへ、道真が通りかかつたのだ。『北野天神縁起』からだが、目ざとくその姿を見つけた門下生がかう声をかけた。

「御弓射させ給ひてんや」

道真は家の戸を閉じて机に向ひ、書を読み、文を作るばかりで、弓を射ることなどしてゐないはず、恥を掻かせてやらうと彼らは考へたのである。いつも後塵を拝してゐたから、絶好の機会であつた。

すると道真は、素直に邸内に入つて来ると、弓場に立つた。そして、無造作に弓に矢を番《つが》へた。人々は驚いた。誰よりも見事な姿勢であつたからである。唐の弓の名人と伝へられる養由《やういう》を目の前にするかのやうであつたと言ふ。

さうして、放つと、矢は過たず的の真中を射貫いた。

つづけていま一度射たが、的を外すことはなかつた。

屋敷の奥から主の都良香も出て来て眺めてゐたが、並み居る人々は、感嘆の声をあげるばかりであつた。

この場面は、絵巻でも大きく扱はれてゐて、片肌脱ぎになつた白面の若者が、力を入れるとも見えず、しかし、紺の袴の両足ばかりはしつかりと踏まへ、弦を引き、的を狙つてゐる。回りでは、通りがかりらしい衣をかついだ女たちまでが見守つてゐる。

このやうに道真は、実際に弓に巧みであつたかどうか。幼い時は身体が弱く、しばしば生死を危ぶまれることもあつたといふから、かういふことがあつたとは考へにくいし、縁起類以外では見当らない記述である。

しかし、釈迦伝の『過去現在因果経』や聖徳太子伝の『聖徳太子絵伝』には、この弓技の場面が描かれてゐるのだ。そのことを指摘した上で、『聖徳太子絵伝』が聖徳太子を釈迦になぞらへて扱つたやうに、天神縁起では、道真を釈迦なり聖徳太子になぞらへてゐると笠井昌昭氏が指摘（『天神縁起の歴史』）してゐるが、なるほど、さう考へるべきかもしれない。尋常の人ではなく、何事であれ卓越した、釈迦や聖徳太子に準ずる「権者」の「化現」とでも言ふほかない人だつたのである。

このことがあつた直後の三月二十三日、道真は方略試を受けた。そして、見事に合格した。数へで二十六歳であつた。試験官は都良香であつた。当の試験官邸へ受験直前に入り込んで弓を引くやうなことがあつたとは思はれないから、回答の的確さを喩へたのかもしれない。

かうして九月には正六位上に叙せられ、翌貞観十三年（八七一）一月に、治部省《ちぶしやう》所管の玄蕃助《げんばのすけ》（寺院や外国使節の接待担当役所の次官）、ついで少内記《しようないき》（外交文書の起草など担当）に任じられた。

平安王朝における高級官僚として、順調に歩み始めたのである。早々に、太政大臣藤原良房のため文を草するやうなこともあつた。

さうして貞観十四年には、存問渤海客使《そんもんぼつかいきやくし》に任じられた。当時唯一の外交関係を結んでゐた、シナ大陸東北部にあつた渤海国の使節の応接を担当する役であつた。

ただし、その直後、母を失ひ、喪に服すため職を辞した。

その母が臨終の床で望んだのが、道真の幼時、大病にかかり生死が危ぶまれた際、観音菩薩に回復を祈願して像造立の願を立てたのにかかはらず、果たさずにゐるので、俸禄の一部なりと割いて実現してほしいといふものであつた。道真は喜んで引き受けたが、それとともに、篤い観音信仰そのものも受け継いだ。

三、朝堂院《てうだうゐん》の一隅にあつて

役所勤めは、当時も大変であつた。

早朝、まだ暗いうちに起き出し、灯火の下、手水《てうづ》を使ひ、食事を採ると、束帯を身につけ、冠を被らなくてはならない。そして、馬に跨がると、従者一人を連れて道を急ぐのだ。

当時、道真はどこに住んでゐたのだらう。紅梅殿なり白梅殿があつたとされるところであらうか。もつとも父是善が健在の間は別のところ、例へば菅原院であつたかもしれないが、とりあへずは菅大臣神社のところ、と考へておかう。さうであつたなら、どのやうな道筋を採つて大内裏の朝堂院へ通つたださうか。

菅大臣神社の正面鳥居を出れば、西洞院通（かつての西洞院大路）だから、それを北へ行くと、四條通（四條大路）である。道幅八丈であつたから、おほよそ二十四メートルである。いまもそのぐらゐで、車が多い。烏丸の交差点を越えてこちらへ来ると、店舗も華やかさを消すので、スピードを出す。

その四條通を西へ進む。すると、間もなく堀川通（堀川小路）である。いまは京都市街を南北に貫く最も広い通となつてゐる。

その堀川通との交差点の手前で、わたしは地図を広げた。

当時は、内裏と大極殿を中心にして、中央政宮庁が集まつて大内裏を構成してゐた。その南正面入口が朱雀門である。平安京全体の南正面入口の羅城門から真直ぐ北へ、左京と右京に分けて朱雀大路が通り、突き当つたところに位置してゐた。

その朱雀大路とほぼ重なるのが、現在の千本通だから、このまま西へ進んで千本通を行かうかと、考へた。官吏は、暁鐘が鳴るとともに開く朱雀門をくぐり、応天門、会昌門《くわいしやうもん》をへて、朝堂院《てうだうゐん》（八省院とも）での「朝座政《てうざせい》」に出る決まりになつてゐたからである。ただし、朱雀大路は広すぎ、門を作るのも禁じられてゐたから、日常的に利用することはほとんどなかつたやうである。

道真は貞観十六年（八七四）、三十歳で従五位下に叙せられると、まづは兵部省少輔《せうふ》（省次官）に任じられ、一ケ月余で民部省少輔に転じてゐる。兵部省は、朱雀門を入つてすぐ左、民部省は朱雀門を入つてすぐ右と、向き合つてゐる。ともに重要な部署であつたが、殊に民部省は民政全般と租税の管理運用を司り、その次官は大変な激職であつた。単なる漢学者、儒者では勤まらない。卓抜な実務能力を見込まれてのことであつたらう。

よく分からないまま勝手に想像するのだが、道真のやうに左京から上記の職場に通ふのには、朝座政が開かれない日は、朱雀門より東側の美福門を入るのが好都合であつたかもしれない。ただし、これらの門を自由に出入りできたかどうか。それはともかく、美福門の正面に至る壬生大路を採れば、大内裏の前に広がる神泉苑の、西沿ひを北進することになり、四季折々の景観が楽しめたし、彼方に聳え建つ二層の朱雀門、その背後の大極殿の巨大な甍が望まれた。さうして美福門に近づくと、左側は大学寮である。官途に就くまでここに学び、教鞭を執つたから、若年から親しんだ場所である。

その壬生大路より手前の大宮大路を行つた場合は、神泉苑の東沿ひを行くことになり、朱雀門と大極殿が水面に姿を落としてゐるのが眺められたらう。さうして大内裏の南東の角に出るので、美福門

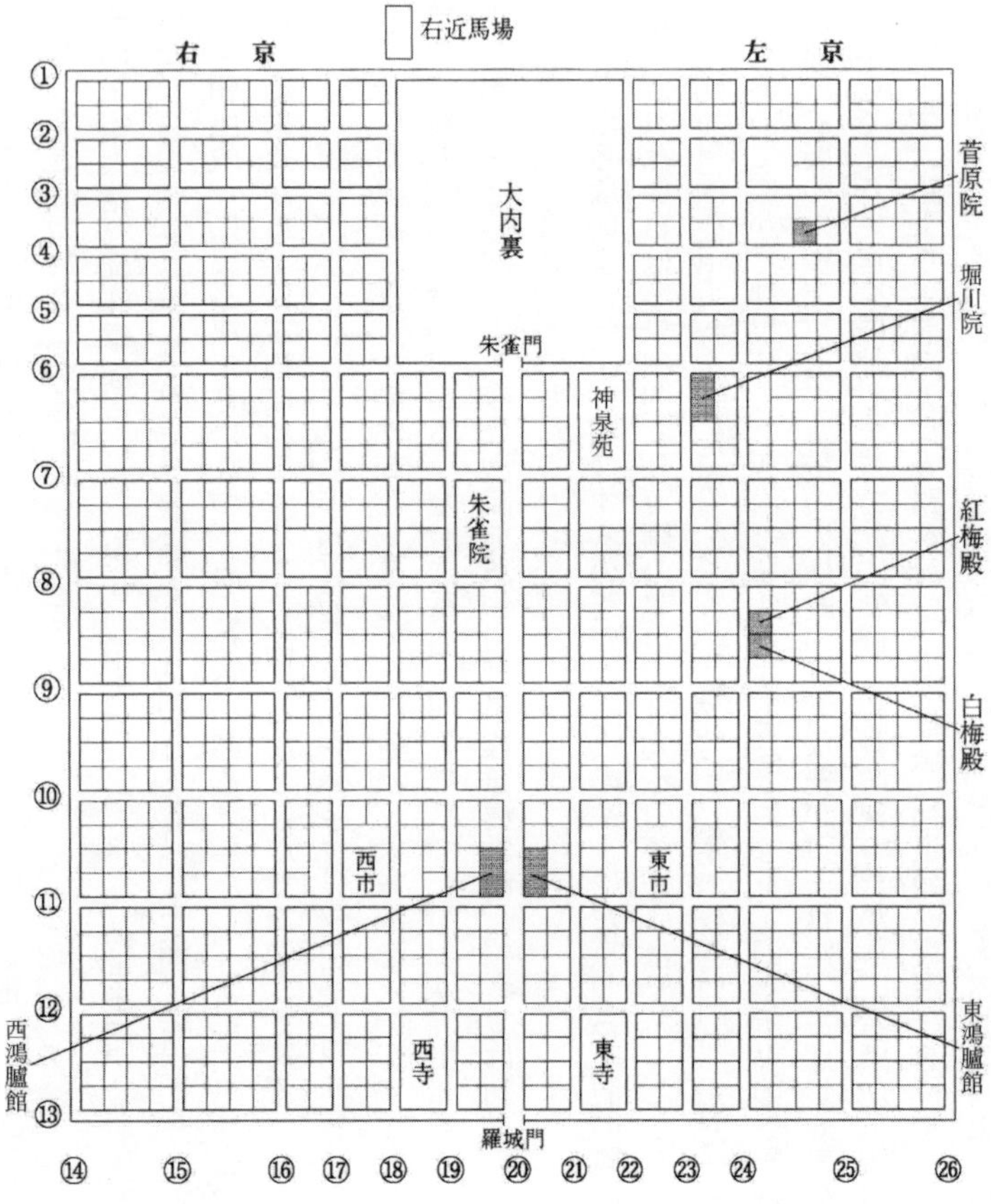

図——平安京

①一條大路 ②土御門大路 ③近衛大路 ④中御門大路 ⑤大炊御門大路
⑥二條大路 ⑦三條大路 ⑧四條大路 ⑨五條大路 ⑩六條大路 ⑪七條大路
⑫八條大路 ⑬九條大路 ⑭西京極大路 ⑮木辻大路 ⑯道祖大路
⑰西堀川小路 ⑱西大宮大路 ⑲皇嘉門大路 ⑳朱雀大路 ㉑壬生大路
㉒大宮大路 ㉓堀川小路 ㉔西洞院大路 ㉕東洞院大路 ㉖東京極大路

であれ、東側の郁芳門《いくはうもん》であれ、使ふことが出来た。

ただし、これらの道だと、風の強い冬の日は辛かつたらう。雪が舞ふ早暁、役所へ向ふ際の様子を詠んでゐるが、裘《かはごろも》を着込み、暖めた酒を引つかけ、馬に乗つて行く。供の童は雪で全身が真白になつてゐる。さうして、夜明けを告げる鐘が聞えて来るのではないかと、耳を欹てながら、急ぐのだ。

堀川通を横断して、もう一度確認しようと地図を見て、壬生通が四條以南には現存してゐるものの、北で消えてをり、大宮通にしても二條城によつて塞がれてゐるのに気づいた。道真の与かり知らない変化が起つてゐたのだ。

これでは堀川通を行くよりほかない。

西側の歩道を辿つたが、道幅がひどく広く、取り留めない印象である。役所へ急ぐ道真の姿を思ひ描くのも、容易でない。

御池通（元三條坊門小路）を渡ると、堀川が右側に現はれた。下流は暗渠になつてゐて、その流れを前にして全日空ホテル、京都国際ホテルと並んでゐる。良房の跡を継いで威勢を振ふやうになつた藤原基経《もとつね》の堀川院があつたところである。

「地形いといみじ」と『大鏡』や『今昔物語集』にあるが、当時は川幅が十二メートルほどあり、舟も行き交ひ、風光がことのほかよく、京で最も晴れがましい場所であつた。宴の折りなど正客の車は堀川の岸に停め、牛は擬宝珠のついた柱列に繋がれた。

その佇まひを道真は横目に見て進んだらうが、左側は二條城の堀が青い空を浮かべ、石垣が長々と続いてゐる。整然として、城といふ感じはあまりないが、やはり威圧感があり、それ以前の様子が浮かばない。

その中程あたりで、向ひのホテルの敷地は尽きた。堀川院の北端になり、かつては二條大路が東西に通じてゐたのである。

堀川通を北進して来たなら、ここで左折したらう。さうして北側に長く続く冷泉院の築土塀に沿つて行くと、大内裏の南東の角に出る。

ただし、いまは北へ進むよりほかない。

二條城を北へ外れた先、丸太町通（かつての春日小路）まで出て、左へ折れた。

さうして二百メートルほど行くと、大内裏の塀に突き当るはずなのだが、道は北へわづかながら曲がり、さきへと伸びてゐる。

気付かないうちに大内裏の跡へ踏み込んでゐたのだ。大内裏内は碁盤の目を基本とする條坊の枠外だから、かういふことになる。天皇はやがてもつぱら里内裏で過ごし、省庁の職務も有力貴族や武家の管轄下へ移つて行つたから、それに従ひ野と化し、やがて勝手な方角へ道が付けられたのだ。南の九條通は洪水によつて歪んだが、こちらは人の歩行による。

町並はやや雑然としてゐる。

菅大臣神社から二キロ少々、歩いて二十分ほど、馬を急がせれば十分ほどであらう。そこら辺を左へ入つて行けば、民部省である。

道はやがて真直ぐになり、千本通との交差点に出た。

その角に立つて初めて気づいたが、千本通は南から少しづつ隆起して来て、ここから北へ向つてさらに高くなつてゐるのだ。京都旧市街は平坦だと思ひ込んでゐたが、朱雀大路を中心に北へ行くほどかうなつてゐる。

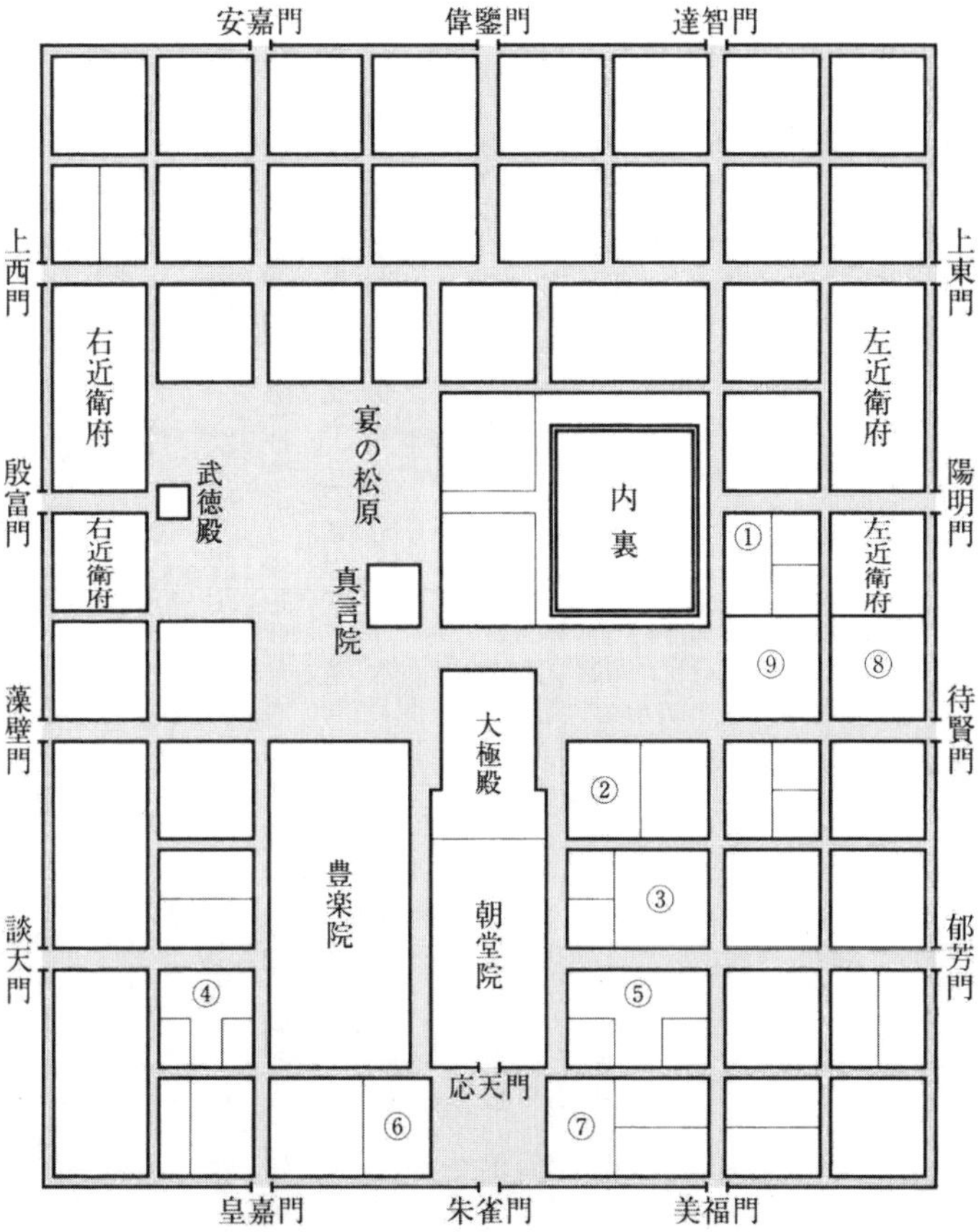

図——大内裏

①外記庁　②中務省　③太政官　④治部省　⑤民部省
⑥兵部省　⑦式部省　⑧東雅院　⑨西雅院

先に神泉苑の傍らから望んだ大内裏の情景を記したが、隆起が始まるあたりに朱雀門があり、次いで応天門である。その先に会昌門があつて、回廊に囲まれて朝堂院があり、その奥に、大極殿が聳え建つてゐたのである。国政にとつて重要な儀式が執り行はれるところで、いやがうへにも高く大きく見えたらう。平安京の中枢は、かうでなくてはならなかつたのだ。

交差点の西北の角、植込の中に史跡の説明板があつた。それによると、じつはこの交差点に大極殿が位置してゐたのだ。かつてはここより少し北と考へられてゐたが、発掘調査によつて判明した。

しかし、いくら見回してみても、ここはごくごく平凡な町中の交差点である。信号に従つて車の流れが入れ替はりつづけるばかりで、人通りは意外に少ない。観光客が見られず、日常の暮らしの気配が濃い。

ジャンパー姿の男が自転車に乗つてゆつくり走り過ぎて行く。が、わたしの足下には、大極殿の床があり、南すぐに朝堂院の建物が棟を並べ、その先、二つの門を抜けた先に兵部省と民部省があつたのだ。二十代後半から四十代に踏み込む頃までの道真が毎日、忙しく行き来したところである。

その頃を振り返つて、詠んでゐる「苦長日《ひのながきにくるしむ》」から。

壮年為侍郎　　壮年　侍郎《しろう》タリシトキ
暁出逮昏入　　暁ニ出デ　昏《ゆふべ》ニ逮《およ》ビテ入ル
随日東西走　　日ニ随ヒテ　東西ニ走ル
承顔左右揖　　顔《かんばせ》ヲ承《う》ケテ　左右ニ揖《いふ》ス

壮年、すなはち三十歳で少輔であつた時は／早暁に出勤して暗くなつてから帰宅／一日中、時間に追はれて西へ東へと走り／人々の顔色を伺ひ、左右に会釈して回つた。ひどく膨らんだカバンを下げた背広姿の男が、大股で歩いて行くのが目に入る。その後に付き従ふやうして、千本通を上がつた。と、左側に大極殿遺蹟碑と記された石柱があつたので、入つて行くと、滑り台など遊具を並べた小公園であつた。女がこどもを遊ばせてゐた。その奥、胸ほどの高さの基壇の上に、「大亟殿遺阯」と刻まれた大きな石碑が立つてゐた。

いささか物々しい感じであつたが、石碑の裏手は住宅で、二階の物干場には洗濯物が陽を浴びて翻つてゐる。

正しくは大極殿の北、昭慶門の西側の回廊跡であると、いまでは判明してゐる。その門を出た正面に、新嘗祭などで天皇が天神・地祇を親しく祀る中和院があり、その右隣が天皇のおはす内裏であつた。洗濯物が出てゐる家のあたりだ。

案内板に大極殿の復元図が出てゐた。朱塗に白漆喰壁の平安京最大の建物で、石の基壇の上、東西十一間、南北四間の大きな規模で、重層入母屋造、朱欄をめぐらし、屋根は緑釉瓦、大棟の両端に金銅の鴟尾《しび》が輝いてゐた。中は方磚《ほうせん》を敷き詰め、中央には高御座《たかみくら》が据ゑられてゐた。

ふと膝あたりに軽く触れて来るものがあるので、見ると、幼い女の子だつた。まだ足元がおぼつかない。

少し離れたところで、乳母車に手をかけて女が笑つてゐて、

「すみませんねえ、男のひとだと寄つていくんですよ」

と言ふ。

「うれしいですね」

と応じて、腰を落とし、女の子の手をとつた。

生へ始めた歯を見せて、さかんになにか話しかけてくる。お前を「父とせん」とかの童子のやうに
言つてゐるのではあるまいかと思ひながら、とにかく頷いて見せる。

「このあたりの住み心地はどうですか」

近づいて来た母親に尋ねた。

「いいところよ。京都と言つてもここは気安いひとが多いし、個人のお店が多いのよ」

さう答へて、

「わたしの家は、それそこ、洗濯物が盛大に出てゐるところ」

と、石碑の背後を指さす。

「あ、内裏にお住まひなんですね」

「さうなの」

女はにつこり笑ふ。

「この案内板を先日読んで、わかつたわ」

「やんごとないお姫さまなんだ」

わたしは改めて女の子に笑ひ掛けた。

＊

その大極殿から、貞観十八年（八七六）四月十日の深夜、火の手が上がつた。

平安京随一の豪壮壮麗な建物が火に包まれるのに時間はかからなかつた。やがて轟音とともに瓦が雪崩れ落ち、夜空に高く架けられた裸の太い梁が灼熱の黄金と化したかと思ふと、折れて落ちた。

道真もいち早く駆けつけたが、呆然と見守るよりほかなかつた。

十年前の貞観八年（八六六）に応天門が燃ゑた時は、まだ文章生だつたが、いまは日々、間近かに仰ぎ見て来てゐただけに、衝撃は大きかつた。

もつとも応天門の際は、放火とされ、伴善男が罪に問はれ、母が伴氏の出であつたことから、菅原氏も少なからぬ影響を受けたが、今回は、基経を中心にして政局は安定してをり、さういふことにはならなかつた。しかし、焼け落ちた膨大な黒い堆積を傍らにして、執務しなければならなかつた。

早々に再建の手筈は整へられた。

その最中、長男高視《たかみ》が生まれた。

秋には、越前の気比神社へ奉幣使として赴いた。

紅葉した山々を越え、光を受けて輝く琵琶湖を見渡し、敦賀湾に至ると、打ち寄せる波音を耳に、月が傾くまで時を忘れた。さうして、目に焼き付けられた焼跡の情景が拭ひ去られるのを覚えた。

十一月、病弱であつた清和天皇が退位、九歳の陽成天皇が践祚《せんそ》、翌年（八七七）一月、大極殿に替へて豊楽殿で即位の儀が執り行なはれた。元慶と改元、三月に道真は式部省少輔に任じられた。朝廷の儀式、官僚の人事を司る省である。

さうしてこの年十月には、かつて道真の方略試の試験官であつた都良香と並んで文章博士となつた。文章道の最高の職で、祖父清公、父是善がともに踏んだ地位である。

この頃になると基経の指揮の下、大極殿の再建工事が進んだが、それとともに道真も着実に官位を進め、元慶三年（八七九）正月には、従五位上となり、都良香を越えた。詩才を謳はれた良香は嘆いたが、間もなく没し、文章博士は道真ひとりになつた。

十月、大極殿が落成した。焼失からわづか三年であつた。八日には盛大な饗応が行はれ、道真は賀する詩を呈した。

その一節、

初成不日金猶在　初メテ成ルコト日ナラズ　金ナホシ在ルガゴトシ
且望如雲玉半交　且《しばらく》望メバ雲ノ如シ　玉半交《ぎよくなかばまじは》ル
欲見高晴星旧拱　見マク欲リスレバ高ク晴レテ　星旧《ふる》クヨリ拱ス
応饒遠翥鳳新巣　饒《ゆたか》ナルベシ　遠ク翥《はふ》リテ　鳳《おほとり》新ニ巣クフ

大意を記せば、まことに短い月日で落成、要所には黄金がちりばめられてまばゆく／遠く望めば甍《いらか》は玉を交へた雲のやうに輝き／見上げれば八省の官衙《くわんが》の屋根を凌いで北極星に至るかと聳え立ち／鳳凰が遠く天駆けるべく新たに巣を営んだかのやう、繁華も極まつた……。

すでに摂政となつてゐた基経を頂点として、飢饉や盗賊、反乱などに悩まされながらも、想像を越える壮大な規模をもつて、京の繁栄を象徴する建物が早々に新たになつたのである。道真は、宮廷詩人として精一杯、言祝ひだ。

＊

大極殿の完成後、在原業平が蔵人頭になり、かつて恋愛関係にあつた高子——基経の妹——が清和天皇との間に生んだ陽成天皇の側近くに侍ることになつた。さうして宮廷は雅びさを加へるかと思はれたが、翌元慶四年（八八〇）五月、業平はあつけなく亡くなつた。五十六歳であつた。

この死により、この奔放な歌人の生涯は、歌を軸にして物語化される方向へ動いて行くことになつたが、道真はどう見てゐたらう。大根のところ、詩魂を同じくする者として、無関心ではゐなかつたらう。

次いで八月末日には、参議であつた父是善を失つた。折に触れてさりげなく助言、世の波風を防いでくれてゐただけに、悲しみは深かつた。

年を越して十月二十一日、亡き両親を追慕して法華会を催したが、願文にかう書いた。

……無父何恃　無母何恃（中略）夙為孤露　南無観世音菩薩

……父ナク何ヲカ恃《たの》マン、母ナク何ヲカ恃マン（中略）夙《つと》ニ孤露トナリヌ、南無観世音菩薩

父を失つて、誰を頼りとすればよいのか。母はすでに亡く、まつたくの独りぼつちとなつた。後は観音菩薩にすがるよりほかない。

しかし、かうなることによつて道真は、父から菅家廊下を継いだ。さうして名実ともに、文章道の最高に位する存在となつたのである。

さうなると妬み、誹謗する声が、同じ仲間のはずの文人儒者の間から折に触れ噴き出すやうになつた。得業生を選ぶと、人選が不当だと讒言《ざんげん》する者があり、大納言冬緒を誹謗する匿名詩がよくできてゐると話題になれば、道真の作に違ひないと疑はれた。盾になつてくれる父は、もうゐなかつた。

さうした最中、元慶七年（八八三）四月、道真は臨時の治部省大輔《たいふ》（外務次官）に任じられ、二十八日、前年に加賀に到着してゐた渤海大使一行を迎へた。

翌月三日、大内裏内の豊楽殿で盛大な歓迎の宴が開かれた。杯を挙げ、着飾つた妓女百四十八人が舞つた。その後、武徳殿で武者たちが馬を走らせ、次々と弓を射て見せた。夜になると、道真は掌渤海客使の紀長谷雄《きのはせを》、玄蕃頭の島田忠臣を伴つて、鴻臚館《こうろくわん》に裴頲《はいてい》大使を訪ねた。

京の鴻臚館は、朱雀大路に面し、七條大路と七條坊門小路の間にあつた。同行の長谷雄は自らの篤実な弟子であり、忠臣は詩の師であり岳父であつたから、打ち解けて裴大使と対し、杯を重ね、詩を交換、親しみを深めた。

その際の詩の一節、

寒沙莫趁家千里　　寒沙　趁《お》フコトナ　家千里
淡水当添酒十分　　淡水　添フベシ　酒十分
言笑不須移夜漏　　言笑シテ夜ノ漏《とき》ノ移ラフコトヲ須《もち》ヰズ
将妨夢到故山雲　　夢ノ故山ノ雲ニ到ラムコトヲ妨ゲムトス

涼しい砂原の千里の彼方の故国へ心を通はせるのはおやめください／傍らの流れ堀川が興を添へるまま、酒を心ゆくまで汲みませう／ともに語り笑ひ、夜の時が移るのを忘れ／あなたが故郷の夢を見るのを邪魔いたしますよ。

かうして三人は、一行が滞在する十二日まで、しばしば鴻臚館を訪ねた。当時、この館の敷地東端を堀川が流れてゐて、その向うの東山に月がかかるのが眺められた。

わたしは母子に別れると、千本通に出てタクシーを拾ひ、千本通を下つた。緩やかな坂を降り切り、朱雀門があつたあたりの二條駅前を通過すると、千本通は極端に狭くなる。そして、壬生寺の裏を過ぎ、中央卸売市場にかかる。京都市の台所を賄ふだけに、大変な規模で、時間外れの今も、大型トラックが動いてゐる。

丹波口駅から先は、山陰本線（嵯峨野線）の高架がこちらへ寄つて来て、道はますます窮屈になる。すると左側に玉垣があつた。島原住吉神社であつた。

タクシーを降りる。

この神社横に、かつては名高い遊郭島原の西門があつたのだ。神社はごくごくささやかであるものの、社殿横に小祠があり、幸天満宮の扁額が挙がつてゐた。

島原といふ歓楽の地においても、天満宮は欠かせないものだつたのである。なにしろ歌や連歌俳諧を初めとする高い教養と遊芸が必須とされたし、遊女の太夫に次ぐ位が天神と呼ばれた。もつともこれは、揚代が銀二十五匁で、天神の縁日が二十五日であつたかららしい。

狭い境内を一巡りして、神社横の道を入る。島原の西門を潜り入つたことになるはずである。

そのまま進むと、右側が瓦を置き腰板を張つた高い塀となり、それが左へ折れる手前の石柱に、「東鴻臚館址」とあつた。朱雀大路を挟んで東西にあつたが、こちら東がもつぱら使はれたのだ。

後世、歓楽の巷となるここで、道真は心を傾けて渤海国の大使を歓待したのである。裴大使その人は詩人として聞えたから、夜毎光と丸みを増す月をともに仰ぎ、杯を挙げては詩を詠み、さうして酔ひ、打ち解けるまま、上着を脱いで贈り合つた。

その間、長谷雄、忠臣を加へて交換した詩は総数五十九篇に及び、大使は道真の作を白居易に通ずると激賞、心からの友情を結んだ。

この夜々は道真にとつて忘れられないものとなつたが、東アジアの文芸交流史においても、独自な輝きを放つと言つてよからう。渤海といふ、早々に滅びた国の詩人大使と、漢詩文の絶頂期を迎へた時期のわが国の代表的詩人が、詩を詠みあひ、心を通はせたのである。

横に説明板があり、蕪村の句が掲げられてゐた。

白梅や墨芳しき鴻臚館

明らかに道真に対し、後世から挨拶を送つてゐるのだ。

堺沿ひに進むと、大きな屋敷の前に出た。島原で現存する数少ない揚屋《あげや》の角屋《すみや》であつた。寛永十七年（一六四〇）、六條三筋町にあつた遊郭がここへ移され、人目を驚かせる異風、繁華さから、当時、世を騒がせた島原の乱に因んで、島原と呼ばれるやうになつたのだが、そのなかの代表的な一軒である。国の重要文化財の指定を受け、「角屋もてなしの文化美術館」になつてゐる。

この中で、江戸時代を通じて贅を尽くした饗応が日々繰り広げられ、太夫、天神の位を持つ遊女たちが艶冶にもてなしたのだが、それに決して劣ることはなかつたらう。

いよいよ別れに臨んでの詩の一節。

交情不謝北冥深　　交情ハ北冥ノ深キニ謝《かたちがひ》セズ

別恨還如在陸沈　　別恨ハ還リテ陸沈《りくちん》ニ在ルガ如シ
夜半誰欺顔上玉　　夜半　誰カ欺カム　顔上ノ玉《ぎょく》
旬余自断契中金　　旬余《じゅんよ》　自ラニ断ツ　契中ノ金

わたしどもの友情は北海の深みに沈んで失はれるやうなことは決してありませぬ／しかし、帰国すれば海を隔て、それぞれの地での暮らしに囚はれるのが悔しい／夜半、湧き出る涙を玉だと欺くことができるでせうか／友情を結んだのは十数日でしたが、「断金の契り」を得ました。が、その交りをしばし断たなくてはなりませぬ……。

多分、道真にとつて心許せる数少ない友人の一人となつたのだ。

しかし、この交歓を妬視する者が少なくなく、道真の裴大使へ贈つた詩は拙く、国辱ものだと非難する者がゐた。これほど道真にとつて心外なことはなかつた。心の底から互ひに認め合ひ、友情を得、同時にこれ以上ない友好関係を渤海国との間に築き得たと信じただけに、深く傷ついた。

世俗の人々の猜《そね》みに絶えず苛まれるのが、わたしの宿業なのか、と道真は友人に宛てて書き送つた。

＊

その年の十一月、三種の神器を取り出すなど奇行を見せてゐた陽成天皇が、内裏で乳兄弟源益を殺害する騒ぎを起し、退位へ追ひ込まれた。記録には「格殺《かくさつ》」とあるが、殴り殺したらしい。さうして翌春、五十五歳の光孝天皇が即位したが、この交替劇によつて、基経は名実ともに権勢を己が手ひとつに掌握した。

一方、道真は、この年、父から引き継いだ菅家廊下の建物を新たにした。

完成に際しての詩「小廊新成《せうろうあらたになり》、聊以題壁《いささかにかべにだいす》」によつて、その様子が知ることができるが、後の「書斎記」で補足して、記すと、

書斎は邸宅の南端にあり、一丈四方（四畳半ほど）の狭さで、入れ違ふのには身を横にしなければならず、座るのにも席を譲り合はなければならない。その書斎と家屋の南西の隅を結ぶ廊下の五、六坪を今回新しくした。壁には詩文を書するため金箔を張り、北に片寄せて戸付きの小さな書棚を設けた。東向きの格子窓は、月を望む四阿《あずまや》の趣きにしたが、斜めの方角には路を行く人馬が見える。訪ねて来る人があれば早々に分かるやうになつた。

その格子窓の外には小山があり、戸口を出ると、傍らに一株の梅、数歩進めば竹があり、その下に白砂を敷いて庭らしくした。

角屋などとは比較にもならぬささやかさである。

わたしが嫌いなのは俗物「塵客《ぢむかく》」どもがやつて来て声高に談じ哄笑することだ。彼らが来た夜は、山に籠もる僧に来てもらひ、経を誦して頂く。なにしろ根拠がないばかりか、明白な事実さへ捩ぢ曲げ、非難を浴びせるかと思ふと、媚びを売つてくる、汚らしい連中だからだ。

道真の心根卑しい者たちへの嫌悪感は、強まるばかりであつた。

だからかういふ書斎に引き籠るのだが、華やかな遊宴の場を嫌ふわけではなく、喜んで出向いた。

朝廷では、恒例なり臨時なり、后や公卿たちが主催する宴がよく開かれた。その席では必ず漢詩が求められたから、道真が中心的な役割を果たさなくてはならなかつた。

早春、帝の内宴（年について諸説ある）に侍つての詩である。

花顔片々咲来多　　花の顔《かんばせ》ノ片々トシテ咲《え》ミ来ルコト多シ
冒雨馨香不奈何　　雨ヲ冒セル馨香《けいかう》奈何《いか》ニセザラムヤ
羅袖猶欺霑舞汗　　羅袖《らしう》ナホシ欺ク　舞ヒノ汗ニ霑《うる》フカト
……

ここで言ふ花は、梅である。

花があちらこちらで綻ぶのは、あたかも美女があちらからもこちらからもほほ笑みかけてくるやうである／雨に打たれて一段と匂ひ立つ、この薫りをどう受け止めればよからう／薄物の袖は舞つた女の汗にしつとりと濡れてゐると、感じるのは誤りであらうか……。

　雨中の梅花を扱つてゐるのだが、周囲には舞姫を初め大勢の女たちがゐて、艶やかさを競つてゐる、その美しさ華かさを讃へることが、そのまま帝の威と徳と雅の類ひなさを讃へることになるのだ。

　しかし、その汗まで言ふところに、官能的に反応する道真の鋭敏な感性が見て取れよう。女たちばかりか、色好みの男たちも喜ばせた。もしも業平が元気でゐたらどうであつたらう。歌で和したかもしれない。

　もう一篇、元慶九年（八八五）正月二十一日、即位して初めて新年を迎へた光孝天皇が仁寿殿の南庇に出御、催された宴で、舞姫たちが舞ひ、宴たけなはとなつた頃に披露して、満座の賛辞を受けた詩がある。

紈質何為不勝衣　　紈《しらぎぬ》ナス質《かたち》ノ何為《なにせ》ムトテゾ衣ニ勝《た》ヘザル

謾言春色満腰囲　謾《いつは》リテ言ヘラク　春ノ色ノ腰ノ囲《めぐ》リニ満《み》テリト
残粧自嬾開珠匣　残粧《ざんしやう》　自《おのづか》ラニ珠匣《しゆかふ》ヲ開クニスラ嬾《ものう》シ
……
嬌眼曾波風欲乱　嬌《こ》ビタル眼ハ波ヲ曾《かさ》ネテ風乱レムトス
舞身廻雪霽猶飛　舞ヘル身ハ雪ヲ廻《めぐら》シテ霽《は》レテモ猶ホシ飛ベリ

白絹に似た肌理の舞姫の身体はなよなよと薄絹の衣さへ耐へ難げで／春の気配はその豊かな腰の囲りに満ち満ちてゐる、と誇張して言はうか／舞ひ終はつて化粧崩れをなほさうとするのだが、化粧の小箱を開くのものうげな様子である／……／嬌びを含んだ視線は波となつて寄せて来て風も乱れんばかり／舞ふ身は軽やかで白雪が廻るやう。舞ひ収めてもなほ飛び回りつづけてゐる……。

はなはだ艶麗、官能的で、宴の雰囲気を盛り立てたのは疑ひない。道真は生真面目な人柄であつたが、かういふ饗応の場になくてはならぬ詩人でもあつたのである。角屋の座敷に上がるやうなことがあれば、遊女たちの艶やかさを讃へて一座を沸かせたらう。

「紅白梅図」など幾点かの絵を角屋に残してゐる蕪村も、気難しいところがありながら、多分、かうであつたのではなからうか

＊

この年には、七つになる子の阿満《あまろ》、次いでその弟を失ふ非運に見舞はれた。

阿満亡来夜不眠　阿満亡《し》ニテヨリコノカタ　夜モ眠ラズ

偶眠夢遇涕漣々　　　偶《たまたま》眠レバ夢ニ遇ヒテ涕漣々《なむだれんれん》タリ
……
爾後怨神兼怨仏　　　ソレヨリ後　神ヲ怨ミ兼ネテ仏ヲ怨ミタリ
当初無地又無天　　　当初《そのかみ》　地ナクマタ天モナカリキ

大意を記すまでもあるまい。この詩作に最も近い傾向の先輩詩人は明らかに憶良であると、大岡信は指摘した上で、より高い水準に飛躍的に達してをり、憶良がひたすら悲しみを叙してゐるのに対し、韻を踏み、主観の側からも客観の側からも扱つて、悲傷一途の表現になるのを極力抑へ、効果を上げ、故事にもとづく修辞にも「直情」が宿つてゐる（『詩人・菅原道真――うつしの美学』）と評してゐる。その通りであらう。

かうしたことがありながらも、菅家廊下から諸進士十人が及第、「龍門」と呼ばれるやうになる第一歩となつた。

この成果に、人々はまたも目を欹て、嫉妬するばかりか、警戒感を強めた。このまま推移すれば、朝廷において官吏の多くが道真の教へ子になり、道真の存在はますます重きをなすことになるのは明らかであつた。

道真自身は、基経の邸宅の「東廊」へ招かれ、『孝経』を講じた。これまでにも基経のため文を草したり、詩文の会に呼ばれたことはあつたが、門前を通り過ぎるだけであつた堀川院の中の書斎、あるいはその東にあつた「むつまじく思す人ばかり」（『大鏡』）を通す閑院の一角であつたらうか。いづれにしろ基経の懐深く入り込むかたちになつた。

元慶九年二月、改元が行はれ、仁和となつた。その四月二十六日、天皇一代一度の、災難を祓ふための仁王会が挙行されたが、その呪願文を道真が草した。

その日、紫宸殿を初め、諸殿、諸司、大内裏四方の十二の門、平安京正面の羅城門、東寺と西寺、それから五畿内、七道諸国に設けられた計百席の講会において、朝夕二度、まづ初めにこの呪願文が一斉に読み上げられた。

……愍人民故　安国土故　三宝惟崇
……人民ヲ愍《あはれ》ムル故　国土ヲ安ムズルガ故ニ　三宝惟《こ》レ崇《あがめ》ム

それから「仁王経」の護国品の講読に僧がかかるのだが、百ヶ所から上がる声を、道真はどのやうな思ひで聞いたらう。自ら案じて書いた祈念の言葉が、この国土全体において聖職者たちの肉声を獲得して天へと昇つて行くのだ。晴れがましく思ふとともに、その言葉に効あらんことを願つたらう。

十二月には、基経五十歳の賀が盛大に催された。それに際して有志が屛風を贈呈したが、巨勢金岡が絵を描き、道真が作つた詩五首を藤原敏行が書いた。絵の巨匠金岡と能書家として知られた敏行の二人と、道真は詩人として肩を並べたのである。

かうして道真の前途は、洋々たるものだと誰もが思ひ、道真自身もさう思つた。

四、讃岐国守《さぬきのかみ》として

仁和二年（八八六）一月、道真は予期もしてゐなかつた讃岐国守《さぬきのかみ》に任じられた。四十二歳であつた。讃岐国（現香川県）は、当時、人口が多く、二十万なり二十八万人（実態を捉へ難い事情があつた）を数へ、貴族らが中央の顕職につく前に、国司に任命される格式の高い上国《ぢやうこく》のひとつであつた。

しかし、道真は不本意であつた。朝廷内の声望なり実際の働きは、官職を遥かに越えて大きなものとなつてゐると自負してゐたし、文章博士としての職に誇りを持ち、主宰する菅家廊下が大きな成果を挙げ始めてゐた。だから、道真自身は、あくまで中央におけるより高い役職を期待してゐたのだ。そのため、左遷に等しいと受け取つた。

大学寮の北堂で送別宴が催されたが、その席で詠んだ七言絶句で、「更ニ妬《ねた》キハ他人ノ左遷ト道《い》ハムコトヲ」としてゐる。他人に左遷と噂されるのを屈辱としたのだ。実際にさう言ふひとがゐたやうだし、力を持ち始めた道真を退けようと画策する人たちがゐたと思はれる。

この後、二十一日、内裏の仁寿殿で開かれた内宴では、基経がわざわざ道真の前に佇むと、白居易の詩句の一節「明朝ノ風景ハ何レノ人ニカ属《つ》ケム」を口ずさんだ。明日からこの早春の風景を歌ふ詩人が京にゐなくなるのは残念だ、と惜別の思ひを告げたのである。それに対して道真は、心乱れて一声発したのみで、涙を流し嗚咽してしまつた、と自ら記してゐる。宮廷詩人としての座を失つたことを、改めて思ひ知らされたのだ。

基経としては、この詩人として卓越し、官吏としても侮りがたい人物を中央から遠ざける人事をしながら、一方では期待を寄せ、その心をしつかり摑んで置かうとしたのだ。

その夜、道真は、帰宅しても眠ることができなかつた。

しかし、官吏として生きて行く身として、心の整理はつけたのであらう。「讃州《さんしう》刺史《くし》」と、友人に詩を送るのに国司の唐名を自署するに至つた。

＊

三月、妻子を都に残し、明石から瀬戸内海を渡つた。

荷物はできるだけ少なくと心掛けたが、書物は十帙《ちつ》余り、老子道徳経、白居易の詩文、その他の漢書、医方書などを梱包して大事に携へ、舟に乗り、二十六日に着任した。

今は京都から岡山まで新幹線で約一時間、岡山から瀬戸大橋を渡れば、三十分で坂出である。もつとも当時、坂出の市街地は海で、鉄道なら坂出から東へ三つ目の讃岐府中駅まで行かなくてはならない。

プラットホームだけの無人駅である。戻るかたちで綾川を渡る。綾坂大橋である。上流に貯水湖ができたため、川幅ばかり広く、水流は乏しい。

先は一面、水田であつたらう。條里制によつて整然と整備され、水路が碁盤の目をなしてゐたはずだ。いまは宅地や事業所が乱雑に建つてゐるものの、線路から山側には畑地が広がつて、その面影がないわけではない。

線路沿ひに三百メートルほど行き、山側へ踏切を越え、小集落の中へ入つて行くと、垣で囲はれた一劃があつた。讃岐国府跡の立派な碑が立つてゐる。

このあたりを中心に八町（八七〇メートル）四方を占めてゐたのだ。印鑰《いんやく》、聖堂、帳次《ちやうつぎ》、正惣《しやうそう》、垣ノ内といつた地名が残つてゐるが、国府の職務にもとづくものである。

官舎に入つた道真は、夕べの鐘に驚かされた。西に位置する開法寺から響いて来たのだ。奈良時代以前の創建と伝へられ、いま礎石だけが残つてゐる。

その開法寺の背後が城山《きやま》である。海抜四百六十二メートルだが、天智天皇二年（六六三）に白村江の戦で敗れた後、新羅や唐の軍勢の来襲を恐れて各地に城を築いた、その一つが山頂にある。当時は官舎の窓から見えたらう。

山頂一帯から石器や弥生、古墳時代の土器が発見されてをり、こちらへ張り出した一角には、いまは麓に移された城山神社があつて、これまた、官舎から仰ぎ見ることができたはずだ。

その城山の西裾から北正面にかけて、当時は海が深く入り込んでゐて、穏やかな水面が東から伸びて来た山々の影を浮かべ、手前岸辺には集落があり、行き来する人々の姿が見えた。

東へと目を転じると、綾川の向う遠くに国分寺の塔が望めた。そして、背後は綾川が流れ出てくる浅い谷だが、奥に南山がある。

その南山の背後に、豊かな盆地が開けてゐる。高松から琴平に及ぶ東西に長い盆地で、その中央から流れ出てくるのが綾川であり、その河口近くに国府が位置してゐるのだ。

かうした周辺の地理関係を初め、さまざまな説明を下僚たちから受けたが、讃岐国は、このところ大きな問題を抱へてゐた。

税を収める人口が急激に減少してゐたのだ。逃亡なり、戸主を女あるひは未成年者にして課税を逃れる方策が大々的に行はれ、実際の戸数の半分にもなつてゐた。都から次々と優秀な人材が派遣されたが、一向に改善されず、なかには富を蓄へ、多くの住民をさらなる貧苦へと陥れ、平然としてゐる者もゐた。

このやうな現象が全国的に見られるやうになつてゐたから、その解決策を上国の讃岐国で出す必要があり、道真は、そのための言はば特別地方行政調査官の役割（平田耿二『消された政治家菅原道真』）を担つた国司として、派遣されたのであつた。だから、通常の国司とは違ひ、在任中もしばしば都へ戻るなど、特別な扱ひを受けてをり、実務官僚としては決して左遷ではなかつた。

しかし、道真としては、華やかな宮廷詩人から外されたのが辛かつた。さうして、当代一と自負する自分がかうした役に就けられたこと自体、詩文そのものが軽んぜられる証拠と考へられたのだ。この傾向が強まつた先、どうなるのだらう？　詩はまつりごとの柱の一本であるのだが、そのことを政治家はすでに忘れてをり、やがて詩人自身も忘れてしまふのではないか。

その危惧に加へて、道真は琴も酒もたしなまず、人と気軽に話すことができない性格であつたから、独り異郷での無聊を紛らす術を持たなかつた。

秋来暗倍客居悲　　秋ヨリコノカタ暗《ほのか》ニ倍《ま》ス　客居ノ悲シミ
（略）
殊恨隣鶏報暁遅　　殊ニ恨ムラクハ　隣鶏ノ暁ヲ報グルコトノ遅キコトヲ
（「秋」）

秋が深まるとともに、友や妻子から離れてひとり過ごす夜のわびしさが増すばかりで、夜明けがひたすら待たれたが、隣家の鶏は容易に夜明けを告げない……。

たまに配下の者たちと馴染まぬ盃を手にしても、かうだ。

停盃且論輸租法　盃ヲ停《とど》メテハ且《しばら》ク論《あげつら》フ　租《いたしもの》ヲ輸《いだ》ス法
走筆唯書弁訴文　筆ヲ走セテハ　タダ書ク　訴ヘヲ弁《わきま》フル文
十八登科初侍宴　十八ニシテ登科シ　初メテ宴ニ侍リケリ
今年独対海辺雲　今年ハ独リヰ対《むか》フナリ　海ノ辺《ほとり》ナル雲
（「重陽日府衙小飲」）

酒席の話題は租税の取り立て法をめぐつてばかり。筆を採つても訴訟文を書くだけ。十八歳で文章生となり重陽《ちようやう》の詩宴に侍つて以来、欠かさずに来たが、今年の重陽の節は、ひとり南海の雲に対してゐる。

しかし、さう悲嘆しながらも、着任早々、領内を巡視するなど、精力的に働いた。

やはり律令国家体制を支へる一国司として、民の暮らしを安定させ、税収も確保しなければと強く思つてゐたのだ。

＊

この道真が直面した讃岐国の実情はどうであつたか。

どのやうな人に、冬の寒気は、辛いものとして早くに訪れるか？　その問ひかけを課題として、道真は各地を見て回つた。

結果が、この問ひかけを冒頭に据ゑた「早寒十首」となつた。

何人寒気早　何レノ人ニカ寒気ハ早キ
寒早走還人　寒ハ早シ　走リ還ル人
……
不以慈悲繫　慈悲ヲ以テ繫ガザレバ
浮逃定可頻　浮逃《ふてう》定メテ頻《しきり》ナルラム

租税負担に耐へかねて逃散《てうさん》したものの再び戻つてこざるを得なかつた者たちを採り上げてゐる。彼らは戻つて来たが、家や耕作する土地はすでに失はれてゐる。慈悲をもつて繫ぎとめる工夫をしなければ、また逃散するほかあるまい……。

それから妻子を連れ他国から逃げて来たものの、ここでも暮らしが立たず途方に暮れてゐる者、身寄りをなくした老人、両親を失つた子どもたち、痩せ馬を引く駅亭の者たち。

何人寒気早　何レノ人ニカ寒気ハ早キ
寒早釣魚人　寒ハ早シ　魚ヲ釣ル人
……

一時雇ひの水夫、小舟で釣るほかすべを持たない老いた漁師、塩田で働く者たちも、寒気の辛さを早々に感じてゐる、と彼らに身を添はせて、詠んでゐるのだ。

かういふ人たちの暮らしを安定したものにしなくては、国家の基盤が崩れる。が、さうした者たちを救済する手立てがあるのだらうか？

いきなりかうした現実に直面した道真は、自分にとつて親しい詩作でもつて、まづその実態を把握すべく努めたのだ。詩作を、現状認識のための有効な手立てとしたのである。

さうしてこの新任の国司は、方策に思ひ回らし、詩語を口走りながら、役所周辺の山野をさ迷ひ歩いた。

国府跡の背後には、田畑が広がるが、その向うに低い高台があり、大きな屋根が見える。鼓岡《つづみがおか》である。田畑を横切つて行くと、石段があり、傍らに「崇徳上皇木丸《このまる》御殿跡」と刻まれた石標が立つてゐた。保元の乱で破れ、この地に流されて最期を迎へたのがここなのだ。

まづ十段ほど上がり、さらに十段ほど上がつた右手に、復元された木丸殿がある。黒緑色のトタン屋根で、雨戸が締め切られてゐるのでよく分からないが、少し大きめの農家のやうである。

狭い前庭からは意外に見晴らしが利いた。

その視野のなかを列車が走り過ぎて行く。瀬戸内海を越えて岡山からやつて来て高松へ、逆に高松から本州へである。

道真が在任してから二百七十年後、崇徳上皇がここに幽閉されたが、当時も海が近くまで入り込み、舟を浮かべてゐた。それに乗れば、都はすぐだと思ふゆゑ、なほさら望郷の念に苛まれたらう。その揚句、この場で憤死し、世に巨大な禍をもたらす、恐るべき存在となつた。源平の騒乱からして、上皇の怨霊の仕業と信じられて来てゐる。

そのやうな場所になるとも知らず、道真はここに立ち、同じく望郷の念に苦しんだ。さうして十数年後に、その崇徳上皇に勝るとも劣らぬ苦しみを、太宰府の地で嘗める……。

頭髪に二筋、白いものがあるのを見つけて、かう嘆いた。

為是愁多臥海壖　是レ愁ヘ多クシテ　海壖《かいせん》ニ臥スルガタメニナリ

（「始見二毛」）

＊

赴任した翌仁和三年（八八七）の夏は気候不順で、飢餓の恐怖ばかりか、激しい風雨や地震に見舞はれた。

その最中の八月、光孝天皇が崩御、臣下に降つてゐた二十一歳の第七皇子源定省《さだみ》が親王に戻り、皇太子となつたうへで践祚、宇多天皇となつた。

その即位の儀が、十一月十七日、大極殿で行はれ、道真も上京して参列、正五位上に叙せられた。

新天皇は、藤原氏と血縁がなかつたが、基経の妹の尚侍《ないしのかみ》淑子の説得によるものであつたらしい。その経緯から宇多天皇は、基経に対して関白の詔を下した。万機巨細すべてまづ基経に関《かかは》り白《もう》し、その後に奏上奏下するやうに、といふものであつた。

基経は、当時の慣例に従ひ、一ケ月後に形式的に辞退した。それに対して天皇は、再び勅を下した。文章博士の橘広相《ひろみ》が書いたが、その中に「阿衡《あかう》の任を以て卿（基経）の任と為すべし」といふ文言があつた。「阿衡」とは、古代シナにおいて太政大臣の職掌を言ひ、先に光孝天皇が基経に与へた勅答のなかにも、この語があつた。

基経は、これを一旦は受けたが、基経の家司であつた藤原佐世《すけよ》が、阿衡は位であつて職掌ではないから、政治に与かるべきではないと進言したため、年を越すと、態度を一変させ、政務を一切見なくなつた。

いはゆる阿衡の紛議である。

橘広相は是善の弟子で、道真の推挙で文章博士となり、娘を宇多天皇の後宮に入れ、既に二人の親王をもうけるなど、確固たる地位を築いてゐたから、ここで広相を叩いて置かうと考へたのが一つの理由であつたらしい。また、宇多天皇自身がやがては基経を外して親政を採るべく意図してゐると察せられたのも、理由であつたと思はれる。いづれにしろ藤原佐世の進言を口実にして、宇多天皇の執政に対して徹底的に牽制する挙に出たのである。

広相は、基経らの阿衡についての見解に再三反論したが、勿論、聞く耳を持たなかつた。かうした行動を基経は陽成天皇の下でもしばしば執つたが、より手厳しく出たのである。

道真は、即位の式の後も京に留まつて年を越し、なほしばらく在京してゐたから、事態の推移を間近かに見守ることになつた。ただし、地方官であつたから係りを持つことは許されず、梅がほころび柳が青む頃になると、讃岐に戻つた。

さうして政務に精を出すかと思ふと、政務を他所に野山を逍遥、詩を高吟した。

水畔花前独立身　　水ノ畔《ほとり》花ノ前ニシテ　独リ立テル身
唯有時々東北望　　タダ時々東北ノカタヲ望ムコトアラクノミ
同僚指目白癡人　　同僚指《ゆびさ》シ目《め》ツク　白癡《はくち》ノ人ナリト

……

州民謂我一狂生　　州《くに》ノ民ハ我ヲ一ノ狂生《たぶれを》ナリトコソ謂ハメ

（「春日独遊」）

水辺や花の前にひとり立ち尽くして／しきりに東北の方、都の空を見つめる／府衙《ふが》の同僚たちは、さういふわたしを指さして、うつけ者、と／……／讃岐の民たちはわたしを狂つた書生と言ふだらう。かういふ姿を人目に晒すのを、道真は辞さなかつた。望郷の念と詩、そして、都での政局の成り行きが、道真のこころを捉へて離さなかつた。

＊

この仁和四年（八八八）は、しかし、前年に増して天候不順に見舞はれ、春から雨が降らなかつた。道真は、国衙の役人や各郡の司たちを集めると、僧たちに『大般若経』を読誦させ、降雨の修法を大々的におこなつた。

が、一向に好転せず、五月（当時の暦では夏）には雲も生ぜず、池は涸れ、蓮根も枯れる有様になつた。赴任して来た年、近くの池に蓮の花が咲いてゐるのを見て、仏教の説く浄土を思ひ、国内二十八の寺々に根を配つて、各地の潅漑用水池で栽培させた。蓮の根は食用になるし、実からは香油が採れ、池の保水能力を高める効果もあつたから、人々に喜ばれてゐただけに、この事態に衝撃を受けた。

火焼夏日地生煙　　火ハ夏ノ日ヲ焼キテ　地ハ煙ヲ生ズ

毒龍貪惜神通水　　毒龍貪《むさぼ》リテ惜シム　神通ノ水

邪鬼呵留智慧泉　　邪鬼ハ呵《しか》リテ留ム　智慧ノ泉
祝史疲馳頒幣社　　祝史《しゆくし》ハ幣ヲ頒《わか》ツ社《やしろ》ニ馳セムコトニ疲ル

激しい夏の太陽が地を焼き、土煙をあげさせる／毒龍が貴重な神通の水を惜しんで貪り呑み／邪鬼が熱気を吹きかけ智慧の泉の湧き出るのを阻む／神主は雨を祈願する幣帛をあちこちへと配り走るのに疲れ果てる……。

道真は、新たに呪願文を草し、讃岐国各地に配布、主だつた社寺や水神のおはすとされるところで、一斉に祈願を行つた。

それに際して、詩を高吟して山野をさ迷ひ歩くやうな道真の振舞ひが、天と応答する能力を持つ、と回りの人々には心強く受け取られた気配がある。

伝承によれば、道真は城山に神を祀り、降雨を祈願、七日七夜に及んだところ、たちまち雨が降つた、と言ふ。

城山の麓の城山神社の境内には、雨請天満宮が建てられ、その折の祈願がいまなほ顕彰されてゐる。ただし、実際はさう簡単には運ばず、幾度も幾度も繰り返し降雨祈願をしなければならなかつたのは、いま引いた詩からも明らかである。そして、疲れ、倦み果てたが、雨が降らない限り、祈願を止めるわけにいかなかつた。

さうして回を重ねるごとに、人々は効験を求めてさまざまに工夫、火を焚き、鉦や太鼓を打ち鳴らし、踊りもした。また、場所を変へても行つた。綾川を溯つた盆地の、綾歌郡綾川町の瀧宮神社には、道真が行つた雨乞ひを起源とする念仏踊が伝はつてゐる。

車で行けばさう時間はかからないはずだが、タクシーを拾ふわけにもいかず、讃岐府中駅へ戻り、急行や快速が幾台も通過するのを見送つた末、やつとやつて来た電車で高松へ出て、琴平電鉄に乗つた。大変な迂回である。三十分ほどして、やうやく滝宮駅であつた。

物静かな駅前から大通を五分ほど歩くと、瀧宮天満宮である。石鳥居から楼門、楼門から拝殿へ、ちよつと距離がある。土俵が設けられてゐるのは、道真の祖先野見宿禰が相撲の祖とされるからだらう。

拝殿は唐破風の庇の背後に、千鳥破風を持つ、瓦葺の白木の建物であつた。かつては絢爛としてゐたらしいが、明治六年（一八七三）に焼失、再建された。道真が一時、国府庁をここへ移した際、官舎とした跡だとも言はれてゐる。

その左の、梅が両側に植はつた道を行くと、参道の横に出た。

こちらは天満宮に倍する広壮さで、大木が鬱蒼と繁り、社殿が幾棟かあり、奥に堂々とした本殿があつた。

左側、大木の繁みを透かしてかなり低い位置に、大きな流れが見えた。綾川である。河口近い様子とはまるで違ひ、水量が豊かで、讃岐国にとつて最も大事な水源だと分る。

岸へ降りてみようとしたが、川縁は崖になつてゐて、覗き見るよりほかない。澄んだ水が砂利の川床に広がつて光の綾目を織り込みながら穏やかに流れてゐる。

この台地では、古くから水神が盛大に祀られてをり、降雨祈願のためには、城山よりも遙かに重要な場所となつてゐた。そこで道真は、ここの寺の院主と図つて、京の祇園社から牛頭天王《ごづてんわう》を勧請、讃岐一国の社と改め、祈願したと言ふ経緯がある。

その境内の隅に、念仏踊が重要無形民俗文化財に指定されたのを記念する碑があつた。大きなもので、八月二十五日にはいまも盛大に行はれてゐるらしい。鉦と太鼓が激しく打ち鳴らされ、陣羽織に袴姿の踊り手が念仏を唱へながら、大団扇を振り、跳びはねるやうに踊るのだ。幾組も出る。降雨を得た感謝の踊とされてゐるが、もともとは降雨を呼ぶための踊であつたらう。

＊

さうした間も都での紛議は続き、六月には天皇が学者や識者に意見を求め、広相の責任を一応認めることで打開を図つたが、基経は広相の処罰を求めてやまなかつた。

そのままずるずると月日が経過した、その間に、文室時実が讃岐に来訪、阿衡の紛議について語ることがあつたやうである。広相が父の弟子で、道真自身の請ひによつて文章博士になつたといふ経緯もあつたが、文書の文言をめぐる紛争は、文章を草することを仕事として来た自らの在り方に係はるし、国家そのものの大事にも及ぶと考へた。

この時代、公の文書はあくまで漢文であり、政務を公事たらしめる要の役割を担つてゐた。漢字といふ異国の文字を綴つて文章とすることが、この国の政治的体制を築き、定め、かつ、動かすことに直結してゐたのである。以前の豪族たちによる矮小な政治から脱却して来たのも、じつはかうすることによつてあつた。だから、些細とも思はれる文言が紛議の種になつたのである。

しかし、用ひられた一語の解釈次第によつて、当の文章を草した者が罰せられるやうなことになると、どうなるか。文章を綴るのを恐れ、忌避することにもなりかねない。さうなればこれまで築き上げて来た国家体制の基礎が揺らぐことになりかねないのだ。

いまのわれわれから見れば、大袈裟に思はれるが、当時は決してさうではなかつた。

干天の夏をどうにか乗り切ると、道真は意を決して、基経宛ての書状「昭宣公ニ奉ル書」を認めた。

勝手な解釈の危険を言ひ、広相の宇多天皇に対する「功績」と「親しさ」は基経にしても及ばぬところがあると、正面切つて指摘、彼を罪にすることは、基経自身にとつても悲しむべきことである、と説いた。

そこには讃岐での日々において養つたものも、込められてゐた。

さうして十月早々に上京、この書状を提出した。

条理を尽くして自分が考へるところを述べれば、基経は聞き入れてくれるだらうといふ自負が、道真にはあつたのだ。もしかしたら漢文による公式の文章を草する上での心得、実際的苦労、そしてその意義について、基経と親しく話し合ふやうなことが過去にあつたのかもしれない。政治は、文章を草することを内に繰り入れることによつて、過去から未来にわたる天下の在り方を意識し、正すことにもなつてゐたのである。

この書状が基経の手に渡る頃、基経の娘温子《あつこ》が宇多天皇の女御となることに決まつた。さうして、宇多天皇の親政への動きを牽制する目的を果たし、広相にも十分に打撃を与へたと、基経は判断したと思はれる。十月も二十七日には一転して政務に復した。

道真の諫言が功を奏したかどうか、よくは分からないが、成果があつたとする研究者が少なくない。自らの権勢に強い自信を持つてゐれば、大胆率直な諫言を却つて喜ぶところがあるのも確かで、この時の基経がさうだつたらう。また、漢文を草することにおいて巧みで、大勢の弟子を擁した道真を味方に付けて置く必要を感じてゐたはずである。政治は文字通り「文治」であつたのである。

この基経宛て文書は、また、宇多天皇の心に、道真の存在を深く刻み込つけた。

＊

その翌年（八八九）四月、改元が行はれ、寛平《くわんぴやう》元年となつた。任が果てるまでには、なほ一年あつたが、仕事に慣れるとともに、道真は詩作に耽ることが多くなつた。

さうするうちにも、自分の詩境がおのづから変はつて来たのを意識したやうである。

独吟

牀寒枕冷到明遅　　牀《とこ》寒ク枕冷《ひややか》ニシテ明《よあけ》ニ到ルコト遅シ
更起燈前独詠詩　　更《あらた》メテ起キテ燈前ニ独リ詩ヲ詠ム
詩興変来為感興　　詩興変ジ来リテ　感興ヲナス
関身万事自然悲　　身ニ関ハル万事　自然ニ悲シ

床が寒く枕も冷え冷えとして眠られず、夜明けはなかなかやつてこない／起き上がつて、灯をつけ、ひとり詩作にかかる／すると、これまでと詩興が変はり、覚える感興もまた変はつて来たと自覚せずにをれない／わたしの一身に係はる事柄すべてが、こころに染みていまや詩興をなす。

いかにも詩的であつたり優美であつたりすることではなく、この世に生きてゐるこの身――それはこの讃岐の地にひつそりと暮らしてゐる人々に通ずる――が感じ思ふことから、自づと生まれて来る感興、それが作詩のもとの「詩興」となる、と言つてゐるのである。

宮廷詩人が、普遍性に深く根差した詩人へと変はらうとするに至つたのである。

そのところを自覚したのか、これまでの自らの半生を振り返つて「苦日長」を詠んだ。

少日為秀才　少《わか》カリシ日　秀才タリシトキ
光陰常不給　光陰　常ニ給《つ》ガズ
朋交絶言笑　朋《とも》トノ交リニ言笑ヲ絶ツ
妻子廃親習　妻子モ親シビ習フルコトヲ廃《や》メタリキ

若くて二十三歳、文章得業生であつた時は／勉学のため時間が常に不足してゐた／友人と交はつて談笑することも止め／妻子と睦みあふことも廃した。

さうして任官すると、忙しく走り回つたことは、前章で引用した。そのつづき、

結綬与垂帷　綬《じゆ》ヲ結ブト　帷《とばり》ヲ垂ルト
孜々又汲々　孜々《しし》トシテサラニ汲々《きふきふ》タリ
栄華心剋念　栄華　心ニ剋念《こくねん》ス
名利手偏執　名利　手ニ偏執《へんしふ》ス

式部少輔と文章博士を兼ねる身となると／ともに一段と努めに努め／菅家廊下の繁栄をいよいよ深く念じ／名利に強く拘つた。

役所においても菅家廊下の主宰者としても、ますます精力を傾け、栄誉を得ようと努めたのだ。

当時殊所苦　当時《そのかみ》殊ニ苦シビトセシトコロ

霜露変何急　霜露　変ズルコト何ゾ急《すみやか》ナル
忽忝専城任　忽チニ専城《せんじやう》ノ任ヲ 忝《かたじけな》クシテ
空為中路泣　空《むな》シクタメニ中路《ちうろ》ニ泣ク

その当時、ことに苦しんだのは／露から霜へと季節が変はるやうに、身の上が急変したことだ／一転、讃岐守に任じられ／志も空しくなり中道にして泣いた。

身を置いてゐる状況がいつどう急変するか、予想を超える。なほ一層、力を発揮することができると思つたところが、讃岐守に任じられたのだ。挫折感を強く抱いたのである。

吾党別三千　吾ガ党　三千ニ別ル
吾齢近五十　吾ガ齢《よはひ》　五十ニ近シ
政厳人不到　政《まつりごと》　厳《いつく》シクシテ　人到ラズ
衙掩吏無集　衙《が》掩《おほ》ヒテ　吏ノ集《いた》ルナシ

菅家廊下の多くの門弟たちと別れて讃岐に赴任／わたしの年齢も五十に近くなつた（正しくは四十五歳）／国司として政令を厳しくするので、人々は慣れ親しんでくれず／官庁にあつても官吏たちが寄り集まつて来るわけでもない。

茅屋独眠居　茅ノ屋ニ　独リ眠リ居リ

蕪庭閑嘯立　蕪《あ》レタル庭ニ　閑《しづか》ニ嘯《うそぶ》キテ立ツ
眠疲也嘯倦　眠ルニモ疲レ　マタ嘯クニモ倦ミ
嘆息而鳴慨　嘆息シテ　鳴キ慨《うれた》ム

粗末な家で友にも妻子にも遠く離れ独り眠り／目覚めれば荒れた庭に向つて静かに詩を吟誦して佇む／しかし、いまは眠るのに疲れ、詩を吟誦するのにも飽き／ただ嘆息して、悲しみに沈む。

阿衡の紛議に当つて基経に書状を送つたことなど、忘れて、孤独な寄る辺なさを嘆いてゐる。

為客四年来　客《たびびと》トナリテヨリ　四年コノカタ
在官一秩及　官《つかさ》ニ在ルコト　一秩《ちつ》ニ及バム
此時最攸患　此ノ時最モ患《うれふ》ルトコロハ・
烏兎駐如縶　烏兎《うと》ノ駐《とどま》リテ縶《つなが》ルルガゴトキコト

国司となつて既に四年目／任期も満ちようとしてゐる／かうなつた今、最も苦しいのは／日月の歩みが繋がれたやうに遅いことだ。

あと四行を残すだけだが、紹介するまでもあるまい。

この日々にあつて、心癒されたのは、妻宣来子からの便りであつたが、どのやうな文面であつたらう。

彼女は、島田忠臣の娘であつたから、漢詩文をよくしたはずだが、暮らしのこまごましたことを夫に伝へるのには、漢文はそぐはないし、また、用が足りない。和歌を記すのに用ひられ始めた、万葉仮名を崩した仮名を用ひてゐたのではなからうか。暮らしのなかの言葉、そして、女の微妙な思ひを伝へるには、それにふさわしい文章があり、文字があるのだ。

道真にしても、表立つて用ひるに至つてゐなかつたが、妻子との間では仮名を使つてゐたのではないか。少なくとも漢文を崩し、それにともなひ部分的に仮名を使ふやうなことはしてゐたらう。

じつは讃岐の国府内では、一部であつたが、すでに万葉仮名なり平仮名が用ひられてゐた。赴任よりも十九年前になるが、貞観九年(八六七)、讃岐介であつた藤原有年が中央へ提出した申文がさうであつた。

このため道真としては、自分が親しんできた政治行政用語としての漢文と、自らの漢詩表現の枠を越えて、一段と深く思ひをめぐらせることになつたらう。地方の人々の日々の暮らしと、自らの内に流れるものと、決して別物ではなく、いづれも文字表現へと持ち込まなくてはならないのだ。そのためにはどのやうな道筋があるのか？　やまと歌なるものを強く意識しもしたらう。もしかしたら道真の手元には、ひどく不完全であつたらうが、『万葉集』が置かれてゐたかもしれない。

かうして翌寛平二年春、讃岐守の任期を終へた。

五、王沢《わうたく》ヲ詠ハム

寛平二年（八九〇）春、讃岐国守の任期が満ちると、道真は正式の交替解由《かうたいげゆ》を待たずに、帰京した。さうして三月三日には、宇多天皇が即位後も常の御所としてゐた、内裏の東隣、雅院で催された曲水の宴に招かれた。

庭園を細い流れが曲りくねつて行く要所々々に座が設けられ、そこに座した一人一人が流れ下つて来る盃を載せた台を一時留め、詩を詠み、酒を飲んで、盃を返すと、次へ送るといふ文雅の行事である。基経を初め、阿衡の紛議のもとになつた勅を書いた橘広相、岳父の島田忠臣らも出席した。

じつは道真は、公式にはまだこのやうな席に顔を出せる身の上ではなかつた。国司は、任期が満ちたところで、徴収すべき租税など官物の不足がないことを確認（不足があれば補填しなければならない）し、そのことを後任の国司もまた認め、証明する解由状を受け取り、それを太政官に提出して初めて帰京が許される、その決まりを越えた、破格の処遇であつた。まづは列席できた喜びから詠ひ起す。

擲度風光臥海浜　風光ヲ擲《なげう》チ度《わた》リテ　海浜ニ臥セリキ
可憐今日遇佳辰　憐レブベシ　今日佳辰《かしん》ニ遇フコトヲ

風光を愛でることもせず職務に従事、空しく海浜に暮らして来た／今日、風雅に遊ぶよき時を迎へ、感慨無量である、として、

近臨桂殿廻流水　近ク臨ム　桂殿《けいでん》　廻流《くわいりゆう》ノ水
遥想蘭亭晩景春　遥ニ想フ　蘭亭《らんてい》　晩景ノ春
仙盞追来花錦乱　仙盞《せんさん》　追ヒ来リテ　花錦《くわきむ》乱ル
御簾巻却月鈎新　御簾《ぎよれん》　巻キ却《しりぞ》ケテ月鈎《こう》新ナリ

間近かに桂殿を見、巡る流れを眺めると／かつて晋の時代、蘭亭で王義之《わうぎし》らが集ひ、曲水の宴を催した春の暮れ方の情景が思ひやられる／殿上の盃が流れ下つて来て、水面に映る花の影を乱す／雅院の御簾を巻き挙げると、新月が釣針のやうに鮮やかである、と眼前の情景を言ひ、

四時不廃歌王沢　四時《しじ》　王沢《わうたく》ヲ歌ハムコトヲ廃《や》メズ
長断詩臣作外臣　長ク詩臣ノ外臣《ぐわいしん》タラムコトヲ断タム

四季折々、帝の恵みを讃へる歌の絶えることがないよう／詩臣をして地方官とするのはやめていただきたいものだ。

随分、勝手な要求をしてゐるとも読めるが、要は、「四時不廃歌王沢」の一行である。天皇のまつりごとが行き渡り、その恵みを豊かに受けてゐるのを折に触れて喜び、讃へるところに、臣下の詩人

たる者の役割がある、としてゐるのだ。詩人のこのやうな自己規定は、権力への迎合と受け取るひとがあるかもしれないが、この時代、天皇たる存在が、太古の闇のなかから神々を戴いて出現し、秩序ある平安な暮らしを約束する世を築き、一部の人々に留まるものの、唐に倣つての雅びの遊びを実現してゐるのである。だから雅びの遊びこそ、この世が楽土たり得てゐる証であり、その今を褒め讃へ、やがてはより多くの人々が与かるべく、さらに努めつづけることを期す……。

このところ、『文選』に収められた班固「両都ノ賦」の序文の一節「王沢竭《つ》キテ詩作《おこ》ラズ」、すなはち、王沢（天子の恵み）と詩（文化）は分かち難く、興廃をともにするといふ思想を踏へてゐるのである。政治が正しく行はれ、その恩恵が広く及んでゐるなら、詩人が四季の移り行きや宮廷の雅びを讃へ詠ひ、より確かなものとする。もし詩人が詠はなくなれば、政治は正しくなく、恩恵を及ぼしてゐない事態になつてゐることを示す、と。

嵯峨天皇が掲げた思想だが、この頃にはそれに対する批判的意見が有力となり、「詩人無用」が盛んに唱へられるやうになつてゐた。が、道真はそれに抗して、「詩臣」の役割を忘れてはなりませぬ、国司の役割も大事ですが、それ以上に重んじて戴きたい、と主張してゐるのだ。そこには讃岐国守の任を果たした自負と阿衡の紛議の経緯も踏まへてゐよう。

その讃岐在任の疲れが出たのか、道真はしばらく脚疾と頭瘡に悩んだ。

さうして、夏を越した九月九日の重陽宴には、まだ国司の引き継ぎが完了してゐなかつたが、これまた出席を許された。

つづいて翌閏九月十二日、雅院に文人十二人が密かに召されたが、そのなかに道真も加へられてゐた。課題を与へられたが、賦（対句を多く用ひた文体の一様式）では君主たる者が政治に励む道を、詩では臣下として仕へる心得を述べよといふものであつた。

　宇多天皇は、親政を視野に入れて、まつりごとに臨む決意を示すとともに、参集した者たちに忠勤を求めたのだ。じつはこの頃、基経は健康を蝕まれ、床に伏すことが多くなつてをり、死も遠くないと、天皇は見極めてゐたと思はれる。

　その課題に道真はどのやうに応へたか。

　賦では朝早くから夜遅くまで、民を思ひ、賢臣の諫言を重んじて政治に励む君主と、そのやうな君主に忠勤を尽くす王臣たちによつて行はれる王道善政の理想が、句毎に古典の語句を嵌めこんだ対句をもつて、格調高く綴られてゐた（藤原勝巳『菅原道真と平安朝漢文学』に拠る）。道真にしても親政の日は近いと考へてゐたのであらう。

　詩は「寒霜晩菊」と題して、霜の置いた菊を薄霧に包まれた星だとか、化粧を落としきらぬ美女の艶やかさに譬へた上で、「白キヲ戴キテ貞節ヲ知ル　深秋ニ涼ヲ畏レズ」と、如何に困難な状況となららうと無私の貞節を貫く決意を示して結ばれてゐた。すなはち、堅苦しい臣従一途の立場は取らず、雅びに遊ぶことの大事さを踏へ、宴に侍る美女たちを称へる心くばりも忘れない姿勢を示しつつ、忠勤を誓つたのである。

　阿衡の紛議によつて宇多天皇は、道真の存在に注目してゐたが、この賦と詩によつて、信任の念を一段と深めただけでなく、親愛の情を抱くに至つたと思はれる。政治権力をより確かに掌握して、善政を追究するとともに、雅びに、時には享楽的官能的な世界にも天子として遊ぶことも望んでゐたのだが、それに対し的確に応へたのだ。道真の詩人としての感性が、さういふところを理解し、ある点では共感もしたのであらう。

二十九日、重ねて近臣たちとともに道真も呼ばれ、蘭の香りのする灯火を掲げ、桂の枝を入れた酒を酌み交はし、詩を作つた。

このやうに天皇が催す近臣だけの宴に、道真は常に召されるやうになつた。

＊

基経の病は募り、回復を願つて十月末日には大赦が行はれたが、好転することなく、十二月には関白を辞した。そして、年を越して一月十三日、死去した。五十六歳であつた。

深草（正しくは宇治木幡山）に葬られ、親しく仕へた上野峯雄が嘆き悲しんで、から歌を詠んだのが知られてゐる。


深草の野辺の桜し心あらば今年ばかりは墨染めに咲け

並び無い権勢を誇つてゐただけに、悲しみに沈む人々は多かつた。

さうしたなか、二月十九日に宇多天皇は、それまで住居としてゐた雅院を出て清涼殿に移つた。いよいよ自らが親しく政治を執ることの、端的な表明であつた。天皇は血気盛んな二十五歳であつた。

三月十九日、亡き基経の息時平が参議に任じられたが、二十九日には、その弟高経が占めてゐた蔵人頭《くらうどのとう》に、道真が任じられた。四十七歳であつた。

蔵人とは、周知のとほり嵯峨天皇の時代に設けられた令外の官の一つで、天皇に近侍し、機密文書などを扱ふ要職であり、勅語を初めとする天皇の下達、また、上奏に係はるほか、宮中の雑事一切に与かり、殿上では位階の上下にかかはらず蔵人頭の下に列し、何人もその指示に従はなくてはならなかつた。

宇多天皇は、腹心中の腹心として、道真を選んだのである。

阿衡の紛議によつて、天皇は基経から徹底的に威嚇され、親政への望みを打ち砕かれたが、その基経が突然ゐなくなり、その跡を継ぐべき長男時平はまだ二十一歳、思ひがけない好機の到来であつた。その阿衡の紛議を収めるのに働きがあり、基経ともよい関係を築いてゐたのが道真であつた。その点で、道真を登用し、身辺に置くことは、残された時平らと対立を構へることにはならず、それでゐて独自の道を採る上で頼りになる存在であると思はれたのであらう。

蔵人頭になつて十二日後の四月十一日、左中弁《さちゆうべん》に任じられた。これまで道真が勤めて来た式部、民部、治部、それに中務を加へた四省が左弁に属し、それを統括するのが左中弁で、実務と政務の中枢を繋ぐ要職中の要職であつた。

この後、禁色の衣服を着するのを許す宣下を受け、名実ともに殿上人となつた。

この左中弁の直接の上司は左大弁だが、讃岐で善政を行ひ、道真も敬意を抱く、二十歳上の藤原保則《やすのり》が就いてゐた。そして、左大臣は源融、右大臣は藤原良世《よしよ》であつたが、いづれも老齢で、実質的に政治を動かしてゐたのは大納言の源能有《よしあり》であつた。能有は、文徳天皇の子で臣下に降つた身であつたが、道真と同じく母を伴氏とし、同年齢で、親しく行き来もし、気心が知れた間柄であつた。かういふふうに道真が腕を振ふ条件が揃つたのである。

さうして打ち出したのが、権門の大土地所有を抑制し、農民を保護、朝廷の財政基盤を確かなものにしようとするものであつた（平田耿二前掲書）。

＊

七月、少年期以来、頼りにして来た島田忠臣を失つた。学問においても詩作においてもよき導き手で、妻の父で、是善が亡くなつた後は実の父のやうに思つて頼りにして来てゐたから、悲しみは深かつた。詩「田詩伯を哭す」を作つたが、その中にかういふ一行を書き込んだ。

非唯哭死哭遺孤　タダニ死ヲ哭《な》クノミニ非ズ　遺《のこ》レル孤《みなしご》ヲ哭ク

朝廷内の地位が急速に高まり、独自な政策も打ち出すやうになると、嫉妬し反撥する人々が増へ、友人といふべき者は減つて、孤独の思ひを噛みしめてゐた最中であつたから、なほさら身に応へたのだ。

それから間もなく、道真の自邸、宣風坊臨水亭に時平を迎へた。

先に見た書斎とは別の、広々とした池に面した客殿であつたらう。時平は参議で、道真の上に立つてゐたが、経験を積んだ二十六歳上の、この家の主人には及ぶべくもなかつたから、北家藤原氏を統括する立場を押し出すわけにも行かず、神妙に招きを受けたのである。

さうして詩をやり取りし、天皇に仕へる道に及ぶと、時平は「忠」と「信」の二文字をもつて応へた。道真は喜び、「千金ノ値」と称揚した。

少なくともこの時点で、時平と道真は、宇多天皇を支へるため心をひとつにする姿勢を互ひに示したのである。

＊

この年の秋かと思はれるが、内裏で菊合が行はれた。

左右二つに別れて名所十の洲浜を作り、菊を植ゑ、それぞれに詠んだ歌を書きつけた短冊を結び付け、競ひ合ふのである。紀友則、大江千里、素性らが出席したが、道真も加はり、吹上の浜の歌を詠んだ。

秋風のふきあげに立てるしらぎくは花かあらぬか浪のよするか

秋風が吹き上げる吹上の浜に立つ白菊は、花であるか岸に打ち寄せる白波であらうか、と吹上の地名を軸にして、白菊の花を白浪に見立てるとともに、両者を並列させ、半ば溶け合はせて独特なイメージを生み出してゐる。今日ではつまらない歌とされさうだが、後に『古今集』に採られたやうに、決して凡作ではない。この歌集の秀歌に通底するものが明確にあつて、出来映えも十分に拮抗して、有名な凡河内躬恒《おほしかふちのみつね》の「心あてにをらばやをらむ初霜のおきまどはせる白菊の花」よりも、詩情があるのではないか。

宇多天皇の関心は、漢詩から離れることはなかつたが、唐風一色の朝廷の在り方に飽き足らぬものを覚え、かつ、後宮の女たちの好みの変化を受けて、この国土に根差した、より自らの感覚に添つた催しや歌に関心を向けるやうになつてゐた。それに対して道真は、讃岐での日々における自らの「詩興」の変化を自覚して、その展開を考へながら、的確に応じて行つた、と捉へてよからう。さうして漢詩人の立場をきつちり踏まへつつ、求められれば和歌も詠んだのである。

『古今集』の表現法の基本は、六歌仙の時代にほぼ出来あがつたと言はれるが、その末期に当るこの頃、道真のかうした活動が、少なからず影響力を持ち、一段と洗練、仕上げられて行くのに大きく係はつたと考へられる。

これまた、年月が特定できないが、さほど隔たらない時期に、歌合初期の歴史を飾る「寛平御時《くわんぴようのおんとき》后宮歌合《きさいのみやのうたあはせ》」が催された。

天皇の意向を受け、后宮（天皇の母后か中宮温子か両説がある）が主催した大掛りなもので、春・夏・秋・冬・恋の五題それぞれ二十番、計百番、総数二百首の規模で、藤原敏行、紀友則、凡河内躬恒、藤原興風、素性らに、まだ若い紀貫之も加へられた。そこに道真の名はないが、この催しの企画そのものに関与してゐたのではなからうか。もしかしたら題や出詠者の選定、当日の運営にも道真の意見がはいつてゐるかもしれない。

その歌合から目についた歌を挙げると、

谷風にとくるこほりのひまごとにうちいづる波や春のはつ花　　源　当純
蟬のこゑきけばかなしな夏衣薄くや人のならむと思へば　　紀　友則
白波に秋のこのはのうかべるをあまのながせる舟かとぞ見る　　藤原興風

いづれも後に『古今集』に採られた歌で、いはゆる古今調を鮮やかに示してゐる。言葉の指示対象よりもそこに開ける観念的次元において初めて浮かび出てくる観念なりイメージの連鎖をたどつて、展開するのだ。現実の次元から遠く離れ、言語が可能にする自在さを存分に発揮、現実の地平では与かり得ない詩的世界を創り出すと言つてもよい。多分これは、漢詩に親しむことによつて獲得された言語感覚なり言語意識に基づかう。

このやうなところでの道真の影響は大きかつたし、この歌合が初の勅撰和歌集編纂の機運を確実に高めたのは確かである。その勅撰集をといふ発想自体、『凌雲集』『文華秀麗集』『経国集』と重ねて来た漢詩集のものであつた。

＊

道真の邸宅から南西へ下ると、七條坊門の南、堀川の西に、東市があつた。門を入ると、五十一もの店が並び、さまざまな品物が商はれてゐた。官営の市場で、西京には西市があり、月の前半は東、後半は西と立つ期日が分けられてをり、傍らに井戸、そして社があつて、民家が回りに軒を並べ、人々が集まつた。

道真は折に触れ、立ち寄つたらう。急速な昇格によつて、世の実態をありのまま知らせてくれる人が身近から乏しくなつたから、なほさら努めたはずである。それが讃岐国守として得た政治に与かる者としての心得であつたし、変化した「詩興」を求めることにもなつた。従来の漢詩の枠に囚はれずに詩作し、和歌も詠むためには、人々の暮らしの実態に親しく触れなくてはならないのだ。

その東市は、いまの西本願寺境内にあつたが、天正年間に、秀吉の指示で河原院の跡地へ移された。河原町筋を七條から北へ進むと、左側に枳殻邸《きこくてい》の裏の塀がつづくが、その塀が尽きた先、道は右へやや斜めになる、その最初の左側の辻の角に、市比売《いちひめ》神社の標識が出てゐるが、それが東市に祀られてゐた社の名である。

そこを入ると、角から一軒置いて、五階建てのマンションがあり、一階の軒に瓦を乗せて朱塗の柱が立つてゐる。左の柱に「女人守護」、右には「女人厄除」の文字がある。

市場の守護神で、商売繁盛を願ふ社であるが、女神なので女性守護の神ともなつてゐるのだ。

その朱の柱の間を抜けると、マンションの中庭に出るが、そこに石鳥居があり、小ぶりな社殿がある。

その左に、自然石で囲はれた井戸があり、竹筒から水が流れ出てゐる。「天之真名井《あめのまなゐ》」と立札がある。天之真名井とは、高天ケ原の聖なる水の湧き出る井戸の名であり、天照大神と須佐之男命《すさのをのみこと》がこの傍らで誓約を立て、その水を口に含んで吹き出し霧とした中から、ここに祀られてゐる女神たちが出現したと、『古事記』ではなつてゐる。

だから、ここはかつての東市の中心であるとともに、高天ケ原でもあつて、女神たちが誕生した現場だといふことになりさうである。

老女が大型のペットボトルで水を受けてゐた。

「おいしい水ですか」

と声を掛けると、

「ええ、お茶によろしどす。毎日、頂きに参じてをりますのよ」

さう愛想よく答へる。錦天神でも水が出てゐたのを思ひ出した。

「どうぞ、頂きやす」

さう言つて場所を譲ると、老女はペットボトルを手拭で拭ひ、猫でも抱くやうに抱へた。

市には人々が集まつたから、空也上人が念仏の布教の場としたし、鎌倉時代になると、一遍上人が傍らに踊屋を建て、踊り念仏を興行した。『一遍聖絵』には牛車の貴人たちを初め大勢が詰め掛けてゐる様子が描かれてゐるが、その下辺に鳥居が見えるのが市比売神社である。

この一遍の興行から時宗の道場ができ、やがて寺となつたが、それがこの神社に隣接する金光寺である。天正年間に共に移つて来たのだ。

井戸の木蓋には、朱色に塗られた張子の小さな姫達磨が並べられてゐた。卵ほどの大きさで、少女の顔立ちが愛らしい。

見てゐて、休みの夜、久しぶりにのんびり自邸で過ごしてゐた道真が、夫に従ひ遠く地方で暮らしてゐる娘と孫のことを思つて詠んだ詩が思ひ出された。道真も恐ろしく子煩悩なひとであつた。その一節。

離去路何賒　　離レ去ルコト路何ゾハルカナル
一嘆腸廻転　　一タビ嘆ケバ腸廻転シ
再嘆涙滂沱　　再タビ嘆ケバ涙滂沱《ぼうだ》タリ

（「仮中懐ヲ書ス」）

寛平四年一月には従四位下に進み、ますます忙しくなるとともに、かうした一時、感傷に敢へて自分を委ね、漢語をもつて敢へて構築的に事々しく詠んでみせたのである。


柄杓で受けて、水を飲む。喉を通り過ぎて行く冷たさが快い。

この快さは、間違ひなくわたし一人の密かな感覚だが、ここに来て飲む人の数だけそれはあるはずだ。なかにはかう口に水を含み、霧を吹き出して誓約するひともゐるだらう、神話のやうに姉と弟の場合もあれば、男と女がゐるかもしれない……。

ペットボトルを三本持つた中年の男がやつて来たので、社殿の方へ行く。

その頃、道真は『三代実録』の撰修に与かつてゐたが、それと平行して、宇多天皇の命を受け、独力で『類聚国史』（寛平四年・八九二奏上）の編纂作業に従事してゐた。『日本書紀』を初めこれまで成立してゐたわが国の史書六種から抜き書きをし、事項ごとに分類、素早く参照できるやうにするためであつた。

事が起これば、冷静・的確に対応するため過去の事例を参考にする必要があるが、これまでわが国ではその蓄積が貧しいまま、疎かにされ、もつぱら大陸に範例を求めて来た。しかし、史官たちの努力によつてわが国の過去の事例が集められ、ある程度参看出来るやうになつたのを受けての、作業であつた。わが国のことにはわが国の事例を参考にとの考へが強くなつてゐたのだ。文明、風土、歴史が違へば、やはり越えられない違ひがあると、この頃には、はつきり感じるやうになつてゐたのであらう
その作業は、日々の業務の傍ら進めなくてはならなかつたから、大変であつた。しかし、道真は弛みなく積み重ね、じつに全二百巻の大部に及びつつあつた（うち六十二巻が現存）。

その一方で、天皇に対して『群書治要《ぐんしよちえう》』の侍読を行ふのも忘れなかつた。大陸における政治の実態もよく知つておいてもらはなくてはならない、と考へたのである。

この年の十二月五日、道真は左京大夫も兼ねた。左京の司法、警察を初め戸籍、租税、道路なども司る役所の長官である。当然、東市も所管になつたから、東市へ足を運ぶことが一層多くなつた。

その道真の注意を引いたのは、物産の名を記した文字であらう。ほとんどは仮名文字が用ひられてゐたものの、後宮で和歌を記すのとは違つた表記であつたはずである。それを見て回りながら、この国土に根差すものの多くは、仮名を使ふよりほかなく、そこから別の表現領域も広がりさうだと思つたらう。

＊

翌五年正月、子《ね》の日の十一日に、宮中の女人たちを中心とする密宴が開かれた。古くから天皇が菜羹《なのあつもの》を賜ふ宴があつたが、『万葉集』巻頭の歌、「籠《こ》もよ　み籠もち　ふくしもよ……」などを見て、道真が女による行事をと考へ、企画したものであつた。その宴の詩序には、これまで天皇から盃を賜るのは男ばかりであつたが、若菜を摘み羹にあへるのは女人であり、この楽しみを宮中の女人に分かたれるのはむべなるかな、と書いた。さうして当の席での道真の漢詩が、大変な評判を呼んだ。『和漢朗詠集』に出てゐるので、そちら（大曾根章介他校注、新潮日本古典集成）から引用すると、

舞姫が天皇から登場を頻りに催促されながら、化粧を急ぐ様子から始まる。

雙鬟且理春雲軟　　雙鬟《さうくわん》カツカツ理《り》シテ春ノ雲軟カナリ
片黛纔生暁月纖　　片黛《へんたい》　纔《わづか》ニ生《な》ツテ暁月纖《ほそ》シ
羅袖不遑廻火熨　　羅袖《らしう》ハ火ノ熨《のし》ヲ廻ラスニ遑《いとま》アラズシテ
鳳釵還悔鏁香匳　　鳳ノ釵《かんざし》ハ還リテ香ノ匳《はこ》ニ鏁《さしこ》メタルコトヲ悔ユ
和風先導薫煙出　　和風《わふう》先導シテ薫煙出ヅ
珍重紅房透翠簾　　珍重タリ紅房《こうはう》ノ翠簾《すいれん》ニ透ケル

両方の鬢はやうやく結ひ上げたばかりで、春の雲のやうにたをやかである／眉墨はまだ片方を描いただけだが、明け方の三日月のやうに纖く美しい／薄物の袖には火熨を隈なく当てる暇がなく、しどけないまま／鳳凰の形の釵は香匳に深く入れたまま取り出せないのが悔やまれる／やうやく春の風が

吹き、麝香を燻らした煙が先導して、舞姫が現はれ出る／その時、翠簾がなびいて舞姫の部屋の紅が透し見えるのが、なんともなまめかしい。

表面は、あくまで舞姫の身じまひする艶冶な様子を扱ひながら、これまで後宮の内に閉じ込められてゐた女の麗しい世界が、やうやく表の世界へ引き出された意義を強調してゐると、受け取つてよからう。詩序が述べてゐることとも照応する。そして、そのところを端的に言ふ「和風先ヅ導イテ薫煙出ヅ」の一行だが、その「和風」は穏やかな風、春風の意であるとともに、わが国振りの意も含まれてゐると考へてよいのではないか。

これより十二年後には、『古今集』が編纂され、その仮名序で紀貫之が、「色好みの家に、埋れ木の人知れぬこと」となつてゐた和歌が、「まめなる所」へと持ち出されたと高らかに述べるが、文字通り「色好みの家」のものが「まめなる所」へ引き出されたのは、この時のことであつたと見てよからう。さう仕組んだのが、ほかならぬ道真だつたのである。

そこには宇多天皇がすぐれて「色好み」であり、後宮に多くの美女を抱へてゐたことが大きな力となつたのは言ふまでもない。

道真はこのやうに新たな雅びな宮廷文化を創るため創意工夫を凝らし、ますます宇多天皇のこころを捉へたのだ。

六、亭午《ていご》の刻《とき》

急速な昇進はとどまることがなかつた。

寛平五年（八九三）二月十六日には参議となり、宮中において政に関する議に列するやうになつた。大中納言に次ぐ位で、式部大輔を兼ねた。

この同じ日、中納言となつた時平から、石帯《せきたい》を贈られた。河南省鄭州《ていしう》産の玉《ぎよく》をちりばめた、参議にして初めて許されるものであつた。道真は感謝の詩を送つた。

さらに同じ月の二十二日左大弁に任じられ、行政のトップに座つた。讃岐から帰つて三年ほどの間のことである。そして三月十五日には、役人の交替の際、引き継ぎの書類を審査する勘解由使《かげゆし》の長官も兼ねた。

道真の上には、依然として左大臣に源融、右大臣に良世がゐたが、他に大納言源能有、中納言に時平、国経らがゐるばかりであつた。

天皇は、ますます道真を信任し、頼みとするところから、肝要なことは道真一人に諮《はか》るやうにさへなつた。

その最たるものが、皇太子を誰にするかといふ問題であつた。

天皇自身、まだ二十九歳で、さう急ぐことはなかつたが、基経の娘温子が入内してをり、その温子に男子が生まれると、またも藤原氏の掣肘を受ける事態になりかねないので、それよりも前に、基経から遠い血筋の皇太子をといふ考へが、宇多天皇に生まれたやうである。

候補として、藤原高藤（良房の弟良門の次男）の娘胤子《たねこ》が生んだ敦仁《あつぎみ》親王（九歳）と、橘広相の娘義子の生んだ斉世《ときよ》親王（八歳）のふたりがゐた。そのいづれを選ぶか、天皇は迷つた。天皇自身は、斉世親王を望んだが、さうすると、摂関家とあからさまに対立する恐れがあつた。その点、敦仁親王であるなら、冬嗣の流れで、いまでは傍流であつたが、藤原家であつた。

宮廷における権力の所在に直接係る、最も核心に属する微妙な事柄である。その相談に道真一人が与かつてゐると、いつとはなしに漏れ伝はるとともに、誰もが不快の念を抱くやうになつた。なぜ道真一人なのか？　もしかしたら道真はあやかしの術をもつて天皇を籠絡したのではないか。挙げ句の果て、道真は皇位に野心を抱いてゐると言ひ出す者まで現はれた。

時平ら有力貴族が警戒感を強めたのは言ふまでもない。

さういふ状況の下、四月二日、皇太子に敦仁親王（後の醍醐天皇）が決まるとともに、道真は春宮亮《すけ》を兼ねることとなつた。皇太子の面倒を見る役所の次官で、皇位継承に深く係はる立場である。

＊

早くから編纂作業が進められてゐた『新撰万葉集』が、この年の九月二十五日、正式に撰進された。歌はいづれも独自な万葉仮名で表記され、その翻訳とも翻案とも言ふべき七言絶句が添へられた。

道真の撰と伝へられるが、採り上げられた歌の大半は、先の「寛平御時后宮歌合」のものである。宇多天皇の意向によつて大々的に後宮で行はれたのを受けて、道真の監修のもと、漢詩への翻訳なり翻案が行はれ、まとめられたのだ。先に指摘したやうに、歌合を計画した段階から企図されてゐたと思はれる。

かうして和歌を、漢詩と並べ、ともに公の文芸にするとともに、漢詩には和歌的な、和歌には漢詩的な表現性を獲得させようとする狙ひがあつたのであらう。

巻頭の歌と詩を掲げればかうである。

水之上丹　文織紊　春之雨哉　山之緑緒　那倍手染濫
（水の面に　文織り亂る　春雨や　山の緑を　なべて染むらん）

春来天気有何力　　春来タリテ天気《てんけ》何ノツトメカ有ル
細雨濛々水雨縠　　細雨濛々トシテ水雨コマヤカナリ
忽望遅々暖日中　　忽チニ遅々タル暖日ノ中ニ望メバ
山河物色染深緑　　山河物ノ色染メテ深ク緑ナリ

宮廷社会において漢詩なり漢文を作るのを必須とする状況は、嵯峨天皇の下に確立、唐風化が押し進められ、淳和、仁明天皇の治世を経ていよいよ成熟するに至つてゐたが、先代の光孝天皇から微妙な変化を見せ始めてゐた。さうしてこの集が、和歌に対して漢詩で応じる組織的な初の試みとなつたのである。道真は、漢詩の側に身を置きながら、その企てに積極的に係はつた。

これに呼応するかたちで、翌寛平六年四月、大江千里が宇多天皇の勅命を受けて――ここにも道真の差配を認めてもよいのではないか――『句題和歌』を纏めた。こちらは漢詩の一句を題として、和歌を詠んでゐる。漢詩で表現したものを歌に移し替へる、言ひ換へれば、翻案である。

例へば、

余花葉裏稀
春尽啼鳥廻

ちりまがふ花はこのはにかくされて稀に匂へる色ぞともなき
限りとて春の過にしときよりぞなく鳥のねのいたくきこゆる

歌として秀れてゐるとは言へないやうだが、『新撰万葉集』では和歌から漢詩へ、『句題和歌』では漢詩から和歌への、一種の翻訳なり翻案が、対をなすかたちで行はれたのである。時代が文学表現の分水嶺に差しかかつてゐることを端的に示してゐる。

*

その年の八月二十一日、道真は遣唐大使に任じられた。副使は紀長谷雄であつた。

五十六年ぶりの任命であつた。すでに唐は衰へ、公の使節を派遣しても、それに相応しい待遇を期待出来ないばかりか、危険に晒される恐れさへあつたし、使節を派遣せずとも、文物が十分に入るやうになつてゐた。それにもかかはらずのこの任命には、道真一党を政治の中枢から排除しようとする者たちの企みと見る向きもある。

ただし、この発令を天皇が認めたのは、これをよい機会として、対唐政策の転換を明確にしようといふ意図があつたからであらう。その点に関して、道真とは前以て打ち合はせてゐたと思はれる。

翌月九日、殿上で恒例の重陽の節を催した翌日、雨であつたが、天皇の詩に応へて、詠んでゐる。

紗燈一点五更廻　　紗燈《しやとう》一点　五更廻ル
不要寒鶏暁漏催　　寒鶏　暁漏《げうろう》ノ催スコトヲ要セズ
晴誤穿雲星乍見　　晴レテハ雲ヲ穿チテ星ノ乍《たちま》チニ見ユルカト誤ツ
秋疑冒雨菊新開　　秋ニハ雨ヲ冒シテ菊ノ新ニ開クカト疑フ
耳聞落涙兼聞曲　　耳ニ落涙ヲ聞キテ兼ネテ曲《くゐよく》ヲ聞ク
手勧微心且勧盃　　手ニ微心ヲ勧メテ且盃ヲ勧ム
毎憶脂膏多渥潤　　毎《つね》ニ憶フ　脂膏ノ渥潤《あくじゆん》ノ多キコトヲ
那勝恩沢繞身来　　那《いか》ンゾ恩沢ノ身ヲ繞《めぐ》リテ来ルニ勝《た》ヘム

紗に包まれた燈ひとつ殿上に灯つたまま、夜が更け、暁が近づく／鶏や漏刻が時を告げるまでもない／その燈は雲間から輝き出す星か／雨の下、菊の花が新たに咲いたかと思はれる／昨夜来の雨を涙の滴る音とも官女の弾く曲と聞く／灯心を掻き立て、侍るわれらは盃を重ねて自らの微力を奮ひ立たせる／いつも思ふ、燈を燃やす脂膏の潤ひ豊かなことを／そして天皇から受ける恩恵に勝るものはない、と。

天皇と道真の間は、間然するところがない。深く親しみ、心から厚遇を感謝してゐるのである。そして、四日後の十四日、遣唐使の廃止を道真が提案した。

渡航の危険と、唐の「凋弊《てうへい》」による、治安の悪化と使節派遣の対価の貧しさを理由とした。また、唐の政治体制に倣ふことが、朝廷の権威を保つことにはならなくなつたといふ事情も、大きかつたらう。

それに後宮を中心とした女たちの好みの変化と成熟があつた。服装、持ち物、室内装飾、そして、催し事、さらには絵巻や消息の書き文字においても、独特な洗練の度を加へ、角張り、きつい色彩を退け、なよやかな優美さを追求するやうになつてゐたのだ。たとへ舶来物がもたらされたとしても、さほど珍重しなくなつてゐた。さういふ状況が、天皇を初め男たちを巻き込むだけの力を獲得するやうになつてゐたのである。

菊合や歌合などの開催や女人中心の宴がさうであつたし、なによりも和歌がさうであつた。そして、恋の橋渡しには和歌が必須となつてゐた。

このやうな変化を公式に、きちんと認めるのに、遣唐使の廃止決定ほど、相応しいものはなかつたらう。それも、曽祖父古人の代から唐風化に努め、いまなほその第一者の地位にある道真の奏上をもつて行へば、効果的であつた。

ただし、これはある意味では、道真自身が拠つて立つところを、自ら掘り崩す方向へ時代を導くことであつたのも確かであつた。祖先が積み重ねて来た役割を、逆転させるのである。

そのことを自覚してゐたからであらう、この頃になると、先にも触れた「孤独」の語を、苦みを加へて口にするやうになつてゐたし、四日前の詩にも「微心ヲ勧メテ」と自らを鼓舞するやうな句が見られた。個人としては意に染まぬことであつても、立ち向つて行かなくてはならないのだ。

さうして、宴の末席には、貫之ら次の世代の者たちが姿を見せ初めてゐるのを、道真は見てゐた。

＊

この年（寛平六年）十二月十五日、道真は侍従を兼ねた。いよいよ宇多天皇の側近く、日々身を置くことになつたのである。

宇多天皇は、後宮内の細々したことまで相談するやうになつてゐた。年齢が離れてゐたから、却つて心安くなんでも打ち明けることができたのだ。

翌七年一月に、道真は近江守を兼務したが、これは豊かな収入を約束するもので、天皇の配慮であつた。

三月三日には、神泉苑に行幸した。

朱雀門をくぐり出て、左へ大内裏の塀沿ひに進むと、右手一帯がさうである。門があり、正面に重層朱塗の乾臨閣《けんりんかく》が大きく建ち、東西の回廊の先にはそれぞれに楼閣がある。荒廃してゐたのを改修したばかりであつたから、朱色や緑色がひどく目映い。

乾臨閣へ入つて、中央の大広間を突き抜けると、向うは満々とした池である。そして左右の楼閣から南へ伸びた回廊が橋となつて釣殿へと繋がつてゐる。その両釣殿の間、青い水面の彼方に島が横たはり、咲き誇る桜で盛り上がつて見える。

花見となると、これまではもつぱら梅であつたが、観桜の宴は、嵯峨天皇がすでに催してゐた。それを受けての今回の行幸で、付き従ふ者たちは一斉に嘆声を挙げたらう。

近年、この地は降雨祈願の修法に用ひられることが多く、当初の遊覧の地とされてゐたのを忘れた状態になつてゐたのを改めようといふ思ひもあつたやうである。

もつとも今日、その面影はほとんどない。地図を見ると、かつての池の真ん中を御池通が東西に横切り、その北側がわづかに残つてゐるにすぎない。が、大宮通の西、御池通に面した鳥居を潜ると、かなりの広さの、豊かな水面が広がり、高々と樹木がそびえる向う岸も意外に遠い。

もしかしたらその木立のあたりに乾臨閣があり、そこから突き出た廊の先に釣殿があつて、こちらが桜に彩られた島であつたのかもしれない。

目の前に龍女社があり、右手へ岸が弧を描いて伸び、中ほどに弁天社の祠がある。精緻な造りで、欄干の曲線がいかにも艶やかである。左へは朱塗の橋が架かり、その先に観音堂がある。降雨祈願の修法がもつぱら僧によつて行はれて来たからだが、伝承によればその中に小野小町の名がある。

朱塗の橋の上から、水鳥の群れ遊ぶ様を眺めてゐると、時を忘れる。いかなる干天にあつても水が涸れることがないと聞くが、さうだらうなと思ふ。

天皇一行は、花を賞して岸をめぐり歩き、水鳥に魚を与へた。それから脇にあつた馬場で、競馬と騎射《きしや》を見物した。宇多天皇は男たちが馬と一体となつて競ひ合ふ様子もまた、好んだのだ。

それから曲水の宴となり、道真はかう詠んだ。

水上煙花表裏紅　　水上ノ煙花　表裏トモニ紅ナリ
流盃欲把酔顔同　　流ルル盃ヲ把《と》ラムコトヲ欲リスレバ　酔ヘル顔《かむばせ》モ同ジ
動枝動浪皆応措　　枝ヲ動《ゆるが》シ浪ヲ動スコト　ミナ措ムベシ
所以慇懃恐暮風　　所以《このゆゑ》ニ慇懃《ねんごろ》ニ　暮《ゆふべ》ノ風ヲ恐ル

水面を隔てて上と下、映る景色はともに花に霞んでゐる／流れてくる盃を取らうと乗り出すと、わが顔も酔ひに染まつてゐると気付く／桜の枝が揺れ浪が立つと、この紅色一つの世界が乱れる／わたしはひたすら惜しみ、夕風が吹き出すのを恐れる。

ただ今の限りなく麗しい一時が、危うい均衡の上に成立してゐて、それが破れ、崩れるのを危惧してゐる。ただ今に現出してゐる春爛漫の麗しさの稀有さを感じれば感じるほど、さうなるのだ。あるいは、宇多天皇の満ち足りた様子から、新たに兆すなにかを感じてゐたのかもしれない。

橋を渡り、観音堂を見、岸を歩くうちに、水鳥が水中へ潜り、思はぬところへ浮かび上がつて来るのに気づいて、また立ち止まつた。

それから料亭の垣根に沿つて進み、対岸の木立の傍らに至つて裏門を出ると、前は二條城の南側の堀であつた。こちらも水が満々として、その反射が向うの石垣を明るく照らしてゐる。

この行幸から数日後、清涼殿で宴が催された。東の軒近く桜が咲き満ち、花びらを散らし始めてゐた。その下で、舞姫が舞ひ、酒を汲み、詩を作つた。

　春物春情更問誰　春ノ物　春ノ情《こころ》　更ニ誰ニカ問ハム
　紅桜一樹酒三遅　紅桜一樹　酒三遅《さむち》

春の景物、春の風情を、この上、誰に問ふ必要があらう／清涼殿前の咲き満ちた桜一樹を愛で、宴に遅参して課せられた罰の盃をゆつくりと楽しむに尽きる。

かう詠み起こし、かう結んだ。

　何因苦惜花零落　何ニヨリテカ苦《ねむごろ》ニ惜ム　花ノ零落スルコトヲ
　為是微臣身職拾遺　コレ微臣ガ身ノ　拾遺《しふゐ》ヲ職トスルガタメナリ

何故かうも花が散るが辛く惜しいと思ふのか／わたしが拾遺（侍従の唐名）すなはち落ちたものを拾ふのを役目とするからであらう。

この唐における拾遺といふ職は、帝に対して諫めるのが任務であつた。だから、この詩には帝にいささか苦言を呈する意味合ひがあつた。序文で語られてゐるが、花の麗しさを愛でるだけでなく、松と竹にも注意を払ふやうに求め、「勁節愛ス可ク、貞心憐レブ可シ」と書いてゐる。花に浮かれ、華美な遊興に日々を過ごすのを戒め、目立たぬながら誠意をもつて仕へてゐる人々にも配慮するようにといふのである。

勿論、宮廷にあつては、雅びで艶やか、華美な宴も欠けてはならない。文化の華を咲かせ、そこに遊び、楽しまなくてはならないのだ。しかし、かうした宴がとめどもなく続くやうなことがあつてはならない。財政の潰えとなり、民の憂ひともなるのだ。

さうして道真は天皇の顔を窺ふのだが、帝は一向に屈託がない様子であつた。

＊

道真の門人で右衛門権佐《ごんのすけ》の源当時《まさとき》が夜になつて訪ねて来て、詩を求めた。彼の父大納言能有《よしあり》の五十歳の賀のため小宴を催すが、その座を飾る屏風にお願ひしたいと言ふのであつた。

先の基経の五十歳の賀と同じく、絵は巨勢金岡、書は藤原敏行、漢籍から文章を選ぶのは紀長谷雄であつた。高位の人の晴れの席には、道真の詩が欠くべからざるものになつてゐたのである。

当時、能有は正三位で、左大将、東宮傅《とうぐうふ》を兼ねてをり、先に触れたやうに道真は敬愛の念を抱いてゐたから、さつそく灯火を掲げた。そして、大陸の長寿説話、神仙説話に題材を選ぶと、詩作にかかり、夜明け近くまでに五首を得た。恐るべき速詠であつた。

このことを伝へ聞いた十一歳の東宮敦仁親王が、三月も暮れ近い日、傍らに侍つてゐた道真に、唐では一日に百首の詩を作ることが行はれてゐるらしいが、一時（二時間）に十首作つてみないかと言ひ出した。勿論、側近の誰かが知恵をつけたのであらう。すでに題も用意されてゐた。送春、落花、夜雨、柳絮《りうじよ》、紫藤、青苔、鴬、燕、黄雀児《えにしだ》、燈の十題である。

道真は、仰せのまま七言絶句を作つたが、定められた一時の半分、二刻（一時間）で十首に及び、東宮を初め、並み居る人々を驚かせた。それも漢詩の初心者にとつての手本となるとともに、帝となる者の心得を説く配慮も込められてゐた。

そのうちの二首を挙げると、

送　春

送春不用動舟車　　春ヲ送ルニ舟車《しうしや》ヲ動スコトヲ用ヰズ
唯別残鴬与落花　　タダ残鴬《あう》ト落花トニノミ別ル
若便韶光知我意　　若シ韶光《ぜうくわう》ヲシテ我ガ意ヲ知ラシメママセバ
今宵旅宿在詩家　　今宵ノ旅宿ハ詩ガ家ニ在ラマシ

春を送るのに舟や車を用ひる必要はない／いまだに残つてゐる老鴬と落花ばかりに別れを告げればよろしい／しかし、春の風光にわたしの深い惜別の思ひを知らせたら／春の尽きる今宵一夜の宿は詩人たるわが家とするに違ひない。

少年が喜びさうな擬人化でもつて、惜春の情を巧みに詠つてゐるのだ。さうして四季の移り行きに敏感で、かつ、それを詩歌とする肝要さを暗に教へたのである。その考へ方は、やがて編まれる最初の勅撰和歌集に結実すると言つてよからう。

夜　雨

不看細脚只聞聲
暗助農夫赴畝情
通夜何因還悶意
尚書定妨早衙行

細《こまやけ》キ脚ヲ看ズ　タダ聲ヲ聞クナラクノミ
暗《ひそか》ニ農夫ガ畝ニ赴ク情《こころ》ヲ助ク
通夜《よもすがら》　何ニ因リテカ　還リテ意ヲ悶《もだ》エシムル
尚書《しやうじよ》　定メテ妨ゲラレム　早衙《さうがこう》行

夜の細雨は雨脚が見えず、音が聞こえるだけ／さうして農夫があす畑へ出ようとする気持を育む／が、夜もすがらわたしは悶々とする。何によつてか／弁官たちの早朝出勤が大変だらうと気にして。直接的には職務に励む官僚たちを思ひやる心、それから農夫や降雨を留意することを求めてゐるのである。

それから間もなく、季節は夏になつてゐたが、東宮へ宿直のため参じると、今度は二十首を作るよう求められた。

すでに夕刻で、即座に硯と筆を揃へると、詩作にかかつた。午後六時半から二時間、八時半には詠物詩二十首を作り終へた。今回は、道真自身が題を選び、少年皇太子の興味を引きながら、教養に資するよう工夫した。

風中琴に始まり、竹、薔薇、松、酒、牡丹、古石、扇、屏風、銭、弓、石硯、筆、囲碁、鼓、蜘蛛、壁魚《しみ》……。あと三首は、道真の書いた懐紙を預かつた近習の少年が紛失、後で整理する際、道真自身も思ひ出せず、清書せずに終はつた。

その中から二首を引くと、

扇

団々紈素扇　　団々タリ　紈素《しらきぬ》ノ扇
随手幾成功　　手ノ随《まにま》ニ　幾タビカ功ヲ成セル
一転看孤月　　一タビ転《まろ》ビテ　孤月ヲ看ル
頻揺得細風　　頻《しきり》ニ揺《ゆる》キテ　細風ヲ得タリ
逆愁秋早至　　逆《さかさま》ニ秋ノ早《すみやか》ニ至ラムコトヲ愁フ
偏待熱先隆　　偏《ひとへ》ニ熱ノ先ヅ隆《さか》リナラムコトヲ待ツ
取捨知時節　　取捨　時節ヲ知ル
軽身業豈空　　軽キ身ナレドモ　業《つとめ》ハ豈《あに》空シカラメヤ

丸々としてゐる白絹張りの団扇／手の動きに従つてさまざまに役立つ／ひとたび、高くかざせば、月と見え／頻に揺らせば微かな風を起す／その一方では、秋が早く来るのではないかと心配し／ひたすら暑さが盛んであるのを期待する／珍重されたり捨てられたりして時節を知る／軽々しい身であるが、その業は決して軽くはない。

蜘蛛

微蟲猶有巧
結網自含情
稟気安身小
随風転質軽
簷前寛得地
籬上暫全生
万物皆如是
応知造化成

微《おぼつかな》キ蟲スラナホシ巧《たくみ》ナルコトアリ
網を結ビテ　自ラニ情ヲ含ム
気ヲ稟《う》ケテ　身ヲ安ラニスルコト小《ちひさ》シ
風ノ随《まにま》ニ　質《み》ヲ転《めぐら》スコト軽《かろやか》ナリ
簷《のき》ノ前ニシテ　寛《ひろ》ク地《ところ》ヲ得タリ
籬《まがき》ノ上ニシテ　暫ク生ヲ全クス
万物　ミナ是ノ如シ
造化ノ成ストコロヲ知ルベシ

微小な蟲ですら巧みな技を持つてゐる／網を張つてじつとしてゐる姿にしてもなにか期するところがあるかのやうだ／生気を授かつてささやかな境遇に安んじ／風のままに身を処して軽やかである／軒があれば広々としたところを占めたと思ひ／籬の上であらうとも暫しの生を全うする／万物は皆かうであると／天地自然の道理を知らなくてはならない。

このやうに蜘蛛とか壁魚といつたものを採り上げる一方、銭を扱つてゐる。貨幣はまだ経済流通の主役となつてゐなかつたが、政治において配慮を欠いてはならないものとなつてゐたのだ。

こんなふうにして、やがて醍醐天皇となる少年と、道真は親しんだ。

しかし、どれだけその心の内に届いただらうか。なにしろ四十歳もの隔たりがあるのだ。その点で若い時平に分があるのは確かであつたし、深い学識よりもほどほどの知識しか持ち合はせてゐない方が親しみやすいのも明らかであつた。

自分の年齢とともに、これまで営々と築いて来た知識、識見の高さが却つて壁となつて立ち塞がるのを、道真は感じたらう。

＊

さうするうちに参議・藤原保則が四月二十一日に没した。七十一歳であつた。数少ない敬意を寄せてゐた一人であつた。

五月七日、旧知の裴渤海大使を初めとする一行百五人が入京、鴻臚館に入つた。

既に前年末には入国してゐたが、後の一行と合流するため、遅れてゐたので、待ちかねる思ひであつた。紀長谷雄とともに、前回と同様、迎へに出た。

すでに十二年の歳月が過ぎ、ともに老ひをその面に認めないわけにいかず、島田忠臣を欠いてゐた。そこへもつて来て、遣唐使を停止する決定を下してゐたから、海外と積極的にかかはるのをよしとしない政治状況になつてゐた。

十一日には豊楽院で天皇が出席、渤海大使の饗応が行はれ、十四日も朝集堂で行はれたが、通り一遍に留まつた。地位の高くなつた道真は自由に動くことができず、寂しさが拭へなかつた。

翌十五日、道真は天皇からの酒を届けるべく鴻臚館を訪ね、かつてのやうに大使と詩の贈答を行ふことができた。さうして友情を蘇らせたが、今回は滞在期間が短く、出立を翌日に控へてゐた。

再会の歓を尽くさぬままの別れは、辛かつた。その詩の一節、

後紀難期同硯席　　後ノ紀《とし》ニ期シ難《かた》ケム　硯席ヲ同ジクセンコトヲ

故郷無復忘江湖　故郷　復《また》江湖ヲ忘レタマフコトナカラム
去留相贈皆名貨　去ルヒトモ留ルヒトモ相贈ルハミナ名アル貨《たから》ナラムニ
君是詞珠我涙珠　君ハ是レ詞《ことば》ノ珠ナレドモ我ハ涙ノ珠ナルモノヲ

この次に来日して下さる時、わたしたちは顔を合はせ、このやうに詩文を草し交はすことができるでせうか／できさうもありませぬゆゑに、故郷に帰られた後は、この島国でのことを忘れないでください／世間では去る人留まる人、立派な記念の品を贈り合ふのを習ひとしますが／君が下さるのは真の珠玉の詩篇ですのに、わたしが差し出すのは涙の珠ばかりです。

もう二度と逢ふことはないと思はれるゆゑの、外国の詩友への哀切な思ひを、餞としたのだ。

そして、一行は十六日に京を去つた。

＊

この年は、各地で天変地異がしきりに起つた。

藤原保則に次いで、左大臣の席に座りつづけてゐた源融が八月二十七日に没した。七十四歳であつた。臨時の仁王会が開かれることになり、道真が仁王呪願文を書いた。摂津で両頭の犢《こうし》が生まれ、兵庫では勝手に器が鳴り、官庁には鷺の群が集まつたことなどを書き連ね、それら凶兆を変じて吉となし、五穀豊饒をと祈る内容であつた。そして、大極殿や朱雀門など十六堂に講会百座を設けると、十月十七日の朝夕二回、僧たちが呪願文と仁王経を読み上げた。

道真は、大極殿にあつて天皇の傍らで、その声を聞いた。

その九日後、道真は中納言、従三位に任じられた。

かうして時平と並ぶに至つた。

宇多天皇は、この頃になると自らのやるべき大筋はやりおほせたとの思ひを抱くやうになつたらしい。公卿の顔触れも、北家藤原氏を抑へるだけの人材と人数を据ゑたと見たやうである。

さうして譲位の意向を密かに道真に漏らすやうになつた。

が、道真は厳しく押し止めた。世は必ずしも平安に治まつてゐるわけではないし、権勢をわが手にと機会を狙つてゐる者たちが犇めいてゐて、藤原氏の力は侮ることができない。譲位のお気持を持たれてゐると知れたら、それだけでも大変な事態になりますと、直言を重ねた。

それにしても宇多天皇は、どうしてこのやうな思ひを抱くやうになつたのだらう。風雅に遊ぶ自由を得たいとの願ひからだとも、出家への願ひゆゑとも、さまざまに言はれるが、よくは分からない。一旦は臣下となつた身の上ゆゑ、天皇なり皇族が政権を掌握し直すといふ父光孝天皇から託された目的を遂げたなら、いつまでも位に留まるべきではないと考へたのかもしれない。

しかし、目的を遂げたとは言へないと道真は見てゐた。

十一月十三日、道真は春宮権大夫を命じられた。それまで道真は春宮亮であつたが、新たに「権」位を設け、春宮大夫である時平とほぼ並ぶ地位に引き上げられたのである。敦仁親王の補佐役としてより深く参与し、時平に取り込まれぬやう確かな帝王学を授けるのを求められたのだ。

が、帝王学をと思つて対すれば対するほど、当の皇太子は敬意をもつて応じてくれるものの、親しみは薄れるのだ。

＊

かうしてこの年は暮れ、寛平八年（八九六）を迎へたが、閏正月六日子の日、宇多天皇は野遊びをすべく輿に乗り、紫野の雲林院へ行幸した。

子の日に野に出て若菜を摘み、小松を引き、健康と長寿を祈る宴は、先年、女を中心として内裏で催したが、それを公の行事として大々的に行つたのである。

東宮を初め、先に五十歳を祝つた大納言能有、中納言時平、源光、道真ら公卿に、殿上人六位以上の者たちが、いづれも麹塵《きくじん》の袍を着て従つた。淡い黄緑色で、禁色の一つであつたから、許されてこの日のために用意した。

雲林院は、今日、大徳寺の南東すぐのささやかな一塔頭となつてゐるが、本来は仁明天皇の皇子常康親王の離宮であつた。親王の没後、親しく仕へてゐた遍昭が寺としたが、広大な敷地を持ち、西の池の向うには船岡山が横たはる景勝地であつた。道長の時代、参詣者で賑はひ、紅葉と楝《あふち》の花で知られ、菩提講が盛んに行はれたのは、『大鏡』から知られるが、当時はまだ離宮の面影を濃く残してゐた。

天皇の輿は、正午頃に僧たちに迎へられ雲林院に入り、梅花と鳥の囀りが盛んななか、仏前で布施が行なはれた。それから庭を巡り歩き、若菜を摘んだ。老松が大きく枝を広げ、苔は春の陽光を受けて瑠璃色に輝き、向うでは瀧が水音をたててゐた。しかし、池の面は鏡のやうに鎮まつて、一段と春の気配を濃くしてゐた。

一行は、若菜の羹を啜り、酒を酌み交はした。

やがて筆硯が用意され、いつものやうに漢詩が作られたが、天皇は筆を執ることなく座を立つた。

これまでは何事も大陸に規範を求めて来たが、この日は、わが国古来からの風習を尊重して、敢へて漢詩を詠まずに済ませたのであらう。遣唐使を停め、歌合が盛んに行はれるやうになつた状況に呼応したのである。

そして、船岡山へ赴くと、鷹や犬を放つて、狩りに興じつつ、頂へ足を運んだ。船岡山は百二十メートルの小山といふよりも岡だが、平安京造成の北の基点であつたから、天皇として一度は登つておきたいところであつた。

北大路通を西へ進むと、大徳寺の次が船岡山のバス停である。降りて南側の辻へ折れる。するともうそこが船岡山への登り口である。

公園になつてゐて、なだらかな道の先、すぐに小規模なグラウンドがあり、向う南側が木々に覆はれて高く隆起し、東西に伸びてゐる。グラウンドの横を花壇沿ひに進み、短い階段を上がると、もう頂であつた。

尾根筋ばかり樹木がなく、視界が開け、右手に左大文字山の「大」の文字が間近かで、左手は織田信長を祀つた建勲神社の森である。南正面は、ビルや家々の屋根が密に折り重なり、朱雀通を引き継いでゐるはずの千本通が見えるかと思つたが、よく分からない。

その手前、ここから千二、三百メートルのところが大内裏の北端だつたから、大極殿を中心にして、幾多の棟々が並んでゐるのが見えたらう。右手前にこんもりとしてゐる木立が、北野天満宮である。当時は馬場であつたから、これまたよく見えたらう。ただし、道真自身がやがて憤死した末、そこに祀られることになるとは、知るよしもない。

尾根のすぐ東に三角点があり、標識にかうあつた、「北緯35度2分8秒756／東経135度44分40秒417」。東屋《あづまや》があり、その前に凹凸の目立つ岩があつた。高さは一メートルに足りないが、南斜面に向けて大きく露出、小道を降りると、見上げる巨大さである。

多分、この岩の上が神を祀る盤座《いはくら》で、平安京の北の基点になつたのだらう。

陰陽五行説によれば、平安京は「四神相応」の貴い地相であるといふ。東＝青龍に流水・鴨川、西＝白虎に大道・西国への道、南＝朱雀に湿地・巨椋池があつて、北＝玄武に丘陵・この船岡山があるのだ。

宇多天皇も道真も、この岩の前に立つて、京全体を見渡し、「四神相応」の地であると確認したらう。

この日、道真は、天皇に御製の漢詩がなかつたのを気にして、帰宅すると、紀長谷雄にその件を報じてゐる。天皇とともに和風化を推進してゐるものの、漢詩を抜きにすることなど考へてもゐなかつたのだ。

その道真の気持を察して、この後、天皇は雲林院行をわざわざ漢詩に作り、道真を安堵させた。しかし、時代は道真の思惑を越えて、動き出した気配であつた。

＊

八月二十八日、道真は、右大臣となつた源能有の後を襲つて、民部卿に任じられた。諸国の戸口《ここう》、田畑、山川、道路、租税などを司る最高責任者で、実質的には、時平より遥かに政治の中枢に席を占めることになつた。

そればかりか十一月二十六日には、道真の長女衍子《のぶこ》が入内、宇多天皇の女御となつた。天皇から強く求められてのことであつたが、時平ら藤原北家に繋がる面々を刺激したのは言ふまでもない。もし、皇子が生まれたなら、藤原氏の権勢の基盤が崩れかねないのだ。

これより前、九月には、高太后高子が廃されてゐた。高子は、晩年は基経と対立したものの、兄妹として強い絆は持ちつづけ、子の陽成天皇は退位させる成り行きになつたが、それなりの地位を保持してゐた。ところがこの処置によつて、天皇と藤原氏の間にいまひとつ距離が出来、そこへ道真が入り込んだかたちになつたのである。宇多天皇にさういふ意図があつてのことであらう。

ややきな臭い状況が生じた。

翌寛平九年正月、宇多天皇の第三皇子、斉世親王が自邸の花亭で宴を開き、道真も出席した。親王は十二歳で、元服を翌年十一月に控へてゐた。

その母親が阿衡の紛議の元になつた文章を草した橘広相の娘義子で、宇多天皇は自らの後継と一旦は考へたが、藤原氏とあからさまな対立へ踏み込むのを避けようとする道真の意向を受け、東宮を敦仁親王としたことは既に触れた。

そうした経緯があつたから、道真としては、一層警戒せねばとの思ひが強かつたのであらう。その宴での詩。

天性忘憂幾過春　天性　憂ヘヲ忘レテ　幾タビカ春ヲ過セル
酒唯催勧詠詩人　酒ハタダ詠詩《えいし》ノ人ヲ催《うなが》シ勧メタリ
花亭事無行何事　花亭　事無シ　何事ヲカ行フ
短折梅枝記闕巡　梅ノ枝ヲ短ク折リテ　闕巡《けつじゅん》ヲ記ス

この亭の主は生まれつき世俗の憂ひと無縁に、風雅に遊んで幾たびか春を過して来た／酒も世俗を一時忘れむがためでなく、詩作の促しにと人に勧める／さうしてここ花亭は平穏無事、満ち足りて無為に治まつてゐる／梅の枝を短く折つて、作詩の順番に応じられなかつた罰として、酒を飲まねばならぬ人の印しとするばかりである。

まだ年少である親王を捉へて、世俗の憂ひと無縁でゐるのを強調するのは、異様である。迫り来る嵐から斉世親王を守らうとする配慮からであるのは明らかであらう。勤めの上で日々接する敦仁親王より一歳下で、道真の進言によつて位に昇る途から外れた皇子を、案じつつ、擁護しようと心を砕いてゐたのだ。

もつともこの時は、東宮に就けない決定をしたことによつて、政争の荒波から外し得たと信じたやうである。さうして元服とともに、衍子の妹と妻《めは》せる心づもりであつた。

しかし、この年、右大臣として最高位にあつた源能有が倒れ、六月八日に没した。道真と同年の五十三歳であつた。予期しないことであつた。

それによつて十九日、時平は権大納言兼左大将に、道真は権大納言兼右大将となつた。二人が並んで台閣のトップに立つたのである。同格であるが、左と右では、左を先とした。

それから十四日目、七月三日早朝、まだ十三歳であつた東宮敦仁親王の元服の儀が行はれ、正午過ぎには、宇多天皇が譲位、東宮が践祚、醍醐天皇となつた。宇多上皇は三十一歳であつた。

譲位にあたつて宇多は、新帝に「寛平御遺誡」を与へた。

そこにおいて敦仁親王を東宮に立てた際、道真ひとりに相談した上で決定したこと、譲位も、先には時期尚早と反対したが、今回は機会を逸してはならないと逆に自分を説得、諸事を運んでくれたため、実現した内実を明らかにして、「菅原朝臣ハ朕ガ忠臣ニシテ、新君ノ功臣ニ非ズヤ。人ノ功ハ忘ル可カラズ。新君之ヲ慎メ」と申し渡した。

これですべてはうまく行くと、上皇は確信したのである。

七、栄誉の果て

皇太子を誰にするか、いつ譲位するか、と言つた事柄は、朝廷において最も重い機密事項である。その相談に与かるのは、政治に関はる者として最高の栄誉であるとともに、並ぶことのない権勢を手にしてゐる證であつた。宇多天皇は「御遺誡《ごゆいかい》」でもつて、その栄誉と権勢が道真一身にあることを天下に向け明らかにして、天皇の位を降りたのである。

しかし、道真にその栄誉と権勢を摑んで離さない決意があつたかどうか。なにしろ清廉、無私を自らに課して来てゐたのである。

それに対して時平は、手にしてゐて当然と思はれてゐた栄誉と権勢を持つてゐなかつたことが明かになり、面目を失した思ひであつた。他の者たちにしても面白くなかつた。どうして道真ひとりがそのやうな地位に、との思ひを噛みしめる事態になつた。

さうしてこれまで時平に好意を持たなかつた者たちまでも、時平側へ身を移すやうな気配となつた。

宇多上皇は、また、醍醐《だいご》天皇が年少の間は失政がないようにと考へ、時平と道真の両権大納言に「内覧」の大権を勅命によつて委ねた。太政官が文書を天皇に奏聞する前に内見、その趣旨を教へ、宣行に誤りがないよう補導する役で、関白と同じく政治全般に及ぶ。

この勅命も逆効果であつた。

もう一人の権大納言源光《ひかる》を初めとして他の公卿たちは、自分たちは奏請・宣行に係はつてはならないとされたと称して、政務審議の場に出て来なくなつた。かつて基経が行つたのと同様のサボタージュでもつて、道真に圧力を加へたのである。

この状況を時平は、道真を孤立化させるための包囲網を築く好機と捉へた。それぱかりか基経を亡くして以来、宇多上皇の下に抑へ付けられて来た状況を打破する糸口にしようと、決意したと思はれる。

それに対して道真がやつたのは、勅命の意図するところを懇切に説明するだけであつた。

＊

さうした最中、九月九日には紫宸殿で恒例の重陽《ちようやう》の宴が催され、道真も詩を奉じ、翌十日、宇多上皇が移り住んだ朱雀院での詩宴にも出た。

朱雀門から下つて行くと、朱雀大路の西側、三條大路と四條大路の間に新たに営まれた広大な御所で、池を作り、山を築き、殿舎も目映いばかりであつた。時平らも財を惜しむことなく供したはずである。

その席で道真は、「閑居秋水ヲ楽シブ」の賦に応じて詩を詠み、命じられて序を書いた。

新しい御所の様子とともに、「玄談《げんだん》ニ非レバ、説カズ」と老荘の説く奥深い真理以外は論じないと上皇の心境を織り込んで綴つた。政争の渦中から超然としようとする上皇と、自らの思ひを重ねて示さうとしたのである。

しかし、これまた、上皇との繋がりを見せつけようとしたと、一層の反発を買つた。

いまやなにをしても、逆に働いてしまふのだ。公卿として最高位に立たされたことが、そのまま針の莚《むしろ》に座らされることになつたのである。

かうした事態を上皇も察したのか、この後の大堰川遊覧には、道真に替へて時平を伴ひ、詩を詠ませた。

その詩を示されて、道真はかう応じた。

吟詩恰似奉舟行　詩ヲ吟ズレバ　恰《あたか》モ舟行ニ奉《つかへまつ》ルニ似タリ
不見従流自感情　流レニ従フヲ見ズシテ　自《おのづか》ラニ情《こころ》ヲ感《うごか》ス
無限恩涯知止足　限リ無キ恩涯ニ　止足《しそく》ヲ知ル
何因渇望水心清　何ニ因リテカ渇望セム　水心清《すいしむいさぎよ》キモノヲ

時平の詩を吟詠すると、自分も舟行にお供してゐるかのやうだ／目にもしてゐない流れにしたがつてわたしの感情も動く／君の恵みは限りがないが、満ち足りるのを知らなくてはならない／どうしてこれ以上恵みを渇望するやうなことがあらうか、わたしの心は水のやうに清らかである。

時平の詩を褒めるとともに、自らは「止足」を知り、これ以上自分に下される恩恵も官位も望まない旨を力説したのだ。何が時平らを刺激してゐるかを、道真は重々察知してゐたのである。

しかし、このやうに弱気になつたと知れば、嵩にかかつて痛めつけようとするのが、この世の習ひであつた。事態は一向に好転せず、翌寛平十年（八九八）四月に改暦、昌泰《しやうたい》となつたが、膠着状態がつづいた。

困り果てた道真は、九月に入ると、宇多上皇に対して、公卿たちに外記庁《げきちやう》に出て来るやう、説得を懇願するに至つた。

そこで宇多上皇は、十八日、勅諭《ちよくゆ》を出し、やうやく解決した。が、道真の権威は打ち砕かれてしまつた。政治を動かす力がないことが、明らかになつたのである。

しかし、宇多上皇は、その道真の思ひをよそに、遊覧の日々を過ごすことが多くなつた。昌泰元年（八九八）の重陽節《ちようやうせつ》の宴の翌日、九月十日は、前年同様、朱雀院に文人たちを招いて宴を開いた。「秋思寒松ニ入ル」の賦《ふ》を与へられて、道真は詩を作つたが、その冒頭、

秋思如絲乱不従　　秋思　絲ノ如ク　乱レテ従ハズ
低迷暗入殿前松　　低迷　暗ニ入ル　殿《でん》前ノ松
蕭々自被風高簸　　蕭々《せうせう》タルハ　自《おのづか》ラニ風ニ高ク簸《ひ》ラルルナラム
藹々応縁日下春　　藹々《あいあい》タルハ　日ノ下《お》チテ舂《うすつ》クニ縁《よ》ルベシ

秋のもの思ひは、絲のやうに乱れて、抑へることができない／低くさ迷ひ、暗鬱になるばかりだが、さうする時、殿の前の松が目に留まる／蕭々と音を発してゐるのは、高い梢が風に煽られてゐるゆゑ／藹々としてゐるのは、日が落ち最後の光を受けてゐるゆゑ……。

己が心情を端的に表現したのであらう。糸のやうに乱れて、抑制が利かず、思ひは暗い方へばかり向ふ、さうした自らの在りやうと、さうした心情に囚はれた者が目にする松の姿を叙すのだが、この松を通して、最後には上皇の変はりない寿を言祝《ことほ》ぐところへ持つて行く。

しかし、晴れやかで楽しかるべき宴の場において、かういふふうに言ひ出さずにをれぬところに、道真はゐたのだ。

そして、これまで自分が詠んだ詩、折に触れ書いた文章を纏めるのに専心するやうになつた。

朝議の最高責任者へと昇り詰めたものの、学問の家に生まれ、文を草し、詩を詠むことを基軸として押し通して来た。そして、今後もこの生き方を採りつづけるほかないとすれば、なほさら自らのこれまでの歩みを振り返り、検証せねば、との思ひに駆られたのだらう。さうでもしなければ、自分を支へきれない……。

＊

十月も二十日になると、上皇は片野で鷹狩をし、二十一日からは吉野の宮瀧へ、是貞《これさだ》親王、道真ら二十数人をつれて出掛けた。

第一日目、紀長谷雄が馬に足を踏まれ、引き返す事故が起つたが、そのまま旅はつづけられ、二十三日には奈良山を越えて法華寺に寄り、旧都に入つた。

興福寺や東大寺の東の山々は、折から紅葉してゐた。その一劃、手向山を前にして、道真は歌を詠んだ。「百人一首」に採られ、広く知られることになる歌である。

　このたびは幣《ぬさ》もとりあへずたむけ山紅葉の錦神のまにまに

急な旅立ちとなつた今回の行幸の無事を祈るとともに、見事な紅葉の美しさを称へてゐるのだが、それとともに上皇に命ぜられるまま行くところまで行くよりほかないと、思ひ定めた心情が、「神のまにまに」といふ語に認められさうである。

上皇は、雲林院へ行幸した際に出迎へた僧の一人、素性法師が石上《いそのかみ》の良因院にゐると知ると、急遽呼び寄せた。蔵人頭まで進みながら、仁明天皇の崩御にあひ、行方をくらまして出家した遍昭《へんぜう》を父に持ち、その父に命じられるまま早々に出家、飄逸ともいふべき境地にあつて、歌をよくする人であつた。「寛平御時后宮歌合」に参加してゐたから、馴染みの者も多かつた。

道真としては、遍昭の身の処し方なり、子の素性に何を語つたか、尋ねたいところであつたらう。

素性が加はつて、一行は折に触れて歌を詠んだ。

二十五日に宮瀧に着くと、上皇は喜び、岩から岩へと跳び移り、風光を賞するかと思ふと、激湍に手を浸した。従ふ者たちは和歌を献じた。万葉集の幾多の歌に飾られたこの地では、まづ歌でなくてはならなかつたのだ。道真も詠んだ。

水ひきの白糸延《は》へて織る機《はた》は旅の衣に裁《たち》や重ねん　『後撰和歌集』

小瀧は、落ちる水を延ばして白糸とし、織機に掛けてゐるかのやうです。かうして織り出された衣を裁つて、旅衣に仕立て、重ね着てみませう。

比喩と縁語を連ねた、古今集的な歌で、漢詩的修辞法を用ひた手際のよさが目立ち、並みゐる人々を喜ばせた。宮瀧には小瀧が幾つとなく掛かつてゐたから、互ひに競ひ合つてゐるとも見えたらう。

この日は興が尽きず、人馬が疲れるまま、一行はゆつくりと進んだが、その最後尾に、素性法師と道真は馬を並べた。

今夕は何処に宿をとるのでせうと、素性法師が問ひかけると、道真は、即座にかう誦した。

不定前途何処宿　前途ヲサダメズ　何レノトコロニカ宿ラム

白雲紅樹旅人家　　白キ雲　紅セル樹ハ旅人ノ家ナリ

さうして、いつもは後を続けてくれる紀長谷雄がゐないのに気づいて、長谷雄は何処にゐる、長谷雄はどこだ、と繰り返し呼んだ。素性法師を傍らにして、もう一人、この場にゐるべき風雅の友として、長谷雄を切に求めたのだ。

いや、遍昭を父に持つ素性法師の問ひかけゆゑに、思ひがけず自分の口から出た語に、道真自身、衝撃を受けたのではないか。ただ今の自分は、孤立状態へと追ひ込まれ、まさしく「前途ヲサダメズ」白雲と紅葉を友とする、宿るべき宿もないやうな身の上ではないか。このやうなところにおいて一筋の道を示してくれるのは、遍昭か素性であらう。しかし、その父子が歩む道へ至るには、幾つも山を越えて行かなくてはならない……。

かうした心の中を察してくれるのは、紀長谷雄ひとりである。いま纏めてゐる詩文集『菅家文草《くわんけぶんさう》』は彼に託さうと、この時、強く思つたに違ひない。

やがて松明《たいまつ》を灯し、しばらく夜道を辿つて宿に入つた。吉野の入口、高市郡に道真が持つてゐた山荘であつた。翌日もそこに留まつた。

二十八日、河内を目指して発ち、法隆寺の門前を過ぎ、龍田山にかかつた。折から時雨が降り出し、紅葉を一段と濃くした。

歩みを停め、和歌や漢詩を詠んだ。その一節。

雨中衣錦故郷帰　　雨ノ中錦ヲ衣《き》テ故郷ニ帰ラム

ここから生駒山脈の南端を越えれば、河内であり、そこで大和川を南へ渡れば土師の里である。菅原家祖先の地で、道明寺が営まれてをり、いま、そこへ向はうとしてゐるのだ。いまや顕官となつて錦を着る身になつてゐるが、時雨が降るさなか、色を濃くする紅葉を身に纏ひつかせてゐる。これこそ本当に秋の錦の衣だらう。朝廷においての衣は錦でもわが身に添ふとは言へない、といふ意を込めてゐるのだ。

二十九日、大和石上の寺へ戻る素性法師と一行は別れた。歌を詠み交はし、贈られた馬に乗つて飄々と去つて行つた。けふから和歌を詠むのが少なくなるなあと、見送りながら人々は、言ひ合つた。

三十日、住吉社に詣で、翌十一月一日に帰京、朱雀院に入ると、上皇は、従つた者たちに酒饌と絹を、参議以上には馬を一匹つづ賜つた。さうして、皆々が家へ戻つたのは夜になつてからであつた。

この旅については例のとほりあれこれ噂し、誹謗する者がゐた。その声が道真にも届き、「虚ヲ聞キ、以テ誹謗ヲ為ス。世ノ常也」と記した。

かうして上皇に深く親しめば親しむほど、醍醐天皇の治世から自分ひとり遊離していくのを覚えるのだ。

＊

詩文集を纏める作業はかなり進んだ。

その間も、詩を詠むことをやめなかつた。閏十月十七日、宇多上皇の第九皇子の敦実親王の邸に召されて詠んだ「残菊ニ対ヒテ寒月ヲ待ツ」を引かう。

月初破却菊纔残　月初メテ破却シ　菊纔《わづか》ニ残レリ

漁夫樵夫抑意難　　漁夫樵夫スラ　意《こころ》ヲ抑フルコト難シ
況復詩人非俗物　　況復《いは》ムヤ詩人ノ俗物ニ非ザルハヤ
夜深年暮泣相看　　夜深《ふ》ケ年暮レテ　泣キテ相看ル

十七夜ともなれば月は欠け始め、菊の花もわづかに残つてゐるだけだ／漁夫や樵夫さへ、侘しい思ひを抑へるのが難しい／況んや詩人は、俗物でなければなほさらである／夜も更け、残る年もすくなくなつたいま、ともに泣いて寒月を見る。

「俗物」との対比で、「詩人」たることを強く打ち出してゐるのである。自分は詩人以外の何者でもなく、心を通じ合はせることのできるのも、これまた「詩人」以外の誰でもない。もうわたしが世間で働く時期は終はらうしてゐる。後は詩人として情をほしいままにするばかりだ、と言つてゐるのだ。

ここで道真は、「俗人」たちの顔を生々しく思ひ浮かべたらう。時平がその中心であつたらうが、文人として世を渡る者の多くがさうで、彼らこそ真に唾棄すべき存在なのだ。

年が改まり、昌泰二年となると、二月十四日、時平は左大臣、道真は右大臣に任じられた。左近衛大将と右近衛大将の兼務はともに変はりなかつた。

いつまで時平と張り合はなくてはならないのか。時平の下風に立つのは本意ではないが、それ以上に、張り合ふのは自分の任ではないと思ふ。詩人として帝に尽くせば足りるのではないか、と。

道真は、辞表を出した。当時、高位になると、任命されるとそのまま受けるのでなく、一度は辞表を出す慣例があつたが、道真は、辞表を出すこと三度に及んだ。

「臣ノ地ハ貴種ニ非ズ、家コレ儒林」と、高位に昇る家柄でないことを言ひ、「人心スデニ縦容《しようよう》セズ、鬼瞰《きかん》必ズヤ睚眦《がいさい》ヲ加ヘン」、かほどの高位に就くことは天下の人心が許さず、鬼神が必ず目を怒らせてわたしを睨むやうになりませう、と訴へた。自分の置かれてゐる状況を、痛いほど認識してゐたのだ。

しかし、受け入れられなかつた。

それればかりか三月には、宇多上皇は、道真の長女で自らの女御衍子《のぶこ》を伴ひ、道真邸に御幸、衍子の母、宣来子の五十の賀に臨席して、宣来子に従五位下を授けた。

上皇は、道真との絆の強さを一段と強く示したのだ。もはや君と臣下の関係を越えるものとなつてゐることを、強調してみせたのである。

そして、道真の娘寧子を典侍《ないしのすけ》に、もう一人（名未詳）を、先に触れたが上皇の子息斉世親王の室とした。この寧子を典侍としたのは、やがて醍醐天皇と結び付ける意図を秘めてゐたのかもしれない。いづれにしろ道真は、皇室の外戚として確固たる地位を与へられたのである。

その上、菅家廊下などで教へた弟子たちが恐ろしく増へ、官衙の要職を占め、さらに急増する勢ひを見せてゐた。彼らこそ天下の政治を公正に執行するはずであつた。

上皇は、かうして十月二十四日、仁和寺で落飾、一月後には、東大寺で受戒した。

かうまでして置けば、後は大丈夫と考へたのである。

しかし、如何に強大な力を持つてゐた帝であつても、この世から退いたかたちをとれば、当然、力は弱まる。また、高位へと押し上げてをけば大丈夫と思ふのは単純で、殊に学者肌、詩人肌、せいぜいのところ有能高潔な官僚に留まる道真にとつて、地位の高まりは周囲の人々との間に距離を生み、孤立化を推し進め、その上、力を振るふ生臭い努力を一段と抑制させることになつた。

それに対して権力に慣れ親しんだ時平は、手当たり次第に多くの者たちを引き寄せ、利害を説いて意のままに操り、急速に勢力を伸ばした。

　このやうな事態になる危険性を、宇多上皇はまつたく予知してゐなかつたし、理解もしてゐなかつたらしい。

　かうして道真は、ますます孤立し身動きができなくなり、その高位を保持するのに必要な最低限の権力さへ衰弱させて行つた。

　日々さうなつて行くのを道真自身、よくよく思ひ知り、打ちのめされながらも、新法皇の処遇を拒むことは出来ず、例のない身にあまる恩恵として、感謝の念を捧げなくてはならなかつた。

　さうしたところで道真を支へたのは、自分が詩人であるとの自恃ばかりであつた。

＊

　昌泰三年正月三日のこととして、『北野天神縁起』にはこのやうなことが書かれてゐる。

　醍醐天皇が法皇のをはす朱雀院へ行幸、「御額ヲ合ハセテ密議」された。

　左右の両大臣、時平と道真が共にあるのは、両頭政治として世の非難を受けるから、どちらか一人に任せるのがよからう。そのふたりを比べるのに、時平は、藤原鎌足の子孫で、基経の長男であるが、年は三十歳に足らず、才《ざえ》、心掟《おきて》とも道真に及ぶべくもない。

　かう久しく話し合つた末、まづ、時平を密かに召して、「天下ノ政、一人シテ奏下スベキナリ」と仰せ下した。時平は、法皇、天皇の気色を打ち見て、そのまま黙つて退いたが、その後、召された道真は、わたし一人が政治を執ることなど「ユメユメアルマジキ事ナリ」と辞退、ただ今召されたことを怪しむ者がゐますから、詩の題を賜りたいと申し上げ、急遽詩宴とした。

　その詩宴に時平も立ち戻つて加はつたが、果てると、法皇と天皇、后の宮までが衣を脱いで、道真に与へた。その類ひ無い栄耀に浴するのを目の前にして、時平は顔色を変へた。

この後、法皇・天皇の密議が世に聞え、時平は源光、藤原定国、藤原菅根と図り、陰陽寮の官人に珍宝を与へ、道真を呪詛した。しかし、道真は呪詛を被らない術をもつて応じ、菅家は栄へつづけた、と言ふ。

この『縁起』よりわづか前に成立したらしい『大鏡』には、左右の大臣に「世の治事を行ふべき由、宣旨下さしめ」たが、年齢が違ふ上に、右大臣（道真）は「才世に傑れめでたくおはしまし、御心掟も、殊の外に賢くおはしま」すのに対して、左大臣は「若く、才も殊の外に劣」つてゐたので、右大臣の処遇が「殊の外」重くなつた。これを左大臣が「安からずおぼしたるほどに」とあつて、つづけて「さるべきにやおはしけむ、右大臣の御ために善からぬ事出で来て」とあり、いきなり道真は大宰権帥《だざいごんのそつ》とされ流されたと書かれてゐる。

もしかしたらこの時、宇多法皇が時平の排除に動いたのかもしれない。法皇となつたのも、じつはこの行動のためであつたと見ることが出来さうである。出家すれば、政治的に自由になる。しかし、道真が固辞するなりなんらかの理由で、不発に終つた。

これに対して、時平らはすぐさま反撃に出ることはなく、謀をめぐらし、慎重に準備を整へた……。

＊

その年の八月になつて、道真は詩文集を纏め終はり、祖父清公、父是善の分も合はせて、菅家三代集二十八巻を醍醐天皇に献上した。法皇に対して、自らの立場を明確にする意味もあつたらう。

天皇はことのほかお喜びになり、「今日の文華はみな尽くに金なり」「更に菅家は白様に勝れることあり」と応じた。白様とは白楽天の詩のことで、愛読して来た『白氏文集』七十巻も、菅家集があるので、これからは開かないやうになるだらう、とも仰せになつた。

当時は、漢詩と言へば、白居易であり、道真の詩自体、それに学び、倣つたところが多かつたから、最大の賛辞であつた。道真はおほいに面目をほどこしたのである。

しかし、道真は心から喜んだだらうか。

確かに自分は祖父、父を越えて高い官位へ昇り、かつ、漢詩文を巧みに駆使することによつて、この国においての文字表現の領域を広げれば高めもした。しかし、いつの間にか文官なり詩人としての域を大きく逸脱、政争のただ中にあつて、孤立状態に陥つてゐたのだ。それに実際にやつたのは、祖父と父が加はつた遣唐使を止め、いはゆる国風化を宮廷において推進、歌合《うたあはせ》を開き、若菜摘みの野遊びを大々的に催すやうなことであつた。自己否定的な働きをして来た、と言つてよい。

所詮、漢詩文は、異国の言葉、異国の文字を、もつぱらその国の歴史に基づいて、雅びに用ひることである。しかし、この国土には、その言葉をそのまま記す文字がなく、万葉仮名などさまざまな工夫を重ねて来てゐるものの、まだまだ足りない。これから先も、漢詩文が文芸の中心に座り続けるはずである。法制度や行政では漢文表記が全面的に用ひられ、すでに大きな達成をみせて来てゐる。

しかし、後宮にあつては予想を超えて歌合が盛んに行はれ始め、業平、小町、遍昭などに次いで、その子の世代の素性、貫之などが現はれてをり、現に道真自身もたまには歌を詠んでゐた。

この道筋を辿り進んだ先、わが国の言葉による文芸が主流となる日が、意外に早くやつて来るかもしれない。いや、さうならなくてはならず、それが法制度や行政の域に及ぶかもしれないが、さうなつた時、菅家三代が詠み作つて来た詩や文はどうなるか。さうしてこの自分はどうなるか。

道真は、自分をぎりぎりのところで支へてゐる足場が、崩れやうとしてゐる、と思つたかもしれない。

それに何よりも辛いのは、宇多法皇の要請に、自分が応へられないことであつた。どう考へても、自分には勤まらないし、勤めようと思ふこともできない役割――詩人であることと相容れない役割だと思ふのだ。

醍醐天皇が位について三度目の秋がめぐつて来て、九月十日、重陽後朝の宴が清涼殿で催され、時平とともに侍した。

「秋思」の題を賜り、詩を作つて呈した。

丞相度年幾楽思
今宵触物自然悲
声寒絡緯風吹処
葉落梧桐雨打時
君富春秋臣漸老
恩無涯岸報猶遅
不知此意何安慰
飲酒聴琴又詠詩

丞相《じようしやう》、年ヲ度《わた》リテ幾タビカ楽シビ思ヘル
今宵ハ物ニ触レテ自然《おのづか》ラニ悲ム
声寒《さ》ユル絡緯《らくゐ》ハ風ノ吹ク処
葉ノ落ツル梧桐《ごとう》ハ雨ノ打ツ時
君ハ春秋ニ富ミ臣ハ漸《やうや》クニ老イニタリ
恩《うつくしび》ハ涯岸《がいがん》無クシテ報イムコトハナホシ遅シ
知ラズ　コノ意《こころ》何レニカ安慰セム
酒ヲ飲ミ琴ヲ聴キマタ詩ヲ詠ゼム

右大臣となり、年を越えたものの楽しい思ひをしたのは幾度あるだらう／今宵は風物に触れると、悲しみばかりを覚える／秋風に吹かれて靡く草むらで鳴く轡虫《くつわむし》の声は寒々とし／梧桐《あおぎり》は雨に打たれて、盛んに葉を落とす／帝は若く春秋に富むが、わたしはすでに老いた／帝から受ける恩は果てしがなく、報ひるのも思ふにまかせない／この思ひゆゑに安らぐ術を知らない／白居易に倣つて酒を飲み、琴を聴き、また詩を詠んで紛らせたいと思ふ。

宴の席にふさはしくなかつたが、思ふところの一端を率直に詠んだ。これに醍醐天皇はいたく感じ入り、御衣を授け、道真をして一層恐懼させた。

時平が顔色を変へたといふのは、この時のことであつたらうか。もしも天皇まで自分よりも道真を深く信頼するやうになれば、謀のすべては瓦解する。

＊

この頃、醍醐天皇の女御の入内を巡つて法皇と時平が対立してゐた。

天皇は成人と同時に為子《ためこ》内親王を迎へたが、出産のため亡くなつた。これを時平は好機として、以前から画策してゐた妹穏子《おんし》の入内を実現させようとしたのである。法皇は承認しなかつた。次の天皇も藤原氏の中枢から遠い血筋でなくてはならない、と考へてゐたのだ。

そこで時平は、十月、法皇が高野山や琵琶湖の竹生島に参詣へ赴いた留守に、強引に妹穏子の入内を決定させた。帰京した法皇は激怒した。が、覆すには至らなかつた。

道真の娘寧子が入内するやもしれぬ事態に、時平は先手を打つたのだと思はれる。

道真自身は、十月十日、重ねて右近衛大将の辞任を願ひ出た。その状にかう書いた、「夏ヨリ秋ニ渉リテ、心胸結ボホルガ如シ」、「臣ヲシテ専ラ花月ノ席ニ供奉セシメタマヘ」と。もう花月のことにしか係はりたくない、と。時平との権勢をめぐる激しい角逐《かくちく》に、これ以上身を置くのに耐へられなくなつてゐたのである。

しかし、法皇は許さなかつた。

その翌日、当時文章博士であつた三善清行《みよしのきよゆき》から書簡が届いた。

若い時から自分は暦数天命を見て未来を占ふ術を学んできた、と前置きして、明年の辛酉《しんいう》は運変革に当たり、二月は干戈《かんか》兵乱の恐れがある。あなたは学者文人の家から出て大臣にまでなり、朝廷においても学問においても、吉備真備を除いて匹敵する者がない。その栄分と止足を知り、山水煙霞に風情をほしいままにされるやうに、とあつた。大臣を辞め、隠居してください、と言ふのである。

前日もまた、山水煙霞に風情をほしいままにすべく、懇願に懇願を重ね、退けられたところであつたから、道真は腹立たしい思ひに駆られたらう。実情を知らない者が何を言ふか、「止足」の文字は自らすでに用ひて、詩を奉つてゐるぞ、と。

三善清行は、初めて方略試を受けた時、試験官であつた道真から不可の判定を受け、それ以来恨みを持つてゐたと言はれてゐる。それにしても文章博士の立場で、遥か上位の右大臣に、どうしてかういふ差し出がましい無礼な勧告をさかしらに行つたのか。

多分、三善の一存ではなかつた。何者か、それも遥か上位の権力に与かる者に指示されてのことであつたらう。三善は、同じ趣旨の建議書を翌月にも天皇に提出、警護を厳しくして、「邪計」「異意図」を抑へるやう警告した。さういふ穏やかならざる風評の種をあちらこちらにと撒いておいて、事実と係はりなく、後は糾弾すべき者を一方的に名指しすればよい状況を作らうとしたのだ。なかでも道真の斉世親王を庇護する姿勢が、都合のよいものと数へられたやうである。

道真は、如何なる陰謀がめぐらされてゐるか知るべくもなかつたが、三善を一味にして、自分を陥れるべく何事かが進められてゐると察知はしたらう。文人でありながら「俗物」たる本性を顕したな、と道真は思つたはずである。

しかし、それに対抗しようにも、宇多法皇の意向に逆らつて勝手な行動に出ることはできなかつた。あり余る恩沢を賜つて来た身としては、如何なることにならうとも、恩沢を有り難く受け続け、それに殉ずるよりほかないと、覚悟を固めるよりほかなかつた。

＊

果たして翌昌泰四年（九〇一）正月二十五日早暁、道真の邸宅は検非違使《けびゐし》によつて取り囲まれた。この物々しさは何事か、と家人たちは跳ね起きた。やがて勅使が訪れると、道真を大宰権帥とする宣命を伝へたが、そこには罪状も綴られてゐた。

寒門よりにはかに大臣に上り、止足の分を知らず、専権の心があり、佞諂《ねいてん》の情を以て上皇の御意を欺き惑はせた。上皇の御情に恐れ謹むことなく、廃立を企て、天皇と離間を図つたなどと記され、最後には、干戈《かんくわ》を動かさうと目論んだとあつた。

道真としては呆れるよりほかなかつた。殊に兵を動かすことなど考へもしなかつたが、右近衛大将の職にあれば、動かさうとすれば動かすことができるのである。このやうに実体はなくとも、いささかなりと可能性があれば、幾度も言ひ立てると、そのうちに嫌疑となり得る。いづれもその程度のものであつたが、三善は先の書簡と建議書で文章にして提出してゐたのだ。それらがいま、事実とされ、勅命となつて下されたのである。

この突然の左遷は、道真一人にとどまらなかつた。大学頭の高視《たかみ》は土佐介、式部大丞の景行《かげゆき》は駿河権介、右衛門尉の兼茂は飛騨権掾、文章得業生の淳茂《あつしげ》は播磨へと、四人の子それぞれは地方へ、その他、菅家廊下出身で顕職にあつた十数人も同様の処置を受けた。

流謫先での詩から。

自従勅使駈将去　勅使駈リ将《ゐ》テ去リシヨリ
父子一時五処離　父ト子ト一時ニ五処《いつところ》ニ離レニキ
口不能言眼中血　口ニ言フコト能ハズ　眼ノ中《うち》ナル血
俯仰天神与地祇　俯シ仰グ　天神ト地祇トヲ

勅使がやつて来て宣命を伝へ、走り去るとともに／父と四人の子は流され五ヶ所に離れ離れとなつた／口をきくこともできず、血の涙を溢れさせるばかり／俯し仰ひで、天神と地祇に悲嘆を訴へた。

この事態を知つて法皇は、輿にも乗らず、徒歩で内裏へ急いだ。しかし、内裏の東、建春門で警護する官人に阻止された。法皇は、繰り返し通すやう求めたが、官人たちは頑強に拒んだ。そこで法皇は、門前に莚《むしろ》を敷き、通すまで退かぬ姿勢をみせた。

道真は、筆を執ると法皇に歌を奉つたと『縁起』は語る。その歌、

流れ行く我は水屑《みづく》となりぬとも君柵《しがらみ》となりて留《とど》めよ

歌をご覧になつた法皇は、涙にむせびつつ、

御足に汚き泥をのみ付けて、上西門を入りて、豊楽院、真言院打ち過ぎ、清涼殿に近付きましましけれども

とある。西側から内裏に近づき、陰明門か武徳門を入つたのだらう、さうして天皇の住まひの清涼殿のすぐそばまで行つた。しかし、蔵人頭の藤原菅根が天皇に取り次がなかつた。以前、殿上の庚申の夜の御遊の際、道真に面を打たれた恨みから、と理由を記すが、かうしたことが実際にあつたかどうか。多分、作られた話だと思はれるが、いづれにしろ時平の一味によつて、天皇の身辺は厳重に固められてゐたのである。

法皇は、大庭の椋《むく》の木を恨めしいとご覧になつてをられたが、夕日が山の端に傾いたので、涙に暮れつつ、還御された。建春門に座り込んだとする方も、夜に及んで、致し方なく御所へ引きあげられた、とある。

しかし、宇多法皇は、悲しみよりも怒りに囚はれたはずである。譲位後も自らの意向が通る体制を十二分に整へ、その上、さらに一歩押し進めようとしてゐたところを、一挙に覆へされたのだ。危惧してゐたとほり、わが子醍醐天皇は、時平の思ふままになり、自らの権勢は根こそぎされてしまつたのである。

怒つた法皇がいかなる行動に出るか、時平は十分に考へ、対応策を講じてゐた。法皇を醍醐天皇にも道真にも会はせない、これがこの政変の成否の鍵であつた。誇り高い法皇が、門前に座り込んだのは想定外であつたが、菅根は、自分の役割の重大さをよく承知して、持ち堪へた。それに早春の夜の寒さが、その彼に味方した。『縁起絵巻』では、道真が法皇の許へ駆けつけ、事態を訴へてゐる場面が描かれてゐるが、かうしたことはあるはずもなかつた。

この左遷劇は、明らかにクーデターであつた。実力でもつて内裏の門すべてを封鎖、それとともに道真とその一族、ごく近い人たちの身柄を拘束したのだ。

道真は早く右近衛大将の辞任を申し出てゐたものの、受け入れられなかつたことは先に触れたが、時平側は、禁中の警護など兵馬に係はる近衛府の大将に道真が就いてゐるのを強く警戒してゐた。三善清行の干戈云々も、そこから出た言で、実は、彼らの側こそ、干戈を動かし、実力行使に出る準備を進めてゐたのだ。なにしろ異例の信任を法皇から得てゐる者を政権から追放するのである。それは同時に、法皇の力を完全に奪ふとともに、道真が築きあげた官僚組織をそのままわがものとすることであつた。徹底した周到さと準備がなくてはならなかつた。

そして、宣命が出て六日目の二月一日、押領使《おふりやうし》に厳しく警護させ、早々に道真を京から出立させた。あくまで罪人として扱ひ、法皇を初め余人と接触せぬやう計らひ、一刻も早く京を出すのが肝心であつた。

八、流竄《るざん》の旅

『北野天神縁起絵巻』によると、御簾を巻き上げた一室の内に道真がゐて、縁先や梅の咲く遣水《やりみづ》の傍らに供の者たちが立つたり座つたり、画面左の北の対《たい》では、御簾の陰で北の方や姫君が嘆き悲しんでゐる……。

『松崎天神縁起絵巻』では、妻戸を押し開け、御簾を片寄せて道真が半身を現はし、いまを盛りと花をつけてゐる縁先の紅梅を見詰めてゐる。

昌泰四年（九〇一）二月一日の出立を前にした様子である。

道真には二十四人の子があり、うち男四人は、前回に触れたやうに地方へ左遷され、成長した姫君たちは、北の方宣来子とともに都に残し、幼い男の子と女の子を連れて行かなくてはならなかつた。

いとけなくをさなき君達うちぐして出給ひ

この二人がこれから先の長い旅路に耐へられるかどうか。また、よく大宰府にたどり着いたとしても、すこやかに成長するかどうか。妻や娘たちに見送られて、歩み出すのだ。『北野天神縁起絵巻』（以下『北野縁起絵巻』とも記す）の本文からである。

と、道真は立ち止まり、

すみなれ給ひける紅梅殿のなつかしさのあまりに、心なき草木にもちぎりをぞむすび給ける。

さうあつて、二首の歌を記す。まづ、

東風《こち》吹かば匂ひ起こせよ梅の花主《あるじ》なしとて春を忘るな

『拾遺集』には「ながれ侍りける時家の梅をみて」との詞書をもつて、収められてゐる。ついで、

桜花主を忘れぬものならば吹き来む風に言伝《ことづ》てはせよ

こちらは『後撰和歌集』に「家より遠きところにまかる時に、前栽の桜にゆひつけ侍りける」の詞書を添へて、載せられてゐる。まだ蕾は固いので、咲いたなら遠い地にゐる主人のわたしへ、風に伝言を託してくれよ、と。

これらの歌を懐紙に書き付け、枝に結びつけると、車に乗つた。すると左降勅使の左衛門佐《さゑもんのすけ》藤原真興以下、時平の指揮下の左近衛の十人がひしと取り囲み、動き出した。

職豈図西府　　職　豈《あに》西府ヲ　図リキヤ

名何替左遷
貶降軽自芥
駈放急如弦

名　何ニゾ左遷ニ替レル
貶《おと》シ降サレテ　芥《あくた》ヨリモ軽シ
駈《か》リ放タレテ　急ナルコト弦ノ如シ

右大臣ともあらうわたしが大宰府に職を与へられるなど、誰が予想したらうか／官名は右でなく、左遷となつたのだ／貶められ降格され、芥よりも軽く扱はれる／放逐されるのは弓から矢が放たれるやうに急だ。

大宰府での作「敍意一百韻」からである。

京の家並は、静まり返つてゐた。板戸の隙間から人々が息をこらして見送つてゐる。

捵赧顔愈厚
章狂踵不旋
牛涔皆陥穽
鳥路惣鷹鸇

捵赧《てんだん》シテ　顔《おもて》愈《いよいよ》厚シ
章狂《しやうきやう》シテ　踵《くびす》旋《かへ》ラズ
牛涔《ぎうしむ》　ミナ陥穽
鳥路　惣《す》べて鷹鸇《ようせん》

恥じて赤面するも、面皮を厚くして耐へる／狂つても、踵を返すことはできない／牛が足跡を印して水溜を作つて行く地には、いたるところ陥穴がつくられ／鳥が飛ぶ空の路には鷹や隼が待ち構へてゐる。

進むに従ひさまざまな思ひが押し寄せて来て、無念さに狂はんばかりになるが、ひとを貶めるべく罠を仕掛け、隙あらば襲ひかかつて来るのがこの世の習ひなのだ。さうであるのに、うかうかと不用心にやつて来て、このざまだ。自ら嘲りたくもなつたらう。

厳重警備の下、車はまづ旧都長岡京を横切る。いまでは長岡天満宮がある。そして、嵯峨天皇の河陽《かや》離宮の前にかかる。山崎である。

わたしは京都駅から東海道線下り電車に乗つた。できる限り、跡を追つてみようと思ひたつたのである。

山崎駅で下車する。そして、正面のだらだら坂を下ると、すぐ右側に離宮八幡宮がある。北九州の宇佐から八幡神を勧請した際、ここ、河陽離宮跡にしばし留り、それから淀川の対岸、男山へ移つて石清水八幡となつたといふ経緯がある。

ここに道真の腰掛け石がある。道真の腰掛け石は全国いたるところに在るが、ここは特別である。なにしろ一休みして腰を上げ歩み出せば、山城の国を出るのだ。

以前に訪ねた折りの記憶よりずつと境内の奥、林の中にあつた。やや小さめだが横長で、薄すらと全体に苔が覆ひ、注連縄が張られてゐる。松浦武四郎の「聖蹟二十五拝双六」に番外として出てゐる山崎休天神がこれであらう。

鳥居を出て、玉垣添ひの道を南西へ行くと、上屋を掛けた小振りの流造の社、関戸明神社があつた。鎌倉時代の建築技法をよく残してゐるとの説明板が出てゐるが、その手前がいまも京都府と大阪府の境である。道真の腰掛け石から玉垣を越えてすぐの位置である。

振り返ると、いまは民家で遮られてゐるが、すぐ背後を淀川が流れてゐて、彼方には東山の山並みが霞んでゐるのだ。

その情景を前にして、道真は詠んだ。

望闕眼将穿　闕《くゑつ》ヲ望ムデ眼穿《まなこうが》タントス
落涙欺朝露　落ツル涙ハ朝《あした》ノ露ヲ欺ク

遠く皇居を望み見て、眼を穿ち棄てたい思ひに駆られる／落ちる涙は、しとどな朝露のやうだ。かういふ激しい思ひに囚はれたのだ。讃岐から戻つて十一年、右大臣まで登り詰めたが、いま、その都を追はれる。これから先、如何なる人生があるのだらう。

自ら望んで右大臣になつたわけではなかつたが、自分の人生は、間違ひなくこの都と深く結び付いてゐた。そのことを改めて思ひ知り、立ち尽くす。

＊

これから先、一行はどのやうな道筋をたどつたのだらうか。

おほよそ一ヶ月間の、文字通り流竄《るざん》の旅であつた。が、具体的にどのやうなものであつたか、一向に判然としない。

なにしろ道真一行は、公の便宜を一切与へられなかつたのである。馬も舟も宿も食事も、いづれも自ら工面しなければならなかつたのだ。さういふ自弁による流竄行であつたから、記録に残されることは一切なかつた。

それだけすべては闇の中であり、虚実織り交ぜた伝承や物語の領域へ踏み込むことにならざるを得ないのだ。当然、とんでもない道へと踏み迷ふことにもならう。

例へば山城国から陸路を採るなら、この時代、水無瀬野《みなせの》を過ぎ、高槻か茨木あたりから西へと歩を転じ、いはゆる西国街道を進んだはずである。現にその路傍には服部天神社（豊中市）がある。

しかし、山崎から舟に乗つたかもしれないし、淀の流れに沿つてさらに陸行したかもしれない。その場合、右岸か左岸かが問題になるが、左岸の方に天満宮なり天神社が点在する。

惟喬《これたか》親王や業平が遊んだ渚院《なぎさのゐん》や交野《かたの》の先、現在の地名で言へば枚方市南中振に、蹉跎《さだ》神社がある。父道真の跡を追つて来た刈屋姫が追ひつけず、ここで足摺をして悲しんだと伝へる。もつとも刈屋姫は、浄瑠璃「菅原伝授手習鑑《すがはらでんじゆてならひかがみ》」の中の人物で、実在の姫の名ではない。

その先、守口市に佐太天神宮がある。

わたしは山崎から再び東海道線に乗つて高槻に出ると、駅前からバスに乗つた。舟で下るのなら、右岸なり左岸へと寄つて行くことが出来るが、陸行となると、さうはいかない。しかし、いまは立派な道と橋が出来てゐて、十五分ほどで左岸の京阪電鉄枚方駅だつた。そこから少し先、守口市へ入ると、堤防近くに、佐太天神宮があるのだ。

このあたりには菅原家の荘園があつたらしい。道真一行は、しばらくここに滞在、配流の処分撤回の「沙汰」を待つたと伝へられる。しかし、一刻も早く都から遠ざけるのを肝要としてゐたから、許されるはずもなかつた。多分、地名の「佐太」から出た話であらう。

後世の浄瑠璃作者は、しかし、ここを舞台に一段と魅力的なドラマを作りだした。「菅原伝授手習鑑」賀の祝の段である。荘園を預かるのが白太夫で、その七十の賀の当日、道真左遷事件が起こつたとする。三人の息子があり、その妻たちは、淀川を上り下りする船で早々にやつて来たが、亭主どもは姿をみせない。やがて時平に仕へる松王丸がやつて来ると、父に勘当を乞ふて去り、梅王丸は菅丞相（道真）

の御台と幼い子息菅秀才を尋ね出して守護するよう父から指示を受けて出立する。桜丸は、斉世親王と道真の養女刈屋姫との仲を取り持つたばかりに、道真に陰謀の嫌疑がかかつた責任を取り、切腹して果てる。さうして白太夫自身は旅支度をすると、菅丞相の跡を追つて筑紫へと向ふ……。

この浄瑠璃の人気キャラクターが勢揃ひするとともに、それぞれがそれぞれの道を進んで行くことになるのだ。それはそのまま、道真に同情を寄せる者の多様な在り方を示す。

石灯籠が両側に並ぶ参道の奥に、社殿があつた。現在の社殿は淀藩主の手になるが、滞在中に世話になつた人々へのお礼にと道真が置いて行つた、自らが刻んだ自身の木像を神体として、没後五十年の天暦年間（九四七～五七）に創建されたと伝へられる。

軒下には絵巻が額に入れて掲げられてゐた。「佐太天神縁起絵巻」（文安三年・一四四六製作か）の複製らしい。よくは見えないが、「北野縁起絵巻」にほぼ倣つてゐるやうである。

＊

佐太のすぐ下流が江口だから、舟であればそこから三国川を経て、尼崎・大物《だいもつ》の浦へ出るのが、平安時代は一般的であつた。近松「天神記」もさう書かれてゐるが、「菅原伝授手習鑑」は難波へ下つたとする。

淀川を下つて行くと、長柄の橋を過ぎたところで、左へ鋭く曲がり、大阪の中心部へと入り、蛇行して、上町台地の北端に突き当る。そこで東から流れてくる寝屋川と平野川（旧大和川）に合流して、西流するが、すぐに中之島によつて二分される。この合流点と分流点の間が渡辺の津で、古くからの上陸地点である。

その渡辺の津の北に、大阪天満宮がある。

孝徳天皇が長柄豊碕宮を営んだ際、鎮護の神として大将軍社を祀つたので、道真は参拝したといふ。大将軍は陰陽道で西方の吉凶を司るとされてゐるから、西方に向ふ身として当然であつた。その縁から天暦七年（九五三）、村上天皇の勅願で、道真を祀る天満宮が創設されたらしい。

この天満宮がいまでは大阪を代表する大社で、夏祭には船渡御が盛大に行はれるのはよく知られてゐるところだ。

ただし、佐太から乗つた京阪電車は、渡辺の津の手前から地下に潜り、淀屋橋まで行つてしまふ。地上に出ると、淀屋橋を渡り、大阪市庁舎前を横切つて中之島を横断、大江橋を越え、かつての曾根崎新地の飲み屋街へ入つて行く。そこに露《つゆ》天神があつた。近松の「曾根崎心中」で知られ、女主人公の名をとつてお初天神と呼ばれてゐる。大阪天満宮からは西へ一キロほどのところである。

ここまでやつて来て、道真はかう歌つたといふ。

露と散る涙は袖に朽ちにけり都のことを思ひ出れば

この歌から、露天神の呼称が生まれたと言ふが、出典は不明で、道真の歌とは思へない拙劣さだが、この地域の人々には親しまれて来てゐる。

そこからほど近い梅田へ出て、阪神電車に乗つた。

次が福島である。

なには通の拡幅のため境内がかなり削られた様子だが、その西側に福島天満宮がある。楠の大木が鬱蒼と繁つてゐる。

今は堂島川からやや離れ、その気配も薄いが、浄瑠璃「ひらかな盛衰記」逆艪《さかろ》の場の舞台にもなつた、川湊であつた。一行はここから船で海へ乗り出すため、風待ちをした。当時は帆と櫓を使ひ、潮に乗るのが航海の基本であつたから、潮と風を待たなくてはならなかつたのである。

その間、地元の人たちが一行を懇ろにもてなしてくれたのが身に滲みて嬉しく、道真は、出港に際して自ら描いた自身の画像を置いて行つた。後にそれを神体として営まれたのが、この宮だと言ふ。佐太では木像だつたが、ここでは画像となつてゐる。

こんなふうにして、道真の太宰府を目指しての一歩一歩が天満宮を生み出したのである。「菅公聖蹟二十五拝」によると佐太天神宮が第九番、大阪天満宮が第十番、お初天神が第十一番、そしてここは第十二番である。

ただし、それがそのまま実際の道真の足跡かと言ふと、ほとんどが勝手な伝承や作り物語によると見なくてはなるまい。「菅公聖蹟二十五拝」にしてもその域をさほど出てゐないやうである。

＊

風待ちの場所がもう一つ大阪にはある。上町台地を、四天王寺から西へ下つたところにある安居《やすゐ》神社、かつての安居天神である。「菅公聖蹟二十五拝」に入つてゐないが、「菅原伝授手習鑑」では、こちらが出航地である。

梅田へ戻り、雑踏する地下街を歩いて、東梅田から地下鉄谷町線に乗ると、十五分ほどで四天王寺駅である。四天王寺西門前から堂塔に一礼すると、坂を西へ下つた。

その坂の半ば、台地の中腹、右側の小路を入ると、安居神社がある。少彦名命を祭神とするが、道真が風待ちした因縁から、天神も祀られてゐる。

平安時代の半ばまでは台地下まで海であつたと言ふから、眼下は船溜りで、川舟から海路用の船へ荷の積替へが行はれてゐたのだ。社殿の前に立つて西を望むと、民家の瓦屋根が足許で、彼方に淡路島が見えたはずだが、いまは大小のビルが林立して、視野は広がらない。

世につれて浪速入江もにごるなり道明らけき寺ぞこひしき

時代につれ、この浪速の入江もすつかり濁つてしまつた。わたしが無実の罪を得て、船出しなければならないのも、そのためだらう。それにつけても、道を明らかに示してくれるといふ名の祖先の地、道明寺が恋しくなる。

さう言つて、訪れずにをれない気持を告げ、警護役の判官代輝国の計ひにより、船出を待つ間、出かけて行つたと「菅原伝授手習鑑」ではなつてゐるのである。

わたし自身、ここに立つてゐると、さういふ気持になり、タクシーを拾ふと、近鉄阿倍野橋駅へ行つた。そして、発車間際の南大阪線準急に乗る。

十六、七分で河内平野を横切り、土師駅である。菅原氏の先祖土師氏の本貫の地で、一帯には巨大な陵墓が集中、金剛・葛城山の西麓を北へ流れる石川と、生駒山脈と二上山の間から流れ出る大和川の合流点の南西すぐに位置してゐて、国府跡も近い。

次が道明寺駅であつた。短い商店街を抜けると右手が石垣になる。そこがもう道明寺天満宮である。

緩やかな石段を上がると、門には白地に梅鉢紋を織り出した布が垂れ、脇に「菅公聖蹟二十五拝」第八番の石標が立つてゐた。都からの順路から言へばをかしいが、拘ることはなからう。

門から石畳の参道で、右側に空地が広がる。その比較的長い参道の先、正面からわづか左手に逸れた位置に、桧皮葺の社殿があつた。軒中央は唐破風だが、その上に千鳥破風が重なり、三間の広い間口を持つ。神社といふより寝殿風の建物である。

この社はもともと土師氏の祖、天穂日命《あまのほひのみこと》を祀つたのが始まりで、やがて土師寺となつたが、姓を土師から菅原と改めたのに伴ひ、道明寺とした。そして、道真没後四十四年の天暦元年（九四七）、伯母の覚寿尼《かくじゆに》が道真の刻んだ自像を祀り、天満宮を営んだと伝へられる。

それ以降、神宮寺として千年近く続いたが、明治の神仏分離令によつて、道明寺は境内の外へ移された。先ほどの空地は、その寺の跡であらう。参道と社殿の位置のずれも、そのためかもしれない。神仏分離の傷痕がまだ塞がつてゐないのだ。

宝物館には、菅公の遺品、櫛、鏡、象牙製笏、円硯、革帯などが展示されてゐた。そのうち五点が国宝である。歴史上有名な人物の遺品となると、後の世の付会なり捏造の場合が多いが、ここは違ふ。道真が使つたかどうかは不明だが、間違ひなく同時代の優品揃ひである。

その中に八稜鏡《はちりようきやう》があつた。錦布に包まれ、花園天皇を初め幾代もの天皇により勅封されて来てをり、最も新しいのが明治天皇だといふ。天皇の他は見ることが許されて来なかつたのだ。それといふのも鏡は道真が使つて自らの姿を映し見、木像を刻んだ、と伝へられてゐるかららしい。もしさうなら神となるべき人の映像が封じ込められてゐることにならう。道真が姿を映したとする各地の井戸などは、これが大本かもしれない。

天神縁起を描いた扇面絵が三十枚づつ一隻に貼られた、室町時代の屏風があつた。やはり屋敷の庭先、烏帽子を被り、狩衣姿の男の前に童子が立つてゐる場面から始まり、的に向け弓を引いてゐるところなど、それから陰陽師が時平の命を受け道真を呪詛してゐるところも描かれてゐる。
宝物館の隣には、白木のささやかな祠の白太夫社があつた。

われは天神のおん使　名をば誰とかしらたいふの神と申すおきな……。

謡曲『道明寺』の一節である。宮守の翁が寺の縁起を語り終へて消える直前に、懸詞を使つてから名乗る。白太夫がいかなる存在か、端的に言つてゐるやうに思はれるが、伊勢神宮外宮の神官度会《わたらひ》春彦と説明が出てゐる。錦天満宮でもさうであつたが、最近はこの種の説明が多い。中世以降、度会神道が盛んになつた影響であらうか。

柳田国男によれば、度会春彦などとんでもない話で、もとは百太夫とも言ひ、古く遊女が祀つた神であるといふ。それも巫女の業を中心とする遊女が操る木の人形で、遊芸一般の神ともされた。さらに遊女なり芸能者は旅に暮らすのが常であつたから、道路往来の神、巷の神ともされた。そのことから、太宰府へとはるばる旅をすることをとほして神となつた、道真に影のやうにつき従つた白髪のひとを指すやうになつたとも説かれてゐる。

いづれにしろ、伝承の闇のなかにゐて、よく分からないが、「敍意一百韻」の次の一行から出てゐるのは確かだらう。

老僕長扶杖　老イタル僕《しもべ》ハ　長《つね》ニ杖ニ扶《たす》ケラル

流竄の旅に杖を突き突き従つた老僕がゐたのだ。そして、老人となると、道真の漢詩では常に「白頭」と表現される。

天満宮を出て、西へ三十メートルほども行くと、現在の道明寺があつた。尼寺らしく隅々まで掃除の行き届いた、清潔感に満ちた境内で、かなりの規模の本堂がゆつたりと建つてゐる。

正面奥の厨子の扉が開かれてゐて、本尊の十一面観音を拝することが出来た。頭の先から蓮台まで榧の一木彫で一メートルほどだが、豊麗さと威厳を兼ね備へた見事な立像で、塗りは施されてゐないのに、黒い艶を持つ。瞳には黒石が填め込まれ、衣の裾は軽く翻つてゐる。

九世紀の作で、国宝だが、寺では道真の作とする。

尼僧は、試みの観音像と呼ばれる大きさが三分の一ほどの十一面観音像が現存してをり、道真公はそれをまづ試作、それからこちらに取り掛かるといふ手順を踏んだと考へてゐます、と説明する。これには説得力あるし、土師氏は埴輪を作つたから、道真も造形の才能に恵まれてゐたかもしれないと思ふが、像を見ると、卓越した専門の彫り手の仕事と思はないわけにはいかない。

「菅原伝授手習鑑」道明寺の段では、その道真が刻んだ道真像が活躍する。刈屋姫が父道真に逢はうとやつて来ると、実母の覚寿（刈屋姫は道真の養女といふ設定）が、斉世親王と親しんで道真を流罪とする因を作つたと咎め、杖で打たうする。と、一間の内から制止する声がかかる。障子を開くと、道真でなく道真の木像だつた……。時平の密命を受けた者たちが道真を誘拐しようと偽の迎へを仕立ててやつて来て、まんまと連れ去る。それに気づいて取り戻さうと人々が駆け出さうとすると、襖の奥から声がかかり、道真が現はれる。偽の迎へが連れて行つたのは、木像だつた……。

こんなふうに道明寺では、道真の木像を軸にしてはなはだトリッキーな展開を見せる。ご神体にな

る以前に、舞台に登場して、活躍する設定である。

＊

かういふことがあつて道真は安居へ戻り、いよいよ船出となるのだが、『北野縁起絵巻』では、検非違使と思はれる冠に朱の衣の男と従者たち、そして老若男女に僧侶たちが見送つてゐる。その検非違使にしても別れを惜しむ気配である。

船はかなり大きい。舷側には五人の漕ぎ手が櫓を握り、中央の御簾を垂らした屋形の中には、長い髪の女の姿もある。幼な子二人の世話をする者だらうか。船尾の小さな屋形に土色の衣の男が一人座してゐるが、道真に違ひない。

『松崎縁起絵巻』では、船尾に板屋形があるばかりで、漕ぎ手は四人、乗つてゐる者のなかには僧や犬までゐるから、乗合船である。どちらが実際に近いのだらうか。

かうして道真一行は、ようやく浪速の港を出た。

が、旅程は捗らない。

最初に寄港したのが、尼崎の大物《だいもつ》の浦だつたとする。これでは淀川の河口を横切つただけのやうなものである。

阿倍野に戻ると、地下鉄で難波に出て、千日前線に乗り換へ、大物駅を目指した。この電車はそのまま阪神電鉄なんば線へ乗り入れ、その河口近くを長い鉄橋で渡る。

大物駅からは、かなり山手へ行かなくてはならなかつた。県立尼崎病院の裏に大物公園があるが、かつての入海と稲川（神崎川）の河川敷跡で、その細長い公園沿ひの道を辿り、国道一号線を横断、

さらに先へ行く。

するとと家並のなか、玉垣で囲はれた一角があり、水が抜かれたコンクリートの小さな池の中央に、「菅公足洗之池」と書かれた碑が立つてゐた。

長洲天満神社である。ここで潮待ちをしたが、その間、道真は散策してゐて足を汚したところ、老婆がこの池の水で洗つてさしあげた、と言ふのである。

境内の北端に小ぶりな社殿があつた。慶長十二年（一六〇七）の建立で、桃山時代の特徴が見られるとのことだが、火災にあひ、補修されてゐる。ここでも出港に際して道真は、老婆を初め近隣の人たちに礼として自画像を描き、歌を添へて贈つたとされる。

その歌を刻んだ碑が傍らにあつた。

人しれず移る泪《なみだ》は津の国の長洲《ながす》と見えて袖ぞ朽ちぬる

地名の長洲が流すと掛詞になつてゐることから、人々の記憶に留まつて来たのであらう。「菅公聖蹟二十五拝」の第十三番である。

＊

かうして船は大物浦を出たが、すぐ時化に襲はれたらしい。

当時は瀬戸内海でもあまり沖へは出ず、海岸伝ひに航海したから、用心深い船頭はすぐさま岸へ着けた。いや、後世、沿岸の人々が道真と縁を繋がうと、適当に時化が起きたことにして、船を浜へ引き寄せたのだ。だから、立ち寄つたと言ふ伝承を持つ地が沿岸にはひどく多く、それら一つ一つに寄つて行くわけにはいかない。

再び阪神電車に乗ると、神戸の中心街は飛ばして、一気に須磨寺駅まで行つた。そして、今度は浜の方へ下つた。

海へ向かつてどんどんと降り、海岸の松原の手前、国道一号線まで一旦出ると、そこから海に背を向け、綱敷天満宮の正面石段を上がつた。この沖へかかつたところ、またしても急に波風が荒くなり、船を寄せ、命からがら浜へ上がつた。すると、漁師たちが出迎へ、船綱を平らに巻いて円座とし、休息させてくれたと言ふのである。

朱塗の社殿がややけばけばしい。没後千百年祈念の五重塔の大型模型がその印象を強める。「菅公聖蹟二十五拝」の第十四番である。

これから先々、綱敷の名をもつ天満宮に行き会ふことになるが、これまであまり縁のなかつた海と船に生きる人々と、道真は繋がりを持つことになつたのだ。旅は人との繋がりを確実に広げる。

電車の行く手に、やがて明石大橋が見えて来た。海峡を一気に跨ぐ巨大といふも愚かな橋で、橋桁を吊るす長い長いロープが、傾いた陽を受けて輝いてゐる。

人丸前駅で降りた。

すぐ先の山手側に、灯台を大きくしたやうな天文科学館が建つてゐる。わが国の標準時子午線東経一三五度がそこを通つてゐるのだ。その裏山に、柿本人麻呂を祀つた柿本神社、古くは人丸神社がある。高架沿ひに少し戻り、国道一号線に出ると、「菅公休所」と刻んだ大きな石柱が立つてゐた。道真が休んだ縁から神社が設けられ、一般には休天神と言はれてゐる。「菅公聖蹟二十五拝」第十五番である。

しかし、国道に面した広い境内には車が数台、無造作に駐車されてゐるばかりで、人気がない。拝殿は傾き、立ち入れないやう塞がれてゐる。
それでも柵のなかの梅が数本、花をつけてゐた。

離家四日自傷春　　家ヲ離レテ四日　自《おのづか》ラニ春ヲ傷《いた》ブ
梅柳何因触處新　　梅柳　何ニ因リテカ触ルル處ニ新ナル
為問去来行客報　　為《かるがゆゑ》ニ去来スル行客《たびびと》ノ報《つ》グルコトヲ問フ

十年前、讃岐国司の在任中に、海を渡らうとここへ来た時の詠である。家を出て四日、春ゆゑに感じやすく／梅や柳を目にするごとに、どうしてかうもすべて新しく感じるのか／行き来する旅人に、皆さんもさうですかと問ふてみたい。

当時は希望も野心も一杯に抱へてゐた。ところがいまや老ひ、生涯をかけて得たものすべてを剥奪され、辺地へと追ひ立てられてゐるのだ。梅や柳を目にして感ずるところがあるのに変はりはないが、絶望と無念さを「新」にするばかりである。

拝殿裏、間を置いて本殿があり、その横に玉垣で囲はれた石があつて、「菅公踞石」とあつた。やうやくたどり着いたものの、関駅の施設など使ふことは許されず、食や馬も給されることなく、ただここに腰を落として、一時、安らつたのだ。

旧知の駅長《むまやのおさ》がその道真に気づいた。

駅長莫驚時変改　　駅長驚クコトナカレ　時ノ変リ改マルコト

一栄一落是春秋　一タビ栄エ一タビハ落ツル是レ春秋

道真の作かどうか、判然としないが、『大鏡』などではかう詠みかけたとする。目前の明石海峡は夕べの気配を濃くしてゐた。小波一つ一つに闇がすでに織り込まれてゐる。振り返ると、人麻呂を祀る岡が意外に間近かであつた。人麻呂は、この明石の戸を経て都へと帰つて行つたが、道真は逆に遠ざかつて行く。また、その人麻呂を「宮廷歌人」といふ地位が待つてゐたが、道真は「宮廷詩人」の座から追はれて行くのだ。

海峡からの夕風がひどく冷たく感じられて来た。

九、浦伝ひ島伝ひ

明石から先、道真一行はどのやうな道筋を採つたのだらうか。
わたしは小さなホテルで夜を過ごしたが、案じ続けて、結局、空しく朝を迎へた。
『北野天神縁起』承久本にはかうある。

　鎮西へ赴かせ給ふ間、船の中、浪の上、慣らはぬ旅の空、沖つ潮風に目を覚まし、巌打つ浪に御心をくだきつつ、

間違ひなく海路が主であつた。ところが先に引いた「敍意一百韻」にはかうである。

街衢塵冪々　　街衢《がいく》ニ塵　冪々《へきべき》タリ
原野草芊々　　原野《ぐゑんや》ニ草　芊々《せんせん》タリ

過ぎて行く街角は塵に包まれ／原野は雑草が盛んに生ひ茂つてゐる。
二月中頃と言へば、旧暦では桜がちらほらするとともに、乾いた風が時に砂塵を巻き上げ、あたり

を霞ませる。そして、野の雑草は萌え出て、鬱陶しいまでの生命力を見せ始めるのだ。

さういふ季節の陸路を採つたのだ。

そして、自弁の流竄行であつたから、かうしたことが起こつた。

傳送蹄傷馬　傳《むまや》ハ蹄《ひづめ》ノ傷《やぶ》レニタル馬ヲ送ル
江迎尾損船　江ハ尾《とも》ノ損《そこなは》レニタル船ヲ迎フ

宿駅では蹄の痛んだ歩行のままならぬ馬を寄越す／港津では艫の損傷した船が出迎へる。

このやうな目にあひつつ、海を行き、陸を行くのだ。

ただし、大宰府までの長旅となると、やはり海路中心だつたらう。海には道がない。いや、道がないわけではないが、その時その時の天候、風、潮の流れによつて、さまざまに変はる。また、それに応じて変へなくてはならないのだ。さうして、隣の船泊りへ早々に逃げ込むこともあれば、遠くまで一気に進んだりする。

かうした事情に加へ、先にも触れたやうに道真が立ち寄つたといふ伝承を持つ地が、瀬戸内のいたるところ、山陽側にも四国側にも、また、島々にもあるのだ。

だからある人は山陽側だと言ひ、別の人は明石から淡路島の西岸を行き、それから四国沿岸を行つたと主張して譲らない。そのいづれもがもつともと思はれるので、道真は、両岸の間を間断なく往復しつつ、島にも寄つて行つたのではないか、とまで思ひ始めることになる。

それに道真自身、かう詠んでゐるのだ。

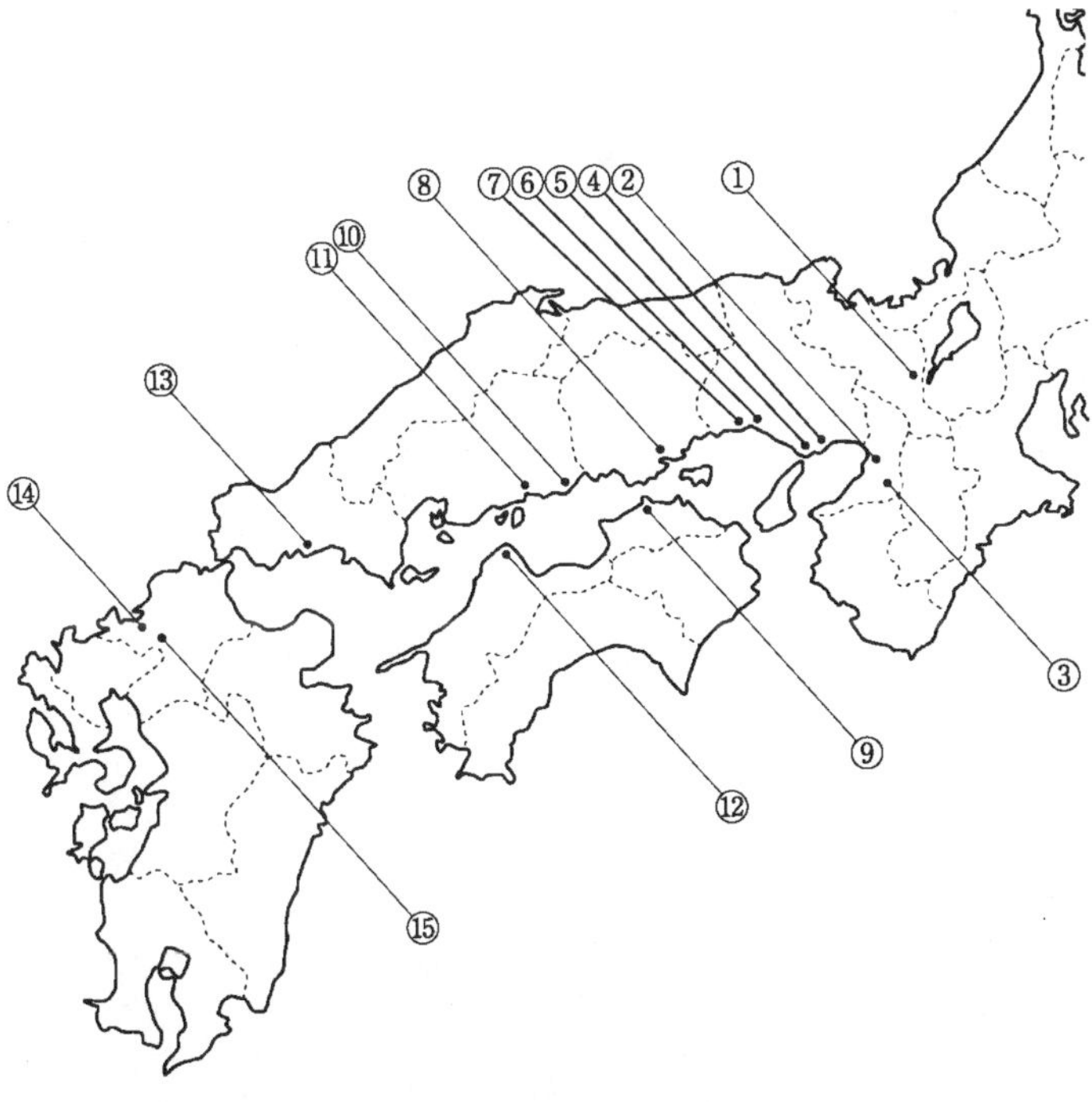

図――太宰府までの足跡

①京都　②難波　③河内（道明寺）　④須磨　⑤明石
⑥姫路　⑦室津　⑧児島　⑨坂出（讃岐国府）
⑩鞆の浦　⑪尾道　⑫今治　⑬防府　⑭博多　⑮太宰府

※点線は現在の県境を示す。

天《あま》つ星道も宿りもありながら空に浮きても思ほゆるかな

天の星には定まつた軌道も座（星座）もあるが、わが身にはそのいづれもなく、宙を漂つてゐるやうに思はれるよ。

『拾遺和歌集』に「流され侍りける道にて詠み侍りける」として出てゐる。まさしくあてどなくさ迷ひつづけるやうな思ひに苛まれての、旅だつたのである。わたしが今日行く道など定めやうがないのも当然ではないか。

しかし、道真にしても生身の存在、それに幼い子二人を連れ、従ふ僅かな者たちに支へられての道行である。たまに後戻りしたり横道へ逸れることはあつても、西へと不断に志し、かつ、要所々々の関に立ち寄つて、申告して行つたはずだから、心細くはあつても一筋の軌跡を描いて進んだ、一応はさう考へる。が、しかし、瀬戸内は多島海だから、時には島伝ひ、なりゆきによつては四国側へ、あるいは山陽道沿ひへ移つたとしても不思議はない、と考へてしまふ。

そんなふうにして、朝、あてどなくホテルを出たのだが、目の前に山陽電鉄の明石駅があるのを認めると、わたしはそのまま改札口を入つた。

それといふのもわたし自身に時間があまりないのに思ひ至つたのだ。あれこれ算段してつくつた日数も、精々あと三日ほどである。さうであるのに、いつの間にか千年余昔の道筋を忠実に辿る気になつてゐたのだ。今日は今日、わたしに可能な道を行くよりほかないのだ。そのことに、やつと気づいたのである。

苦笑ひする思ひで、ホームに上がる。これなら姫路まで一本で行ける。

車窓から見る空は晴れ、雲があちらこちらに群れてゐる。

東行西行雲眇々　　東《とさま》ザマニ行キ西《かうさま》ザマニ行キ　雲眇々《はるばる》タリ
二月三月日遅々　　二月三月《きさらぎやよひ》　日遅々《うらうら》タリ

父と子と五人バラバラにされ、東へ行き西へ行き、旅路の雲は果てしなく広がる。／この春二月、三月は時の移るのが遅々として旅も捗らない。先にも引いた「詠楽天北窗三友詩」からで、いまのやうに解したが、切り離して読めば、旅に出た開放感を言つてゐるやうにも思はれる。さうして「二月三月」と来れば、旅を楽しむ気分に少しはなつたかと思ひかけるが、次の行が来る。

重関警固知聞断　　重関《ちやうかん》警固シテ　知聞断ヘヌ
単寝辛酸夢見稀　　単寝辛酸トシテ　夢見ルコト稀ナリ

次々と過ぎる関のいづれもが警護厳しく知友からの便りは断たれたままだ／一人寝は辛く侘びしく家族の夢を見るのも稀だ。

時平らが最も警戒したのは、道真が関係ある者と連絡を取ることで、如何に自弁の旅ではあつても、厳しい監視と制約の下に置かれてゐたのだ。だから前任地でいまなほ慕ふ者のゐる讃岐を経由することなど、許されるはずもなかつた。間違ひなく山陽側を進んだのである。

＊

十五六分で曾根駅であつた。

駅前北側すぐに石鳥居が立ち、真直ぐ伸びた参道の向うに門が見えた。曾根天満宮である。松の大木があるかと、捜しながら行く。

明石を発つた道真は、わづかも行かぬうちに伊保の湊へ上がり、ほど近い小山の日笠山に登つた。さうして小松を引くと、「我に罪なくば栄えよ」と祈念、東麓のこの地に移し植ゑた。すると根付き、大きく成長した。やがてそれを知つた四男淳茂が訪ねて来て、社殿を営んだのが始まりだと伝へられてゐるのである。

その松はさらに大きく成長、江戸時代には山陽道を往来する人々の関心を集め、参勤交代の大名も列を留めた。三代将軍徳川家光が慶安元年（一六四八）に朱印領三十石を寄進、地元の姫路城主池田輝政の側室が庇護を加へ、伊藤東涯、頼山陽ら文人たちは詩歌に詠んだ。

松の大木が見当たらないまま、社殿前に至ると、赤ん坊を抱いた宮参りの晴れ着の夫婦と老女がゐた。その社殿右横に「古霊松」の額を掲げた建物があり、覗くと、黒々とした巨大なものが身を捩るやうにして横たはつてゐた。寛政十年（一七九八）に枯れた松で、その肌は龍の鱗でもあるかのやうである。

裏に玉垣で囲まれた空間があつたが、そこに松が生へてゐたらしい。「菅公聖蹟二十五拝」第十六番の石標もそこに立つてゐた。社務所を訪ね、五代目の松が育てられてゐるのを聞き、松浦武四郎が石標と同時に収めた銅鏡の写真を見せて貰ふ。

山陽電鉄の次の大塩駅でも降りた。

やはり道真が上陸、立ち寄つたのを縁起とする大塩天満宮が、すぐ南側にあつた。境内は広壮で、社殿は新しく立派であつた。かつて桧笠天神として知られ、日笠山の西麓にあつたが、近隣の社を合祀し、こちらへ移されたのである。「菅公聖蹟二十五拝」第十七番、祭礼の賑やかさ勇壮さで知られ、華麗な屋台が出るが、その折の毛獅子舞が重要無形民俗文化に財指定されてゐる。

播州では、御輿とだんじりを兼ね備へた屋台が祭の主役である。そして、このあたりには天満宮が多い。ここから五つ先の飾磨駅周辺には、恵美酒宮《えびすのみや》天満神社、浜の宮天満宮、津田天満神社と三社あり、さらに西、夢前川《ゆめさきがは》の東岸に英賀神社、西岸には広畑天満宮がある。いづれも屋台が出て、男たちが担ぎ、ぶつけ、押し合ふ。

そのうちの一社に寄るつもりだつたが、どうも一社ではすまなくなりさうなので、どこにも寄らず、先を急ぐことにした。大事なのはけふ中に、行けるところまで行つておくことなのだ。なにしろ太宰府は、いまの時代でも遠い。

姫路で新幹線の座席に落ち着いて、ほつとした。寄りたいところへ寄ると、収拾がつかなくなる。道真の船が間違ひなく寄つたはずの瀬戸内海の古くからの拠点、室津もここから近いのだ。

窓の外を眺める。

このあたりの山々は、樹木がひどく少ない。そして、あちこちに岩が露出してゐるが、それがスピードをもつて次々と背後へと退いて行く。

眺めてゐるうちに、先程から思ひ浮かべてゐる詩の次の一節が浮かんだ。

山河邈矣随行隔　　山河邈矣《はくい》トシテ　随ヒテ隔ル

風景黯然在路移　風景黯《あむ》然《ぜん》トシテ　路ニ在リテ移ル

懐かしい山河は一歩ごと、確実に遠ざかつて行く。／それにつれ、風景も暗澹としたまま路傍に留まつて、背後へと移つて行く……。

新幹線の速度が、その道真の思ひを拡大して示してくれてゐるかのやうである。

その遠ざかる山々の頂の上に顔を覗かせてゐる白雲が動かない。いや逆に、列車とともに先へ進んで行くやうに思はれる。

山別れ飛びゆく雲の帰り来るかげ見る時はなほたのまれぬ

『新古今集』巻第十八、雑歌下の巻頭には道真の歌が十二首並べられてゐる。この勅撰集中、異例の扱ひで、選者の藤原定家、藤原家隆が選び、後鳥羽院がそれをよしとした、そのなかの一首である。

朝、山の端から「別れ飛」んで行つた雲が、夕方になると戻つて来る。それを眺めるにつけても、帰京の時がいつ来るのかと、いまなほ希望を繋ぐ。さういふ意だが、列車の窓から眺め、いま引いた詩句を併せて思ひ浮かべると、こんなふうに解釈したくなる。懐かしい山河は後ろへ後ろへと飛び去つて行くが、雲ばかりはその後ろからこちらへと戻つて来る。頼りとしたいが、雲は雲、頼むことができない、と。

都をよそに遠く旅した人物として、近い時代では西行、『古今集』では在原業平、溯れば道真といふふうに考へられたのではなからうか。そして後鳥羽院自身、やがて隠岐へ流されて『新古今集』を選びなほすが、その隠岐本においてもこの十二首は残した。多分、辛酸な旅を思へば、大事にせずにはをれぬ歌の数々なのだ。

＊

岡山駅で下車すると、その足でタクシーに乗り、旭川の河口に近い十日市町の子安天満宮へと頼んだ。知らないだらうと思つて、地図を見せようとすると、昔お参りに行つたことがあります、といふ運転手の返事で、どうしてご存じなのですか、と問ひ返された。

「え、そんなに有名な神社なんですか」

驚いて尋ねると、

「嫁いだ妹のためお参りしたら、その年の内にお腹が大きくなりましてね。びつくりしましたよ。生まれた子はいまでは大学生です。お礼参りに行くのを忘れてゐたのを、お客さんに言はれて、思ひ出したんですわ。もう二十年も前です」

と話す。わたしも娘か嫁の出産祈願にでもやつて来たと思つたらしい。

車は旭川の西岸に出て、下る。

七日市町の表示が出てゐるところから、車一台がやつとの狭い道へ入る。

やがて左側、溝を横に玉垣をめぐらしたささやかな社があつた。人ひとりゐない。

「こんな寂しい神社だつたかなあ」

少し行き過ぎたところで車を停めると、運転手は目の前の理髪店の扉を押した。そして、戻つて来ると、

「様子が変はつてるので、間違つたのかと思ひましたよ。やつぱりここでした。ここの神主が不祥事

を起して、お宮の方はほつたらかしになつてゐるさうです」

さう報告しながら、車を戻して駐車した。

道真一行がこのあたりへ船を寄せて休まうとすると、漁師の家で女が難産で苦しんでゐた。そこで道真が安産の歌を詠むと、やすやすと子が産まれた、といふ。どのやうな歌か分からないが、漁師たちは喜び、道真が腰掛けてゐた岩に祠を据ゑ、安産の神として尊び、子安天神、あるいは川口の天神、浮き島の天神とも呼んで来た。潮の満ち引きで現はれたり消えたりするところだつたのである。立ち寄らずに来た姫路の各社も、河口近かつたから、同じやうなところだつたかもしれない。

荒廃の気配は確かにあつたが、拝殿の軒には「子安天満宮」とあり、拝殿の左横に、赤く塗られた鉄棒の枠に囲まれて、「菅公腰掛石」があつた。いはゆる腰掛石としてはかなり小さく、女ひとりが腰掛けるのに頃合ひである。

運転手はわたしの後について来て、あたりを見回し、盛んに首を振りながら、

「御霊験があつたんですがねえ」

さう幾度も呟く。

わづか二十年の間にも、かうした消長があつたのだ。道真は千年を越す歳月の彼方を、さすらつて行つた。その姿の断片なりと捉へられるものならと思つてゐるのだが、これから先、わたしもまた首を振りながら、空しく駆けずり回ることになりさうだなと思ふ。

岡山駅へ引き返すと、今度は宇野行電車に乗つた。

かつての児島湾の岸を伝つて、先端近くまで行くためである。

その児島湾はほとんど埋め立てられ、広大な耕作地になつてゐる。所々に住宅や工場があるものの、

起伏がなく、見事に水平である。そして、鷺の姿がある。

終点宇野の二つ手前の八浜駅で降りた。

無人駅だが、駅前には老人介護施設があり、国道を渡つて集落へ入つて行くと、家々はひろく前庭を持つて並んでゐる。いづれも農家だ。

その先に鳥居があつた。硯井《すずりゐ》天満宮の扁額が挙がつてゐる。

立ち止まつて眺めてゐると、耕運機に乗つた白髪の男が通りかかり、声を掛けて来た。

「どこへお行きなさる」

見慣れない姿なので、不審に思つたのだらう。鳥居を指さしてお参りに、と答へると、

「この先、すぐ国道に出ると、向う側に井戸がありますから、そちらも見て行つてくだされや」

さう言ふと、耕運機を動かした。
五、六段の石段を上がり、樹木に覆はれた小道を三十メートルほど行くと、また石段で、その先に、いかにも村落のものらしいつつましやかな社殿があつた。
瓦葺で、唐破風の軒がつき、その下の長押の中央には、小さいながら龍が、両脇には獅子の頭が彫られてゐる。そして、縁起を書いた額が挙がつてゐた。

道真一行が上陸した時、潮が引いた浜辺の一隅から水が湧き出てゐた。掬つて飲むと真水で、一行は喜んだ。「神の恵み」と道真が拝礼、手を打つと、その度に噴き出した。それを硯に入れ道真は墨を磨り、歌を書いて里人に与へた。その歌はかうであつたといふ。


海ならずたたへる水の底までも清き心は月ぞ照らさむ

先に引いた『新古今集』雑歌下のなかの一首である。海と違ひ、真水は深くても底まで透き通つてゐる。そのやうにわたしの心は澄み、邪心などいささかもありません。月光が差し入り照らし出して証してくれるでせう、と謀反の嫌疑の不当を訴へてゐるのである。

しかし、ここでこの社の縁起の一節として読むと、海中でありながら真水がこんこんと湧き出て透明度を増してゐるところへ、月の光が差し入つて来て、そこばかりほのかに青みを帯びて見える、そんな情景が浮かんでくる。

鳥居を出て、白髪の農夫が教へてくれたまま、国道を横断すると、向う宇野線の土手との間が狭い窪地になつてゐる。降りて行くと、石の井桁があり、「硯井」と刻まれた石柱が立ち、注連縄が張られてゐた。井桁の中を覗くと、もう一重、小さく区切られ、透明な水が地表近くまで上がつて来てゐる。

蜘蛛の巣が張つてゐるので、傍らの説明板横に掛けられた柄杓を取り、払つて水を汲むと、水中でなにかが動いた。井守でもあらうか。

水は冷たくなかつたが、濁りがない。ハンケチで手を拭ひ、柏手を打つてみた。水面に変化はなかつたが、目に分からないながら湧き出てゐるやうである。

土手の向うは、列車から見たひどく水平な耕作地であつた。かつては間違ひなく海面だつた様子である。その潮が引いた後の濡れた砂浜を、道真が足跡を印しながら歩み、この水を掬んだのだ。

＊

再び岡山駅に戻ると、遅い昼食を急いで採り、雑踏する人々のなか、再び新幹線の改札口を探した。

足曳のかなたこなたに道はあれど都へいざといふ人のなき

『新古今集』雑歌下の第一首目である。そのとほり、この岡山駅から東西南北へ幾本となく路線が発し、大阪や東京にも、また、博多や高松、讃岐、松山、そして出雲にも通じてゐるのだ。行かうと思へば、行くことが出来る。しかし、都へどうぞ、と言つてくれる人はゐない……。

道真はなほも行く先々で、赦免の使が現はれるのを期待してゐたのだ。

少なくとも宇多法皇が、時平らを多少なりと抑へることが出来たなら、さういふことになり得るのだ。また、醍醐天皇は年齢こそ隔たつてゐるが、道真に深く親しみ、その心根もよくよくご存知だらう。時平らが言ひ立てる皇位占奪の疑惑など、根も葉もないことと知らぬはずはないのである。そのことを、口に出してくだされさへすれば、それでよいのだ。

もつともさうしたことを思ふに付け、妻子と引き裂かれ、いたいけない子ばかりを連れ、西へと日々を重ねる辛さが、一段と身に応へて来る。その辛さの底で、「都へいざといふ人」の出現を夢想してしまふのだ。

予定していた列車に間に合つた。

窓の外を倉敷、笠岡と瀬戸沿岸の都市が過ぎて行く。

それを見やりながら、倉敷の唐琴《からこと》町の海岸を思ひやる。船を係留するため道真が梅の枝を差したところ、根付いて八重の花をつける大木に育つた、と伝へられるのだ。その浜は歌枕とされ、かういふ歌が『古今集』に出てゐる。

都までひびきかよへるからことは浪のをすげて風ぞひきける　　真静法師

都まで名の知られてゐる唐琴の浜では、唐渡りの琴が浪の作り出す緒《を》（糸）をすげて、それを風が弾いてゐる……。次々と打ち寄せて来る横に長く伸びた波頭を、琴に張られた緒に見立て、その波音を琴の音としてゐる。道真の関知しない歌ではあるが、唐琴の緒を持ち出しての見立ての手法は、道真のものであらう。そのため後の人々は、この浜に佇む道真を思ひ描いたのかもしれない。

福山の海岸となると、鞆の浦だが、瀬戸内海の中心であつたから、室津同様、道真は寄つたらう。現にその岬を回り込んだところに天満の地名が残つてゐる。

その福山駅で、在来線に乗り換へ、尾道へ行く。

海沿ひの細長い町である。線路沿ひに後戻りして、山と山の間の建て込んだ家々の間へ入つて行き、曲折する石畳道を進む。やがて御袖天満宮《みそでてんまぐう》の鳥居が現はれ、長い石段が始まる。

やうやく登り詰めると、黄みを帯びた瓦葺ながら、千鳥破風の軒を差し出した、社殿があつた。昭和の末に火災で失はれ、再建されたのだ。

神楽殿では子供たちが太鼓の練習をしてゐる。

東隣は、大山寺であつた。もともとはこの寺の境内に、道真を祀る祠を設けたのが始まりらしい。一行が鞆からやつて来て、まづ向東町の古江浜に上がり、冠を置いて去つたので冠天神が生まれ、次いでここ長江町では、土地の者たちが麦飯と酒を供して歓待したので、お喜びになつたが、もはやなにも持ち合はせてゐなかつたので、自らの着物の片袖を外し、己が絵姿を描いて返礼として置いて行つた。その片袖を延久年間（一〇六九〜七四）、神体として社を営んだので、いつからともなく御袖天満宮と呼ぶやうになつた、と言ふ。持てるものを、好意を示してくれた人々につぎつぎと与へ、袖に及んだのだ。

その祠が参拝者を集め、やがて大山寺が別当寺として管理、天神坊と呼ばれるやうになり、やがて神社になつたのである。

その大山寺だが、いまも鐘楼があり、サッシ戸の入つた今日の住宅風の本堂に並んで、古い観音堂があつた。正面脇に「天満大自在天神本地仏」と書かれた板札が掛つてゐる。

道明寺もさうであつたが、道真と観音との結び付きは深く、本地垂迹思想が広がるとともに、天満天神の本地は十一面観音とされたのである。衆生済度のため、わが国では十一面観音が天満大自在天神として垂迹、現はれた、と言ふわけである。

この垂迹思想は明治の廃仏毀釈によつて全面的に否定され、神仏分離が強引に行はれたのだが、ここにはいまも残つてゐるのだ。

社殿の方へ戻り、西側へ回ると、小さな池があり、その中に筆塚と「菅公聖蹟二十五拝」第十九番と刻まれた石柱が立つてゐた。ここへも松浦武四郎は、この石柱と金属鏡を持参して、奉納してゐたのだ。

折よく神楽殿から中年の男が出て来たので、声をかけ、鏡のことを聞いてみた。

「残念ながら、残つてゐないんです。寄進されたのに間違ひはありませんが」

ごく率直に答へてくれた。

石段を下りかけると、展望が利いた。

が、向島との間の狭い水道が建物に隠れ、地続きに見える。その向島の宇立には、笏《しやく》を置いて行つたので、笏天神があると言ふ。

この一帯では、冠に片袖、笏と、道真が身につけてゐた品々が天満宮の起源になつてゐるのだ。これはどういふことだらう？　もしかしたら流竄行の分岐点だつたからではなからうか、と考へる。このまま山陽道沿ひを行くか、四国へ渡るか。讃岐の地は踏めないとしても、四国の一端には立ち寄りたいと望んだのではあるまいか、と。

ここからなら、向島《むかひじま》、生口島《いくちじま》、大三島《おほみしま》と芸予《げいよ》諸島が並んでをり、今治《いまばり》へ至る。現にそれらの島々の間々に橋が架けられ、今はいはゆる「しまなみ街道」が通じてゐる。そして、それらの島々には天満宮があり、四国も今治周辺になると、多い。

＊

もう午後も遅かつたから、尾道からしまなみ海道を行くバスはなくなつてゐた。駄目かと諦めかけたが、福山へ引つ返す。

福山駅前から、しまなみ海道経由今治行の高速バスに乗ることが出来た。

乗客はわたしを入れて四人だつた。

市街地を抜けると、新幹線を越えて北側の山地を走る。そして、尾道地域に入つてから、南へと転じ、それとほとんど気づかぬうちに尾道水道を越えた。この水道は本当に狭く、へばり付くやうな町並が目の端を掠めただけであつた。

それから山中の道をひたすら走る。向島の中だつた。

やがて因島大橋にかかり、眼下に海がひろがつた。が、それも一時で、因島に入ると、またも山の中で、右手遠く、谷の向うに海がちらつと見えただけだつた。しかし、やがて工場群が現はれ、クレーン越しに海を目にすると、生口橋だつた。

生口島になると、左手に展望が開けたが、道の脇から遥か下の海岸まで意外に多く民家の屋根々々が折り重なつてゐる。南斜面で、前を島々に囲はれたこの地域は、温暖で住みやすさうである。

ふと、塩焼きの煙が挙がつてゐはしないかと、見回す。あちらからもこちらからも幾筋となく挙がつてゐた時代があつたのだ。しかし、いまや在るはずもなかつた。

多々羅《たたら》大橋になり、大三島になる。ここから愛媛県今治市に属するが、大山祇《おほやまつみ》神社があり、かつては瀬戸内全体に睨みを利かす水軍の本拠であつた。

水軍といつても、平安時代は海賊に等しかつたやうで、当時、藤原純友が乱を起こす前であつた。ここまで通過して来た播磨、備前などを襲つて勢力を伸ばした末、博多の津で敗れ、バスが目指してゐる伊豫で敗死して終はつた。さういふ事態を控へてゐたから、予兆のやうなものがあつたかもしれない。

大三島の道路は南へと向つて東斜面を突切るかたちになつたが、ここも海岸にかけて民家が多い。

やがて伯方島《はかたじま》へ大三島橋を渡る。

眼下に水尾を引く小船が一艘見えた。

橋々が出来て以来、この船がめつきり減つたらしい。かつては島と島を結んで、航路が網の目のやうに張り巡らされてゐたが、ぽろぽろと欠け落ち、いまやほぼ全滅に近くなつてゐると聞く。なにしろ車ひとつで、本州であれ四国であれ、自由に行き来できるのだ。

じつは道真の旅の様子を、一端なりと実感できればと思ひ、島伝ひに行く航路を捜したのだが、見つけることが出来なかつた。あつても休航とか、観光用の一部運航にとどまり、西への旅として利用するわけにいかない。

もつともそのお陰で、旅程は恐ろしく短縮出来た。京を出てけふで二日目だが、立ち寄りたいところを幾つも断念したこともあつて、今夜は今治泊まりで、明日には博多まで行けさうである。そして、明後日には大宰府へ入る。道真はちやうど一ヶ月を費やしたから、その十分の一に近い日数になる。

伯方島は、西南端を掠めて過ぎると、伯方・大島橋にかかつた。

道真一行が四国へ行つたかどうか分からないが、その船が、これまで渡つて来た橋の下のいづれかの海峡を航行して行つたのは確かである。

またトンネルに入り、抜け出ると山の中であつた。が、やはり陽光と潮風に満たされた豊かな暮らしの気配がある。

いよいよ来島《くるしま》海峡であつた。

こちらから第一、第二、第三大橋と三つの橋からなつてゐて、それぞれが武志島、馬島、そして四国今治波止浜と、飛び石伝ひだが、一直線に繫がつてゐる。

船が多い。遥か下を大型船がゆつくりゆつくり動いてゐる。

左手彼方に、都市が浮かび上がつて来た。

今治市である。傾いた陽を浴びて、建物一つ一つがくつきりと際立たちながら、巨大なマスとなつて、横たはつてゐる。

十、海波を越えて

寝覚めの意識の縁を、波が洗ふやうな感覚があつて、起き上がつてカーテンを開けると、来島大橋が見えた。まだ去らない朝靄の中、高く立つ鉄柱の要所々々に取り付けられた灯が点滅してゐる。黒ずんだ海が家々の屋根の上にわづかに見えた。

思ひがけず遠くまで来たな、と思ふ。

しかし、けふも身支度して、出発しなくてはならない。

月毎に流ると思ひします鏡西の浦にもとまらざりけり

例の『新古今集』巻十八雑歌下巻の歌だが、どの浦で詠んだのであらう。

夜ごと月が丸みを帯び、光を増すごとに、流竄の思ひは深まつて、ここが西の果て、と思つても、留まることは許されず、なほも西へと旅をつづけなくてはならない……。

さういふ思ひを込めたものとして、わたしなどは読みたいが、注釈書によれば、月を中心に詠んでゐて、西の浦々に沈むのを繰り返し、思ひを深めて来た月も、いまや東へと還り、京の方角から出るやうになつた、と望郷の念を滲ませてゐるのだといふ。

それが正しい解釈であらうが、まだそこまで行つてをらず、月は夜毎少しづつ欠け始め、闇を抱へ込み、明けても西空に薄白く残つてゐながら、浦の海面からは消えてゐる……、そんな情景を扱つてゐると解しておきたい気持だ。

手早く朝食を済ますと、市街の南郊、桜井へバスに乗つた。

街の中心部は道が拡幅されてゐるが、蒼社川《そうじやかは》を渡ると、急に狭くなり、かつてはどこにでも見られた地方都市の佇まひになつた。

その町角々で小刻みに停車して行く。

やがてバス停のすぐ先に松の大木と鳥居が見えた。降りると、鳥居脇に「綱敷天満神社」と刻んだ石柱が立つてゐた。

天保二年（一八三一）建立の刻入のある鳥居を潜ると、広い参道で、正面彼方が松原であつた。左側に風呂の神を祀る小ぶりな風呂神社があり、その先に並ぶかたちで、立派な社殿があつた。

唐破風の軒が大きく迫り出し、その上に瓦葺の千鳥破風が二重についた構造である。白木造で、まだ古びてゐない。

低い石段を上がつて、賽銭箱の前に立つと、奥には壁がなく、樹木の植はつた中庭の向うに、離れて銅葺のこじんまりした繊細な造りの本殿があつた。これだけ距離を置いてあるのも珍しい。

そして、松原を吹き渡つて来る微風と光が拝殿の中に満ちて、明るく、欄間に掛けられた扁額「天満宮」の文字が明々と見えた。

参道を先へ進むと、両側が松原になり、それが尽きると鳥居で、その向うが海だつた。

輝くやうな青がやや霞みながら果てしなく広がり、足元では白砂を透かし見せて、波がつつましやかに繰り返し崩れてゐる。

テトラポットの防波堤が右手から沖へと伸びてゐる。その先が燧灘《ひうちなだ》だ。潮流が早く、風が出ると波がすぐ高くなる。

道真一行の船が差しかかると、案じてゐたとほり空が暗くなり、風が吹き出した。そして、いま目にしてゐるつつましさをかなぐり棄て、荒れ始めたのだ。大きくうねつて高みへと上り詰めた波濤が、頭上から次から次と襲つて来て、あつと言ふ間に船は水びたしになり、舵を失つた。

多分、テトラポットの防波堤の根元あたりだらうと見当をつけて、わたしはそちらへ砂浜を歩いた。ひどく歩きにくい。浜沿ひにアスファルト道がついてゐるのに気づいて、そちらを採る。

波と風に押しやられ押しやられて、船はこの先の砂浜へ乗り上げたらしいのだ。

二百メートルほども行くと、コンクリートの防潮堤がその一角ばかり、L字型に浜側から内陸側へ巡らされたその内側に、ぽつんと岩があつた。高さは三メートル足らず、粗い肌目が斜めに走り、裂け目から老松が横倒しの姿勢で生へてゐる。防潮堤に守られてゐるのだ。

傍らに石柱が立ち、「衣干岩」と刻まれてゐた。

道真一行の船が浜へ乗り上げると、漁師たちが駆け寄り、岸へ降ろすと、松の蔭へ導き、船綱を平らに巻いた円座に休息させ、陽が射すやうになると、濡れた衣をこの岩に広げ、干してくれたと伝へる。綱敷天満宮といふ名の社では、船綱の円座が必ず出てくるが、ここでは「衣干岩」まであるのだ。客人として迎へ入れるべき家屋も持たない者たちが、精一杯の厚意を尽くしてくれたのである。

道真はかう歌を詠んだ。

天の下のがるる人のなければや着てし濡衣ひるよしもなき

『拾遺和歌集』に収められてをり、「ながされ侍りける時」と詞書がついてゐる。濡れぎぬ、冤罪を着せられ、晴らすことが叶はぬまま、左遷の旅を重ねてゐる身の上を、絶望的な思ひを込めて、嘆いてゐるのだが、この地の伝承のなかに置くと、この地の漁師たちの労はりが身に染みて有り難い、と言ふ意味が添つて来る。

防潮堤の上にあがつて見回すと、先程見たテトラポットが前の砂浜から沖へと突き出てをり、右手は狭い入江になつてゐて、幾艚もの小舟が係留されてゐた。

漁師たちは、この入江の者たちだつたのであらう。やがて衣も乾き、元気を取り戻した一行は船を出したが、その際に道真は、不要になつた櫓を削り、自らの像を造つて、感謝の印として遺して行つた。片袖も冠も笏もなかつたから、かうしたのであらう。漁師たちは、これを後に祀つて神社とし、子孫が代々神主を勤めて来たと言ふ。

岩から少し離れて玉垣で囲はれた一画があつた。綱敷天満宮のお旅所らしい。鳥居を出て浜沿ひにわたしが歩いて来た道を、祭礼の日、神輿がやつて来るのだ。

しかし、その嵐の日、神が来臨したわけではない。神になる前の、まだ人である道真が立ち寄つたのに過ぎないのである。それもひどく打ちひしがれた無力な老いた男であつた。そして、彼が刻んだのは聖木でもなんでもなく、古びた櫓にすぎなかつた。それがどうしてかうなつたのだらう。

多分、さうであつたからこそ、却つて有り難いことと受け取つたのかもしれない。

しかし、その座した船綱の円座に座した天神像は、憤怒の相を示すのが決まりとなつてゐる。目を怒らせ、京の空を睨んでゐるのだ。

＊

今治の市内には、他に三社も天満宮があり、松山の方へ行くと、これまた幾つか在るらしい。しかし、この社を訪ねただけで満たされた思ひになり、市街地に戻ると、港湾ビルへ急いだ。格好の船便があるのだ。

待合室はがらんとしてゐて、十人足らずの人がゐるばかりであつた。古くから港町として賑はつて来たのに、どうしてなのだらう。

アナウンスがあつて、桟橋に向つたのは、五人きりあつた。

小型の高速船に、背を屈めて乗る。

列車やバスから海を眺めるだけでなく、一度は船に乗らう、それもできるだけ小さな船に、と思つてゐたから、意に叶つた思ひであつた。

シートも真新しく、三十人ほどの定員である。

人が乗り込む度に、船は左右に揺れる。その揺れが治まると、エンジンが掛かつた。

防波堤から外へ出ても海面は静かだつた。

左手にしばらく今治の市街を見て走る。昨日、来島大橋の上から遠望した時は、素晴らしい都市のやうに見えたが、少し歩いたりバスに乗つたりしただけで、大規模な都市再開発が進むと同時に、過疎化の波に襲はれてゐるのが、分かつた。中心の商店街の大半がシャッターを降ろしてゐた。いまや地方都市はどこもかうだが、しまなみ海道の開通が拍車をかけてゐる様子なのだ。

さうした陸の世界とは別に、海上はまだ朝の穏やかな陽に浸され、あくまでも紺色に染まつてゐる。

来島大橋の下にかかる。

後部のデッキに出て、大橋を仰ぎ見た。

高速船が行くのは、中央の第二大橋の下だつたが、空中高く走るのは橋とも言へない一本の長い長い直線であつた。その上を昨日バスで渡つて来たとは信じられない。その先端が薄靄のなかに紛れたまま、ゆるゆると後方へと移動して行く。

船尾では海水が激しく渦巻き、盛り上がつて、間断なく飛沫を散らしてゐる。左右に据ゑられたスクリューの噴き出す水流が、目の前でぶつかり合つてゐるのだ。その飛沫の一粒々々が、船尾彼方の左手に位置する太陽によつて照らされ、輝く。が、次の瞬間、その光の粒は虚像となつて、後方へと吹き飛んで行く。

さうして生まれ出た水脈は、長い裳裾を絶えず広げようとするのだが、船が立ち去る素早さによつて細く絞られ絞られ、置き去りにされて行く。

この水の運動は、見てゐるだけでわくわくさせられるが、それを取り巻く一帯はぴたりと平らに静まつて、圧倒的な量感を見せる。この対極的な形態の併存はなんであらう。動と静、生成と無であらうか。

ふと横に目をやると、限りなく温和な海面が広がつてゐた。誰かが手練の技で磨き上げたやうな滑らかさだと見てゐると、不意に一面に小皺が寄る。風のせゐかと思つたが、さうでないらしい。そして、また滑らかさが戻るものの、磨き上げた滑らかさでなく、油でも流したやうな重つたるさである。

そこにまた皺が寄ると、微細な波の連続で、そのひとつひとつが違つた色彩を滲ませ、水彩画家の気まぐれな画面のやうに見えてくる。

島が近づいて来た。大崎下島である。かなりの人家があり、小学校らしいコンクリート総二階の建物もある。

その御手洗《みたらし》港へ向ひかけたが、小さな桟橋が無人と分かると、そのまま行き過ぎる。

山肌を横切つて道がついてゐるのが見える。幾つもの橋を経て、本州へ繋がつてゐるのだ。そのため、船の利用者は激減してゐるのだ。

島陰に沿つて進むやうになると、池のやうになつた。が、深い淵を呑んでゐるとも見える。光の届かない底で得体の知れない変化が蠢きつづけてゐる気配だ。

わたしが目にしてゐるのは、多分、単なる光学現象である。それに対して道真一行は、気象、潮流その他もろもろの図り難い変化そのものに、不断に身を晒しつづけたのだ。今一時、いかに平安であつても、次の瞬間、如何なる事態が出現するか、測り難い。それに対応する姿勢を新たにしつづけなければならないのだ。

次の大長港には着岸した。

山腹のかなり高いところに墓石がびつしり並んでゐる。少なからぬ人々が遠い昔からここで暮らし続けて来てゐる証しである。桟橋の横では、四、五人の人たちが釣竿を出してゐる。

久比港へ入つて行くと、目の前の山から両側の山へそれぞれ海を跨いで橋が架けられ、相似形をなしてゐるのに目を引かれた。

ここで大崎下島の沿岸を外れ、次は豊島だつた。老人二人が乗り込んで来た。

豊島は小さく、西へ上蒲刈《かみかまがり》島、下蒲刈《しもかまがり》島と続く。その上蒲刈島の北沿ひをしばらく進む。

このあたりは近隣の島民の蒲の刈場で、塩焼きの煙もあがつてゐたらう。讃岐にゐたことのある道真は、その煙の下に苛酷な労働に従事する人たちがゐるのをよく知つてゐた。「海ヲ煮ルコト手ニ随フトモ／烟《けぶり》ヲ衝キテ身ヲ顧ミズ」と「寒早十首」で詠んでゐる。だからかういふ歌が『新古今集』歌群の最後に置かれてゐるのであらう。

流れ木とたつ白浪と焼く塩といづれかからきわたつみの底

流れ木は流人、白波は果てしない舟旅、塩焼きは最も苛酷な労働を意味するやうだが、そのいづれがより辛く苦しいか、と問ひかけ、答を示さぬまま、「わたつみの底」と結ぶことによつて、それらを引つくるめた辛酸のなかに深く身を沈めてゐることを、示してゐるのだ。硯井天満宮の「水の底」の歌にはほの明るさがあつたが、こちらは暗く重く絶望的である。綱敷天神像が憤怒の相を示すのも、さういふところに身を置きつづけなければならなかつたからだらう。

やがて島の傍らを離れると、船首を北へ向けた。本州も呉《くれ》に近い安芸川尻を目指す。

この頃になると、海上一面に薄つすらと靄が立ち込め、水平線が消えた。行き交ふ船も、あたりに散らばる島々も薄墨一色になつて、宙に浮かんでゐるやうだ。その微妙な濃淡ばかりが、わづかに遠近を知らせる。

そのなか高速艇が速度をあげた。船尾に噴き上がる波と飛沫が一段と高くなり、水脈を深く彫り込み、さらに長く伸ばして引いて行く。この水脈は、ものの姿がおぼろに消えやうとする彼方の境へと届くかと思はれる。

水墨画そのものと言つてよいこの夢幻の風景の彼方から、その秘密の核自体が姿を現はすのではないかと、思はず目を凝らした。と、水上スキーヤーよろしく猛烈なスピードで追つて来るものがある……。例へば、水墨で一筆書きされた、梅の小枝を持ち、唐衣姿の渡海天神である。時代も下つて室町時代になると、禅が盛んになつたが、それとともに出現したのが、この天神像である。一夜で宋へ渡り、一夜で禅の要諦を学んで戻つて来た、といふ。かういふ存在なら、如何なる高速であらうと軽々と追つて来るに違ひない。

不意に色を失つた大型フェリーの影が現はれた。近づいて行くと、一瞬、薄墨色のまま窓といふ窓の向うが白く見通せた。人気がなく、幽霊船のやうだ。そして、素早く靄に紛れて行く。

＊

安芸川尻の桟橋が近づくと、くたびれた建物が細部までくつきりと見えた。靄は沖に置き去りにして来たのだ。

歩いて五分ほどで、呉線の駅であつた。小さな駅だが、プラットホームには人の姿がある。

やがてやつて来た電車は、海岸線に沿つて右へ左へと小刻みに曲がり曲がりして、走る。もし道真一行がこの先を船で進んだとするなら、呉市の岬の先端と倉橋島の切れ目の音戸の瀬戸にかかるはずだ。潮流の激しさで有名で、平清盛が命じて開削させたが、それ以前は、潮流さえ見極めれば、小舟にとつては船足が早くなり、却つて好都合であつた。さうして本州と江田島の間を一気に抜けると、広島湾である。

電車の方は、深い湾の奥まで海岸線を忠実になぞつて行く。時間がかかる。

広島には道真が立ち寄つたとされる天満宮が幾つかあるが、わたしは改札口も出ず、構内の店で急ぎ昼食を取ると、新幹線の乗り場へ急いだ。

徳山まで沿線にどのやうな天満宮があるか、思ひ回らす。

変はつてゐるのが宮島の天満宮であらう。時代も下つて弘治二年（一五五六）頃、毛利隆元によつて建てられたが、当初は連歌所であつた。連歌興行の際、道真像を祀るが、それが固定化、天満宮となつたのだ。連歌所を設けてゐる天満宮は少なくないが、かういふ例は珍しく、厳島連歌屋天満宮とも呼ばれてゐる。

本殿から右手へ伸びる海上の朱塗の回廊を進むと、右手に能舞台、左手に分岐した回廊が鉤の手に折れるその先に、そこばかり白木入母屋造の簡素な建物があるのが、それである。

隆元を初め歴代の毛利家の当主が、周辺の戦国大名や有力な家臣たちを招いて、ここで連歌会を催した。血なまぐさい野望を秘めたものであつたかもしれないが、海水がひたひたと満ちて来るなか、月を仰いでのこの遊びは、格別であつたらう。「聖蹟二十五拝」第二十番である。

徳山で在来線に乗り換へる。

左手に午後の陽を浴びて、きらきら輝く海が広がつた。伊予灘である。島が点在してゐる。船からと地上の電車の眺めとでは、同じ風景でも違ふなと、改めて思ふ。

防府駅で降りた。

道真にとつては本州最後の地である。

＊

駅を北へ出ると、正面からわづか東にずれた位置に、緑の小山がある。酒垂山《さかたりやま》であつた。

大通を歩いて行くと、その中腹に、屋根の軒先が跳ね上がつた大きな建物が見えて来た。

ややさびれた商店街を抜けると、石の鳥居があつた。初代長州藩主毛利秀就《ひでなり》が、寛永六年（一六二九）に寄進したもので、そこから石畳の参道が始まり、石の灯籠が間を詰めて両側に並ぶ。真新しい観光案内所や土産店が左側にある。

青銅製の二ノ鳥居から石段になつた。登るにつれ朱塗の二層の楼門が徐々に現はれて来る。唐破風の軒が金箔で彩られた雲龍を抱いて左右へ伸び、その上に塔の最上層とも見える階が、緑に塗られた格子窓に黒塗の欄干を巡らして載つてゐる。

その楼門を潜ると、正面は一転して白木の入母屋造で銅葺、蔀戸の平安朝風の拝殿であつた。その対極的な簡素さが却つて雅びさを感じさせる。

当時、この地には、菅原氏と同族の土師信貞が国司として在任してゐた。道真一行は勝間の浦に船を寄せると、その信貞邸に滞在したと伝へるが、その屋敷跡が鳥居前から東へ四百メートルほど行つたところにあつた。一息つく思ひをしたらう。さうして酒垂山へ登ると、「此の地、未だ帝土を離れず。願はくば住居をこの所に占めむ」（『松崎天神縁起』）と涙を流して念じたといふ。

ここは京から遠くとも、地続きの地である。一旦、出立すれば、後は海峡を隔てることになるのだ。せめてこの地にと、切望したのだ。しかし、容れられるはずもなかつた。

別の伝では、「身は筑紫にて果つるとも、魂魄は必ずこの地に帰り来む」と誓つたと言ふ。さうして携へてゐた家宝の黄金の鮎十二匹を信貞に託して、海峡を渡つて行つた。冠も笏も片袖も与へながら、こればかりは持ち続けて来てゐたのだ。

それから二年後、延喜三年二月二十五日、「光明海上に現じ、瑞雲《ずいうん》酒垂山の峰に聳えて、奇異の瑞相化現し」た（『松崎天神縁起』では前掲の祈願した際とも）と言ふ。誓言どほり道真が没すると、その御霊がこの地へお帰りになつた印だと信貞は信じ、翌年、酒垂山に宝殿を建立、松崎の社と号したと伝へる。

その社殿の様子は、今も触れた絵巻『松崎天神縁起』に見ることが出来る。信貞の末裔土師信定が、応長元年（一三一一）に周防権守右中将鷹司宗嗣《たかつかさむねつぐ》を介して宮廷絵所の絵師に依頼、描かせたものらしく、当時の実景を写してゐるといふ。

その回廊を西側へ抜け出ると、軒先を跳ね上げた巨大な建物があつた。下からも見えた、二層の勇大な楼閣様式の春風楼であつた。江戸時代末、毛利斉熙《なりひろ》が五重塔の建設を計画、着手したが、明治維新を迎へ、神仏分離令を受けて変更したのだといふ。

一層目は吹き抜けで、展望がよく利き、防府市街全域が見渡せた。そして、南西の山並みが切れた向うに、天気がよければ、海が見えるはずである。

巨大な絵馬が掛かつてゐた。天上から光が一條、海上に差し、海岸に東帯姿の男がひれ伏してゐる。『松崎天神絵巻』の一場面である。

回廊の裏へ入つて行くと摂社が幾棟もあつた。ただし、白太夫社や雷神社がない。これまで訪ねた天満宮と少し様子が違ふ。

しかし、東へ抜けたところに、「菅公聖跡第貳拾壱番」と刻まれた松浦武四郎奉納の碑があつた。次が海を渡つた博多綱場町の天満宮第二十二番、その次の太宰府天満宮が第二十三番で、西への旅はそれで終はりになるのだ。

その碑の南、回廊の東外の位置に、宝形造の瓦屋根で頂に宝珠を置いた御堂があつた。

正面へ回ると、「天神本地観音」と書いた札が下がつてゐた。これと同じ札が尾道の御袖天満宮横の大山寺の御堂にも掛かつてゐた。脇の説明板に、天満宮より古い創建で、道真が参拝、没後に天満宮が建立されると、本地仏堂として奥の院となり、こちらにお参りしなければ、天満宮にお参りしたことにはならないと広く言はれるやうになつた、とあつた。

先程、お札授与の窓口で貰つたパンフレットを見ると、かつては天満宮全体が「酒垂山満福寺」と総称される、観音を本尊とする真言宗の寺で、表参道には社坊九ヶ寺院が山門を列ね、二ノ鳥居の上の「大専坊跡」に、一山を統括する別当がゐた、とあつた。

それが明治二年（一八六九）、僧たちが復飾、神主となり、建築中だつた五重塔は楼閣と変はり、社名は地名をもつて松崎神社となつた。現在の名称「防府天満宮」は、昭和二十八年（一九五三）からである。

大きな変化が、神社にも襲ひ続けて来てゐるのだ。社殿も、創建以来、幾度となく火災にあひ、昭和二十七年（一九五二）には大半が焼失、再建されたのが現在である。

＊

一ノ鳥居横に戻つて、勧められるまま自転車を借りると、東へ二百メートルほど離れた周防国分寺を訪ねた。

壮大な重層の仁王門に驚かされた。慶長元年に毛利輝元が再建したとのことで、金堂もまた、それに相応したスケールである。

その金堂の東横に、道真の水鑑の井戸があつた。石の井桁に石の蓋がされ、傍らには亀の彫刻の上に碑が据ゑられてゐる。道真はこの寺を訪ね、十一代住職無我から受戒すると、自らの姿をこの井戸の水面に写して描き、その絵を奉納したと言ふ。その画は現存、「菅公水鑑の御影」として寺宝とされてゐるとのことである。

どのやうな絵姿か、一目見たい、と思ひ、庫裡を訪ねた。が、出て来たまだ若い女性が申し訳なさうに、天満宮の金鮎祭の日に掲げるほかは出しませんので、と言ふ。

自転車であるのを幸ひに、国分寺横から一気に南へ下つた。

山陽線の高架を潜り、野間小学校のさらに先へと住宅地のなかを曲折して行くと、天満宮の御旅所があつた。天満宮から三キロほどのところである。

牛が寝そべつてゐるやうな赤みを帯びた大きな岩が中央に据ゑられ、松が要所に生え、玉垣が大きく囲んでゐる。

毎年十月の第四土曜日、御神幸祭、俗に裸坊祭と呼ばれる祭の日、晒の締め込みひとつになつた男たち数千人が、神輿二基と大きな網代輿を担いで揉み合ひ競ひ合ひながら、ここへやつて来るのだ。そして、供膳の儀が執り行なはれる。

上陸した道真を出迎へ馳走した折の様子を再現するのだが、その際、実際に出迎へた国庁の浜奉行を勤めた役人の子孫が、大小の行司として付き従ふといふ。信じ難いことだが千百余年前に果たした役を、その血筋を受けた人々が現存してゐて、勤めるのだ。

玉垣に囲はれた前は草地で、ゆるやかに傾斜して下つた先には、住宅が裏を見せてゐるが、その手前に水溜がある。飛び石が置かれてゐるので、それを伝つて降りてみると、菖蒲が僅かに生えてゐるばかりである。

これはなんだらうとあたりを窺ふと、前の家々の向う遠く、パイプを巡らした化学工場が見えた。それで分かつたが、先は埋立地で、ここは古く海岸線だつたのだ。それも道真が船を寄せた勝間の浦の渚だつたのである。

飛び石を戻りながら、ここで行はれる祭事を想像してみて、この石を踏んで上がるひとの足取りが、そのまま上陸する道真のものとなるのだな、と合点した。

かうして神輿は、夜になると本宮へ戻つて行くが、それはまた、この浦から酒垂山へと向ふ道真の歩みをなぞることになる。

＊

すつかり暗くなつてから、山陽線に乗つた。

新山口で新幹線に乗り換へる。すると、列車は間もなくトンネルへ入つた。関門海峡を潜るのだ。道真にとつて、この海峡が、これまで横切り横切りして来た幾多の海峡と違ふ意味を持つてゐたことは、すでに触れた。都のある地をいよいよ離れるのだ。

窓の外は、その海峡の底の、さらなる下の地中であつた。車窓から零れ出る光にぼんやり浮かびあがりながら、素早く過ぎ去るコンクリートの壁の向うに、先に引いた歌の「からきわたつみの底」がある、と思はずにをれなかつた。

やがてトンネルを抜け出ると、ネオンがきらびやかに彩る闇だつた。

十一、都府楼《とふろう》の下

京を出て一ヶ月近く、二月も末近くなつて、一行はやうやく九州も袖ノ湊、博多津にあがつた。漁師たちが迎へ、浜に船綱を輪に巻いて円座を作り、道真を休ませた……。

現在の福岡市博多区綱場町にある綱敷天満宮の伝承である。ここでもまづはなにも持たない漁民が精一杯の接待をしたのだ。

いまは市の中心である。中洲のホテルを出て、明治通を採り、博多川を渡る。そして、博多座の先を左へ折れ、次いで右の通に入ると、繁華と無縁な一角の一軒の住宅ほどの敷地に、そのささやかな社があつた。どこか海浜の一祠であつた面影が残つてゐさうである。もともとは綱輪天神と呼んでゐたが、いまはかう改称してゐる。

松浦武四郎が建てた第二十一番の聖跡碑を探したが、見当らない。

明治通に戻つて、博多川から那珂川を渡ると、右手が水鏡天満宮であつた。

こちらは朱塗の鳥居に朱塗の社殿で、隣の高層ビルに対して、存在感を誇示してゐる。ただし、もとは西の、現在の中央区今泉あたりに流れてゐた四十川の傍らにあつた。それを慶長十七年（一六一二）、黒田長政が築城のため移し、福岡城下全体の守護神としたのである。

その四十川の清流に道真は自らの姿を写し、身を整へようとしたといふ。一応は大宰府権帥といふ役職を与へられてゐたから、威儀を正さうとしたのだらうか。

しかし、その水鏡に見たのは、潮風に萎へた衣服をまとふ痩せさらばへた老人の姿だつた。一ヶ月の旅は、十年にも等しい歳月を残酷に刻んでゐた。流石の道真も愕然とした。

黄萎顔色白霜頭　　黄ニ萎《しぼ》メル顔色　白キ霜ノ頭
況復千余里外投　　況ンヤ復タ千余里ノ外ニ投《いた》レルヲヤ

「秋夜」の冒頭である。「千余里ノ外ニ投レルヲヤ」の言が、この身の在りやうを端的に示してゐる。社伝は、その己が姿を嘆くとともに、「わたしの魂は長くこの地に留まり、後世、無実の罪に苦しむひとの守神とならう」と誓言したとする。魂と言ふが、正しくはこの無残に変貌した姿そのものだらう。この姿こそ、無実の罪の深刻な苦しみをありありと示し、晴らさずにをかぬ思ひへと駆り立てる……。

水鏡天神とか容見《すがたみ》天神とも言はれて来て、この繁華な地も天神と呼ばれてゐるが、浮かんでくるのは流竄の老い果てた男の憤怒の相である。

＊

出勤の人たちで埋まる地下街を通つて、天神駅へ行くと、太宰府へ行くべく西鉄電車に乗つた。

道真一行は御笠川沿ひに北西から入つたとも、宇美川沿ひの道を採り、北東から入つたともされるが、御笠川沿ひとするのが自然だらう。西鉄電車もその道筋を走る。

そして、水城《みずき》大堤の間を抜ける。

天智天皇の時代に築かれたその規模の雄大さに驚かされるが、それを過ぎると、左手に小山が見える。その裾に、道真が旅衣を脱ぎ、松ノ木に掛けたといふ伝承のある衣掛天満宮がある。

家並のなか、小さな繁みの傍らを擦過する。早すぎて、確認できなかつたが、苅萱《かるかや》の関跡のはずだ。

説経や浄瑠璃で取り上げられ、広く知られてゐるが、早く道真が歌に詠んでゐる。これまで幾度も取り上げてきた『新古今集』雑歌下の歌群に収められてゐる。


苅萱の関守にのみ見えつるは人もゆるさぬ道べなりけり

京からここ苅萱の関まで、出会ふ人を誰もかも苅萱の関守ではないかと見たのは、厳しい監視の下、人と言葉を交はすのも許されない道中であつたからだが、いよいよその苅萱の関を過ぎ、太宰府へ踏み込む。これからは一層厳しい監視の下に暮らさなくてはならないのだ、と言つてゐるのだ。

やがて都府楼《とふろう》前駅であつた。

その名からどのやうに華やかな駅かと思つてゐたが、普通電車しか停まらない小駅で、駅前は店一軒ない殺風景さだつた。電車と半ば並行する国道三号線を横断、すぐ御笠川を渡る。流れは乏しく、汚れてゐる。

突き当るまま南へ折れると、交差点であつた。塗料の剥げかけた歩道橋が架かつてゐて、人影がない。

ここから先、どう行けばよいか、一瞬、立ちすくむ思ひをした。

訊ねる人もゐないまま、地図を取り出して見ると、左へ伸びる大通が、平安京なら大内裏の南側を東西に貫く二條大路に当る、政庁通だと分かつた。それにしても広い。それでゐて、人影がない。

その歩道をひたすら歩いた。

規模は平城京の三分の一のはずだが、やはり大きい。

彼方から自転車の男がひとりやつて来たが、なかなか近づかない。

この道を道真一行は進んだのだらうか。多分、政庁へ近づけない方針が採られただらうから、苅萱の関から先導する役人が導くまま、はやばやと脇道を辿つたに違ひない。

わたしはそのまま進み、自転車とすれ違ふ。ネクタイに背広の男だつた。籠には革鞄が入つてゐる。

ここがどのやうな都市であつたかを知るのには、まづ政庁跡へ行くのが順序だらう、と改めて思ふ。

やうやく左手に公園風に整備された一角が見えて来た。なにもない広大な緑地である。

通から退いて、腰ほどの高さに土盛りされ、中央が石段になつてゐる。それを上がる。南門跡であつた。

と、遥か彼方まで草原で、中央にぽつんと石碑が三基、小さく見える。政庁の正殿・都府楼があつたところだ。その向うは緑の濃い森林で限られ、四王寺山《しわうじやま》の山並みが瑞々しい。

わたしは草を踏んで、石碑を目指す。


筑紫にも紫おふる野辺はあれどなき名かなしぶ人ぞ聞えぬ

同じく『新古今集』から。本歌を踏まへてゐて、かういふ意になる、この西の果ての九州の地にも、東の果ての武蔵野と同じやうに紫草が生へてゐるが、わたしの「なき名」（無実の罪名）を悲しんでくれる人はゐないらしい……。

しかし、わたしが現に踏んでゐるのは、権帥《ごんのそつ》でありながら道真の立ち入ることがなかつた領域である。

石碑の周辺には礎石が幾つも残つてゐる。

振り返ると、このあたりが微妙に高くなつてゐて、太宰府のある盆地全体をほぼ見渡すことができる。政庁の楼閣に登れば、間違ひなく一目である。然るべき位置を選定して置かれてゐたのだ。東隣には戒壇院と観世音寺が並んでゐる。

道真に与へられた住ひだが、この政庁正面から南へ伸びた朱雀大通を六百メートルほど下つた西側の、もと政庁の南館であつたから、監視の目はよく届いた。

いまも朱雀大路と名付けられてゐるその道は、それなりの規模の、並木の濃い通だつた。しかし、すぐ御笠川を渡り、川沿ひの国道三号線を横断すると、右手へと曲がり、道幅も狭くなる。だから今日、道真の住居跡へ行くためには、その朱雀大路を左へ逸れ、最初の辻を南へ折れるといつた具合に、じぐざくしなければならない。京都とは違ひ、かつての道筋は多く失はれてゐるのだ。

道真一行は、多分、政庁前通を早々に外れると、南へ下つて御笠川を越え、かなり進んでから朱雀大路の裏道へ出たのであらう。

やがて右側、道沿ひに玉垣が現はれた。

意外に境内は広い。その南端まで行き、角を曲がると、そちら側に石の鳥居が立つてゐた。榎社《えのき》である。道真の没後に寺となり、榎寺または浄妙寺と呼ばれたが、明治の神仏分離によつて、神社とされ、榎社となつたのである。

ここで道真の西への旅は、終はつた。「叙意一百韻」から。

郵亭余五十　郵亭《ゆうてい》　余ルコト五十
程里半三千　程里《ていり》　三千ニ半《なかば》セリ

税駕南楼下　　駕《のりもの》ヲ税《おろ》ス　南楼ノ下《もと》
停車右郭辺　　車ヲ停《とど》ム　右郭《いうくわく》ノ辺《ほとり》

駅郵は五十を越え／里程は三千の半ばであつた／車から馬を解き放つて、南楼の下で降りた／ここは太宰府の右郭の辺である。

先に引いた詩には「千余里ノ外」とあつたが、千五百里あつたのだ。

参道の先、社殿の正面は閉ざされてゐた。榎社と言ふものの、今は太宰府天満宮の御旅所で、神輿が運び込まれなければ、森閑としてゐるのだ。

時折、境内の西側を西鉄電車が走り抜けて行く。その度に鳥居前通の踏切の鐘が鳴るが、木漏れ日が爽やかである。

しかし、当時は繁華な地域だつたらしい。宿舎は朱雀通に門を開いてゐたから、物見高い人々が集まつてゐた。

観者満迦阡　　観ル者《ひと》　迦阡《かせん》ニ満テリ
嘔吐胸猶逆　　嘔吐シテ胸モナホシ逆《さか》ヒヌ

こちらの姿を見ようと門前の大路一杯に人々が犇めく。流人のわたしは格好の見世物だ／嘔吐しても猶も胸のむかつきは治まらない。

念のため記すと、迦は遥か、阡は南北の道路の意で、朱雀大路の道幅は三十五メートルもあつたが、それが人々で一杯になつてゐたのだ。

門を入ると、敷地の垣根は破れ、家屋は荒れすさび、井戸は埋まつて使ひものにならない。もと政庁の南館で、老朽化するまま打ち棄てられてゐたのである。

このやうなところで、どうして暮らして行けるだらうか。

虚労脚且萎　　虚労シテ脚モ且《また》萎エタリ
肥膚争刻鏤　　肥膚《ひふ》　争《いか》デカ刻《き》リ鏤《ちりば》メム

疲れ果て力も抜け脚萎えのやうだ／肌には皺が深く彫り刻まれてゐると改めて気づく。長旅が改めて身に応へて来る。

かうして始まつたのが、旅に劣らぬ苛酷な流人としての暮らしであつた。

＊

荒廃した陋屋に半ば軟禁され、目にするのは、朱雀通の彼方の南門と政庁正殿の緑色の瓦であり、耳にするのは、観世音寺の鐘の音ばかりであつた。その他は、この盆地を囲む山々である。すべてが移り去る旅と違ひ、ここではそれらが居座つて、動かない。

このやうな日々をどう過ごせばよいのか。

旅の間、叶はなかつたが、机に向つて座し、静かに詩を案じるのが、唯一の支へとなつた。しかし、筆先から生まれるのはかういふ詩であつた。

離家三四月　　家ヲ離レテ　三四月
落涙百千行　　落ツル涙ハ　百千行
万事皆如夢　　万事ミナ夢ノ如シ
時々仰彼蒼　　時々彼《か》ノ蒼《そう》ヲ仰グ
（「自詠」）

家を離れて三ヶ月四ヶ月になつた／こぼれ落ちる涙は百筋千筋となる／万事みな夢の如くである／時々蒼天を振り仰ひでは、この非運を訴へる。

半年後には宇佐神宮に幣を奉る使として京から藤原清貫がやつて来た。そして、罪状について改めて聴問された。

——このやうな処分を受けた罪を認めますか。不当と思ふのは、なぜでせう。今現在ここでどのやうな思ひで暮らしてゐますか、などと問ひただすのだ。

帝の使ひであつたから、後輩であつても慇懃に応対、誠意を尽くし冤罪である旨を訴へた。が、清貫の報告する言葉は既に決まつてゐる様子で、耳を傾ける様子はなかつた。

実際に帰京して清貫が提出した書は、道真が罪を認めたかのやうな記述になつてゐた。

すでに一節を引用してゐる「秋夜」から。

昔被栄華簪組縛　　昔ハ栄華ニシテ　簪組《しむそ》ニ縛ラレ
今為貶謫草莱囚　　今ハ貶謫《へんたく》セラレテ　草莱《そうらい》ニ囚《とらはれびと》トナル

月光似鏡無明罪　月光ハ鏡ニ似タレド　罪ヲ明ムルコトナシ
風気如刀不破愁　風気《かぜのき》ハ刀ノ如クナレド　愁ヲ破ルコトナシ

昔は栄華を得たが、官位に縛られてゐた／今は没落、荒蕪の草むらに囚はれてゐる／月は煌々と照り鏡に似てゐるが、わが冤罪を明らかにすることはない／秋風は鋭く刀のやうに肌を刺すが、愁へを破つてはくれない。

それから間もなく、七月十五日、改元が行はれ、延喜元年（九〇一）となつた。この年は逆臣による辛酉《しんいふ》革命が起る恐れのある歳に当つてゐたから、大赦令が出され、多くの罪人が赦免されたが、道真は埒外だつた。この改元自体が、道真の反逆の大罪を世に印象づけるためのものであつたから当然であつた。

さうと承知してゐて、道真は詠む。「読開元詔書」から。

……

茫々恩徳海　茫々タリ　恩徳ノ海
独有鯨鯢横　独リ鯨鯢《げいげい》ノ横《よこたは》レル有リ
此魚何在此　此ノ魚シ何ゾ此ニ在ラム
人譆汝新名　人ハ譆《い》フ　汝ガ新シキ名ナリト
呑舟非我口　舟ヲ呑ムハ我ガ口ナラジ
吐浪比我声　浪ヲ吐クハ我ガ声ナラジ

哀哉放逐者　　哀シキカナ　放逐セラルル者
蹉跎喪精霊　　蹉跎《さた》トシテ精霊ヲ喪ヘリ

果てしなく茫々と広がる、帝の恩徳の海／その中に独り鯨が黒々と横たはつてゐる／どうしてここにこのやうな凶々しい巨大な魚がゐるのか／世の人々は言ふ、それがお前の新しい名だ／しかし、舟を呑み込むのはわたしの口ではない／潮を吹き上げて発する声はわたしのものではない／哀しいことだ、政権の座から放逐された者は／性根を失つて蹌踉めくばかりだ。

例年どほり重陽の節の日が巡つて来たが、ひとり臥せつたまま過ごした。その翌日、やはり一年前のことを思ひ出さずにはをれなかつた。

去年今夜侍清涼　　去年ノ今夜　清涼ニ侍ス
秋思詩篇独断腸　　秋思ノ詩篇　独リ腸ヲ断ツ
恩賜御衣今在此　　恩賜ノ御衣ハ　今此ニ在リ
捧持毎日拝余香　　捧ゲ持チテ毎日　余香ヲ拝ス

（「九月十日」）

去年の今夜、清涼殿で催された重陽後朝の詩宴で、帝の側近く侍してゐた／秋の思ひの課題を賜つて、わたしは独り心底の痛切な思ひを吐露した／帝はそれを受け止め、お召しだつた衣を脱いで手づから下さつたのが今此処、太宰府の陋屋に在る／その衣を毎日捧げ持ち、帝の残り香を拝聴してゐる。

『北野縁起絵巻』のなかでも印象的な場面である。菊の紋を散らした行李を前にして、白い狩衣の袖を顔に押し当ててゐるのが道真であらう。回りの者たちもそれぞれに悲しみに沈んでゐる。秋が深まり、月が明るさを増し、菊の花が白々とし、庭の雑木や軒にまつはる蔦葛が紅を濃くすると、悲嘆もまた濃くなるのだ。

やつと京の家から便りがあつた。が、西門の木を人が持ち去つたとか、北側の一角は人に貸してゐるといつたことが綴られてをり、生姜を紙に包んだ紙には薬種、昆布を詰めた竹籠には精進用食物と、妻の筆で書きつけてあつた。そのつつましやかな気配りに、却つて困窮する様子が思ひやられるのだ。

さうした日々であつたが、かたはらに幼い男の子と女の子がゐて、普段に言葉を交はし、一緒に食事し、夜は同じ部屋で休んだ。都にゐた頃よりも睦まじくしてゐるのが、なによりの慰めであつた。が、この二人の行く末を思ふと、暗澹たる思ひに落ち込むのだ。見聞きする悲惨な身の上になつた公卿の子と重ねて考へ、やるせなさを掻き立てられる。

それに加へて、唯一の支への詩作が、新たな苦しみに向き合はせるのだ。

草得誰相視　　草ハ誰トカ相視《あひしめ》スコトヲ得ム
句無人共聯　　句ハ人ト共ニ聯《つら》ヌルコトナシ
思将臨紙写　　思ヒ将《すす》メテハ紙ニ臨ムデ写スモ
詠取著燈燃　　詠ミ取メテハ燈ニ著《つ》ケテ燃ヤス

詩の草稿を得ても、見せるべき人は誰もゐない／詩句を作つても、聯句をもつて応じてくれるひとはゐない／詩想を得て紙に書きつけるものの／書き上げるたびに燈にかざして燃やす。

孤独においては、詩作も空しい業なのだ。これまでは宮廷詩人として詠むべき公の場があり、私的にも常に傍らに友人、知人らがゐた。しかし、いまや誰もゐない。孤独の淵に突き落とされ、囚はれて、逃れる術がないと思ひ知らされるばかりなのだ。

幾篇、書き留め書き留めしては、焼いたことだらう。

しかし、いまや詩作のほか自分を支へるものはなにもないと考へるほかなく、だからその営為が孤独の淵へますます深く潜り入ることになると承知しながら、なほも案じ続け、書き続けずにをれないのだ。

引用したのは、すでに一部引用した長篇詩「敍意一百韻」の一節だが、苦しみに耐へてこの大作を完成させることによつて、孤独の中で詠む道筋をどうにか付けようと努め、かつ、なにほどか付け得たと思はれたらう。道真にとつて間違ひなく生涯の代表作となつた。

が、それがまた、より深刻なところへと降りて行くことになつた。

＊

その年は暮れ、新たな春が巡つて来たが、愁ひはますます重くのしかかつて来た。

雨の降る夜、詠んだ「雨夜」の一節。

心寒雨又寒　　心寒ケレバ雨モマタ寒シ
不眠夜不短　　眠ラザレバ夜モ短カラズ
失膏槁我骨　　膏《あぶら》ヲ失ヒテ　我ガ骨ヲ槁《か》ラス

添涙澁吾眼　涙ヲ添ヘテ　吾ガ眼ヲ澁《しぶ》カス
脚気與瘡癢　脚気ト瘡癢《さうよう》ト
垂陰身遍満　陰ヲ垂《た》リテ　身ニ遍《あまね》ク満ツ

心が寒々としてゐるので、春雨も寒く感じられる／眠れないので、夜も短くはならない／わが身の膏は失はれ、骨は枯れた／涙が不断に流れ出て、わが眼は渋る／脚気と皮膚病と／いまや病が蔓延《はびこ》り、この身隅々までひろがつてゐる。

病と不眠に苦しまなくてはならなかつたのだ。

そこへ妻宣来子の死の報が届いた。

成人したこどもたちすべてを遠ざけられ、幼子二人も太宰府へつれ去られながら、心強くも、夫へ便りを寄せ、苦しい暮らしの中から何かと送つて来てくれてゐた、その都とのささやかな絆も、ふつつりと断たれてしまつたのである。

人慚地獄幽冥理　人ハ　地獄幽冥ノ理《ことはり》ニ慚《は》ヅ
我泣天涯放逐辜　我ハ　天涯放逐ノ辜《つみ》ニ泣ク
仏号遥聞不知得　仏号　遥ニ聞ケドモ　知ルコト得ズ
発心北向只南無　発心　北ニ向ヒテタダ南無トイフナラクノミ

（「南館夜聞都府礼仏懺悔」）

人々は、罪を犯せば地獄に堕ちるといふ理に従つて懺悔する／わたしは、地の果てに放逐された無実の罪に泣くのだが、いづれが苦しみにおいて優るか／仏号を称へる声が遠くから聞こえて来るが、その仏号を口にすることが出来ない／わたしはただ都のある北方に向ひ、南無と言ふばかり。

道真は観音信仰を持ち、この地に来ても保持してゐたはずだが、見失ふやうなことがあつたのだらう。太宰府に来て間もなく、都府楼で行はれた礼仏懺悔の声を漏れ聞いて、この詩を詠んだのだが、この訃報に接して、改めてこの自作を思ひ出すとともに、いまや神も仏もゐないと烈しく思つたらう。詩作をほそぼそと続け、命を繋いで行くことが、より辛いところへと一筋に進んで行くことになつたやうである。

つづいて秋の初めには、男の子を失つた。

床頭展転夜深更　　床ノ頭《ほとり》ニ展転シテ　夜　深更ナリ
背壁微燈夢不成　　壁ニ背ケタル微《かすか》ナル燈ニ夢モ成ラズ
早雁寒蛬聞一種　　早キ雁モ寒イタル蛬《きりぎりす》モ　聞クニ一種
唯無童子読書声　　ただ童子ノ書《ふみ》ヲ読ム声ノミ無シ

（「秋夜」）

寝床では眠れず展転と寝返りを打つて深夜に及ぶ／微かな燈が壁をほのかに明るませてゐるばかりなのに、夢を結ぶことはかなはない／飛来した雁の声も寂しげなキリギリスの声も、例年と少しも変はらず聞こえる／ただわが童の書を読む声がない。亡くなつたのだ。

配所での日々、連れてきた男の子が大きな慰めになつてゐただけに、嘆きは痛切であつた。かうなることを京を出立した時から案じてゐたが、そのとほりになつたのだ。その喪失の思ひを正面切つて詠むのに耐へられず、雁とキリギリスの声に添へて、「書ヲ読ム声ノミ無シ」とするに留めた……。

都で愛児を亡くした際は、詩を一首手向けたが、その気力さへいまや失はれてゐるのだ。

しかし、幽閉されたにひとしい無為の日々、それでも筆を執るところへ戻つて行くよりほかなかつた。

秋天未雪地無蛍　　秋天未ダ雪フラズ　地ニ蛍ナシ
燈滅抛書涙暗零　　燈滅《き》エテ書ヲ抛テバ　涙暗《あん》ニ零《お》ツ
遷客悲愁陰夜倍　　遷客《せんかく》ノ悲愁　陰夜ニ倍ス
冥々理欲訴冥々　　冥々ノ理ハ　冥々ニ訴ヘント欲ス

（「燈滅二絶」）

秋の空は雪を降らさず、地に蛍を舞はせることもない／油が尽き燈が消えるまま読んでゐた書を棄てると、自づから涙が零れる／流刑の身の悲愁は闇夜にあつて倍加する／人の目に見えない冥々の真実は、冥々の天道に訴へて晴らすほかないと激しく思ふ。

闇の奥を道真は見入り、考へる気配であつた。

「冥々ノ理」とは、言ふまでもなく自らの罪のないことである。しかし、いつになつてもその真実は闇に閉ざされ明らかになることがない。残るところ「冥々」そのものに訴へるよりほかないとの思ひを強めるのだ。その「冥々」とは、なんであらう。深く沈思、瞑想し、生死を越えた世界に思ひを凝らした末に、こころを向けずにをれぬ、現身には闇としか認められぬところであらうか。さういふところへ追ひ込まれるのである。

榎社を出て、前の道を東へ行くと、右側に小高くなつた一角があり、道がついてゐる。上がつて行くと御堂があつて、右手の空地の奥、低い銅葺の屋根を持つ龕様のものに、隈麿公奥津城《くまきみおくつき》の表示が出てゐた。道真の男の子の名である。中に高さ三十センチほどの自然石が据ゑられ、両側の花入には榊が挿されてゐる。

道真が営んだのだらうか。あるいは、後世の人の手になるのだらうか。

＊

亡き妻や子のことを思ふことが多くなるとともに、道真は、自らの身体の衰へをはつきり感ずるやうになつた。

詩作に耽るに代へて、この地に来てからの詩篇を纏める作業にかかつた。所詮、自分が遺すものとしては詩篇しかないと、思ひ定めるに至つたのだ。

さうして作業を進めるに従ひ、官僚としても政治家としても、惨めな失敗に終はつたと確認したが、その折々、自らの生を刻むやうにして案じ、作り、文字とした詩篇は、それなりの輝きを放つてをり、わが身とともに時代の荒波に呑み込まれ消滅するに任せてはならないとの思ひが兆して来たのだ。少なくともそこには、道真の誠＝真実が込められてゐて、やがて無実を晴らす手立てになるかもしれない……。

いや、もはや無実に拘る余地はなく、さうしたことを離れ、冥々たる遠い未来において、詩として本来の輝きを発することを切に願ふのだ。

さうした思ひに助けられ、整理を進めた。

先に醍醐天皇に奉つた『菅家文草』の後に続くものとなるはずで、後に『菅家後集』の名を冠せられることになる。

その最後に置かれた詩「謫居春雪」はかうであつた。

盈城溢郭幾梅花　城ニ盈《み》チ郭《くるわ》ニ溢ル、幾バクノ梅花ゾ
猶是風光早歳華　猶《なほ》シ是レ風光ハ　早歳《そうさい》ノ華
雁足黏将疑繫帛　雁ノ足ニ黏将《ねや》シテハ　帛《しろぎぬ》ヲ繫グカト疑フ
烏頭點著憶家帰　烏ノ頭ニ點著《つ》キテハ　家ニ帰ラムコトヲ憶《おも》フ

政庁にも街にも梅花が一斉に咲き満ちたかと見える／これこそ早春の華、春の雪がまばゆく一面を覆つてゐる／雁の足に粘り着いてゐる雪は、白絹に書かれた都の家人からの便りかと思ふ／烏の頭が白く見えるのは、奇蹟が起り、京へ帰ることになつたのかと疑はれる。

シナの故事を踏まへて、望郷の念を詠んでゐるのだ。もはやこの身には、万が一にも帰京はあり得ぬと承知してゐながら、なほも奇蹟を思ひ描いてゐる。望郷の念は、断たうにも断てぬ妄執となつて道真の身から立ちのぼりつづける。

しかし、その京に妻も子もゐない。いや、ゐないからこそ、妻子の面影が立ち添ひ、一段と濃くなるのだ。

この詩を含め清書を終へたのは、延喜三年（九〇三）正月であつたらうか。さうしてすべてを箱に

収めると、紀長谷雄へ送るべく計らつた。少なくとも彼ひとり、そして、彼の周辺の幾人かの詩心ある者、また、宇多法皇の目に触れことがあるやもしれない。いやいや、それらよりも遥か遠く、靉靆と薄墨に霞む彼方に、曲がりなりに受け止めてくれる者があるかもしれないと、はかない望みを抱くのだ。

そうして、詩作の筆を擱いた。

それから最後の仕事にかかつた。

冤罪を訴へる祭文を草したのである。ただし、都へ送るためではなかつた。

一気に書き終へると、衣服を正し、住居を抜け出すと、蹌踉めく足を踏み締め踏み締め郭外へと歩を運んだ。

このあたりになると、真偽のほどは分からない。いや、真偽を問題にするところから大きく踏み出してゐる、と言はねばなるまい。この都市の南西に接してゐる天拝山へ向つたのだ。

十二、天拝山《てんぱいさん》

榎社から南へ行くと、すぐ西鉄二日市駅前に出た。

手前が駐車場と資材置場だつたので、駅舎の向うの山並がよく見える。西からこちらへと連なり、端近く、丸い頂きをみせてゐるのが天拝山であつた。

『北野縁起絵巻』では緑が濃く、激しく隆起してゐるが、ここから見る限り、連山のなかのささやかな小山と言つたところである。標高は二百五十七余メートルである。

西鉄と並行した鹿児島本線の二日市駅まで行き、その向う側の二日市温泉街の、モダンな街路を南へ歩く。そして、山側へ折れ、裏道を抜け、九州縦貫自動車道の下を潜ると、その先に池が広がり、その向う間近かに、目指す小山があつた。

あくまでも温和な佇まひで、一帯は公園になつてゐる。

道なりに進むと、突き当りに武蔵寺《むざうじ》があつた。七世紀に地元の豪族が創建したと言ふから、道真がやつて来た時、すでに在つた。いまは境内の藤によつて知られてゐる。

その門前を行き過ぎると、小振りな石鳥居を前にして、瀧があつた。二メートルほどの高さで、水は乏しいが、下には白砂が広がり、注連縄が張られてゐる。

左岸に棒状の岩が斜めに突立ち、衣掛岩の表示がある。ここへ衣を脱ぎ掛け、道真は禊をしたのだ。

右手に階段があり、それを上り詰めると御自作天満宮であつた。道真が最期に刻んで武蔵寺に安置した自らの像が祀られてあるといふ。

改めて衣冠束帯を着ると、道真は左手の登山路を採つた。

車が通れるほどの道幅である。曲折してゆるやかに登つて行く。

要所々々に腰ほどの御影石の柱が立ち、二合目、三合目と表示するとともに、歌が一首づつ刻まれてゐる。道真作とされる歌である。

わたしの知らない歌だつたので、手帳を出し、書き写しかけたが、途中で手が止まつた。どうも違ふ。例へばかういふ歌である、「寝ても又覚めても辛き世の中に有る甲斐もなき我住居哉」「憂きことの夢になり行く世なりせばいかで心の嬉しからまし」。

天拝山の頂を目指す道真とは無縁のものである。書き写すのは止めた。

こどもの手を引いて降りて来る若い母親がゐた。朝夕、手頃な運動にと、家族や知人と一緒に登つてゐる様子である。

一応、石柱の歌を目に入れながら、なにも考へず、ゆつくりゆつくり登る。

五合目の先、道の右横に立派な石の鳥居があつた。道真も立ち寄つたらうと思ひ、入つた。荒穂宮とあり、見上げる巨岩に社殿が張り付いてゐる。その軒に、天拝山の地主神で、磐境《いはくら》を神体とすると簡潔に書かれてゐた。間違ひなくここは聖なる山なのだ。

その先にも歌を刻んだ御影石が立つてゐた。

道真作とされる歌は、時代が下るとともに数多く流布し、歌集まで編まれたが、ほとんどは道真に仮託されたものである。出典はそのあたりだらうと思つたが、室町時代末の御伽草子「天神絵巻」で見たことがあるのに気付いた。

道真の生涯がひろく語られるやうになると、漢詩に替へて和歌が要所々々に挟まれるやうになつたが、その際に誰の作とも分からぬ歌が大挙持ち込まれた。言ふまでもなくほとんどはつまらない歌である。

が、さうした歌を石柱に読みつつ行くのは、室町時代末の庶民の間に広がつた道真像と、延喜三年早春の息も絶え絶えの道真の姿を、交互に忙しく思ひ浮かべながら、登ることになる。

しかし、実際に道真が進んだのは、繁茂した樹木や岩が行く手を阻む、道とも言へぬ道であつたはずだ。老ひ衰へ、病み衰へた上に、無実を晴らせぬ無力感に打ちひしがれてゐたから、一歩々々が辛苦そのものであつた。窶した身体は汗みづくになり、衣冠束帯も破れ、足も手も傷つき、血を滴らせた。

やがて人ひとり通れるだけの丸太を並べた階段になつた。それを登り詰めると、尾根に出た。

太宰府の街が眼下であつた。

傍らに一抱へほどの石があり、玉垣を低く巡らせ、注連縄が張られてゐる。苔づいた石の標柱があり、「霊魂尚在天拝之峯」と刻まれてゐた。

不意打ちを食つた思ひで、その文字を見詰める。今なほ道真の霊魂はここに在る、と言つてゐるのだ。

そして、この石の上に、道真は立つたと伝へられ、「お爪立ちの岩」とも呼ばれてゐるのである。

左手に石段が五六段あり、その上に天拝山社の小振りな社殿がある。その辺りは、当時、樹木で閉ざされ、ここばかり、展望が開けてゐたらう。だからこの石の上に立ち、眼下を眺め、都のある北東の空を凝視したのだ。

それから道真は、懐から祭文を取り出した。

絵巻によれば、鋭く隆起した山頂に、衣冠束帯で立ち、丸く巻いた祭文を文杖の先に取り付け、高く差し上げ、爪立ちして祈る。

竿の先につけた幣束を梵天と言ひ、担ぎ回る祭を梵天祭と言ふが、杖の先に祭文を付けて天高く差し上げる姿は、幣を振つて天に祈る姿そのものであらう。ただし、『北野天神縁起』の本文に杖は出てこない。『菅家実録』では青竹に挟んでとあり、『菅家瑞応録』になると、十三節の竹竿と詳しい。

その地から天へと伸び上がる姿勢は、恐ろしくひたむきで、それだけ孤独である。なにしろ地上には、道真の訴へに耳を傾ける者は誰ひとりゐないのだ。そのことを都を出立して今に至る日々において、骨身に染みて思ひ知り、かつまた、この地での詩作をとほして知つたのである。後は天に訴へるよりほかない。

絵巻では隆起した山容そのものが、天へと道真を押し上げるかのやうだ。山ばかりが味方してゐる……。

この爪立ちした姿勢のまま、七日七夜に及んだ。十字架に掛けられ、脇腹を槍で抉られて、天を仰いだ男とどれだけ違ふだらうか。

すると、雲が垂れ下がつて来て、風が激しく渦巻いた。と、『北野天神縁起』建久本から、

　　祭文漸《やうやく》とび昇り、

そして、

雲をわけていたりけり。

雲を分けて祭文が高く高く舞ひ上がつて行つたのだ。

帝釈宮をも打すぎ、梵天までものぼりぬらんとぞおぼへし。

祭文は雲の上へ、さらに帝釈天の須弥山《しゆみせん》頂の住処も越え、諸天の最高位にをはす梵天の許まで届いたと思はれたといふのである。

梵天とは、もともとインドでは、この世界の根本的な創造原理ブラフマンそのものを神格化したものので、ヒンズー教では世界を創造し支配する最高神である。仏教に取り入れられ、仏法の守護神となつたが、多くの天部の中、今も言つたやうに最高位にある。さういふ存在が、無実の訴へを受け入れた、と言ふのである。

続けて、釈迦が七日七夜、爪だちして底沙仏《ていしやぶつ》を賛嘆し祈ることによつて、弥勒《みろく》に先立ち成仏したのと同じく、と譬へてから記す、

あなおそろし、あらたに天満大自在天神とぞならせ給ひたる。

現身のまま、道真は「天満大自在天神」になつた、と言ふのである。

その天満大自在天神とは如何なる神か。

釈迦に遅れ、弥勒に先立つ、まさしく今における、大いなる存在だらう。

ただし、この日、延喜三年二月二十五日、道真は「十二因縁にやどされたる五陰（蘊《うん》）」の姿を棄てた。すなはち、この生身を棄てたのである。

付き従つた者たちが、その残された「五陰の姿」を運び降ろし、榎社から葬礼を出した。

今日、尊重されてゐる『菅家瑞応録』では、一旦は蘇生して、陰ながら従つてゐた者たちに助けられ、住居へ戻つた上で、息を引き取つたことになつてゐる。どうしてかういふ運びにしたのだらう。これでは天拝山上で人として生きながら神となつたのではなく、その山麓で人として死んだことになるではないか。

太宰府にあることほぼ丸二年、かうして道真は五十九歳で、生を終へた。それとともに、防府の野間海岸に光が差すなど、さまざまな奇瑞が顕はれた……。

十三、太宰府天満宮《だざいふてんまんぐう》

天拝山を降りると、二日市温泉町の喫茶店に入つた。京都あたりにでもありさうな、和風のモダンな店であつたが、こどもづれの若い母親たちがゐる。温泉町の休息の一時の気配である。

下山は半ば駆けるやうにしたから、脚が疲れてゐたし、昼食もまだであつた。サンドイッチとコーヒーを注文して、一息入れる。しかし、もう午後も三時近くになつてゐたので、あまりのんびりもできない。

タクシーを呼んでもらひ、来た道を戻るかたちで商店街を抜けて行くと、西鉄の踏切になる。ちやうど電車が通過して、遮断機が上がつた。

その先が、榎社だつた。

停めてもらひ、いま一度、境内を横切り、先程は行かなかつた奥まで行く。

小さな社があり、「浄妙尼」と書かれた扁額が挙がつてゐる。生前の道真の世話をし、いまでは名物になつてゐる梅ケ枝餅を作つて差し入れたと伝へられる老女を祀つてゐるのだ。

秋分の前日の九月二十二日夕、太鼓と鉦を交互に打ち鳴らす者たちを先頭に、平安王朝風の衣装を纏つた人々の行列が、神輿を中心にして太宰府天満宮を出発すると、ここへやつて来るのだ。神幸祭である。耳に賑やかだが、目には雅びで、威勢よく裸で練り歩く防府天満宮と対照的である。さうして榎社に着くと、まづこの浄妙尼社の前に神輿を据ゑ、挨拶でもするやうに前へ傾けると言ふ。その後、神輿は殿舎のなかに安置、神事を行ひ、一夜を過ごして戻つて行く。太鼓と鉦を打ち鳴らして歩むところから、行列が往復する道を、地元では「どんかん道」と呼んでをり、天満宮から榎社へ「お下り」、榎社からは天満宮へ「お上り」と言ふらしい。その語に、どのやうな意味が込められてゐるのだらう。「お上り」は宮へ戻るのを言ふだけでなく、天拝山から降ろされ、死体となつた道真が、神となる道をたどるのを言つてゐるやうにも思はれる。魂魄は身体を抜け出すと、即座に天神となつたが、残された身体は現世においてそれなりの道筋を辿らなくてはならないのだ。

さうして延喜三年二月末、葬列として榎社を出発したのだが、以後、毎年、神幸祭として往還を繰り返してゐるのである。防府天満宮では、道真が上陸してから海へ去るのをなぞるやうに本宮と御旅所の間を往復するが、ここ太宰府では、宮からこの世へ、そして、この世から神の社へであらう。ただし、葬列として始まつた記憶がどこかに残つてゐるのだ。

「なるべくゆつくりやつてください」

車に戻ると、運転手にさう言つて、「どんかん道」を行くやう頼んだ。三キロほどである。本来なら歩くのだが、やむを得ない。

さうして両側の町並を見て行つたが、どこにでもありさうな穏やかな住宅街である。

政庁へは近寄らず、じぐざくしながらこの鎮西の都市を斜めに横切り、東北の方角へ出て行くのだ。柩を乗せた牛車はゆるゆると進む。

目指すのは、京の比叡山に当たる宝満山の麓、三笠郡四堂《よつだう》のあたりだつたらしい。有力な社寺が営まれてゐたから、墓所はその近辺と定めて、進んだ。

さうして城郭の外へ出て、目的地へ中程まで来たところで、不意に牛車が動かなくなつた。曳くのは太つた力の強い牛であつたから、力を振り絞らせた。が、車はびくともしない。さすがの牛もへたり込んでしまつた。

葬列の人たちは困惑した。

神のをはすのを知らずに通り過ぎようとすると、牛なり馬が動かなくなり、時には死ぬ、といふ「蟻通《ありとほし》」の伝承などがあるが、それに類した事態とも考へられた。牛馬には、人の察知できない神霊の意を受け取る能力を備へてゐると思はれてゐたのである。

随行する者たちは、ここが道真の霊が望むところ、と受け止め、この場に葬ることに決し、傍らに穴を掘つた。

『北野縁起絵巻』では、黒塗の八葉の車を曳く黄斑牛が座り込んだ傍らで、白衣の男たちが土を掘つてゐる。その横には折烏帽子に三角の白布を額に巻きつけた男が松明を掲げて立ち、向ひには鉦を叩く僧たちがゐる。

わたしは西鉄太宰府駅前でタクシーを降りた。一ノ鳥居があり、ここから太宰府天満宮の参道が始まるのだ。

＊

両側に並んだ梅ケ枝餅を売る店から盛んに声がかかる。まことに活気がある。道真はかういふ賑やかさと無縁の日々をこの地で送つたから、慰めになつてゐるかもしれないなと思ふ。

長い参道が尽き、延寿王院に突き当つた。明治の神仏分離までここに別当がゐたが、いまは宮司西高辻家の屋敷である。その左手に巨大な石の鳥居が南向きに立つてゐる。南北朝の頃の建立らしい。それを潜ると、境内である。

すぐに心字池がひろがり、太鼓橋である。

続いてもう一つ、やや小振りな太鼓橋を渡ると、朱や緑の色彩に彩られた華やかな楼門である。牛の等身の彫像が横たはつてゐる。牛は、遺骸となつた道真の意を身をもつて示した存在、といふのであらう。

楼門を潜ると、回廊を巡らし、小砂利の敷き詰めた別の空間になつた。

正面は、桧皮葺の大屋根から、唐破風の軒がこちらへと突き出て、そのゆつたりと広がつた両翼の下から朱と黄金の輝きが覗いてゐる。天正十九年（一五九一）に筑前国主であつた小早川隆景が寄進、建立したもので、桃山時代の華麗さを見せてゐる。

その本殿の前、左に紅、右に白といつても薄紅の花をつけ、丸く整へられた梅が植ゑられてゐる。右側が都から飛んで来たと伝へられる飛梅である。「東風ふかば……」と詠み置いて来たのに応へて、咲くとともに、後を追つてやつて来たと伝へられる。

ツアー客の中へ割り込むやうにして近づくと、本屋根の軒下には極彩色の欄間が連なり、鳥が遊び花が咲き乱れてゐる。そのなかに蓮の花があつた。

「なぜ蓮の花があるのか、ご存じですか？」

傍らで声をひそめるやうにしてガイドが言ふのが聞こえた。続けて、社殿の下にお墓があるんです、と説明する。牛が動かなくなつたままその場に穴を掘り、柩を粘土と漆喰で塗り固め、収めた、その上に社殿が建てられてゐるのだ。

もつとも今目にしてゐるやうな社殿がすぐに建てられたわけではなかつた。なにしろ謀反人として死んだのだ。京から付いて来た弟子の味酒安行《うまさかのやすゆき》らの尽力によつて、朝廷の許しを得て、まづはごくささやかな墓所が営まれ、二年後の延喜五年（九〇五）、祠堂を作つて廟としたが、これまたごく小さなものだつたらしい。

その規模のまま、同十年（九一〇）には安楽寺と称し、仏式で供養するやうになつた。

同十九年になると、廟を造営し直して天満宮としたが、供養するため寺を営み、廟を含んだ全体を安楽寺とした。いはゆる神仏混淆の形態を採つたのだが、衆に優れた人を弔ひ、かつ、その霊を鎮めるために、かういふうに行ふやうになつてゐたらしい。

これ以降、太宰府では京における朝廷の亡き道真の遇し方と連動して、次第に拡充されて行くことになつた。

その安楽寺の名だが、明治まで保持されたが、神仏分離令によつて廃され、地名を社名とせよとの指示を受け、太宰府神社とし、敗戦を経て太宰府天満宮となつたといふ経緯がある。防府などでも見て来たとほりだが、この社殿の下には遺骸が葬られてゐることに変はりなく、欄間の蓮の花もそのまで来てゐるのだ。

この点、死穢を厳しく忌む神社としては異例である。ただし、このため他のいかなる天満宮も持たない権威を、この宮は持つてゐる。ローマのヴアチカンがペテロの埋葬地に、その頭蓋骨と伝へられる聖遺物を収めて建つてゐることにより、特別の権威を持つのに近いかもしれない。

純白の衣に深紅の袴の巫女が、社殿内では盛んに鈴を振つてゐる。結婚式が行はれてゐるのだ。かつて忌避されてゐたやうだが、今は盛んな様子で、参列者も晴れがましい様子で座つてゐる。

＊

本殿の裏にある菅公歴史館を覗くと、人形を使つて生涯が示されてゐた。童子として化現し、都良香邸の庭で弓を引き、詩宴で才を発揮する、と言つた具合ひで、太宰府に流され、恩賜の衣を前に涙を流し、天拝山の場面に至つて終はる。

天神人形のコレクションがあつた。泥絵具を塗つた土人形で、素朴と言へば素朴だが、金泥と青、赤などの原色で彩られ、華麗である。左遷の悲劇を突き破つて、ぬけぬけとした生命力を造形してゐると見える。江戸後期から各地で盛んに作られたとのことだが、道真自身が太宰府への途、描き、刻んで残して来た像に始まるのだらうか。土師氏の末裔としては、立派な仏像などよりもはるかに相応しい。

見て回つてゐるうちに、この展示室が地下であることに思ひ至り、もしかしたら本殿の地下に埋葬されてゐる道真の遺体に、意外に近いのではないかと考へた。さう考へると、あたりに並べられた土人形が一際光彩を帯びて感じられる。

それとともに、天拝山上の道真の姿がありありと浮かんで来た。

その爪立ちして祈つた岩の横には、天拝山社の社殿と展望台が設けられてゐるが、その奥の急な斜面にも鉄骨を組んで、一段と高く展望台が作られてゐるのを思ひ出した。階段が鉄板で、ひと足ごとに鳴つたが、その上からは確かに展望がよく利いた。お爪立ちの岩や社殿横からよりも、遥かに見晴らすことが出来た。穏やかな山々に囲まれ、政庁跡を北端中央にして広がる太宰府の町全体がよく見え、備へ付けられた望遠鏡に硬貨を入れると、政庁跡の礎石も眼前に引き寄せることが出来た。

しかし、道真が望んだのはより広い展望でも彼方の京の空でもなかく、ひたすら遙かな天上、須弥山の頂よりもさらに上の、梵天のをはす天上を窺ふことだつたのだ。地下室に身を置いてゐる今、そのことがはつきり判る。

もう一度、最初から展示を見た。

地上に出ると、本殿東側の小山の斜面に集中してゐる摂社と末社を見て回つた。

御霊社、皇大神宮、野見宿禰社などと、二重三重に並んでゐる。そのなかに白太夫の名がなかつた。どうしてだらうと注意して行くと、度会春彦社があつた。伊勢外宮の神官度会春彦を白太夫として活躍させる『菅家瑞応録』に従つてゐるのだらう。

この書は室町時代に成立した作者不詳のもので、最初は漢文であつたが、仮名書きされるとともに、さまざまな伝承が加へられ、成長、やがて天神信仰の講釈の種本となり、それがまた読物となつて流布した。そして、近松が浄瑠璃「天神記」に利用すれば、「菅原伝授手習鑑」にも使はれ、その「菅原伝授手習鑑」が人気を呼ぶと、逆にそこから話を取り込んで、平仮名本が作られたと言ふ。

文字が出現してからの物語生成の複雑な動きを考へる上で、興味深い例だが、かういふ本に依拠して、天満宮の生成に係はつた人物を考へてよいかどうか。それも実在した地位ある人物にしようとするからをかしくなるのではないか。

すでに引用したが、やはり「叙意一百韻」のなかの次の一行に、まづ拠るべきだらう。

老僕長扶杖　　老イタル僕《しもべ》は長《つね》ニ杖ニ扶《たす》ケラル

京から太宰府へともに下り、そして、埋葬にも付き従つた、名もない老僕がゐて、「白頭」ゆゑに白太夫の名で呼ばれてゐたのだ。

かういふ老僕の引く杖の跡なら、この境内のあちこちにいまも残つてゐさうに思はれ、地面を見ながらしばらく歩いてみる。

＊

正面の石鳥居を出ると、参道の南側、案内所横の小路へ入つた。もう一つ、天神に係はる物語の語り出されたところがあるのだ。

小路の奥の光明禅寺がさうで、山門を入り、方丈へ上がる。

と、庭が目を引いた。庭らしい作りがなく、一面に苔と白砂が入り組み、その色と構成が独特な諧調をなしてゐて、そこに樹々がくつきりと幹を見せて一本々々佇んでゐる。

微微抛愛楽　　微微《びび》ニ愛楽《あいげう》ヲ抛ツ
漸漸謝葷膻　　漸漸《やうやう》ニ葷膻《くんせん》ヲ謝ス
合掌帰依仏　　合掌シテ仏ニ帰依ス
廻心学習禅　　廻心《えしん》シテ禅ヲ学習ス

少しずつ愛欲を棄て／次第次第に生臭い肉や菜を退ける／合掌して仏に帰依／心を改め座禅し瞑想することを学ぶ。

これも「敍意一百韻」の一節だが、詩作の孤独に苦しみ、燈で草稿を燃やすやうなことをして、「辛酸、コレ宿縁」と嘆じたところで、この句が来る。

言ふまでもなく禅宗なるものがわが国に伝はる以前の作だが、やがて伝はり隆盛を極めるやうになると、この「禅ヲ学習ス」の一行から、道真も禅を学んだ、それも宋へ渡つて印可を受け一夜で帰つて来た、と語られるやうになつたのだ。奇態な話だが、道真の愛した花が京から飛んで来たといふ話から、道真自身、さういふことをしたのかもしれない、といふ考へが生まれ、出来たのだらう。その発信元が、この寺の開山鉄牛円心らしいのである。

唐風の頭巾を被り、唐風のゆるやかな衣服をつけ、左肩から袈裟掛けに袋を下げ、梅の枝を持つた天神の姿が、十五世紀から盛んに絵に描かれるやうになるが、円心の夜の夢にこの姿で現はれ、袋に収めた僧衣を預かるやう依頼したと言ふのである。その僧衣は宋も径山万寿禅寺（浙江省）の無準《ぶしゆん》師範を訪ね、一夜で印可を受けて来た証であるが、円心が目覚めると、枕元に置かれてゐた、と言ふ。

当時、国内で禅僧として広く尊崇を集めてゐたのが、東福寺の開山で、円心の師円爾弁円《ゑんにべんねん》（聖一国師、建仁二年〜弘安三年・一二〇二〜八〇）であつたが、彼が宋に渡り印可を受けて来たのが、無準師範であつた。その当代随一の禅僧の師の師から、道真は、直接学んで来たといふわけである。

禅宗が盛んになる過程で、さまざまな伝奇的な物語が語られたが、天神も一役買はされたのである。この渡唐天神の図像は、やがてかの大陸でも描かれるやうになつたが、多くは渡宋した日本人が描かせたらしい。

円心は、この夢の中の委託を受けて、この寺を創建（文永十年・一二七三）し、衣を保管すべく塔も作つたと、語られてゐる。

門を出て、横手へ行くと、細い藍染川の傍らに、確かに小さな石塔があつた。ただし、よく見ると、無縫塔の塔身に五輪塔の笠石が載せてある。多分、元は金属製の宝塔であつたのだらうが、破損したため、かうして似せてあるのだ。

禅に帰依しながら、天神に縋らずにをれぬ人たちの仕業に違ひあるまい。それも言葉や思考ではなく、石を積むのが身に合つた人の。

天神信仰は意外な広がりを持つ。

十四、帰りは怖い

京都行の新幹線に間に合つた。

列車が博多駅のホームを滑り出ると、ネオンや電灯がまぶしい。これから二時間四十五分かかる。道真一行は約一ヶ月かけて太宰府に到着したが、それを逆に戻つて行くのだ。その時間はいかなる時間であらう。

梅の花が一瞬にして京から太宰府へ飛んだり、唐との間を一夜で往復するやうな時間に似てゐるかもしれない。それでゐて、わたしが現に身を置いてゐる時間であり、太宰天満宮が存在し、参道では梅枝餅が盛んに売られてゐる時間、そして、次々と廟所が改められて今日に至つた長い長い時間でもあつて、それらが複雑に絡みあひ、溶け合つてゐる……。

いづれにしろ道真の死後、それまでとは別の時間が始まつたのだ。

後に延暦寺第十三代の座主となる法性房尊意が、延喜三年（九〇三）の五月とも三伏《さんぷく》の夏（酷暑の候）ともされるが、その早暁、叡山上で観法を行ひ澄ましてゐると、房の妻戸をほとほとと叩く者があつた。開けると、

菅丞相《くわんしようじやう》の化来《けらい》してましましける也。

尊意はその死をすでに知つてゐたから、生前の姿をとつてやつて来たと察した。人生の初めには童子の姿で菅原是善の前に「化現」し、終へてからは、太宰府からと言ふべきか、あの世からと言ふべきか、「化来」したのである。

尊意は、敬ひかしこまつて持仏堂へ招き入れ、「何事にか候」と問ひかけた。すると道真は、

「われ梵釈《ぼんしやく》のゆるされも蒙りたり。神祇のいさめも有まじ」

梵天、帝釈天の許しも得てやつて来たので、神仏に咎められることはないはずだ、とまづ断つて、京に入り、内裏に近づいて、自らが悲しむところを述べ、恨みに報ひようとしてゐるが、貴僧が施す法験ゆゑ、立ち入ることができない。今後は天皇から命令があつても、辞退してほしいと言つた。

死んで後、帝に近づかうと企てたが、いまだ果たせずにゐたのだ。尊意は、これに対して天下みな王土であるから、この地に身を置く以上、勅宣三度に及べば、辞退はかなひませぬと答へた。すると道真は気色を変へ、勧められた石榴を一口、口にすると、妻戸に吐き掛け、立ち去つた。と、妻戸が炎を上げた。尊意は即座に印を結び、灑水器の香水を掛け、消した。『北野天神縁起』からである。

亡くなつた道真が早々に怨霊神として出現したのである。

窓の外を見ると、新山口駅を通過してゐるところだつた。関門トンネルを抜け、もう本州へ戻つてゐるのだ。道真の霊は、誓言どほり防府へやつて来たらうか、と考へる。

このことがあつて間もなく、雷が激しく鳴り、稲光が縦横に走つて、天地の始めでもあるかのやうな事態になつた、と『縁起』は書き継ぐ。「黙示録」的な情景が出現したのだ。折から清涼殿には公

卿たちが参集してゐた。絵巻では、角を持つ赤鬼そのものといふべき雷神が、黒雲に乗つて暴れ回り、衣冠束帯の公卿たちが逃げ惑ふ。そのなか、ひとり刀を構へる公卿がゐた。時平である。

　時平は、「朝《てう》に仕へ給ひし時は、我が次にこそものし給ひしか」と、自らが左大臣、道真がそれに次ぐ右大臣であつたことを言ひ、「けふ、たとひ神になり給ふとも、我に所をかでは、ひが事にこそ侍らん」と言つて睨んだ。遠慮しなければ、宮中での決まりを破ることになりますぞ、と言つたのである。『大鏡』にも記されてゐる有名な場面である。

　かうしたことがあつて、尊意の参内を求める勅宣が三度に及んだ。そこで尊意は内裏へと牛車を走らせた。すでに鴨川は溢れ、一面、湖水のやうになつてゐたが、牛車の前で水が二つに分かれ、現はれる地面を蹴つて進んだ。絵巻で最も生動するところである。

　かうして、一旦は収まつたとする。が、実際はそれから毎年のやうに天候不順が続き、干天かと思ふと、雷が荒れ狂ひ、豪雨が襲ひ、北西の空には尾をながながと引いて彗星が現はれた。

　ただし、道真が神となり、報復を始めたといふ認識は、まだ生まれてゐなかつた。

　最初の勅撰和歌集『古今集』が成立したのは、さうした延喜五年四月のことであつた。その代表的な歌人たちが育つて行くのに、道真も少なからぬ寄与をしたことはすでに触れた。また、その歌風の成立に、漢詩の影響が大きいことは知られてゐるとほりである。それゆゑであらう、道真の歌二首が収められてゐる。すでに引用した、「秋風の吹き上げにたてる白菊の……」と「このたびは幣もとりあへず手向山……」である。

　この年、太宰府では墓に祠堂を作つて廟とすることが許された。

先にも触れた味酒安行らの働きによるもので、事件直後の動揺も静まり、一応の安定を取り戻したのであらう。いはゆる「延喜の治」が本格的に始まつた。

ところが、やがて天候不順が果てしなく続く事態となつた。延喜八年、干天のため神泉苑の水門を開いて水を供したり、降雨祈念のため各地で幣を奉じたりしたが、多数の死骸が路傍にうち捨てられたまま顧みられない状態になつた。

その最中の十月七日、参議に昇つたばかりの藤原菅根が没した。五十四歳だつた。道真の左遷を問ひただそうと宇多法皇が醍醐天皇に会はうとしたのを、蔵人頭であつた彼が阻んだ、そのため「あらたに神罰を蒙りて、その身はうせにけり」と『縁起』は記す。ただし、まだそのやうな認識が世に広がつてゐたわけではなかつた。

しかし、続いて権勢を一手にしてゐた時平が病床に就いた。知られる限りの医療を尽くし、陰陽の祭を行つたが、いづれも効がなく、翌九年には最後の頼みとして、密教の修法で名高い浄蔵貴所に祈祷させた。

その浄蔵の父が時平の下で道真追ひ落としに働いた三善清行で、四月四日の昼頃、時平を見舞つたところ、時平の両耳から青龍が頭を出し、人語をもつて言つた。――梵天、帝釈天に申文を書いて了解を得、怨敵に報復しようとしてゐるのに、お前の息子浄蔵が祈り伏せようとしてゐる。止めさせろ、と。恐れをなした清行が早速その旨を手紙に認め使ひに持たせてやると、夕方、浄蔵は退出した。すると、時平は間もなく絶命した、といふ。三十九歳であつた。

この中心人物の早い死が、道真の怨霊の祟りゆゑと囁かれるやうになるのは、必然であつた。かの青龍は、言ふまでもなく道真の怨念そのものと受け取られた。

その死にざまから平清盛が熱病に苛まれた末の最期を連想するが、列車はその繁栄の象徴とも言ふべき厳島の対岸を、恐ろしいスピードで、道真の流竄の道程を逆に走つてゐるのだ。

それは、小早川隆景が太宰府の現在の社殿を建てた時代から、毛利元就が道真の画像を掲げて連歌を楽しんだ戦国の時代へ、その先の九條家の人々が『北野天神縁起』を作成もすれば、後鳥羽院や藤原定家らが『新古今集』雑巻下に十二首を選び収めた時代へと溯り、さらに醍醐天皇の下、『古今集』が選進された時代へも溯つて行きかねない。

しかし、その時平の死とともに、豪雨と洪水が都を襲ひ、疫病が流行する事態になつた。諸社寺では『仁王経《にんわうぎやう》』の読誦が一斉に行はれ、九月九日の重陽の宴も停止された。

歴史年表を見ると、次いで延喜十年（九一〇）四月に暴風雨、七月は干害。延喜十一年六月は洪水。十二年は無事に過ぎるかと思はれたが、十二月に火災が起り、京の町並を焼き、十三年三月には、道真の跡を受け右大臣となつてゐた源光が狩猟中に泥沼に落ち、死骸も揚がらないままといふ奇怪な事件が起こつた。何者かが骸もろとも拉し去つたと受け取られたのは言ふまでもない。さうして八月には烈風が吹き荒れ、全国的に農作物は不作となつて、またも重陽節会《ちようやうのせちゑ》が停止された。十四年五月二日には、京の左京で大火が起り、貴顕の邸宅を含め六百余戸が焼失した。

十五年五月には内裏の淑景舎《しげいしや》（桐壺）が突然倒壊、死者が出、夏は旱魃、つづいて疱瘡が流行、死者が多く、死穢のため十一月の新嘗祭は停止された。

かうした事態に、朝廷は諸社寺に幣を捧げ、盛んに修法を行つたが、厄災をもたらす得体の知れない存在への恐怖を掻き立てることにしかならなかつた。

時平、光の死の後、時平の弟忠平が延喜十四年には右大臣に進み、政権をほぼ掌中にしたが、道真追放に直接関与しなかつたのを幸ひとして、道真と親しく心を通じ合はせてゐたと語るやうになつた。

さうして延喜十六年（九一六）には、宮中で怪異があると、「菅霊」のいたすところとして、天台座主増命を召じて持念させた。

その怪異が如何なるものであつたか不明だが、この時以来、何事も「菅霊」ゆゑと言はれるやうになり、溯つて、それ以前の厄災も、道真の怨霊の所為とされるやうになつた。

その翌延喜十七年は干天が続き、神泉苑の水を民に給し、十二月には東大寺の講堂などが焼け、陰陽寮の漏刻の水が凍つた。朝廷では、ますます大掛かりに怨霊を鎮めるため諸社寺で仁王経を読誦させ、幣を捧げ、修法を行はせた。

さうして延喜十九年になると、太宰府へ勅使を派遣して、安楽寺を拡充した。道真の怨霊ゆゑと厄災の源を特定、その鎮魂を図つたのである。

これまでの災害，変事はいづれも道真の霊の所為とする方向へとはつきり動き出したのである。

しかし、十二月、前年に参議へ進んだ三善清行が死んだ。

次いで延喜二十三年（九二三）三月二十一日、病臥してゐた皇太子保明《やすあきら》親王が二十一歳の若さで死んだ。醍醐天皇と中宮穏子《おんし》（時平の妹）の間に生まれ、時平が強引に立太子させた経緯があつたから、「世ヲ挙ゲテ云ハク、菅帥ノ霊魂、宿忿ノ為ス所ナリト」（『日本紀略』）とされた。

この事態に朝廷はたまらず、四月二十日、道真を右大臣に復し、位を一階進めて正二位とし、昌泰四年の左遷の宣命を「棄去」し「焼却」した。その詔の一節には、かう記された。


ココラ旧意ヲ示シ、以テ幽霊ヲ慰ム。

道真の無実とそれに対する怒り、そして、怨霊化を、正式に認めたのである。没後二十年二ケ月目であつた。

広島駅のホームは、森閑としてゐた。下りの時にゐたあの人たちはどこへ行つたのだらう。

＊

この頃、右大弁源公忠《きんただ》が息を引き取り、三日して甦るといふことがあつた。甦ると、内裏へ連れて行け、とこどもたち命じて参内すると、冥府での見聞を奏上した。

――身の丈一丈（約三メートル）に余る衣冠を正した男が、申文を挟んだ金の文挟を高々と掲げて、「延喜の聖主のしわざどもやすからざる事」を、居並ぶ冥官三十余に向つて言葉を尽くして語つた。すると、第二の座にゐた冥官が、「延喜の帝こそすこぶる荒涼なれ。もし改元もあらばいかゞ」と思案するふうでした（『江談抄』）、と。

この申文を挟んだ金の文挟を差し上げる姿には、天拝山で、祭文を天へ差し上げた道真の姿が重なら う。

これを聞いた醍醐天皇は、「恐れ思召すこと限なし」と記されてゐる。時平が失せ、三善清行、皇太子保明親王と続いた今、怨念は自らに向けられてゐる、と受け取つたからである。

このためであるかどうか分からないが、翌閏四月十一日に改元、延長とした。

しかし、延喜の世は終はつても、災害と不幸な事件は途絶えることがなかつた。

延長二年（九二四）四月に火事で九十戸が焼失、五月には洪水が起り、延長三年六月、幼い皇太子慶頼《よしより》王が病没した。五歳であつた。保明親王の遺子で、時平の娘を母とする。時平の血筋に繋がる二人目の皇太子の死であつたから、深刻に受け取られた。

そして、延長五年には、四月に淀川に架かる長大な山崎橋が落ち、六月には干天が続いた末、京都で火事が発生した。

延長七年は疫病が流行、翌八年も衰へず、二月には大赦を行つたが、六月二十六日、愛宕山《あたごさん》上に黒雲が湧き出たと思ふと、京の街を覆ひ、にはかに雷鳴が轟き、清涼殿に火柱が立つた。

大納言正三位になつてゐた藤原清貫が、胸を焼き裂かれ、死んだ。右中弁侍従四位下平希世《まれよ》は顔を焼かれ、これまた死んだ。また、近衛の一人が髪を焦がして死に、他に負傷した者、気を狂はせる者が出た。


これ則、天満天神の十六万八千の眷属の中、第三使者火雷火気毒王のしわざなり。


『縁起』からである。さうして絵巻の方は、前の落雷の場面よりも遥かにすさまじく、画面いつぱいに炎が渦巻き、それがそのまま、地獄の情景へと移行する。

本文のつづきにはかうある。


其日、毒気はじめて延喜聖主の御身のうちにいり、玉躰《ぎよくたい》漸《ようよう》例に背きましまして

落雷の衝撃で、醍醐天皇は不例となつたのだ。

そして、三ケ月近く後の九月二十二日、位を八歳の寛明《ひろあきら》親王に譲り、朱雀天皇とし、その七日後、落飾したものの、崩御した。四十六歳だつた。

忠平が摂政となり、左大臣を兼ねた。彼は清涼殿に落雷した折も現場にゐて、無事だつた。その子の師輔《もろすけ》は、やがてこの恐るべき天神を家の守り神とすることになる。

＊

岡山駅では、再び道真の「海ならずたたへる水の底までに清きこころ……」の歌を思ひ出した。底の底まで清い心であると自負するがゆゑに、なほさら激して、時平を倒し、その子孫も抹殺した末に、醍醐天皇まで死へ追ひやる展開になつた、と考へてよからうか。天真名井《あめのまない》の傍らでこころの清く明るいことを誓ひ、須佐之男命が天照大神に勝つたが、その挙句に、勝ちすさび、乱暴狼藉を働いたのに似てゐるかもしれない。

かうして醍醐天皇は逝去したが、ただの死ではなかつた。

吉野の蔵王堂《ざわうだう》に極彩色の巨大な像が安置されてゐる。目が三つ、二臂で、右手で三鈷杵《さんこしよ》を振り上げ、右足を上げてゐる。修験道の主尊、金剛蔵王大権現《こんがうざわうだいごんげん》だが、それに帰依した道賢といふ人物がゐた。後に日蔵上人と名を改めるが、金峯山の笙《しやう》の岩屋に籠もつて修行中、頓滅して十三日目に甦り、金剛蔵王大権現の導きによつて、三界六道すべてを見て来た、と称してあれこれと語つた。『道賢上人冥途記』に記されてゐるところだが、源公忠の話よりも遥かに恐ろしい内容であつた。

道真の霊、「天満大自在天神」にして「大政威徳天」が、無数の侍従眷属《けんぞく》異類雑形を従へ、あたかも即位の儀を挙行してゐるかのやうなところに行き当つた。その天神は上人に向かつてかう言つた。本来は日本国を滅ぼし、大海とした後、わが住処とするつもりであつたが、仏法のお陰で昔の怨心の十分の一が治まつた。もはや巨害を加へようとは思はぬ。が、眷属の悪神たち十六万八千が勝手に害を加へるのを止めるのは難しい。注意せよ、と。

大海云々は、貞観十一年（八六九）五月、陸奥国を襲つた大津波の被害を踏まへてゐるはずだから、決して荒唐無稽な言ではなかつた。それから手下に国内を案内されたが、地獄も鉄窟苦所に至ると、四人の男が炎に焼かれ墨のやうに黒くなりながら、なほも赤い灰の上に蹲り、悲泣嗚咽《ひきふをえつ》してゐた。その中の一人だけが肩に布を掛けてゐたので、あの人は誰かと訊ねると、案内役は「上人の本国、延喜の帝なり」、他の三人はその臣下である、と答へた。

『北野天神縁起絵巻』は、醍醐天皇の崩御の後、いまも言つたやうに凄まじい炎と地獄が描かれて中断されたが、『松崎天神縁起絵巻』『荏柄《えがら》天神縁起絵巻』などは、炎のなか、黒焦げになつて蹲りながら肩に布を掛けてゐる男ら四人が描かれてゐる。『北野天神縁起絵巻』も本来は描くはずだつたのだ。

その炎のなかの帝が上人を招き寄せると、大政威徳天の怨心を燃え上がらせた自分の罪――道真に対して犯した誤りの数々を詳しく語つて聞かせた、と言ふ。

この書『日蔵上人冥途記』（内容紹介は主に『縁起』に基づき、原本とは違ふ点がある）が世に出たのは、承平四年（九三四）から七、八年の間のことのやうだが、この話が世に知られるのと並行するかのやうに、承平五年（九三五）、東国で平将門の乱が勃発し、翌六年には西国で藤原純友の乱が起こり、平定出来ないままに、月日を重ねた。

その最中の承平六年、道真没後三十三年の七月十四日、大納言正三位になつてゐた時平の長男、保忠《やすただ》が死んだ。病床にあつて僧が『薬師経』を読むのを耳にしてゐたが、その一節「所謂《しよゐ》、宮毘羅《くびら》大将」とあるところで声を張り上げたところ、「われをくびらむ」――首を絞めようぞ、と言つたと聞き違へ、脅え、そのまま息絶えたと言ふ。『大鏡』の記述である。

そして、承平七年十一月には富士山が噴火し、皇太后がしばしば物の怪に襲はれた。

このため同八年五月、天慶《てんぎやう》と改元したが、将門と純友の乱を鎮圧するのに手間取つたし、天災や火事、疫病など、絶えることがなかつた。

その将門に対して天皇位を授ける存在として、菅原朝臣の霊が現はれたと噂された。『将門記』の記述にある。

いつの時代も、安らかに推移して行くことはあまりないやうだが、際立つて険しさを増し、不安が増大する時、さまざまな言説が増殖し、天満自在天神は、まづは怨霊神として巨大化するのだ。それも無辜なるひとに冤罪を科した当の者を、身分や地位に囚はれず徹底して糾弾し、裁くのである。

もつとも醍醐天皇から朱雀天皇をへて、村上天皇に至る治世は、後に「延喜、天暦の治」と呼ばれ、模範的な政治が行はれたとされる。この点、平仄が合はないが、道真が中心になつて確立した官僚組織は確かであつて、当の道真を追放した後、天変地異や反乱が続いたものの、基本的には揺らぐことがなかつたのである。後は菅家廊下出身の者たちによつて、延喜式の編修など整備に努めればよかつた。

権力に与る藤原家の者たちは、そのことをよく承知してゐたから、道真の存在が日々骨身にしみて感じられたのだ。さうして年月が経過するにつれ、道真の影を強く感じ、その霊に怯えることになり、果ては、当の道真の霊威にすがらうとする権力者も出て来ることになつた……。

＊

大阪駅に着いた。午後十時半近く、ホームの人影も疎らである。太宰府の午後と異なり、寒気と闇が、あらゆるものの上に貼り付いてゐるやうだ。

この寒気を、どれだけの人々が免れてゐるのだらうか。

道真の怨念と怒りは、容易に治まらず、抑へても抑へても、噴き上がつて来たらしい。

窓の外に、黒々とした丸い小山が動いて行くのが見えた。男山である。一角は斧の入らない原始の林のはずである。

この後、醍醐天皇を責めさいなむ記述はますます苛烈さを加へた。『神道集』（文和・延文年間一三五二〜六〇）やその系統に属すると思はれる唱導的要素の強い『北野天神御記』（文明九年・一四七七。写本、静嘉堂文庫所蔵）、いはゆる「室町時代物語」とされる『天満天神縁起』（安楽寺本系の一本で康暦写本）が殊にさうである。鉄窟苦所の火炎の中へ獄卒が菱鉾を差し入れ、焼け炭と化した帝を引き出すと、熱鉄の板に投げ付け、粉々に砕くのだ。すると、鬼たちが走り寄つて来て足で蹴り集める。それに従ひ、元の姿となるが、さうなると再び自らの罪状を語り始める……。

もつとも先の引用に続けて、天満大自在天神はかう述べたと言ふ。

人信心ありて、わが形像をつくり、わが名号を唱へて念比《ねんごろ》に祈りこふ事あるならば、われ感応をたれん……。

「信心」と「造像」と「称名」——念仏を称へるやうに名号を称へることをもつてすれば、本地仏の観音の慈悲をもつて応へよう、と。厳しい条件付きだが、救ひ神としての相貌も顕はすのである。

わが国の神々は、本来、姿形を持たなかつた。例外的に彫像や絵図が存在するが、ごく僅かにとどまる。そして、われわれとしてはかしこみ、斎《いつ》き、祀ればよかつた。その点で、この要求はひどく異質だと言はなくてはなるまい。太宰府への道々、自らの像を作り、各地に残して行つたのを見たが、歓待してくれたことへのお礼と言ふ意味に留まらず、新しい神として出現する用意といふ面もあつたのであらうか。

鉄橋にかかつた。桂川であつた。渡れば京都市街である。

十五、託宣と神輿と

京都には数多くの天満宮があるが、最初に指を折るべきは、言ふまでもなく北野天満宮である。しかし、創建からとなると、どうであらう。

朝、京都駅から北正面の烏丸通を歩いて、七條通へ出ると右折、それから二つ目の辻を北へ進んだ。さうして、枳殻邸《きこくてい》（渉成園）の前を通り過ぎ、枳殻邸の北を限る上数珠屋町通を突つ切ると、左側に文子《あやこ》天満宮があつた。

いまでは立派な玉垣を巡らし、石鳥居もあるが、かつては粗末なものであつた記憶がある。鳥居の脇に「天神信仰発祥の神社」と刻んだ石柱が立つてゐる。

鳥居を潜る。

と、透明なビニール板を葺いた屋根の下になるが、続いて瓦を葺いた簡素な上屋になり、軒下に「学問の神様」と白地に赤く書かれた板が掛かつてゐる。その奥に賽銭箱があり、左右の壁に人名を書いた短冊型の紙が一面に貼られてゐる。受験合格祈願のものだ。

賽銭箱の奥が石段で、その上、小高くなつたところにひどくこぢんまりとした本殿がある。

もともとはここでなく、西市の市比売社の巫女、多治比文子《たぢひあやこ》（奇子とも）が、住まひの一劃に瑞垣《みづがき》をめぐらして営んだ小祠だつたのである。菅原道真の霊を神として祀つた、京では最初の営為で、北野に天満宮が営まれた後も存続、慶長の頃、東本願寺の関係者がここへ勧請したらしい。

先日、その文子の住ひがあつたらしい右京七條二坊十三町（現・下京区七條御領町）へ行つて来た。七條通と御前通の角を北へ一筋入つたところ、四つ辻に面して綱敷行衛天満宮がある。神職が詰めてをらず、天満宮と称しながら、松尾大社の管轄下になつてゐる。向ひの洋品店の老人の話によると、以前は綱敷天神と言つたが、西にあつた行衛＝靫負《ゆげいべ》天神と合祀、この名になつたので、文子の住ひ跡はそちらの方ですと言ふ。『山州名跡志』（正徳元年・一七一一刊）に「綱敷宮の西一町余路傍の北にあり。小祠伝記不詳」とあるのがそれだらう。元禄の頃には、来歴も分からない祠として、旧西靫負通（天神通）の近くに在つたのだ。しかし、いまは所在地も分からなくなつてゐますよ、と付け加へる。

なにか気配のやうなものが残つてゐないだらうかと思つて、少し歩いてみた。しかし、玄関横に草花の鉢を並べたつつましげな家々が並んでゐるだけであつた。

現本殿の横には、右手に幣を抱へて座る少女のブロンズ像が据ゑられ、台座には「多治比之文子」とあつた。『荏柄本縁起絵巻』に描かれてゐるのに拠つたのであらう。

裏へ入つて行くと、木立の蔭に菅公腰掛石があつた。説明が出てゐて、道真が太宰府へ出立する際、乳母であつた文子を訪ね、この石に腰を降ろし、自分の像を木片に刻んで嘆く彼女に与へた。後にそれを祀つたのがこの社の始まりである、とあつた。

一方では少女とし、他方では乳母としてゐるのだ。どちらが正しいのであらうか。

伝承はあれこれと錯綜するが、道真没後四十年の天慶五年（九四二）七月十二日、巫女文子が神懸かりして、かう言つたといふのは確からしい。『縁起』から適宜文字づかひを変へて引用すると、われ昔世に有し時、しばしば右近馬場《うこんのばば》にあそぶこと多年。都のほとり閑勝の地、彼場《かのには》にしくはなし。（中略）ひそかにかの馬場へ向ふ折りのみぞ、胸の炎少しやすらぐことあり。

右近馬場とは、大内裏を北へ出た北西すぐの、右近衛府に属する馬場である。競べ馬が催される以外は、右近衛府の者たちが訓練のため馬を乗り回してゐた。道真は通勤に馬を使つてゐたし、貞観十六年、三十歳の時に短い間だが兵部少輔を勤め、寛平九年からは右大将であつたから所管下であつた。そのため折に触れ、馬を走らせたのであらう。鬱屈することがあれば、さうして晴らし、「あそぶこと多年」と言へるほど深く馴染んだ。そのため太宰府の地にあつて京を思ふ際、ここばかりが慰めになつたのであらう。

さう語つて、

祠《ほくら》を構へて立ち寄る頼りを得せしめよ。

そこに祠を作り、現し身を失つたわがこころの寄り所としてくれ。さうすれば、この荒らぶる思ひも、少しは鎮まるであらう。それが道真の霊の託宣だつた。

文子がゐた西市だが、西堀川（天神川）が南北に貫いてゐて、市の機能を支へてゐた。ところが打ち続く大雨によつてしばしば氾濫、機能不全に陥りがちになつてゐたのだ。それはそのまま西京全体の衰退へと繋がる。この事態に文子としては、上流の京域への入口に当たる北野に関心を強め、その地でこそ荒ぶる神を鎮めなくては、との思ひを抱いたのだらう。

しかし、その場所は朝廷の所領であつたから、民間の一巫女ではどうすることもできない。そこで取り敢へず自宅の傍ら、西堀川の岸近くに瑞垣を結び、ささやかな祠に道真の霊を祀つた。文子の属する多治比一族は、稲と水の信仰を奉じてゐたと言ふから、身に合つた営為であつた。

このやうなかたちであれ、一旦祀つたとなると、市が近かつたから人目にもつき、関心を寄せる人も出てきた。

なにしろ、この世は恐るべき霊によつて呪詛されてゐる、と思ひが、絶えることのない天変地異と貴顕たちの不幸によつて、強まつてゐたのだ。この事態の根本的解消が待たれた。

＊

それから三年後、天慶八年（九四五）七月二十八日、摂津の国司から緊急の報告（解）が朝廷にもたらされた。

三日前の二十五日朝、神輿三基を担いだ数百人の老若男女が、「志多羅神《しだらしん》」とも「小藺笠神《こゐがさしん》」とも「八面神」とも称して、幣を振り立て、鼓を打ち、歌ひ、踊りながら、西の川辺郡からやつて来た。そして二十六日朝になると、さらに人が集まり、市をなし、輿に幣を捧げて歌ひ踊り、供物を捧げ、東の島下郡を目指して出発した、と。

「志多羅神」とは、如何なる神であらう？「小藺笠神」とは？疫神か御霊神の一種かと思はれるが、よくは分からない。

引き続き報告があつて、その第一の神輿は桧皮葺で鳥居がつき、「自在天神」の神額を掲げてゐた、と。別の記録（醍醐天皇の第四皇子、重明親王の日記「吏部王記」）によると、これは筑紫からやつて来たものので、第一の神輿は「自在天神」、すなはち「故右大臣菅公霊」で、他は「宇佐春王三子」と「住吉神」

である、と。

　実際に九州筑紫からはるばるとやつて来たのだらうか。さうだとするのは、河音能平氏（『天神信仰の成立』塙書房刊）ぐらゐで、多の学者は、この報告があつたことを指摘するだけで、それ以上は踏み込まない。が、筑紫から、先導する者があつて、町から村、村から町と、地元民たちが中心になつて担ぎ、先へ先へと送つて来たと考へるのが順当ではなからうか。

　筑紫からでは遠過ぎると思はれるかもしれないが、宇佐八幡神は早く大和政権と結び付き、天平勝宝元年（七四九）十二月、東大寺の大仏建立に際してやつて来たし、貞観二年（八六〇）には再び男山へ勧請され、石清水八幡宮が成立してゐる。東遷のルートはすでに存在してゐたのである。

　勿論、太宰府の安楽寺天満宮からではなかつたらう。成立して間もなくで、朝廷の意向を窺ふ姿勢を取つてゐたから、それとは別に、道真の霊を祀る営為が目に見える形を採り始めたところで、神輿として担ぎ出す人々があつたのだ。さうして練り歩くうちに熱狂し始め、それに感応する人たちが現はれ、神輿を受け継ぐと、その熱狂の輪は広がり、村から村へ、町から町へと神輿は送られるやうになつた……。

　その輪はさらに大きくも激しい渦となると、宇佐神を奉ずる人々も、海を生活の場とする住吉神を奉ずる人々も加はり、神輿を舟に乗せると、海へと漕ぎ出し、浦から浦へ、島から島へ、時には湊へと送られて、瀬戸内をあちらへこちらへと行くやうになつた。さうするうちに、やがて京へと向ひ始めた。

　道真が太宰府への途、立ち寄つたといふ伝承を持つところが瀬戸内の浦や島や湊、また、内陸部にも数へ切れないほどあるが、そのなかの幾つかは、実際は逆で、京へと神輿を担ぐひとびとが立ち寄つたところではないか。

公の勧請とは違ひ、この神輿は、その時その場の人々の動きによつて、あちらへ進めばこちらへと気まぐれに、それも土地々々の人々が奉ずる神々の神輿と時には一緒になつて、習合現象を引き起しつつ、進んだ。

山陽道の道筋には、古くから神聖とされて来た小山が点々と在り、道真が登つて祈念した、といふ伝承を持つところが須磨から曽根、防府まであるが、これなどさうした痕跡かも知れない。また、杖を差すと水が湧き出したとか、安産したとかと言ふのも、太宰府を目指す生身の道真でなくて、神輿に乗せられた「故右大臣菅公霊」なり、担ぐ人々の仕業だつたのではないか。

その一行が、鉦や太鼓を叩き、笛を吹き、簓《ささら》を掻き鳴らし、時には裸になつて揉み合ひながら進んだ。今日、各地の天満宮の神幸祭の行列で見られるとほりである。そして、しかるべきところに神輿を据ゑると、手拍子を打つて歌ひ踊り、捧げ物を受けた。近隣からは勿論、遠くからも人々が集まり、加はつた。

その彼らが歌つたとする童謡《わざうた》の歌詞が、先の報告とともに記録されてゐる。その一節、

　　月は笠着る　天神は種まく　いざわれらは　荒田開かむ

月は笠着るとは、明日、雨が降るだらうといふ意と思はれる。明日は雨が降るから、天神が種をまく。豊作疑ひなし。だから、われわれも荒田を耕し、種を蒔かうと、開墾を呼びかけてゐるのである。

この天神は、明らかに農業神であり、必ずしも道真の霊といふわけではなかつたやうだが、各地の

雷神や水神たちともいつしか習合し融け合つたのだ。

しだら打てば　牛は湧きぬ　鞍打ち敷け　米《よね》負はせむ

しだらとは手拍子の意らしい。それとともに田を打つの意も込められてゐるのではなからうか。手拍子を打つて囃し立てるやうに、盛んに田を打てば、神のお使ひの牛が出現する。その牛に鞍をつけ、収穫したばかりの米をどつさり乗せて運ばう、と言ふ意味らしい。農耕によつて富を手に出来るぞ、と言ひ囃してゐるのだ。湧き出るのは真水だけでなく、牛であり米であり富なのである。

児島の硯水天満宮には、潮が満ちれば海の底になるところでありながら、道真が手をたたくと真水が湧いたといふ伝承があるが、じつは手を叩いたのは、もともとこの神輿の回りに集まつて来た人々だつたのであらう。

この歌は、少し詞章が変はるが、佐賀県鳥栖などで今日なほ歌ひ継がれてゐるといふ。そのやうに百姓を中心にしながら、漁師や行商人たち、その地の女こどもも加はつて、浮かれ、歌ひ、踊り、神輿を担いだのだ。播州各地の屋台もさうだらう。

その者たちが奉ずる、霊力の一方ならぬ新しい神が、「志多羅神」なり「小藺笠神」であり、「自在天神」であつたのだ。

さうして摂津も河辺郡児屋寺（昆陽＝兵庫県伊丹市）に至つて国司を驚かせ、さらに京へと西国街道を進んだ。

現在、先にも触れたが、豊中市に服部天神社があつて、道真が長旅ゆゑ足が立たなくなつたので、ここにあつた少彦名命の小祠に祈つたところ、たちまち快癒し、旅をつづけることができたと伝へる。ただし、これまで見て来た道真の左遷の道筋から外れてゐるし、京からだと長旅とは言へない距離にある。しかし、筑紫からであるなら、文句なく長旅である。神輿を担ぐ人々のなかからは足に故障する者たちが出たらう。さう考へれば、納得がいく。

＊

京都駅から再び西行きの電車に乗つた。今回は、神輿一行を出迎へるためである。

一行は西国街道を東へ進み、淀川も『伊勢物語』で知られる芥川のすぐ南あたりへ出ると、淀川沿ひに遡つて、まづ芥川を越える。すると高槻になり、山手に上宮天満宮がある。

その社は「菅公聖蹟二十五拝」では第二十四番、太宰府天満宮と結びの北野天満宮の間に置かれてゐる。それと言ふのもこの天満宮は、道真が立ち寄つたのではなく、その没後九十年の正暦四年(九九三)、太政大臣追贈の勅を太宰府の廟に伝へた菅原為理《ためまさ》(道真の長男高視の子)が、京への帰りに通過しようしたところ、牛車が動かなくなつたため、祀つたとされてゐるのである。もつとも社伝では、それより四ヶ月前に左大臣正一位の追贈を決め、勅使(為理でなく幹正)が伝達した帰りとしてゐるが、この時は不快とする奇瑞があり、慌てて太政大臣に換へたといふ経過がある。そのところを取り違へたのであらう。

この場所は、菅原氏と同族土師氏に縁のある土地であつたから、道真が冤罪を濯ぎ太政大臣への昇格したのを喜んでとも考へられるが、じつは問題の神輿が、これより四十八年前の天慶八年(九四五)七月二十八日に、やつて来てゐるのだ。

高槻駅で下車して、西口を出ると、西へ伸びる大通の向う、こちらへ迫り出てゐる小山、日神山の先端下に、鳥居が見えた。

五分ほどで鳥居下に着いたが、前を通るのは西国街道である。京への道筋に当たる。

階段が長い。二ノ鳥居を経てさらに上がつて行くと、右手に小さな社があり、延喜式内野見神社、野見宿禰墳とあつた。菅原氏の祖は野見宿禰だが、ここがその墓であり、古くから神社になつてゐるのである。

その先で境内は広くなつた。間違ひなくかなりの人数が参集できる。志多羅神や自在天神などの神輿を担ぐ人たちが犇めいたのかもしれない。正面奥が社殿である。

拝殿は、中央が通り抜けになつてゐて、右側に絵の複製が三点、展示されてゐた。紫宸殿への落雷と天拝山で幣を捧げる道真、その遺骸を乗せた車を引く牛が倒れてゐる画面である。いづれもこの社所蔵『大威徳天神絵巻』のものであつた。左側には歌仙絵がずらりと掛けられてゐる。歌や連歌の会が催されて来たのであらう。大きな銅鏡が据ゑられてゐる。

通路を抜けると、本殿だが、見慣れた唐破風の軒でなく、神明造で、棟に堅魚木《かつをぎ》を乗せて、急な屋根が真直ぐこちらへ落ちて来てゐる。それも竹をそのまま並べたかたちである。壁は竹の積層材によ る、と説明が出てゐる。平成八年に火事で失はれたため、このあたりに多生する竹で再建されたのだ。

参道を戻りかけたところで、庇つきの帽子にジャンパーの初老のひとに出会つたので、声をかけると宮司であつた。

拝殿前の石段下に松浦武四郎の「聖蹟二十五拝」の石標が立つてゐるのを教へてもらひ、案内されるまま、社務所に寄つた。猫が五、六匹もゐて、擦り寄つてくる。

「どれもこれも野良猫ですよ。境内に捨てていくんです」

さう言ひながら、煩さがらず、撫でてやつたり、膝に乗せたりする。いづれの猫も丹念に洗つてもらつてゐて、毛並みがいい。毛布が丸めて置いてあるのは、猫のためらしい。

『大威徳天神絵巻』の写真を見せて貰ふ。北野天満宮で製作されたのを初めとして、江戸時代に至るまで各地で盛んに描かれて来てゐるのだ。

大手会社の役員を退職後、叔父の跡を継いだので、歴史的なことや思想的なことは一向分からないんですと言ひながら、この天満宮に関する事柄をパソコンに打ち込み、管理してをり、絵巻を初めさまざまな文化財が一覧表にされてゐた。

ただし、松浦武四郎が奉納した鏡はなかつた。就任前に失はれたらしい。

パンフレットを発行してゐて、地元高校の教師が書いた一冊を繰つてみると、天慶八年、神輿がやつて来たことが扱はれてゐた。筑紫を発し、土師氏との縁もあつてここに一時鎮座、小祠が営まれた。そして、すでに在つた野見社の神輿も担ぎ出され、集まつた群衆はさらに膨らんだ、とある。

如何なる資料によるのか分からないが、そのとほりだらうなと思ひつつ読む。

その神輿は、翌二十九日に出発したが、六基に増え、それを取り囲んで歌ひ踊り狂ふ群衆が恐るべき数に膨れあがつてゐた。「数千万人」に達してゐたと、先の国司からの報告にはある。実数はともかく、とんでもない規模になつてゐたのだ。その御輿には野見社のものも加はつてゐたから、道真の霊が中心であることは一段と明瞭になつた。

一団は水無瀬野を練り歩いて、摂津と山城の国境の山崎に到着した。都は目前である。道真が京に最後の別れを告げたところである。

この事態に朝廷や貴族たちは、震撼した。

道真の霊が、志多羅神など得体の知れない神々や眷属を引き連れ押し寄せて来た、と受け取つたのである。それも熱狂する大群衆といふ生身の存在を伴つてゐた。もしこのまま神輿とともに京へ押し入つて来たら、延長八年の清涼殿への落雷などと比較にならぬ事態になるのは明らかであつた。『縁起』がつづる、大政威徳天が雷電、夜叉、羅刹などを引き連れ、行進する様子は、もしかしたらこの時の恐怖の記憶によるのかもしれない。

神輿は山崎に四日留められた。

そのうち一基は、多分、いまも道真腰掛石と伝へられる石に据ゑられたのではないか。

その間に、熱狂する大群衆を都へ入れない方策が必死になつて図られた。

さうして八月三日、神輿は国境を越えずに、淀川を渡つて対岸へ渡り、石清水八幡宮の護国寺へ入つた。

神がかりした女が「吾は石清水へ参らむ」と叫んだのだが、その前に「自在天神」と神輿にあつたのを、「宇佐八幡大菩薩」と書き換へられてゐたためだと言はれる（河音能平『天神信仰の成立』）。

石清水八幡宮は十五日に放生会を控へてゐたが、神輿を迎へ入れると、いづれからも神霊を抜き取り、すみやかに移座させ、祀つた。いまも現存してゐる摂社の一つ、志多良社がさうらしい。

この処置によつて、大群衆は散つた。

「権力側の政治的策謀」（河音能平）とする説があるが、政治担当者としては当然の対応であらう。ここでものを言つたのは、八幡神が宇佐からやつて来て、山崎を経由して男山へ入つたといふ過去である。そのルートへこれら神輿を乗せ、スムーズに男山へと逸らせ、消滅させたのだ。

朝廷なり権門の者たちは胸を撫で下ろしたが、道真の霊は京へ戻りたがつてをり、西国筋の人々は道真の霊を京へ送り届けようとしてゐる、と強烈に印象づけられた。

＊

京都へ戻る電車の窓から、昼の光の下、改めて男山を見た。

濃い緑に覆はれた小山だが、存在感がある。木津川、鴨川、桂川が集まつて淀川となるのを前にして、石清水八幡宮を内に抱き、わが国の歴史を見守つて来てゐるのだ。

京都駅で湖西線に乗り換へた。

比良山の麓にある神社へ行くためである。

いま述べた事件があつた翌年の天慶九年(九四六)三月十二日、近江比良宮の禰宜神良種《みわのよしたね》の子、七歳になる太郎丸に道真の託宣が下るといふ出来事が起つた。

その託宣も『縁起』に詳しく出てゐて、天神信仰を形成する上で重要な意味を持つが、その近江比良宮の所在地を突き止めるのに手間取つた。かなり詳しい地図を見ても、出てゐないのだ。江戸時代の「比良天満宮縁起」といふ絵巻が現存するから、かつて在つたのに間違ひないが、いまも在るかどうかさへも分からない、さういふ状態が続いた。

比良の麓で由緒ある神社といへば、湖岸に面した白鬚神社だから、そこだとする学者がゐるし、樹下神社に併設されるなり、その摂社ではないか、と考へる人もゐるが、その樹下神社は滋賀県全体のいたるところにあるのだ。

あれこれ本や地名事典をひつくり返した末に、どうも元北比良、現志賀町にあるらしいと、数日前になつてやつと見当をつけることが出来た。

逢坂山のトンネルを抜けると、右手には青々とした琵琶湖がひらけ、左手は深い山々の連なりになる。

比良駅で下車した。

その高架のプラットホームから、湖面がよく見えた。

振り返ると、もう三月になつてゐるのに、かすかに雪化粧した比良の峰が近く、その山裾にこんもりとした森があつた。あそこだな、と咄嗟に思ふ。

駅前には、「うどん」とか「カフェ」などと看板を掲げた店が畑の中にぽつんぽつんと建つてゐるが、いづれも戸を閉ざしてゐる。一時、スキー客で賑はつたが、いまはバスが都心から直行するのだ。

大きな絵地図があつた。見ると、正面の山裾に天満宮の小さな文字がある。高架沿ひを少し行つた先から、一本の道が真直ぐ通じてゐる。

その道はコンクリート舗装の立派なものであつたが、歩道は片側だけで、家一軒ない畑のなかをひたすら山裾へと伸びてゐる。

歩き出すと、冷たい風が吹き付けて来た。遮るものはなにもない。小雨とも小雪ともつかぬものが激しく舞ひ、コートの襟と裾をはためかす。が、山の峰の上には青空が覗いてゐる。湖北となると、かうなのだ。

わづかながら上り坂になり、正面に小さく鳥居が見えて来た。

近づいて行くと、鳥居が二つ並んでゐるのが分かつた。それぞれに社名を刻んだ背高な石柱が立ち、左に「樹下神社」、右に「天満神社」とあるのが読めた。

天満神社の方の鳥居を潜る。どちらにも立派な石灯籠が両側に並んでゐるのにかかはらず、参道は整備されてをらず、松林の奥へ入つて行くやうな風情である。風がなくなつた。

両社とも舞台型の拝殿があり、その奥にそれぞれ瓦を置いた門と透垣を巡らした社殿があつた。小ぶりだが、銅葺の、威儀を正したと言つてもよい、確かな造りである。

順次、社殿前に立つて頭を下げる。それから間の狭い隙間を裏へ抜けると、正面に大きな石塔があつた。鎌倉時代のものらしい。

他では見られない配置である。

樹下神社の左横には一回り小さい妙義神社の社殿があつた。修験との係はりを示してゐるやうである。もともと樹下神社は比叡山麓、日吉社の山王二十一社の一つで、旧称を十禅寺と言つた。その山王信仰の教学はまことに煩瑣で、わたしなど立ち入ることはできないが、古来の山岳信仰と天台仏教とが混ざり合つたところに成立したらしい。

当時、ここに禰宜神良種がゐて、妻帯してゐたのであらう、七歳の子太郎丸がゐた。「天満宮託宣記」の末尾に出てゐるので分かるが、その他に託宣の証人となつた神主善浦満行のほか六人もの人々がゐた。そのことから考へて、かなり大きく、賑やかな社だつたと思はれる。いまも立派な社務所と住居がある。しかし、雨戸が閉め切られ、無人だ。

良種らは、比叡山の支配から距離を置いて、比良山中を跋渉し、湖北の村々を巡りながら、機会があれば京での宗教活動に割つて入らうと考へてゐたのだらう。さういふ折も折、多治比文子への託宣に次いで「志多羅神」や「自在天神」の神輿騒ぎを知つた。

そこで七歳の太郎丸を憑代として、神前で祈つた……。多分、かういふ運びであつたらう。

透垣の間から、社殿の軒下に、天満宮の額が三つも並んで掛かつてゐるのに気づいた。奉納する人が相次いだのだ。

託宣は、神前において良種が太郎丸にあれこれと問ひ訊ね、聞くといふかたちで行はれ、答へたところを変則的な仮名交じりの文章で綴つたのが、「天満宮託宣記」と考へてよいやうである。

寄り憑いた天神は、ここでもまづ、衣冠束帯の姿の像を作るよう求め、筑紫から老松と富部といふ不調法者を従へてやつて来たと言ひ、「我レ瞋恚《しんい》ノ身」であり、「我所行ノ事ハ世界ノ災難ノ事也」（仮名は原文と異なる）と言ふ。真正面からかう宣言する神は、わが国では他にあるまい。間違ひなく祟り神であり、類のない強大さを持つ。その上、二人の不調法者のほか雷神鬼ら十万五千を従へてゐると称する。

この時代、さまざまな悪行がわがもの顔に横行、人々を非運へ陥れ、怨念を呼び起こしてゐたから、如何なる者であれ屈服させずにをかぬ強力強大な存在が切に求められてゐたのだ。

その存在は、かうした言を信じない者を雷公電公に命じて「踏殺サシメム」と威嚇、「賀茂、八幡（中略）イズレノ神モ我ヲバエ押シ伏セタマハジ」とも言ふのである。

それでゐて、悪神では決してないのだ。「侘ビ悲シム者ヲバ助ケ、人ヲ沈損セム者ヲバ糺す」存在とならうと約束する。現世における救済神であることを宣言するのである。ただし、「我ハ憑ム人ヲバ守ムト思フ」と、頼み、信じることがなくてはならないと、条件をつける。

先に見た『日蔵上人冥途記』によく似てゐる。多分、依拠してゐるのであらう。さうして異なる神々を退け、ひたすらな信心を課す、絶対神——キリスト教にも比すべき面を押し出す。わが国では見られなかつた新しい神が、その輪郭を示したと言つてよいかもしれない。

松林から出ようとすると、彼方の湖面が白雲を映して銀色に輝いてゐた。

＊

託宣を文章にまとめると、良種はそれを持ち、京も右近馬場の北西隅にあつた朝日寺を目指した。

その寺は火雷神厄除けなどの祈祷所として民間の密教行者が設けた、ささやかな仏堂であつたらしいが、そこには最鎮といふ僧がゐた。天台系修験の僧（村山修一『天神御霊信仰』）であつたやうで、比良山へしばしば入つた関係から、良種と縁が出来てゐたと思はれる。他に法儀、鎮世といつた僧も居合はせたが、ともに協議して、『縁起』の原型とでも言ふべきものを書いたと考へられる。

道真の略伝に始まり、『日蔵上人冥途記』、多治比文子の託宣、良種の「託宣記」もほとんどそのまま引用するかたちで織り込み、まとめ上げたのである。その作業を終へるとともに夜明けを迎へると、あたり一面に松が生へ繁つてゐた、と言ふ。道真の霊が彼らの努力を嘉納した証、と信じた。

この同じ年の九月二十日、大和長谷寺の、俗体ながら一生不犯で飲酒肉食を断つた男の夢に、狩衣装束の姿で道真が現はれ、「我ハ是大威徳験ノ神也」と称し、その山の一角に鎮まつたと伝へられる。与喜天満宮の始まりだが、正元元年（一二五九）に造られた等身の与喜天神像を見ると、まことに激しい憤怒を顕はしてゐる。

この時期、このやうにあちらこちらに道真の霊が現はれ、祀ることを求めたのだ。

もつとも祀るのを求める霊は、道真に限らなかつた。神輿にはさまざまな神の名がつけられてゐたやうに、さまざまな霊が、神たらんと競ひ合ふ状況が出来してゐたのだ。

そのなかにあつて、怒りと恨みの激しさ、社会的広がり、文雅の才の高さ、悲劇性において道真が抜きん出てをり、超越的存在を担ぎ出さうとする熱気に、最もよく応へるところがあつたのだらう。また、「大政威徳天」「大威徳験ノ神」の名がすでに出てゐたが、これらは密教の「大威徳明王」に通じよう。その明王が慈悲でもつては救ひがたい人々を、強大な暴力をもつて救ふとされ、水牛に跨つた姿で示されるが、その姿形が重なりもする。どうもそれが天満天神を具象化する上で少なからぬ役割を果たしたようである。

この年の四月には朱雀天皇が退位、弟の村上天皇が践祚、翌年に改元して天暦元年（九四七）となつたが、その六月九日、先に作成した文書を踏まへ、多治比文子と神良種らに、太宰府から戻つた道真の従者たちとも手を結んで、右近の馬場近く、朝日寺の傍らに道真の祠を建てた。

朝廷の許可を得てのことであつたかどうか不明だが、忠平の次男で、右大臣となつたばかりの師輔《もろすけ》の了解を取り付けた上でのことであつたやうである。忠平、師輔は、ここまで道真の怨霊を政権掌握のため十分に利用してきてゐたから、明確なかたちで祀る必要を覚えてゐたはずである。『縁起』には、忠平は「菅宰相と心を一にして、たがひに消息をかよはし」「ねんごろに契をむすびて、ことに御一家をまもり（中略）天下をば心にまかせ給たれ」とまで書き込まれてゐる。

その北野は、西堀川の水系を司るところと考へられ、これまでにも五穀豊饒を祈つて「雷公」を祀り、遣唐使の航海安全を祈る祭祀も行はれて来てをり、雷として霊威を現はしてゐた道真を祀るのに、まことに相応しい場所と、受けとられた。

かうして一応の規模を備へた社が出現すると、関心を持つ人々が一気に増え、打ち続く災害を鎮めるのに、高徳の僧たちの修法よりも、市井の一巫女と修験系の神主と僧たちの祈りが有効かもしれないとの期待を寄せるやうになつたのだ。

そのやうな状況を見届けた上で、師輔は早々にこの新しい神のため社殿を造営し、神宝を献じた。最初は天暦元年と『縁起』はするが、それより少し後だつたかもしれない。続けて造営を繰り返し、次々と規模を拡大、整備、その上で九條家の守り神としたのである。

さうして天徳三年（九五九）二月には、大々的に祈願の儀を執り行つたが、『縁起』によれば内容はかうであつた、「男をば国家の棟梁として、万機摂録を意に任せ、及び太子の祖と成し、女をば国母皇后帝王の母」たらしめよ。摂政関白として政治を預かるばかりか、皇太子の父親となり、帝の母となり、后となるように、と言ふのである。なんともすさまじい要求である。

北野の天満宮は、かうして一躍、朝廷も認める宮となつた。

仕上げには、やはり政治権力が係はるのだ。

十六、北野天満宮《きたのてんまんぐう》

いよいよ北野天満宮を訪ねなくてはなるまい。松浦武四郎の「聖跡二十五拝」の双六でも、上がりは北野である。

しかし、どのやうな道筋を採ればよいのか。

京都に住んでゐないと、どうしても京都駅が出発点になる。改めて考へ、その日は山陰線に乗り継ぎ、二条駅で降りた。

なにしろこの駅前が千本通――かつての平安京の中心を南北に貫く朱雀大路である。これまでも幾度となく通つてゐるものの、没後、極官の太政大臣まで登り詰めた道真の霊が進む道となると、この大路でなくてはなるまいと思ふのだ。

タクシーに乗つたが、すぐに朱雀門跡を過ぎ、朝堂院跡から大極殿跡へと進む。若い道真が走り回り、職務に勤めたところである。

そして、宮廷詩人として日々、秀作を披露、官位の階段を上がつて行つた中心の内裏の跡を右にして、内蔵寮跡も過ぎる。

あつと言ふ間である。このまま進むと、大内裏を通り抜けてしまふので、西へ現在の中立売通に折れてもらふ。

商店の建ち並ぶ間を曲折する。それからほぼ東西の直線道にかかる。一條大路に重なる。が、すぐ西北へ逸れる。すると、今出川通に出た。北野天満宮の鳥居正面である。

この一ノ鳥居は大きい。あたりを圧する。タクシーが幾台もたむろしてゐる。

平安京の北を限るのは一條大路だが、その大路よりひとつ北の今出川通が北東の方角から降りて来て、このあたりは五差路となり、広場のやうになつてゐる。

この佇ひを、道真の霊はどう見るだらう。

鳥居を潜ると、正面の玉垣に囲はれた少し高い位置に、松が一本生えてゐる。若木だが、影向《やうがう》の松である。神となつた道真がここに降臨、歌を詠んだと伝へられ、いまでは毎年初雪の日に、臨時の祭祀が行はれてゐる。生涯の終りに詠んだのも、太宰府に降つた雪に寄せて望郷の思ひを表現した詩「謫居春雪」であつた。

その松の右手から先が、いまは駐車場になつてゐるが、右近の馬場跡である。松並木沿ひに細長く、途中から天満宮の東側の塀との間へと伸びてゐる。「胸のほのほ少しやすらぐ事有」と語つた、そのところだ。

松並木の外側は、住宅や事務所がこまごまと並んでゐるが、明治までは北野天満宮の運営に与つた別当職三家の豪壮と言つてよい寺々が軒を並べてゐた。

参道は、影向松の左手から始まる。

巨大な灯籠が両側に並ぶ間を石畳道がつづく。樹齢を重ねた背高の松が点々と一帯に生ひ繁つて、枝を交してゐる。神良種らが朝日寺で議した翌朝、一夜にして松が生へ林となつたと伝へられる、それ以来であらうか。

ここでは天正十五年（一五八七）十月一日、豊臣秀吉が空前の規模で北野大茶会を開いたことが知られてゐる。数寄を凝らした茶室があるかと思ふと、筵に茶釜を据ゑただけ、そんな席もあつたらしい。また、慶長八年（一六〇三）三月には、出雲の阿国が歌舞伎をどりを初めて興行してゐる。

すぐに二ノ鳥居になつたが、左側に境内から外れて寺がある。観音寺で、俗に東向観音堂と呼ばれてゐる。

その山門を潜ると、確かに御堂は東向きで、手前の礼堂は元禄七年（一六九四）、奥の本堂はそれより少し溯る建立のやうだが、十一面観音像が安置されてゐる。厨子の中で、見ることはできないが、頭に十の面を、左手に睡蓮の蕾を差した水瓶を提げ、修羅道に陥つた者たちを救ふ役割を担つてゐる。尾道や防府でもさうであつたが、かつての本地堂である。いまは真言宗に属し、境内の右に小ぶりな白衣観音堂、左に行者堂があり、その前には「大峯山登山五拾五度」と刻まれた石碑が立つてゐる。

その行者堂の裏、本堂横に、見上げるほどの巨大な五輪塔があつた。脇に「菅公御母君」と角書きして「伴氏廟」と刻まれた石柱が立つてゐる。鎌倉中期のものらしいが、その頃、天神信仰は観音信仰を取り込んで、大きな勢ひを見せてゐたことを語つてゐる。道真は母から観音信仰を受け継いだのだが、鎌倉時代初期にもなると、「天神ハウタガヒナキ観音ノ化現」と慈円が『愚管抄』に書くまでになつた。強大な怨霊神でありながら、慈悲を限りなく恵む存在となつたのである。

室町期になると、この五輪塔は忌明《いみあけ》塔とも呼ばれ、父母を亡くした者が四十九日の喪明けに参る風習が生まれ、いまも続いてゐるらしい。母を亡くした際の道真の心中を思ひやつて、自らの悲しみを癒す助けにしてゐるのであらう。

参道へ戻つて進むと、三ノ鳥居の手前左手に、石造の祠「伴氏社」が在り、前に立つ石鳥居の台石が両方とも蓮台になつてゐる。明治までここに五輪塔があつたのだ。神仏分離が、あの巨大な五輪塔を移動させたのである。

銅製の実物大の伏牛があり、通り過ぎる人々が撫ぜて行く。そのためてらてらと赤銅色に光つてゐる。わたしも尻から背、頭から鼻先へと撫ぜて、通る。

＊

二層の華やかな楼門が近くなつた。

高く掲げられた金で縁取られた扁額が、早春の光を受けてくつきりと見える。金文字で「文道大祖／風月本主」とある。

寛和二年（九八六）、慶滋保胤《よししげのやすたね》が願文に「以其天神為文道之祖、詩境之主也」（本朝文粋）と書いたのを受けて、二十六年後の寛弘九年（一〇一二）、大江匡衡《おほえのまさひら》が「文道之大祖、風月之本主也」（本朝文粋）と記した、これに拠つてゐるのだ。

怨霊神の凄まじい「憤怒」と観音の広大な「慈悲」、それにもうひとつ「文道・風月」が加へられたのである。これらが互ひにどう繋がるのか、分かりにくいところがあるが、かく天神信仰の三本柱が揃つたのである。

さうして翌永延元年（九八七）八月には、勅号が「天満天神」と定められた。それまで太宰府の永楽寺といふ呼称に倣ひ、北野安楽寺とも北野聖廟とも呼んでゐたが、北野天満宮となつたのである。

かうした動きは、先にも触れたが、第一に道真（祖父清公、父是善も加へよからう）が中心になつて整備、充実させた文官による政務組織が統治体制の根幹をなし、その要職を道真門下が多く占め、排除しようにも排除できないことが明白になつたのが大きかつたらう。道真を反逆者のままにして置いては具合ひが悪いし、怨霊神としてこれ以上大きくなると危険である。そこで「文道」を言ひ、最初は「詩境之主」としたが、これでは道真を名指しするに等しいので、「風月」と一般化して、強く押し出した、といふわけであらう。さうして、社前で漢詩文を草する作文会などが盛んに開かれるやうになり、二年後には、朝廷から奉幣があり、正暦二年（九九一）、朝廷による降雨奉幣の社に指定され、正暦四年には、太政大臣号が道真に追贈されたのだ。

これによつてやはり没後に位を追贈されてゐた時平と、完全に同格になつた。生存中はほぼ同格であつたものの、左大臣と右大臣の差があつたが、没後九十年にして、その差は完全に消えたのである。

これを受けて、寛弘元年（一〇〇四）十月二十一日、一條天皇が北野社へ初めて行幸、参拝した。さまざまな対応の総仕上げと言つてよく、名実ともに天皇によつて祀られる神となつたのである。ここまで来ると、時平を遙かに凌駕したことになつた。

道真の霊が朱雀大路をやつて来て、北野に真に鎮まつたのは、この時だつたかもしれない。死去して百年と一年が経過してゐた。

北野社の運営形態が定まつたのも、この年であつた。比叡山西塔の東尾坊（後の曼殊院）を起した菅原氏出身の僧是算が別当職に補せられ、以後は東尾坊の下、神宮寺として住僧、神職の社人がゐて、儀式はもつぱら天台宗に倣つて行はれた。

この体制がほぼそのまま八百六十余年、慶応四年（一八六八）まで続いた。

＊

楼門の石段を上がる。

複雑に組まれた斗栱が、一段ごと頭上から降りて来るやうである。都のこの地に、このやうに祀られるには、「憤怒」と「慈悲」だけでなく、「文道・風月」が加へられなくてはならなかつたのだと、改めて思ふ。異質、多様なものが組み合はされ、構築されなくてはならなかつたのである。そこに「信心」「造像」「称名」も添へられた……。

楼門を潜り抜けると、左手すぐに絵馬所があつた。吹き抜けの大きな建物で、多くの老若男女が床几で休んでゐる。

手前の軒に「俳諧之連歌」百韻の額が掲げられてゐた。脇起奉納とあり、「元禄のものである。柱や梁には絵馬が幾点となく掛け並べられてゐて、かなり大きいものもある。見て行くと、江戸中期から明治・大正にかけて製作された、牛若丸と弁慶の対決といつた歴史的名場面、馬や牛、海浜の風景を扱つたものが多い。

「道真公のお姿はありませんか」

声を掛けられた。紺の格子縞のマフラーを首に巻き付けた、中年の男であつた。わたしもひそかに探してゐたので、

「見当たりませんねえ」

さう答へる。

「天神さんには、必ずと言つてよいほど絵馬所がありますでしよ。だけど、肝心のご自身のお姿はないんですね。衣冠束帯で憤怒の相を見せたり、禅僧の姿をしたり。いろんなお姿をお見せになる、そのお姿をかういふところで見たいと思ふんですがねえ」

男も捜しながら、言ふ。

「さうですね」

同感の意を込める。太宰府への途、どうしてああも自分の像を描いたり彫つたりして、置いて行つたのだらう。なにかしら訴へたいことがあつたのだらう。

「いや、失礼しました」

男はさう言ふと、離れて行つた。

わたしと同じやうに天満宮を巡り歩いてゐるのだらうかと見送る。さうして、改めて『縁起』の一節などを思ひ返す。「わが形像をつくり……祈りこふ事あるならば、われ感応をたれん……」。

御霊会では祀り鎮めるべき人の肖像を掲げるのを習ひとしてゐたやうである。だからそれに拠るところがあるのかもしれないが、それだけではなささうである。天台宗では「観想」が重んじられ、仏なり浄土の様子をありありと思ひ描くのが大事な修行とされ、そのなかには「観想念仏」といふ行がある。口で念仏を称へながら、心で仏の姿形をありありと思ひ描くのである。仏号のかはりに天神の名号を称へ、仏のかはりに天神の姿形を思ひ描く。

さうすることによつて、われわれの心の内に天神がより深くに入り込んで来るし、われわれの側からも天神へ積極的に心を傾けることになる。さういふ親密で緊密な係りを、望んだのであらうか。慈悲とか救済が出来するのは、さういふところにおいてであるのかもしれない。

絵馬の下、床几に座つた。

さうして正面向ふの本殿を控へた中門のあたりを眺めたが、ふと、様子が違ふな、と思つた。『都名所図会』（安永九年・一七八〇刊）や「北野天満宮社堂舎惣絵図」（元禄十三年・一七〇〇製作）に描かれてゐるのと、違つてゐるのだ。中門に向かつて左側に絵馬所があつた。それがなくて、わたしが現に座つてゐるここがさうなつてゐる。江戸時代ならわたしはあちらに座つてゐるはずだ……。

これは奇妙な感覚であつた。

それればかりか、わたしの鼻先に輪蔵《りんざう》が在つたのである。観世長俊作の謡曲『輪蔵』には「極めて壮麗なる建築物」とあるが、それがわたしの顔と接する位置に在つたのだが、それがない。あたりを見回しても、どこにもない。輪蔵は完全に消滅してゐる。

輪蔵とは、五千余巻に及ぶ一切経を収めた円筒型の大きな経棚が据ゑられ、経棚ごと回す造りになつてをり、回せば、それら全部を読み終へたと同じ功徳を得たことになる。

その功徳に与からうと、太宰府からはるばると高徳の僧が尋ねて来たところから、謡曲は始まる。輪蔵内で一夜を過ごすと、異香熏じ、音楽聞こへ、紫雲が棚引いてその絶え間から花が降り、輪蔵の創始者と伝へられる傅大士《ふだいし》が、守護する火天の二童子を従へ現はれる。そして、釈迦一代の御法を記した書を収めた箱を与へると、僧を誘ひ、二童子とともに輪蔵を押す。


互に押し廻《めぐ》り、廻り廻るや、日月の光、曇らぬみ法《のり》の、あらたさよ。


さうして舞になる。

仏法の有難さを鮮やかに示すのである。だから、この境内に建てられてゐたのだ。が、それゆゑに撤去された……。

さう言へば、わたしが座してゐるこの場から右手、楼門を入つてすぐ右横にトイレが見えるが、そこには多宝塔が聳えてゐたのだ。いま挙げた絵図ばかりか、室町時代の「北野参詣曼陀羅図」や屏風絵でも確認できるが、二層で、水煙の先端から上層の反つた屋根の四隅へ鎖が垂れ、風鐸が下がり、大日如来が祀られてゐた。境内で最も華麗で目映い建造物である。

天満宮は、創建当初から神仏混交で、本地垂迹信仰の展開とともに、観音を初め、浄土信仰、真言密教、禅、そして修験道なども取り込んで来てゐた。ところが先にも言つた慶応四年（一八六八）の三月十三日、古代の祭政一致への復帰を朝廷が布告、四日後には新設されたばかりの神祇事務局から通達が届いたのだ。

その命ずるところに従ひ、ここでは即刻、別当職を廃し、住僧四十九人が一斉に還俗・復飾した。さうして十三日後の四月一日には、全員浄衣を着用、神主となつた。従ふ社人は禰宜となり、宮仕は祝《はふり》となつて、一人も違反する者がなかつた、と言ふ。

その同じ日、比叡山麓の日吉山王社には、当社の社司や宮仕二十人と「神威隊」と称する神主出身の武装した者たち五十人が、人足五十人を従へてやつて来ると、実力をもつて東西の両本殿を初めとして建ち並ぶ七社から仏像・仏具・経巻類をことごとく取り払ひ、破壊、焼却する挙に出た。政権が徳川から朝廷へと移る時を捉へて、かねてから機会を伺つてゐた急進的な神道家、国学者、一部の公家たちが行動に出たのである。

比叡の日吉山王社は神仏習合の最大拠点であつたから、最初の標的となつたのだ。次はどこか？北野天満宮では恐れずにをれなかつたらう。仏像、仏画、仏具類を引き続いて社殿から取り払ひ、輪蔵内の一切経は近くの大報恩寺（千本釈迦堂）へ移し、輪蔵そのものは破壊、多宝塔もまたさうしたのである。また、鐘楼は買い手があつたので売却した。さうした状況のなか、先祖の位牌も棄てた者もあつたといふ。絵馬堂を移動したのは、その跡を取り繕ふためであつたらう。

この時、じつはさらに深刻な事態に、天満宮は脅かされてゐた。

神は、記紀神話なり延喜式に記載されてゐるものに限るべきだとの主張が盛んに行はれてゐたのだ。もしもその主張が通れば、どうなるか。人であり臣下であつた道真を祭神とする社など、認めらるはずもなかつた。

もつともこの後、楠木正成や北畠親房、さらには乃木希典や東郷平八郎など明治の人物も神とする方向へと動くが、この時点では、権現といへば徳川家康であり、その徳川の勢力を排除するのが至上命題となつてゐたから、人で神となつたものすべてに及ぶ勢ひであつた。

＊

多宝塔の在つたあたりを見やりながら、その隣の宝物館へ行く。

正面に大きな銅鏡が二面、並べて置かれてゐた。ともに直径ほぼ一メートルの日本地図鏡と北方地図鏡である。前者は桃山期に武将加藤清正が寄進、後者は明治七年（一八七四）に松浦武四郎が奉納したものである。

美しく弧を描く微細な海波のなか、清正の鏡は国々の名と境界が鋳出され、当時認識されてゐた日本全土が浮かんでゐる。武四郎の鏡は、清正のものに倣ひながら、北海道と彼の「発見」した樺太と千島列島が刻み出されてゐる。今日のわれわれは、その半ばも受け継いでゐないが。

この鏡の奉納とともに、武四郎は「菅公聖蹟二十五拝」を定め、各社に石碑を立て、銅鏡（ほぼ半分の直径）を奉納して回つた。その地の多くをわたしはすでに踏んで来てゐたから、なにか身近さを感じて、眺める。

多分、武四郎には、神仏分離で大きく傾き、存続さへ危ぶまれる最中の天満宮を、立ち直らせようとする思ひがあつたのだらう。さうして樺太と千島列島を歩いたやうに、道真が歩いたと思はれる地を、自分の足で確認して回つたのだ。

　ガラスケースのなかに、足利義満、義持、豊臣秀頼などの書状が並んでゐたが、やはり注意を引いたのは『北野天神縁起絵巻』であつた。原本でなく複製であつたが、その優美さと、後半の雷火と雷神の迫力はすさまじい。

　謡曲『輪蔵』では、経典を守護する火天（十二天の一つで護法神）が現はれるが、それとは桁違ひの強力さで描かれてゐる。この迫力が絵巻中断の大きな理由であつたらう。この筆力でもつて清涼殿への落雷以降の場面を描き続けたらどうなるか、発注主の九條道家は恐怖したに違ひない。そしてまた、維新期の別当や住僧たちも同様であつたらう。明治政府の意向にあれだけ素早く従つたのも、もしかしたらこの絵巻の存在ゆゑであつたかもしれない。

　ガラスケースに影がさして、

「あちらに天神画像がありますよ」

　さう教へてくれたのは、さきほど絵馬所で声を掛けた格子縞のマフラーの男であつた。彼も『北野天神縁起絵巻』に目を落とし、一瞬、見入るふうだつたが、そのまま会釈して去つた。

　教へられた一角には、彩色された束帯天神像と渡唐天神像があつた。しかし、いま見た絵巻の印象が強く、素直に見ることができないまま、隣の「北野参詣曼陀羅図」のほうに目をやる。

　周囲の松林から始まり、多宝塔や御堂、多くの摂社、参詣人とともに、満開の梅があちこちに描き込まれてゐる。そして、中央の社殿だが、両脇に金箔で彩られた鏡が吊るされ、正面奥に束帯の天神が座してゐる。

　これまで見て来たさまざまな天満天神と趣が違つて、神秘的だが楽しげな世界である。室町時代後半の製作らしい。

＊

本殿へ向かふ。

参道の両側は、蕾の膨らんだ裸の桜並木であつた。その下、石造の小振りな伏牛が並び、木造の丁寧な造りの祠がつづく。左手は福部社と老松社、右手は白太夫社と火之御子社である。

福部と老松は、天神が筑紫から従へて来た、なにを仕出かすか分からない不調法者である。火之御子は、謡曲『輪蔵』にも出て来た、古代インドの火の神で、仏教に入つて護法神となつたが、雷神であり、天神自身でもあるとされてゐる。

そして、白太夫だが、繰り返し触れてきたやうに、天神信仰なり天神物語においてはなはだ重要な人物である。しかし、かういふ説明が出てゐた。――子授けの神。父菅原是善が世継ぎの誕生を、伊勢神宮の渡会春彦に依頼して豊受大神宮に祈願、道真を得た。誕生後は道真の守役として忠誠を尽くしたが、若い頃から髪が白く、人々から白太夫と呼ばれた、と。

子授けの神とする一方で、伊勢外宮の神官説を採る。なんともよく分からない説明である。これなら先にも触れたが、「叙意一百韻」の一行と、謡曲『道明寺』の「われは天神のおん使、名をば誰とかしらたいふの、神と申すおきな……」といふ名乗りを素直に受け入れるのがよからう。

その謡曲の翁だが、後場になると、天女から呼び出され、かう命じられる。

七社の御前に韓神《からかみ》催馬楽《さいばら》謡ふや缶筎《ほどぎさく》拍子の役とは知らずや白太夫《しらたいう》。

七社とは、穂日命、白山権現、稲荷明神、五帝（欽明・敏達・用明・崇峻・推古）、聖徳太子、八島の六社に天神を言ふらしいが、その御前で行はれる神楽歌「韓神催馬楽」を謡ふに当つて、缶笏拍子の役を務めよ、と言つてゐるのである。

その「缶笏拍子」だが、缶は水などを入れる瓦器のことで、笏は笏形の板を打ち合はせる雅楽用の楽器であり、ともに叩いて拍子をとるのに用ひる。だから白太夫は、言つてみれば打楽器奏者であり、かつ、他の楽器演奏も指揮する役割を負ひながら、一種、道化的性格も併せ持つやうである。

白太夫は老齢を理由に辞退するが、天女は許さない。やむを得ず進み出て、袖を翻し、缶《ほどぎ》拍子、笏《さく》拍子をとる。舞台はかうなる。

打つも寄るも老の波の　雪の白太夫が、缶の笏拍子は面白や

「韓神催馬楽」は除災招福延年の楽であるから、かうして魔を払ひ、福を招き、長寿を祈念するのだ。柳田国男は遊女が祀る芸能の神「百太夫」と同一かもしれないとするが、その論の当否は別にして、歌舞音曲に携はる遊行の存在であると考へるのがよささうである。

それにもかかはらず、今日はいづれの天満宮でも、謡曲より後の『菅家瑞応録』が主張する伊勢の神官渡会春彦説で統一してゐるやうである。権威付けと明治政府への対応策のためであるかもしれないが、かうすると、天神信仰の勘所を見逃すことになるのではないか。

中門の軒下は、目にも華やかに彩られた桃山期の彫刻で飾られ、そのなかに日月星があることから、三光門の名がある。後西《ごさい》天皇宸筆の金文字の「天満宮」の扁額が挙つてゐる。

それを潜ると、回廊に囲まれた白砂の空間である。

正面拝殿は桧皮葺の屋根で、その褐色の柔らかな斜面から、金具の黄金の輝きと濃い朱色をもつて千鳥破風が立ち上がり、その前に小振りな唐破風が弧を描いてゐる。そして、横に長く伸びた軒の下には、くすんだ木肌の柱が並び立つてゐるが、間に一つづつ、彩色された蟇股が据ゑられ、全体として華やかさを抑制しつつ、雅びな奥行きをつくつてゐる。慶長十二年（一六〇七）、秀吉の遺命によつて秀頼が修造した。

その前、左に梅、右には松が植ゑられてゐる。紅白の梅の太宰府とは異なる。

進まうとして、中門を入つたすぐ右手に、かつて白太夫社があつたのを思ひ出した。元禄の絵図にさう描かれてゐるし、『山州名跡志』には「中門ノ内西向ニ在リ」とある。多分、天神信仰の形成の上で、他に並ぶことのない重要な役割をこの白太夫が担つてゐたからである。

すでに述べたやうに、一般の神道の神々は斎き祀ればよいが、天満天神は、なによりもまづ怨霊神であり、いかなる権威も認めず、誤りがあれば怒り、裁いて、懲罰を加へ、無実の罪に苦しむ者は庇護、観音の慈悲を恵み、文雅にこころを傾ける者には力を貸す。まことに恐ろしくも頼りになる存在で、地域とか身分に囚はれず、普遍的と言つてよい力を持ち、信仰を求める。かうした特性について繰り返し述べて来たが、そのところから一般の神道ではほとんど問題にならない教化布教が重要性を持つて来よう。その教化布教の役割を担つたのが、ほかならぬ白太夫だつたのではなからうか。缶笏拍子を取り、舞つたのも、そのために違ひない。

道真に従つて太宰府へ下り、没後は各地を廻り歩いたと言はれるが、天満天神の教化布教のため諸国を廻り歩き続けたのだ。そして、以後は白太夫なる存在が幾人となく現はれつづけた。すなはち、教化布教のため歩き回る者いづれもが白太夫と称したのであらう。もしかしたら天慶八年の石清水八幡まで神輿を担いだ熱狂する人々のなかに、すでにゐたかもしれない。

さうして、恐ろしい怨霊神から、公正、峻厳、果断に裁く神に、かつ、観音の慈悲を授け、救ひ、時には大威徳明王の力を振るひ、文章道に励む者、農耕，漁労に汗を流す者に報償を約束する存在になる上で、少なからぬ役割を果たした。

さういふこともあつて、十三世紀初めには、京から太宰府への道中沿ひだけでなく、全国の国々の主だつたところに、天満天神社が創設され、白太夫たちのなかのある者は人々の敬愛を集め、信奉され、神としても祀られるやうになつた……。

その白太夫は、指導者といふよりも介添役といつた性格が強かつたらう。謡曲『道明寺』の白太夫がさうだし、やがて有力な社寺には「御師《おし》」と呼ばれる人々が出て来るが、これが間違ひなく介添役、世話役である。浄瑠璃「菅原伝授手習鑑」に白太夫が登場するのはすでに触れたが、そこで白太夫自身、菅丞相が「伊勢の御師か何ぞの様に白太夫とお付けなされた」と言つてゐるのは、そのあたりの事情を暗示してゐるのではなからうか。

この白太夫なり白太夫的存在の者たちが、道真には覚えのない歌の数々を詠みもすれば、天神物語を語り広めたのだらう。渡会春彦にしても、さういふ者たちの一員であつたのではあるまいか。「天満宮託宣記」や『縁起』の文字表記を見ても、創成期以降、主導的役割を果たして来たのは、必ずしも高い教養の持主ではなかつた。

しかし、明治維新が社寺から「御師」を追放したやうに、三光門内にあつた白太夫之社を外へ出させ、白太夫じつは度会春彦といふ伊勢外宮の神官だつたするやうに仕向けた……。

格子縞のマフラーの男がゐないだらうかと、わたしは見回した。彼なら、そのあたりのことを多少なり知つてゐるのではないかと思つたのだ。しかし、見当たらない。

＊

拝殿に近づくと、「北野参詣曼陀羅図」の社殿のやうに、柱ごと金属製の円鏡が連ね下がつてゐた。いづれもくすんでゐる。香炉などは勿論ない。この奥が石間《いしのま》で、それを隔てた本殿には、十一面観音を中央にして、道真像と毘沙門天像が安置されてゐた。いまはさうではなく、道真を主神として、長男の高視、北の方吉祥女（宣来子）が祀られてゐるが、その神体は如何なるものだらう。道真が自ら刻むなり描いた自像であらうか。それとも文子がささやかな祠に安置した神体であらうか。一方で菅原天満宮の宮司のことを思ひ出しながら、やはり気になる。

参拝者が列をつくり、順番に進み出ては二礼二拍手一礼してゐる。

この神は、かつてその姿形を思ひ描き、念仏を称へるやうに名号を称へることを求めたが、いまはどうだらう。創建以来、神前において僧形の者が読経してゐたから、奇異でもなんでもなかつた。が、いまは違つて、神道一般の参拝方式になつてゐる。この方式では、信じ願ふといふよりも斎き祀る次元にとどまるのではあるまいか。

回廊を西へ抜け出ると、そこに御所風の蔀戸を閉て切つた建物があつた。紅梅殿の表示が出てゐたが、このあたりに朝日寺があつたのだ。神良種らが夜を徹して協議した御堂である。

その良種らは、今日の天満宮をどう見てゐるのだらう？

その前に佇んで、拝殿と本殿の佇ひを眺めた。

彼らが思ひ描いたところを遙かに越えて、遥かに壮麗である。拝殿と本殿それぞれに千鳥破風の妻を見せ、石間を挟んで切れ目なく連なつてゐる。いはゆる権現造の原型で、以降、東照宮などもこの様式に拠つた。少なくとも明治まで、神となつた人を祀る社殿の様式の基準となつた。ただし、拝殿の側面から楽殿の一部が張り出し、優美な桧皮葺の屋根が二重で、石間も屋根を持ち、八棟造と呼ばれる複雑な造りになつてゐる。そのなかでも屋根々々のゆるやかな流れに添つた幅広の破風板が、朱と黄金の金具に飾られ、棟下に懸魚が一段と華やかな彩りを点じてゐるのが、目をひく。何とも言ひやうのない典麗華美な諧調を生み出してゐる。

眺めてゐると、こちらの胸のうちまで華やいで来る。桃山期の特徴かもしれないが、それを通して、宇多天皇を中心とした、華麗に装つた美女たちの侍る宴の様子が甦つて来るやうにも感じられるのだ。

本殿の横から裏にかけて、末社・摂社が長々と並んでゐた。なにしろ天満天神が従へる眷属は「十六万八千八百余」と言はれてゐるのだから、当然だらう。それに加へ八幡神社、市杵神社、熊野神社など眷属と言へない神々の社もある。

そして本殿裏の東端に、朱塗の地主社があつた。傍らの紅梅が盛んに花をつけてゐて、絵のやうな情景である。雷神を祀つてゐて、北野天満宮の淵源となり、今はその安泰を見守つてゐるのだ。

地主社の裏を北へ回り込むと、文子天満宮があつた。生垣で囲はれ、整然としてゐるが、社殿は小さく、祠に等しい。かうでなくてはならないのだらう。一巫女の道真を祀らうとする志を実現した第一歩を、いまなほ示すとともに、日々の神饌の調進や祭礼に奉仕する人たちの拠点になつてゐるのである。

これでおほよそ見るべきところは見た、と思つたが、気が付いて本殿の裏へ引き返す。

地主社の斜め前に、本殿の裏門が開いてゐて、そこから拝む人が、いまも絶えないのだ。天神は妄語を嫌ひ、参詣人が訴へるのを煩がり北を向てをられるから、こちら側からでなくては聞き届けて頂けない、と言ふ伝承がある。

それだけでなく、こちらの庇下中央に、かつて仏舎利が安置されてゐたのである。道真が僧尊意から贈られ、襟に掛けてゐたと伝へられる御襟懸けの舎利で、そのため舎利門とも呼ばれ、霊験あらたかだとされてゐた。それに平安末には護法神の摩多羅神を後戸《うしろど》に祀る信仰が広がり、ここにも祀られたと言ふ。摩多羅神は成仏に効験があり、念仏常行堂には必ず祀られたから、名号を念仏のやうに称へるのを求めた以上、当然であつた。

天満宮のこの一角には、このやうにさまざまな信仰、俗信が重層してゐたのだ。

ただし、明治になると、摩多羅神は勿論、仏舎利も撤去された。その仏舎利を引き取つたのが常照皇寺であつたが、そこを開いたのが北朝初代の光厳天皇であつた。晩年は禅宗に帰依、宋も径山の無準の再来と言はれたが、その無準は、天満天神が教へを受けるため海を渡つたと言はれる当の師である。荒唐無稽とも思はれる渡唐天神の伝承だが、その縁が明治の騒乱のなか、仏舎利をめぐつて実際に働いたのだ。

しのびやかに近づいて来るひとがあつて、わたしの傍らで手を合はせた。

十七、瑞饋祭《ずいきまつり》と還幸祭

季節は春から秋に移つてゐた。

前日からの雨が、昼前にやうやく上がつた。

北野天満宮の御旅所、御輿岡《みこしおか》神社（中京区西ノ京御輿岡町）へわたしは急いだ。本宮を十月一日に出て、三夜を過ごし、けふ四日、午後一時に還幸の行列が出発するのだ。

山陰線円町《えんまち》駅を出ると、西大路が南北に通じてゐる。それを五分たらず北へ行くと、交通整理の警官が立つてゐた。

左へ折れる。と、白や黄に青の水干、狩衣を着た若者が列になつてたむろしてゐた。多くは学生アルバイトらしい。

じつは前日も立ち寄つたのだが、商店街の道の両側に露店が出てゐて、傘を差した子どもたちが綿飴を嘗めながら歩いてゐたりしたが、露店は消え、様子が一変してゐた。

もう神輿が路上に出てゐた。黒漆に金具が眩しい一基、赤漆にやはり金具の映える一基、それにやや小ぶりの八角形の一基である。祭神が三柱であることによるのであらう。

御旅所へ入つて行くと、昨日は神輿を据ゑて神饌を供へる儀式を行つてゐた殿舎も、隣の大小の瑞饋《ずいき》神輿が置かれてゐた屋根の下も、すでに空だつた。

瑞饋神輿なるものが珍しく、昨日、丹念に見たが、里芋《ずいき》の茎を並べて屋根を葺き、千日紅の実を糸につないで柱に巻き、そこに脱色した白い千日紅を嵌め込んで「天満宮」の文字を浮き出させてゐる。四面を飾る梅鉢や鳥居、馬、軒から下がる纓絡《やうらく》などがいづれも茄子、唐辛子、藁、麩、湯葉などで作られてゐる。今では少なくなつた氏子の農家が栽培したものを使ひ、毎年、収穫感謝の念を込めて作るのだと言ふ。

この神輿は江戸時代の最盛期には八基に及んだとのことだが、今は二基、それも一基はこども用である。

いま氏子と言つたが、西ノ京に住む神人《じにん》の末裔が中心のはずである。その神人なる存在は、北野に初めて祠を設けた天暦元年（九四七）にまでさかのぼつて確認できるさうだから、古いと言ふも愚かな歴史を持ち、今日なほ瑞饋神輿を作り、担ぎつづけてゐるのだ。

冠を被つた白衣の神主が姿を現はし、繋がれてゐた馬に跨がつた。そして、出て行く。先駆の神職である。

馬の脚は速く、すぐに引き離されたが、後を追つて西大路通を横切り、住宅地を進み、天神川（紙屋川とも）の小橋を渡る。道の傍らには水干や狩衣姿の者たちが、神輿や山、幡を据ゑて、佇んでゐる。馬は天神通を過ぎたところで止まつた。それより先は神楽獅子を先頭に、太鼓、鉄杖と続いてゐるはずである。わたしは天神通の角で立ちどまる。

天狗の山の傍らだつた。車の付いた台の上に、等身より大きめで、赤い傘の下、長く垂らした白髪の間から赤い鼻を聳やかしてゐる。曳き綱を持つた黄色い水干の若者たちが所在なげだ。

この情景は、どこかで見たことがあるなと思ふ。先日、博物館で見た『北野天神縁起絵巻』（十六世紀製作、神奈川県立博物館蔵）の祭礼の場面であつた。天狗の面を付けた男が鉾《ほこ》を担ぎ、高下駄を履いて歩いてゐる。それが今は造りものの山になつてゐるところが違ふ。

出発の声はなかなか掛らない。

天狗の山に続いて、梅、松の鉾の山、その後には、幡が幾本となく立つてゐる。

後のほうを見てゐると、彼方から白衣の男たちの一団がやつて来るのが見えた。掛け声とともに見る間に近づいて来る。瑞饋神輿であつた。

青紫がかつた太い里芋の茎が薄日を受け、不思議な釉薬《うはぐすり》をかけた小型の丸瓦で葺いたやうに見える。軒先の赤や緑の実を連ねた瓔絡が跳ねる。

わたしの傍らまで一気に来ると、歩みを緩めた。わたしが立つてゐるのは天神通の角で、そこを北へ曲がるのだ。後退りして壁に背を押し付けるやうにしたが、その胸元を男たちの一団が擦り抜けて行く。白衣の下は晒を締めた裸である。重い神輿を肩に、肌はいづれも赤味を帯び、熱気を発してゐて、それがわたしの顔を打つ。

堅い衝突音がした。一瞬、一団は足踏みしたが、「行け！」の叫びとともに、進む。

通り過ぎた後、向ひ側の路面脇に鉄棒がなぎ倒され、大型のバックミラーが砕けてゐた。根元が錆びて脆くなつてゐたのだ。ガードマンが走り寄つて来て、破片を掃き集めにかかる。

それを合図のやうに、両側の家々から人が出て来て、家の前に並んだ。わたしもその人たちの隣に立つ。

と、還幸の列が動き出した。

馬上の神官の背を追つて、講の名を染め出した幡が行き、天狗の山も続く。そして、白い上衣に赤袴の少女たちが窄めた傘を肩にして過ぎると、水色の裃姿の稚児たち。かういふ鮮やかな色彩は、間違ひなく祭礼のものだ。

それから神輿だつた。車に乗せ、黄色い水干の者たちが曳いていく。四面に下げられた鏡が揺れてまぶしい。

続いて大きな剣や弓の作り物を抱へ持つたり、太鼓を吊り下げた棒を担ふ者、御幣を捧げる者たちが行き、葱華輦の神輿が来た。六角形で、屋根の上に葱華の珠が付いてゐる。

やがて黒塗り箱型の自動車が徐行して来た。神主が乗つてゐて、沿道の人々に軽く頭を下げて行く。横の一家も頭を下げる。

還幸の列は、この先、一ノ鳥居から真直ぐ下る御前通を南へ折れ、丸太町通に出ると、西進する。それから西大路通を南へと向ひ、右折左折を繰り返しながら三條通に出て、駐輦場でひと休みする。その後、七本松通を北上、七軒屋を経て、本宮に戻る。おほよそ三キロ、四時間の予定である。最後尾は、年嵩の裃姿の一団であつた。氏子代表の人たちであらう。

それが通り過ぎたと思ふと、今度は天神通の南からかん高い賑やかな声がして、こどもたちの瑞饋神輿がやつて来た。車に乗せ、曳いてゐるのだが、前後を母親たちが固めてゐる。

先回りして先頭から改めて見ようとわたしは脇道を急いだが、袋路に入り込んでしまひ、御前通へ出た時は、途中で加はつた御羽車が行くところだつた。

前に御簾を垂らし、いかにも王朝風の乗物である。黒牛がゆるゆると曳く。その後にもう一頭、牛が繋がれてゐる。

と、車を曳く牛がいきなり放尿、脱糞した。まことに盛大である。その弾みに轅《ながえ》の片方が外れ、路面に落下、激しい音がした。その瞬間、牛の鼻面をとつてゐた稚児姿の男が両側から抑へ込む。

驚いて暴れ出さうとしたのだ。牛は鼻面を高く持ち上げようと、男ふたりに抗ふ。しばし、力比べをしてゐるやうであつた。

列はそれから態勢を整へ直さなければならず、車が渋滞して、信号に従つて丸太町通へ出るのが大変だつた。しかし、京の人たちは慣れたふうである。

わたしはその間に丸太町通を渡り、南側の歩道に立つたが、店々の前にはそれぞれ人が出てゐた。老人は椅子を持ち出して、座つてゐる。かうして出迎へるのが習ひらしい。

＊

道真が没すると、従者の多くは道真の刻んだ像を奉じて京へ帰つて来て、右近の馬場に近い西京の一條から三條の間に住み着いた、それが天満宮の神人の始まりだと伝へられる。詳細は不明だが、彼らもまた、多治比文子や神良種らとともに、天満宮創建に深く係はつたのである。

さうして創設とともに、祭事に従事、神饌などを調達する役割を担つたが、その傍ら農耕や手工業、商業に従事した。室町時代になると、幕府が京の口に設けた関の関銭の徴収に当り利益を得たし、酒の醸造が盛んになると、麹座をつくり、幕府の庇護の下、京一帯の麹作りの権利を一手に握つた。

山崎の離宮八幡宮の神人は、神人の地位を利用して、油の運搬、売買のネットワークを広げ、大きな利益を上げたことが知られるが、天満宮の神人たちもまた、さうだつたのである。

なかでもこの麹醸造の権限は利益が大きかつたから、その獲得を画策する者たちと衝突、文安元年（一四四四）には大変な騒乱を引き起こし、天満宮が炎上、一時は衰微するやうなこともあつたといふ。

かうした神人たちが、神幸祭の際、各戸ごと収穫した野菜を曲物《わげもの》に盛つて神輿に捧げるのを習ひとしたが、やがて何軒か、あるいは地域ごと共同で行ふやうになり、あれこれ工夫しだすとともに、南北朝頃からは風流《ふりう》の影響を受け、奇想天外な趣向を凝らすやうになつた。これが瑞饋御輿の源流らしい。

この催しは、応仁の乱（応仁元年・一四六七から十年続く）によつて、神幸祭とともに中断されたが、やがて単独で復活、神人総掛りの行事として盛んになり、供物の大型化が進み、大永七年（一五二七）には担ぎ回るやうになつた。さうして慶長十二年（一六〇七）と年がはっきりしてゐるが、里芋の茎で屋根を葺いて神輿とすることがおこなはれた。これが里芋祭、目出度い漢字を当てて「瑞饋祭」と呼ばれるやうになつたと言ふ。いまから四百年以上も以前のことである。

しかし、明治になると、神仏分離と、古儀に復する方針から神人の存在は否定され、瑞饋祭も廃止となつた。それに替へて古式による神幸祭の復活が予想されたが、「官幣中社」（名も北野神社となり、から格付けられた）の年一度の大祭として行ふ以上、政府から幣帛《へいはく》が奉献されなくてはならないのだが、肝心の財政的処置がとられず、復活はなし崩しに見送られてしまつた。

当時の政府のご都合主義の犠牲になつたのだが、その代り、熱心に申請した末、明治八年（一八七五）、氏子による私祭として、神幸祭の十月開催が認められた。

神幸祭は応仁の乱で中断して以来、四百数十年余も経過してゐたから、復活は大変であつたが、この祭礼は絵巻や屏風に多く描かれてゐたし、各地の天満社で引き続いて行はれてゐて、参考資料は幾らもあつた。そのため現在の神幸祭は、古い絵巻や屏風絵が動き出すやうな側面があり、品はよいが、熱狂性には欠けるやうである。

一方、「瑞饋祭」だが、氏子たちにとつて十月の祭はこれでなくてはならないとの意識が強く、要望を重ねた結果、明治二十三年（一八九〇）になつて、西京の御旅所からの還幸の際に、供奉するかたちで認められた。

かうしてともに復活したのだが、双方とも私祭であり、敗戦を迎へ、官幣社の制度も官祭と私祭の区別も消滅したが、そのまま今日に及んでゐるのである。

その点で、応仁の乱と明治の神仏分離政策による傷を、いまだに引きずつてゐる側面があるかもしれない。

＊

行列を見送ると、横にゐた老婆に教へられた店へ昼食のため入つた。

もう時間が遅かつたので、客の多くは席を立ちかけてゐたが、どこか祭礼の日らしい雰囲気があつた。

「雨があがつてよろしをしたねえ」

カウンターの向うから女主人が声をかけて来た。

「毎年、お天気がええはずなんどすけど」

関東からわざわざやつて来たと知ると、同情してくれ、このあたり一帯が円町と言はれるやうになつた経緯を話してくれた。

店の前の丸太町通は、名とほり沿道には材木店が多く、保津川や清瀧川から桂川を流して来て、少し上の梅津で揚げ、町へ入れたが、搬入先に応じてここで方向転換した。時にはくるつと円く回転もさせた。大木の場合は、家を取り壊すやうなこともあつたと聞いてゐますよ、と言ふ。

勇壮な情景が浮かぶ。牛も動員されたらう。

先程の行列の様子と重なつて来る。ここも京都であるのに違ひはないが、都心とは違ふ。材木も扱つたかどうか分からないが、神人の多くは、普段、農耕に従事して力仕事をし、牛馬も扱つてゐたのだ。その点で、頑強な身体と気風を持つてゐたらう。

神輿の巡行路図を取り出して、あらためて眺めた。

還幸の列と瑞饋神輿は、円町から丸太町通を越えて南へ向ふが、三條通から引き返す。多分、丸太町通を越えたあたりから家が疎らになり、三條通から先になると、すつかり農地になつてゐたのだ。

市街地図も並べて広げたが、北野天満宮は、平安京の外だが北西に接して、大内裏の西隣の市街地を門前町としながら、南の農村化が進む地帯へと根を降ろして、歴史を刻んで来てゐるのだ。だから筑紫から御輿を担いでやつて来た人々が開墾を奨める童謡を口にしてゐたのも、多くの天満宮の境内に稲荷社があるのも、自然かもしれない。

しかし、道真といふ人は、すぐれて都市的な存在である。二代続けて遣唐使留学生となり、官僚として枢要な地位に昇つた家の出であり、漢詩文に卓越、宮廷の宴においては欠くべからざる人であつた。その点では、農耕的社会と最も懸け隔たつた存在であつた。この取合せは、不思議と言へば不思議である。

しかし、農地化と言つても、西堀川の水流をコントロールできなかつた結果であり、もともと都市の一角であつたから、都市性と農村性の二重性を保持、この地域を特徴づけて来てゐるのだ。その象徴が瑞饋御輿だらう。農産物でもつて徹底的に都市的な工夫が凝らされてゐるのである。

この対極的な二重性が、およそ繋がるとは思はれないものを一つに纏めてゐるのかもしれない。醍醐天皇を徹底的に追ひつめる苛烈さと、苦悩する諸々の人々を救はうとする慈悲ぶかさ。不調法者を従へながら、文雅に遊ぶのを尊重する姿勢……。

「またおいでまし」

その声に送られて店を出ると、丸太町通を少し東へ戻つた。そして、天神通へ折れ、北へ歩いた。この道は、かつては天神川沿ひで、神人の住んで来た地域の中心を貫いてゐた。先程も瑞饋神輿に次いでこども瑞饋神輿も進んで行つた。

最盛期はこのあたりから神人の拠点「保《ほ》」があつたはずだが、と見回したが、在つたのは江戸時代末までのこと、跡形もない。記録によれば、右側に二ケ所、左側に一ケ所あつて、全体で七ケ所だつたと言ふ。保とは律令制によつて定めにれた近隣組織の単位を言ふが、その組織ごとに拠点を構へ、日々の神饌や祭礼を担つたのである。

先程まで還幸の列が待機してゐた妙心寺通との四つ辻へ出た。バックミラーの破片はきれいに掃き取られてゐたが、鉄柱は倒れたままである。

そこから左へ折れ、御旅所の方へ行く。このあたりで既に僅かながら西へ天神川の流路が動いてをり、その手前に二之保があつたらしい。しかし、勿論、痕跡はない。

橋の上に立つて、天神川を眺める。

小川の風情であるが、この一帯と天満宮が水運で結ばれてゐたことはよく分かつた。舟を浮かべれば、かなりの荷物でも容易に境内へ運び込むことが出来たのだ。

太宰府から戻つて来た道真の従者たちは、じつは河口からこの流れを溯つて来たのかもしれない。多治比文子は西市から舟だつたのではないか。

先程は御旅所御輿岡神社から馬に乗つた神官を追つて来たので、よくは見なかつたのだが、途中に四之保跡があつたはずなのだ。確認するため、いま一度、西大路を横断して行くと、商店街の道の脇に井戸跡があり、「四之保《よんのほ》社《やしろ》跡」の標識が立つてゐた。

やつと跡を見つけた思ひで、説明を読む。井戸は威徳水と呼ばれ、傍らに観音堂もあつたが、元文五年（一七四〇）に御旅所の御輿岡神社に移された、とあつた。

＊

天神通へ戻ると、北へ進む。

と、すぐ左側に玉垣で囲はれた一劃があり、立派な石鳥居が立ち、「文子天満宮」の扁額が挙がつてゐた。

どうしてここに、と思つたが、玉垣の端に「文子天満宮旧蹟」と刻まれた石柱が立つてゐた。明治六年（一八七三）に北野天満宮の境内に移された跡であつた。

が、敷地の中央には小振りな舞台と祠があり、横の石の常夜灯の竿には天保二年（一八三一）十一月の刻入があつた。古く西市の多治比文子宅から勧請されたのであらう。奥の建物には「文子天満宮御旅所」と札が出てゐる。ここも榎木社と同様、祭では北野から神輿が担ぎ込まれる場所になつてゐるのだ。

道を隔てた向ひに老松社があつたらしいが、それはなく、ごく普通の家並になつてゐる。

先へ進むと、左側に大きな蔵があり、白漆喰塗の壁に梅鉢紋が描かれてゐた。神輿を収めるためのものらしい。

その蔵に並んで、ガラス窓の多い、白塗りの木造の洋館があつた。吉祥院天満宮にも洋館があつたのを思ひ出したが、今風の建物よりも遙かにモダンな印象である。「西之京瑞饋神輿保存会集会所」と看板が出てゐる。先程の晒しに白衣の男たちは、ここに集まつて支度をしたのだ。

蔵の前庭とこの建物を一つに囲んで、鉄柵が巡らされてゐたが、要所に突き出た鉄棒の先端に梅鉢紋がついてゐる。神人の末裔たちは、かういふところにまで拘つて、モダンに設へながら伝統を受け継いで来てゐるのだ。明治以来の、いや、嵯峨天皇の治世以来の、外来文物受容の先鋭ぶりが端的に集約されてゐるやうである。

その先の辻を左へ入つたすぐ北側に、これまた玉垣を巡らし、比較的広い境内を持つ社があつた。一之保跡だなと思つて近づいて行くと、石鳥居には「安楽寺／天満宮」と書かれた扁額が挙がつてゐた。

一瞬、足が止まつた。ここまで見て来たやうに神仏分離を政府が厳しく課した歴史があり、寺社名を並べて一つに表示するなど、あり得るとは思つてゐなかつたのである。安楽寺とは道真を弔ふための寺の名で、明治までは太宰府と同様、北野も安楽寺、時には安楽寺天満宮とも称してゐたが、さうした呼称は完全に抹消されたはずではなかつたか。

中央正面には片流れの簡素な社殿があり、左右に狛犬が据ゑられてゐる。が、その手前左に、これまた「安楽寺旧蹟」と刻まれた低い石柱が立つてゐた。境内へ入り、背後に回つてみると、明治二十八年（一八九五）八月とある。まだまだ神仏分離がやかましかつた時期である。

その西隣に、細身の鳥居がもう一基立ち、扁額に「一之保天満宮」とあつた。間違ひなく、ここが神人たちの組織した七つの保の中心だつたところである。

その鳥居の奥に、巨大な赤褐色の自然石の碑が立ち、肉太に「天満宮旧蹟」と刻まれてゐた。

ここから二百メートルほどのところに、北野天満宮がある。それにもかかはらず、かう刻んだ巨大な石碑が据ゑられてゐるのだ。その存在感に圧倒されながら見てゐると、ここが本来の天満宮そのものだつたと主張してゐるやうにも思はれて来る。

勿論、在つたのは、神人たちが祀つた天満宮の小祠であらう。ただし、道真の没後に従者たちが太宰府から持ち帰つた、道真が刻んだ自像を安置してゐたとすれば、どうであらう。こちらが本来の天満宮だといふ主張も、まんざら、成り立たないわけでもなからう。しかし、明治六年、神人といふ在り方そのものが否定され、「保」といふ組織は解体され、文子天満宮が持ち去られた上に、この社も撤去されたのだ。八百年続いたものが、根こそぎされたのである。

碑の左右に変形の献燈台があり、背後には、「安楽寺旧蹟」の石柱と同じく、明治二十八年八月の刻入があつた。

撤去されてから二十二年後、瑞饋御輿の再興が許されて五年目に、この巨石を選んでこの文字を刻み、安楽寺の名も改めて持ち出し、この碑を建てたのだ。その時の鳥居の扁額が、いまのやうであつたかどうかは分からないが、多分、時の明治政府にして、例外的に黙認するよりほかなかつたのではないか。天神信仰には、如何なる権威も屈せず、不当を厳しく糾弾してやまないところがあるのだ。

＊

今出川通へ出ると、天満宮の鳥居前を横切り、馬場の外側、松並木に沿つた道を採つた。この道には、前回に触れたやうに、別当の寺々が並んでゐた。

さうして天満宮の東門前で、還幸の列の到着を待つことにした。三條から七本松通を北上、上七軒の道を通つて、ここへやつて来るのである。

すでに人々が集まつてゐた。

初老のひとが、よくいらつしやるんですかと話しかけてきた。いいえ、このお祭は初めてですと答へると、

「それじやあ、あちらへ行つてみられたら。舞子や芸者さんが出てゐますよ。写真を撮るひとが多い

ですが」

さう勧めてくれた。

その上七軒の狭い道には、人々が幾重にも群れてゐた。通り抜けるのも難しい。その人だかりのなか、華やかな衣装に白粉と紅をつけた舞子が四、五人と並び、端には年かさの芸者が立つてゐた。みんな盛んに写真を撮つてゐる。

その人々を掻き分け掻き分けして先へ行くと、また一塊、人々が群れてゐて、こちらも精一杯装つた舞子と芸者が並んでゐる。

置屋の前に勢揃ひして、神輿を迎へようとしてゐるのだつた。舞子だけ一人、二人といふところもある。

上七軒は、足利幕府の時代、天満宮造営の際に残つた木で茶屋を建てたのに始まる、祇園などよりも古い花街だと聞いてゐたが、いまなほ栄えてゐるのだ。

地味な着物の老女が付き添つてゐる店もある。

やがて黒紋付きに袴の男が、扇を動かしながらやつて来ると、掛け声が聞こえてきた。瑞饋神輿だつた。

群れる人々を押し戻すやうにして現はれると、女たちの前に立ち止まる。そして、神輿を上下に激しく揺らす。じゃらんじゃらんと担棒にとほした金輪が鳴る。

男たちの肩や腕、胸も汗で濡れてゐる。さうして男たちは、われわれが注視してゐるなか、無遠慮に着飾つた女たちに合図を送つてゐる風情だ。

いや、実際に見知り、肌をあはせた同士もゐるのではないか。さうした者たちが、神輿を揺らし、合図を交はしてゐる……。

還幸祭の行列も、やはり黒紋付きに袴の男が先導して来た。

まづ山や幡が続くが、人々の目を集めたのは、思ひ思ひに着飾つた男女の稚児たち。童に託宣が下り、道真は菅原是善と妻の間に誕生したのではなく、どこからともなく出現した童だつたとされたから、なほさらである。このなかに阿古（道真の幼名）がゐるかもしれない、といふ思ひも掠める。そして、付き添ふ母親たち。舞子や芸者と違つた、華やかな着物姿でゆつくりと歩いて来る。洋服を着慣れてゐるせゐか、歩幅が大きい。が、それが却つて新鮮に映る。

さうして飾り金具も眩しい黒や朱漆の神輿も、白塗りの女たちの拝礼を受けると、一段と艶やかに見える。

「和風先ヅ導イテ熏煙出ヅ／珍重タリ紅房ノ翠簾ニ透ケルコトヲ」。神霊の道真も自作の一節を思ひ出してゐるのではないか。

三基の神輿を見送つてから、正面の楼門へ先回りして、行列を待つた。

しかし、山は現はれなかつた。東門から入つたらしい。稚児と母親の華やかな群れも大半は入れ替はつてゐた。確かに幼い稚児では、上七軒からこちらまで歩き通すのは難しからう。後は神輿だつた。

担がれて石畳の参道を進んで来て、階段をあがる。

それが大変であつた。掛け声、励ます声が鋭く交差する。さうして楼門を潜るのには、柱や梁に注意しなくてはならない。

三基とも過ぎた後、わたしの前に屈んでゐた白衣装の男の許へ、同じ身なりの男が近づいて来て、

「ご苦労様でした、何事もなく」

と丁寧に声をかけた。

声を掛けられた男は鷹揚にうなづいてゐたが、還幸を取り仕切つた神人の後裔の頭でもあらうか。

神輿を追つて三光門を入ると、社殿前に三基とも横に並べられてゐた。男たちが安堵した様子で、あちこちに動いてゐる。

＊

これから着後祭が行はれるのだ。他は措いても、わたしが見たいと望んでゐた祭儀である。

十月一日に本社を出発する際は神幸祭、四日は還幸祭と呼んで区別するが、還幸は、氏子の住む地域を巡行して帰つて来たといふ意味だけでなく、天拝山で天へ思ひを通じさせ、神霊となつて戻つて来た、といふ意味合ひがあるはずなのだ。太宰府ではさうであつた。そして北野でも「おいでまつり」とも言ひ習はして来てゐるが、神輿に乗つて瀬戸内、四国、山陽道を経て北野の地へやつて来て、造営された社殿へと「おいで」になつた、その最初の時を、いまに繰り返す。さういふ意もあるのではないか……。

それは、詩魂を抱へ苦難の生を真正面から愚直に生きて死に、霊界を巡つて神となり、恐るべき霊力を獲得して、この世に戻つて来た様を、改めて示してくれることになるかもしれない。そして、並立し難くも思はれる信仰の三本柱を、対立緊張を孕みつつ、天満天神といふ一つの神格に纏めて、絶対神の域へ迫りながら、決してさうはならず、人の世に立ち交はりつづけるわが国の神の在り方の秘密を、語つてくれるのではないか……、そんな期待を抱くのだ。

が、男たちが、一般の方は外へ出てくださいと、触れ歩いて来た。

瑞饋神輿のことを訊ねると、東門前で天満宮の神官から祓ひを受け、帰つて行きましたと言ふ。神輿と言ひ慣はしてゐるものの、神へのお供なので、担ぎ手がいかに神人の後裔であらうと、ここへ立ち入ることは許されないらしい。

閉めかけられた三光門の扉の間を抜けて、わたしも外へ出た。

楼門近くまで来ると、こちら内側左右に、天狗と梅鉾の山が据ゑられてゐた。そして、塀の外には大型のトラックが停まつてゐて、馬が曳き入れられてゐる。牛の姿はすでにない。

松の疎林を抜け、一ノ鳥居を出たところで振り返ると、漂ひはじめた夕闇のなか、御影松が薄墨色ながら艶やかな葉叢を枝々に纏はらせてゐた。

『天神への道 菅原道真』引用文献・主要参考文献

川口久雄校注『菅家文草 菅家後集』日本古典文学大系 岩波書店
萩原龍夫他編『寺社縁起』日本思想大系 岩波書店
真壁俊信校注『北野』神道大系神社編11 神道体系編纂会
大曽根章介他校注『和漢朗詠集』新潮日本古典集成 新潮社
小島憲之 新井栄蔵校注『古今和歌集』新日本古典文学大系 岩波書店
久保田淳校注『新古今和歌集』新潮日本古典集成 新潮社
石川徹校注『大鏡』新潮日本古典集成 新潮社
伊藤正義校注『謡曲集』新潮日本古典集成 新潮社
横道万里雄他校注『謡曲集』日本古典文学大系 岩波書店
群書類従 続群書類従
横山重・松本隆信編『室町時代物語大成』角川書店
裕田善雄校注『文楽浄瑠璃集』日本古典文学大系 岩波書店
真壁俊信『天神信仰史の研究』続群書類従完成会
真壁俊信『天神信仰の基礎的研究』近藤出版社
村山修一『天神御霊信仰』塙書房
村山修一『神仏習合の聖地』法蔵館
村山修一編『天神信仰』民衆宗教史叢書 雄山閣
河音能平『天神信仰の成立』塙書房
竹内秀雄『天満宮』吉川弘文館
坂本太郎『菅原道真』人物叢書 吉川弘文館
所 功『菅原道真の実像』臨川書店
藤原克己『菅原道真と平安朝漢文学』東京大学出版会
藤原克己『菅原道真—詩人の運命』ウェッジ
小島憲之 山本登朗『菅原道真』日本漢詩人選集
今浜通隆『菅家後集叙意一百韻全注釈』新典社注釈叢書
大岡 信『詩人・菅原道真うつしの美学』岩波書店
平田耿二『消された政治家菅原道真』文藝春秋
坂上康俊『律令国家の転換と「日本」』日本の歴史5 講談社
竹居明男編『北野天神縁起を読む』吉川弘文館
梅原 猛『古代幻視』文藝春秋
『明治維新神仏分離史料』東方書院
山中耕作『天神伝説のすべてとその信仰』太宰府天満宮
小松茂美『北野天神縁起』続日本の絵巻 中央公論社
小松茂美『松崎天神縁起』続日本の絵巻 中央公論社
カタログ『北野天満宮神宝展』京都国立博物館
カタログ『天神さまの美術』東京国立博物館
カタログ『初瀬にますは与喜の神垣—与喜天満神社の秘宝と神像』奈良国立博物館
『京都市の地名』日本歴史地名大系27 平凡社
竹居明男編『天神信仰編年史料集成—平安時代・鎌倉時代前期篇』国書刊行会

〈天皇家系図〉

※数字は天皇の歴代順を示す。

〈菅原氏系図〉

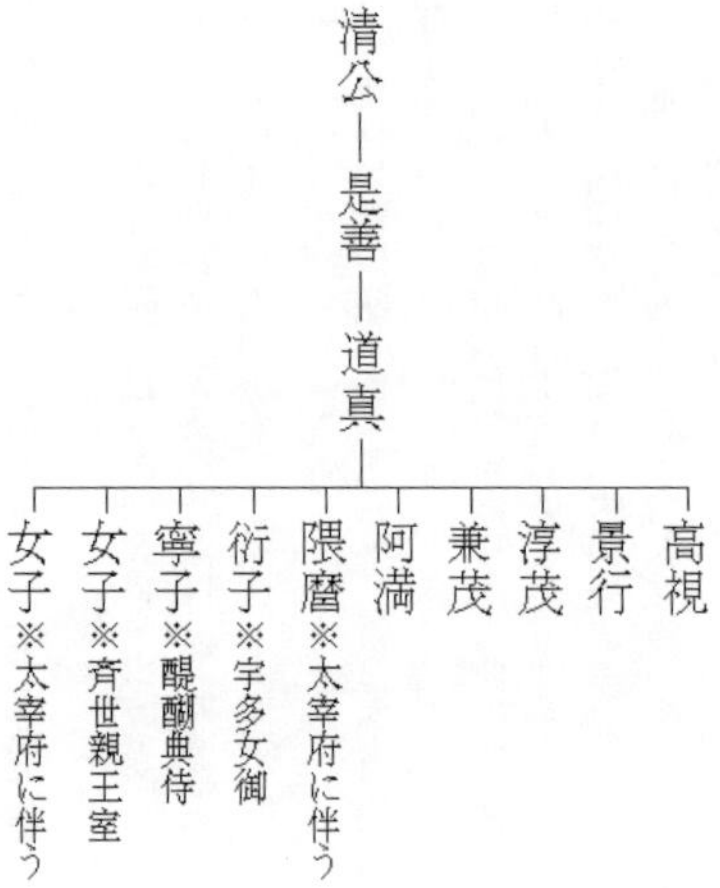

〈藤原氏系図〉

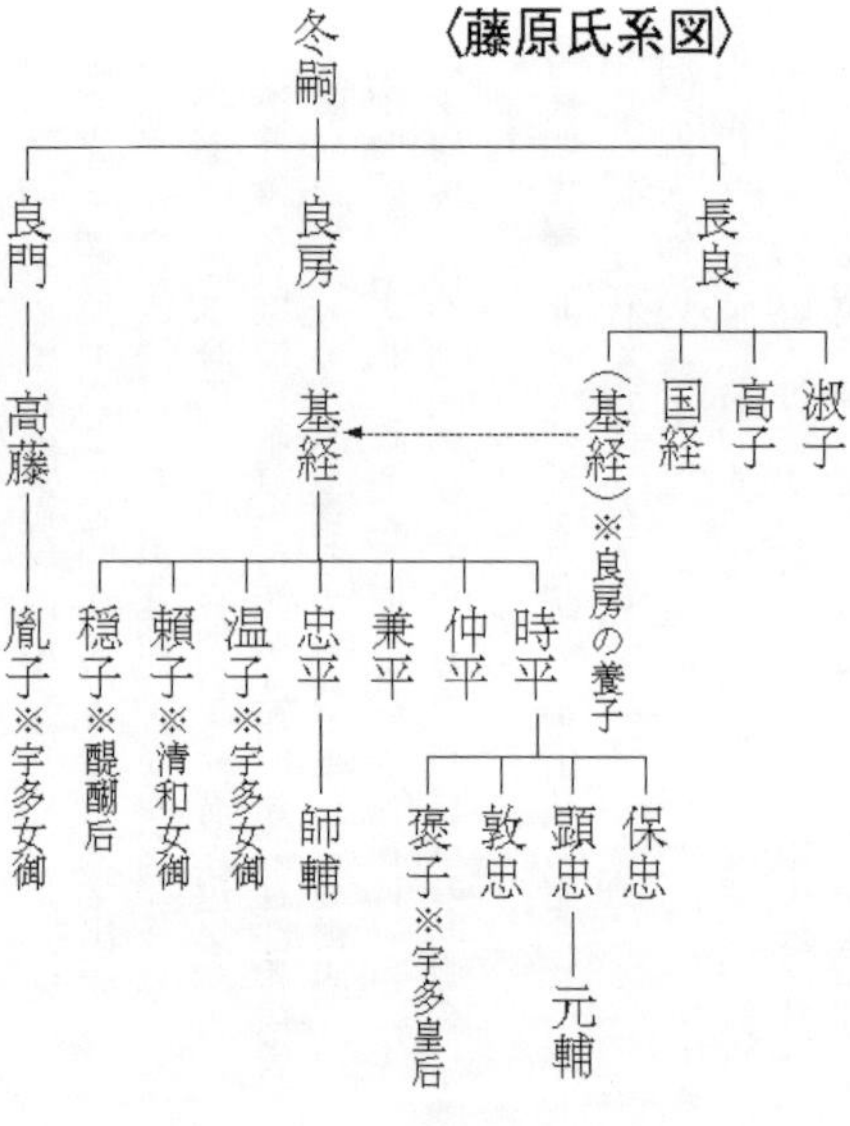

＊系図は本文に関係する主な人物を中心に作成した。

『天神への道 菅原道真』あとがき

漢詩や漢文が苦手な人は少なくないのではなからうか。じつはわたしもさうなので、中学時代の不勉強の結果を、いまだに引きずつてゐる。だから、菅原道真の存在が気になるまま、『菅家文章』と『菅家後集』を少し覗くことはあつても、それ以上に進むことがなかつた。しかし、この漢詩文集が、千百数十年も以前の一個人の手になるもので、それがそのまま伝はつてゐること、そして、少年期から悲劇的な最期までの折々の心情が、表現されてゐることに思ひ至つて、急に興味をひかれるやうになつた。

これを読めば、千百数十年の年月を越えて、かの時代を生きた一人の男の生涯が、密かな溜息、悲嘆、喜びも含めて、知ることが出来るかもしれない、と思つたのだ。

それに彼の生きた時代だが、わが国の文芸が、漢詩文中心から和歌へと転換、最初の勅撰和歌集『古今集』が編纂される前夜であつた。彼は、漢詩文の代表的存在として、その時がやつて来るのを鋭く感じ取りつつ、和歌の新たな歌風形成にも深く関与したと思はれるのだ。

その『古今集』であるが、三島由紀夫がわが国文芸の「亭午《ていご》」と言つてゐるとほり、文芸史の一絶頂をなし、明治まで、歌を初めさまざまな分野において規範として仰がれた。その一角に、道真は間違ひなく係つてゐたのである。

そして、なによりも道真は、生きてゐる間は天皇に仕へる身であつたが、没後百年少々後には、天皇が礼拝する神となつた。有史以来、多くの神々が誕生したが、この段階まで進んだ神は少なく、その最初であつた。

かういふふうに幾つもの関心事が出て来て、苦手意識も忘れ、この漢詩文集を中心として道真の生涯を追つた。ただし、やはり千百年を越す隔たりは大きく、文字を読むだけでは、なかなか理解が届かない。そこで採つたのが、道真に係はりのある場所へ足を運ぶことであつた。そこに身を置けば、少しはほぐれて来るだらうと考へたのである。幸いにその場所は、道真が祀られるなどして、容易に分かる。勿論、荒唐無稽な伝承に過ぎないところもあるが、実際に訊ねることによつて少なからぬ成果があつたし、出会つた方々から貴重なご教示も得た。また、かうすることを通して没後から現在――天満宮の現在にまで及ぶことが出来た。

参考にした主なものは最後に掲げたが、もつぱら依拠したのは、川口久雄校注『菅家文章　菅家後集』（日本古典文学大系72、岩波書店）である。昭和四十一年刊で、以後研究が進み、幾つか問題があるやうだが、一部を除いて、ほぼその読みに従つた。また、かつての勤務校の同僚今浜通隆氏、大学の後輩の三木雅博氏の教示を得た。著者の非力さゆゑ、生かし切れなかつた怨みがあるが、深く感謝する。なほ、執筆中、故小島憲之先生のお姿が絶えずちらついたことを書き添えて置きたい。教室にはほとんど出ない学生であつたが、卒業後は、なにかと暖かいお言葉を戴いた記憶が大きな励みになつた。

本書は「季刊文科」42号（平成二十年十月）から56号（平成二十四年五月）まで、「物語のトポス・天神記」として十五回にわたつて連載、それに大幅な加筆修正を加へたものである。

今日、このやうな厄介な著作の刊行は困難を伴ふが、山内由紀人氏と君紀恵さんの行き届いたご配慮と御尽力を得た。感謝する。

平成二十五年　晩秋　　著者

あとがき

関係ある地を訪ね歩いて書く方法による文章が、わが国の各地の霊地へ及ぶとともに、わが国の文学の自覚的な展開の始まり、「古今集」以前に至つたことに、不思議な思ひを覚えてゐる。わたしにそのやうな意図があつたわけでなく、興を覚えるまま、自らの知識、力量などを配慮することなく、気ままに足と筆を働かせた結果である。

『天神への道　菅原道真』のあとがきにも記したやうに、わたしはからつきし漢文が読めない。学生時代の不勉強の結果だが、道真の漢詩を眺め、その関連の地を歩いてゐると、どうしても道真といふ存在、その周りで生き死にしたひとたち、そして、天神信仰なるものを自分なりに把握したくなつたのである。さうして漠然とだが、わが国の文芸の在り様、その歴史的展開について思ひを凝らして来た身としては、いくらか報はれたとの思ひを持つてゐる。

ただし、その結果、刊行した単行本は、少なからぬ誤りがあつた。その点を懇切に指摘してくださる方々があり、有難く、学問する方の度量の大きさに感激したが、著者としてはやはり忸怩たる思ひを抱え続けてきた。が、今回、さうした点を正すことが出来て、ほつとしてゐる。ご指摘して下さつた方々に改めてお礼を申し上げる。

また、執筆中にご教示を頂いたかつての勤務校の同僚今浜通隆氏が、当時、学会誌、紀要などに連載してゐた『菅家後集　叙意一百韻注釈』が、昨年末、新典社注釈叢書の一冊として刊行された。そのため、疑問点など自由に閲覧することが出来るやうになったが、それによつて私が依拠した川口久雄校注『菅家文章、菅家後集』日本古典文学大系（昭和四十一年十月、岩波書店刊）との相違、といふよりも、研究の以後の進展ぶりが伺へるが、それを消化する力も時間も今のわたしにはなく、記述を改めるには至らなかつた。このことをお断りしておきたい。

こうした事情は『六道往還記』も同様である。ただし、これら拙い営為にも関心を寄せて下さる方が僅かながらをられるのは有難いことだと思ふ。

それにしても同行するなり、現地で案内してくださつた方々が、いまや世を異にしてゐることに驚くばかりである。感謝の意を捧げたい。

校正に関して、今回も大木志門氏の助力を得た。感謝する。

令和元年六月、気候の激変に翻弄される日々に　　松本　徹

付記　当著作集は、一巻を追加、全六巻とする。

松本　徹（まつもと　とほる）

昭和八年（一九三三）札幌市生まれ。大阪市立大学文学部国語国文科卒。産経新聞記者から姫路工大、近畿大学、武蔵野大学教授を経て、山中湖三島由紀夫文学館館長を勤めた。現在は「季刊文科」「三島由紀夫研究」各編集委員。

著書に『徳田秋聲』（笠間書院）、『三島由紀夫の最期』（文藝春秋）、『三島由紀夫の時代―芸術家11人との交錯』（水声社）、『西行わが心の行方』（鳥影社）など。

編著に『年表作家読本三島由紀夫』（河出書房新社）、『三島由紀夫事典』（勉誠出版）、『徳田秋聲全集』全四十三巻（八木書店）など。

監修『別冊太陽　三島由紀夫』（平凡社）

松本徹著作集⑤
六道往還記・天神への道　菅原道真
令和元年（二〇一九）八月二十日　初版発行
著　者――松本　徹
発行者――加曽利達孝
発行所――図書出版　鼎書房
〒132-0031　東京都江戸川区松島二-十七-二
電話・FAX　〇三-三六五四-一〇六四
URL http://www.kanae-shobo.com
印刷所――シバサキロジー・TOP印刷
製本所――エイワ

ISBN978-4-907282-46-2 C0095